Declarar

NINA LANE

Declarar

Tradução

ALEXANDRE BOIDE

paraela

Copyright © 2014 by Nina Lane

A Editora Paralela é uma divisão da Editora Schwarcz S.A.

Grafia atualizada segundo o Acordo Ortográfico da Língua Portuguesa de 1990, que entrou em vigor no Brasil em 2009.

TÍTULO ORIGINAL Awaken
CAPA Paulo Cabral
FOTO DE CAPA © Dasha Pears/ Trevillion Images
PREPARAÇÃO Lígia Azevedo
REVISÃO Luciane Helena Gomide e Marise Leal

Dados Internacionais de Catalogação na Publicação (CIP)
(Câmara Brasileira do Livro, SP, Brasil)

Lane, Nina
   Declarar / Nina Lane ; tradução Alexandre Boide. — 1ª ed. — São Paulo : Paralela, 2018.

   Título original: Awaken.
   ISBN 978-85-8439-127-1

   1. Ficção norte-americana I. Título.

18-18550   CDD-813

Índice para catálogo sistemático:
1. Ficção : Literatura norte-americana   813

Iolanda Rodrigues Biode — Bibliotecária — CRB-8/10014

[2018]
Todos os direitos desta edição reservados à
EDITORA SCHWARCZ S.A.
Rua Bandeira Paulista, 702, cj. 32
04532-002 — São Paulo — SP
Telefone: (11) 3707-3500
www.editoraparalela.com.br
atendimentoaoleitor@editoraparalela.com.br
facebook.com/editoraparalela
instagram.com/editoraparalela
twitter.com/editoraparalela

Este livro é para todos os leitores que adoram Liv e Dean West tanto quanto eu. É para aqueles entre vocês que sabem da coragem que é necessária para confiar nos próprios instintos e encontrar seu caminho. É para as mulheres que adoram ser amadas por alguém e para os homens que são seus heróis. E é para todos que acreditam em coisas boas — livros, uma xícara de chá, professores gatos, viagens interessantes que nos levam de volta para casa, colchas quentinhas e amores perfeitamente imperfeitos.

Mas nós amávamos com um amor
que era mais que amor.

Edgar Allan Poe

PARTE I

1

3 DE MARÇO

Mesmo a milhares de quilômetros de distância, consigo sentir meu marido. Sinto seus pensamentos roçando minha pele, as batidas de seu coração em sincronia com as minhas. Eu o sinto no mundo, uma presença poderosa e inescapável que sempre vai ser minha fonte de segurança e afeto. Por causa disso, a distância entre nós não parece tão vasta, e não pareço tão só em minha solidão.

Mirror Lake está despertando da hibernação do inverno. Adesivos de tulipas coloridas, borboletas e pássaros estampam as vitrines do comércio da Avalon Street. A superfície congelada do lago está começando a rachar, as placas de gelo derretem sob o sol cada vez mais quente. A neve continua acumulada nas montanhas ao redor e nas ruas, mas a promessa da chegada da primavera paira no ar.

De calça jeans e camiseta, ponho um casaco e prendo os cabelos castanhos em um rabo de cavalo antes de sair. Paro em um café, pego dois para viagem e vou andando até a Emerald Street, onde fica a Happy Booker. As palavras QUEIMA DE ESTOQUE FINAL estão pintadas em letras garrafais na vitrine.

Abro a porta com uma pontada de tristeza. Eu me ofereci para tentar ajudar minha amiga Allie Lyons a salvar a livraria pedindo um empréstimo para me tornar sócia da loja, mas o banco não aceitou e o faturamento não é suficiente para pagar o aluguel depois do reajuste.

"Bem-vinda à... ah, oi, Liv." Allie fica de pé ao lado de uma pilha de livros e afasta uma mecha de cabelos ruivos da testa. Cheia de energia e determinação aos vinte e sete anos, ela não vai deixar que algo como a falência a derrube.

"Bom dia, Allie." Coloco o café dela sobre a bandeja no balcão. "O que posso fazer?"

"Ainda não mexi na parte de infantis", Allie me diz. "Os brinquedos também precisam ser encaixotados, mas vamos esperar mais uma semaninha para isso. Brent vai passar aqui em meia hora para levar umas caixas na picape."

Tiro o casaco e vou até os fundos da loja, onde fica a seção infantil. A livraria vai fechar no fim do mês, então estamos encaixotando os produtos em consignação e liquidando o estoque. Começo a trabalhar numa planilha de inventário.

"Ei, Liv, tem um monte de brindes naquele cesto perto da vitrine", Allie avisa. "Vou deixar lá fora amanhã, então, se quiser alguma coisa, é melhor pegar agora. Tem um livro sobre história medieval de que o professor bonitão pode gostar."

"Obrigada." Guardo alguns livros de ilustrações e vou até o cesto.

Começo a vasculhar os volumes e separo um sobre literatura medieval, apesar de achar que Dean já tem. Acrescento alguns romances à pilha.

"Quando é que ele volta?", Allie pergunta.

"Ainda não sei. Essa fase do trabalho vai até o fim de julho." Tento ignorar o aperto no coração com a lembrança de que Dean foi embora.

Não, lembro a mim mesma. Ele não foi embora. Só não está aqui.

Ele até se recusou a ir, a princípio. Parecia que nada — nem a ordem para manter distância do campus da Universidade King's, a ameaça à sua carreira ou a acusação de assédio sexual por parte de uma aluna rancorosa — seria capaz de tirar meu marido do meu lado.

Dean passou algumas semanas pairando ao meu redor depois que perdi o bebê, desesperado para fazer alguma coisa para amenizar a situação. Logo percebi que essa proximidade era sua maneira de lidar com a perda e com a raiva, e concluí que ele precisava se afastar de Mirror Lake. Havia a possibilidade de ser consultor em uma expedição arqueológica na Itália por seis meses, mas ele não queria aceitar, porque significaria ficar longe de mim.

Então, em uma tarde de fevereiro, Dean foi à King's devolver alguns livros. Ele viu Maggie Hamilton, a garota que fez a falsa acusação de assédio, na biblioteca. Os dois não se falaram, mas Frances Hunter, diretora do departamento de história da universidade, foi até nosso apartamento naquele dia.

Ela ficou abismada com a audácia de Dean de aparecer no campus enquanto estava suspenso, mesmo que não oficialmente. E ficou ainda mais perturbada quando o pai de Maggie Hamilton ameaçou entrar com um pedido de medida cautelar contra Dean se ele não parasse de "perseguir" a garota.

"Se você não tomar cuidado, as coisas vão ficar piores do que já estão", alertou Frances. "Pelo amor de Deus, Dean, uma medida cautelar. Uma suspensão não vai ser nada se Edward Hamilton conseguir uma ordem judicial impedindo você de chegar perto do campus. Que tal ser mais discreto daqui em diante?"

Frances olhou para mim, e Dean compreendeu o que significava. Sei qual foi a difícil conclusão a que ele chegou naquele exato momento — se saísse de Mirror Lake, se não pudesse servir de alvo para Maggie Hamilton e o pai, impediria que eu fosse atingida no fogo cruzado. Minha proteção era o único argumento capaz de convencê-lo a se afastar.

Ele saiu bem cedo na manhã do dia seguinte para pegar o avião. Dava para sentir toda a tristeza e a raiva que emanavam de seu corpo. Quase voltei atrás na minha insistência de que não podia acompanhá-lo por causa de compromissos em Mirror Lake.

Mas fui firme. Ele precisava ir, e eu tinha que ficar.

"Não sei como vai ser nossa vida daqui para a frente", Dean comentou, estendendo a mão para tocar meu rosto quando paramos na porta do apartamento.

"Nem eu", admiti. "Mas por que precisamos saber? Nem sempre dá para ter um plano."

"Dá, sim."

Eu me virei para pegar a mala dele. Conheço bem meu marido. Ele gosta de planejamentos e cronogramas. Precisa estar no controle da situação. Está acostumado a conseguir o que quer. A avalanche de acontecimentos recentes — nossa breve separação no fim do ano passado, a perda do bebê e agora a ameaça à carreira dele — nos atingiu com uma força inimaginável e abalou nossos corações.

E não havia nada que Dean pudesse fazer para evitar.

Naquele momento, pensei em uma coisa que escrevi no meu manifesto alguns meses antes.

Vou ter sempre em mente como as coisas eram quando nos conhecemos.

Como eu gostei daqueles primeiros meses de exploração sem pressa, em que conhecemos cada parte do corpo e o coração um do outro. Parecia que o mundo se resumia a nós dois, como se nada fosse capaz de romper a barreira da nossa intimidade. Como se houvesse um lugar só nosso no mundo.

Desci a escada com Dean e saímos para a manhã fria e cinzenta. Ele abriu o porta-malas do carro e guardou a bagagem.

Fiquei olhando para Dean — meu marido alto e lindo, com cabelos escuros ondulados e feições marcantes intensificadas pelos olhos castanhos e os cílios grossos. Seu corpo forte e seus ombros largos pareciam capazes de suportar todo o peso do mundo.

"Dean?"

"Hum?" Ele fechou o porta-malas e enrijeceu os ombros.

"Lembra como foram bons nossos primeiros meses juntos?"

"Nunca vou esquecer."

"Nem eu." Me aproximei dele. "Então fiquei pensando que, quando você voltar, a gente podia só... namorar."

"Namorar?"

"Como no começo", sugeri. "De repente você pode me cortejar."

"*Cortejar?*"

Ele me olhou como se a escolha de termos fosse estranha. Estendi a mão para tirar um fio solto de sua lapela.

"No nosso segundo encontro, você me disse que adorava as histórias do rei Artur quando criança", continuei, "e que seu cavaleiro favorito era Sir Galahad. O maior de todos. E comentou que adorava histórias sobre o Santo Graal, Excalibur, Lancelot... Lembra?"

"Claro."

"Além de todas as aventuras, os cavaleiros deviam se empenhar um bocado para conquistar mulheres", falei. "Não era essa a base do amor cortês? Imaginei que você soubesse tudo a respeito."

"Na verdade, já fiz uma pesquisa nessa área."

"E então?"

Quase deu para ver a mente dele se voltando ao terreno confortável do conhecimento acadêmico. A tensão em seus ombros se aliviou um pouco.

"A ideia do amor cortês surgiu mais ou menos no século XI", ele explicou. "Na literatura, havia o conceito do amor secreto, em especial entre os membros da nobreza. Uma intersecção entre o desejo erótico e espiritual. O homem precisava se mostrar digno do amor da mulher passando por uma série de provações e aceitando a independência dela. Ele a cortejava com uma série de rituais, cantigas, presentes e gestos elaborados."

"Parece promissor", comentei. "Para a dama, pelo menos."

"A *domina*, no caso", comentou Dean. "Ela era a amante idolatrada e exigente. O cavaleiro era o *servus*, seu criado fiel e inferior."

"Sério?"

"Sério." Ele estendeu a mão para colocar uma mecha de cabelos atrás da minha orelha.

"Isso está ficando cada vez melhor", falei com um sorriso.

"Está mesmo." Dean me encarou com um brilho no olhar. "Fazia um tempão que eu não via esse seu sorriso lindo."

Uma ternura tomou conta de mim. Passei a mão no peito dele, sentindo o calor dos músculos sob a camisa. Dean se inclinou para me beijar, colando a boca à minha. A pressão fez meu sangue esquentar.

"Começou bem, meu criado fiel", murmurei.

"Obrigado, dama idolatrada." E lá estavam aquelas rugas no canto dos olhos, o brilho que sempre aquece meu coração.

"Os cavaleiros saíam para longas jornadas e cruzadas, não?", perguntei. "Podemos encarar sua viagem assim. Mas sem a parte da pilhagem."

"Eles viajavam muito mesmo", Dean falou. "E sempre levavam uma lembrança de sua amada. Preciso de alguma coisa sua para levar comigo."

"Tipo o quê?"

"Um lenço ou uma luva." Ele encolheu os ombros. "De repente sua calcinha."

"De jeito nenhum. E se revistarem sua mala no aeroporto?"

Ele sorriu. "Só você para se preocupar com isso."

"Espera." Subi correndo para o apartamento e entrei no quarto. Peguei algo em uma caixa de sapatos no armário e voltei.

"Aqui", disse, estendendo a mão para Dean. "Uma lembrança *apropriada* do meu amor e da minha devoção."

Ele pegou o pequeno pingente preso a uma correntinha de prata e passou o dedo pela citação em latim: *Fortes fortuna iuvat.*

A sorte favorece quem tem coragem.

"Guarda para mim", pedi.

"Claro." Ele guardou a correntinha no bolso da calça jeans.

"Então a ideia é essa", falei. "Você vai me cortejar à distância. Quando voltar, podemos sair para jantar, ir ao cinema, esse tipo de coisa. Namorar. Vai ser divertido."

Só Deus sabia o quanto eu e meu marido precisávamos daquilo depois de toda a turbulência dos meses anteriores.

"Eu adoraria voltar a namorar você, Olivia Rose." Dean pôs a mão no meu pescoço.

"Eu também."

Ele chegou mais perto, e sua voz grave reverberou dentro de mim. "Me dá um beijo, bela."

Fiquei na ponta dos pés para colar os lábios aos dele e me senti preenchida pelo amor e pela crença de que em breve estaríamos juntos novamente. Dean segurou meu rosto entre as mãos e moveu a boca junto à minha da forma perfeita que tornava cada beijo uma mistura de algo familiar e sempre novo. Em seguida me abraçou tão forte que senti seu coração batendo contra o meu.

Quando acabou, dei um passo relutante para trás, na direção da porta. Apesar de saber que ele precisava ir, ainda não me conformava com a ideia de ficar longe dele.

Ficamos nos olhando por um momento, com uma energia ressoante entre nós. Guardei na memória a aparência do meu marido naquele instante, parado ao lado do carro, com a brisa agitando seus cabelos, a calça jeans desbotada justa nas pernas, os olhos castanhos afetuosos expressando mil pensamentos e me envolvendo. Tão diferente de cinco anos atrás, quando ficou parado na calçada me olhando... e ainda assim era exatamente o mesmo.

"Me promete que vai relaxar um pouco quando estiver na Toscana", falei. "Se sujar. Comer bem. Curtir as conversas com os colegas sobre coisas medievais. Dar risada. Lembrar que adora o que faz. Promete."

"Prometo." Ele enfiou a mão no bolso do casaco para pegar a chave. "Agora fala."

"Sou sua." Senti um nó na garganta. "Fala você também."

"Sou seu. Sempre vou ser."

Ele levou a mão ao peito e depois a ergueu para mim. Fiz um aceno rápido e entrei, para não ser obrigada a vê-lo partir.

Dean está na Itália há dez dias. Apesar de estar morrendo de saudade, tenho coisas a fazer, objetivos a alcançar. Trabalho na livraria todos os dias, sou voluntária na biblioteca e estou ajudando a organizar uma nova exposição no Museu Histórico. Também preciso encontrar outro emprego, para quando a livraria fechar.

Volto a encaixotar os livros ilustrados. Folheio um sobre um menino e seu dinossauro de estimação. Desde que sofri o aborto, fico pensando no que perdi. Eu estava começando a fazer planos. Tinha chegado a imaginar como seria ter um bebezinho enrolado num cobertorzinho, fofo e quente como um bolo saído do forno. Com cabelos macios, um sorriso sem dentes e no futuro passinhos cambaleantes.

Imaginei Dean com um recém-nascido no colo, profundamente certa de que amaria e protegeria nosso bebê com uma ternura fervorosa. De que essa criança teria uma sorte indescritível por poder contar com Dean West como pai.

E, apesar de não conseguir me imaginar como mãe, acreditava que em breve seria capaz. Estava conseguindo contemplar a possibilidade no horizonte.

E ainda consigo.

"Vou etiquetar as caixas lá no estoque", Allie avisa, interrompendo meus pensamentos. "Brent e eu vamos carregar essas primeiro."

Continuo trabalhando nos livros infantis, fazendo uma ou outra pausa para ler meus e-mails. Dean e eu trocamos dois ou três por dia, com assuntos deliciosamente mundanos, seja trabalho, a viagem que ele fez a Florença ou a nova loja de artigos esportivos que abriu na Tulip Street, mas os telefonemas à noite vão mais além.

Vou para o balcão atender os clientes. Às cinco horas, estou começando a fechar a livraria quando minha amiga Kelsey March chega, com um terninho de risca de giz e salto alto, a mecha azul nos cabelos loiros quase reluzindo.

"Oi, Kels. O que está fazendo aqui?"

"Pensei em convidar você para jantar. Pode até ser naquela casa de chá de que você tanto gosta."

"A Matilda's Teapot fechou de vez." Visto o casaco. "Que tal o Abernathy's?"

"Pode escolher."

Pergunto sobre o trabalho dela enquanto saímos da livraria e vamos caminhando até a Abernathy's. Depois que nos sentamos e fazemos o pedido, Kelsey se recosta na cadeira e olha bem para mim.

"E como você e o professor maravilha estão? Quando ele vai voltar?"

"Ainda não sei." Nem Dean nem eu contamos a Kelsey sobre o aborto ou a acusação de assédio sexual. A dor do primeiro ainda está muito viva, e não podemos falar sobre o segundo com ninguém.

"Ei, como a Happy Booker vai fechar, estou procurando emprego de novo", digo. "Lembra que no ano passado você falou que poderia tentar me arrumar alguma coisa no seu departamento? Será que tem alguma vaga aberta?"

"Provavelmente não, porque o semestre já começou, mas posso perguntar. Às vezes pinta algum serviço administrativo."

"Bom, fui demitida do meu último emprego administrativo, na galeria de arte", admito. "Acho que não é muito a minha. Mas me candidatei a algumas vagas. Pensei em trabalhar com comida, já que gosto de cozinhar agora."

Procurei empregos nos classificados e na internet, e deixei meu currículo em uma confeitaria francesa na Dandelion Street e em uma loja de tortas chamada Pied Piper.

Sei que tenho planos maiores, mas preciso de um emprego — *qualquer um* — o quanto antes. Pode ser legal trabalhar em uma confeitaria por um tempo, independente do tipo de trabalho, já que sou louca por doces.

"Tem uma vaga em um estúdio fotográfico na Ruby Street", continuo. "Eles estão procurando um agente de marketing, o que quer que isso seja. Não entendo nada do assunto."

"Acho que você seria boa nisso", Kelsey comenta.

"Sério?"

"Claro." Kelsey se recosta na cadeira com um suspiro de contrariedade. "Liv, você parece uma... uma criança às vezes. As pessoas gostam disso em você, a inocência, a falta de malícia. Todo mundo quer tomar conta de você, porque é uma fofa. Mas às vezes essa sua falta de confiança em si mesma pode ser irritante."

"Eu sei, e fico louca da vida comigo mesma. Mas nunca consegui descobrir no que sou boa. Então como posso confiar na minha capacidade?"

"Chegou a hora de parar de achar que você não sabe fazer *nada* e considerar que talvez possa fazer *tudo*."

"Estou tentando, Kelsey. De verdade."

"Faz uma lista."

"Gosto de ler", digo. "E de jardinagem. E sei fazer um ótimo cappuccino."

"Que mais?"

"Sou boa em restaurar coisas, tipo móveis antigos. Sempre gostei de decoração e de organização. Estou ajudando a planejar uma exposição no museu e editando o catálogo. Sou boa na cozinha. Adorei trabalhar na livraria com a Allie. E desenho mais ou menos bem."

Dizer tudo isso em voz alta eleva meu ego. Não é uma lista de se jogar fora.

"Tá vendo?", Kelsey comenta.

"O quê?"

"Você é boa em um monte de coisas, Liv. Só precisa pôr em prática."

"Esse é um dos motivos pelos quais estou procurando emprego. Mas tenho medo de que acabe como as outras vezes, e ainda por cima estragando alguma coisa que eu queira *de verdade*."

Afasto o prato, perdendo o apetite. "Minha mãe sempre foi assim", digo. "Vive pulando de emprego em emprego."

"O que isso tem a ver?"

Fico olhando para o prato, sem conseguir confessar o que descobri nos últimos meses — que minha dependência de Dean e minha falta de perspectiva de carreira são assustadoras. Sem meu marido, eu não teria nenhuma garantia financeira e viveria na incerteza.

"Bom... não quero acabar como a minha mãe", admito. "Nunca quis."

"Ela tem um casamento maravilhoso?", Kelsey pergunta. "Ela vive em uma cidade incrível e tem uma ótima amiga chamada Kelsey, que está disposta a falar umas verdades quando preciso e depois comprar um sundae para compensar?"

"Não."

"Então para de usar sua mãe como pretexto para não fazer nada da vida." Kelsey balança a cabeça. "Sinceramente, Liv, às vezes você precisa assumir o papel de adulta e resolver as coisas."

Ela chama a garçonete e pede dois sundaes.

Suas palavras reverberam na minha mente bem depois de terminarmos o sorvete e irmos embora, o que devia ser a intenção dela.

Volto a pé para a Avalon Street, fazendo uma lista mental de possibilidades de carreiras com base nas minhas capacitações. Quando chego em casa, sigo a rotina de sempre: dou uma limpada no apartamento, depois procuro emprego na internet e trabalho no catálogo da exposição do museu.

Perto das dez, vou para o quarto e visto uma das camisetas velhas do San Francisco Giants de Dean com as quais tenho dormido desde que ele partiu. É macia, confortável e tem um leve cheiro da loção pós-barba ainda estranhado no tecido. É como se pudesse sentir o calor do corpo dele. Penteio os cabelos e volto à cozinha para fazer um chá.

Vou até o escritório, ponho a caneca ao lado do computador, me acomodo na cadeira de couro e estendo a velha colcha de retalhos sobre as pernas. É um ritual que aprendi a amar nos últimos dez dias. Meu corpo inteiro pulsa de ansiedade.

São cinco da manhã na Toscana, então o dia de Dean está começando, enquanto o meu termina. Assim que dá dez horas, o telefone toca. Atendo.

"Oi, professor."

"Aqui eu sou o Indiana Jones, linda."

Abro um sorriso. "Você é muito mais gostoso que o Indiana Jones."

"Fico feliz que pense assim."

"Eu sei." Me ajeito na poltrona, sentando em cima das pernas. "O que você vai fazer hoje?"

"Sentir saudade da minha garota."

Sinto um aperto no peito. "Sua garota também está com saudade."

"Ah, é? Você falou com ela?"

Dou uma risadinha, e o aperto se desfaz um pouco. "Todos os dias. Ela disse que é melhor você não se engraçar com nenhuma italiana bonitona."

"Não tenho olhos para ninguém além de você, bela." Sua voz profunda e seu tom carinhoso me deixam quente até os dedos dos pés. "Você é a única mulher que eu vejo."

Solto um suspiro e apoio a cabeça no encosto da cadeira. Apesar de saber que Dean precisa ficar longe de Mirror Lake por uns tempos, é impossível negar que a separação dói. E ainda mais porque não deveria ser assim.

Meu marido deveria estar esparramado no sofá agora, brincando com um barbante entre os dedos. Eu deveria sentir o corpo dele junto ao meu à noite e passar a mão em seu peito. Deveríamos conversar sobre nosso dia durante o jantar, e fazer planos para as férias de verão. Deveríamos estar juntos.

"Encontraram alguma coisa interessante ontem?", pergunto.

Dean fala sobre seus achados, sobre o processo científico das escavações, seu trabalho em parceria com um professor de Cambridge e a organização do congresso que a King's vai sediar em julho.

Aperto o telefone com força no ouvido, sentindo sua voz me envolver como um de seus abraços quentes e protetores.

"E você, o que fez hoje?", ele pergunta.

"Trabalhei na livraria e depois fui jantar com a Kelsey. Ela me chamou de criançona e me deu uma bronca por ser tão mole."

Assim que as palavras saem da minha boca, consigo sentir a raiva de Dean do outro lado da linha.

"Por que ela fez isso?"

"Pro meu próprio bem. Kelsey tem razão, em certo sentido." Faço uma breve pausa. "Você me vê assim, como uma criançona?"

A hesitação do outro lado da linha diz mais do que mil palavras. Sinto meu estômago embrulhar.

"Sério mesmo?", pergunto. "Você me acha infantil?"

"Nunca vi você como uma pessoa fraca ou medrosa", Dean responde. "Muito pelo contrário. Mas, quando a gente se conheceu, vi que você era bem tímida, parecia uma ratinha. Como se quisesse ser corajosa, mas tivesse receio de descobrir o que ia acontecer caso se soltasse. Foi um dos motivos que me fizeram gostar tanto de você."

Penso um pouco a respeito. Em termos objetivos, faz sentido. Me senti atraída por Dean desde o início porque percebi que com ele poderia me arriscar de outras formas, sem sentir medo.

"Bom, pelo menos ratinhas são fofinhas", murmuro.

"Você pode se vestir de Minnie Mouse quando eu voltar", ele sugere. "Uma saia curta rodada, uma tiara na cabeça, salto alto..."

Dou risada, mas na verdade considero a ideia interessante. "Suas fantasias andam bem criativas, professor."

"É o que me resta, sem você aqui."

Fico arrepiada ao pensar nele fantasiando comigo. Apesar de todo o sexo nos dias anteriores à partida de Dean, nunca havíamos ficado tanto tempo sem qualquer intimidade. Mesmo durante nossos telefonemas noturnos, não direcionamos a conversa para esse rumo.

Mas sei que Dean sente vontade de fazer isso. Nossa vida sexual sempre foi boa porque sentimos muito tesão um pelo outro. Qualquer que seja o magnetismo animal ou a química responsável, atração não falta.

O sexo é explosivo e avassalador entre nós. É um desejo intenso, uma alegria inesgotável, uma forma de esquecer tudo o que não seja nós dois, uma forma de sentir as coisas da maneira mais natural e pura. Um ato a que podemos nos render sem medo.

Quero tudo isso de volta, e sei que Dean também quer. Alguns dias atrás, o tesão bateu com tudo. Comecei a ter sonhos luxuriosos com nós dois, e a satisfação que senti foi muito bem-vinda.

Apesar de estar ansiosa para ficar com Dean de novo, não consigo deixar de acreditar que nos segurarmos agora vai nos ajudar a reencontrar nosso equilíbrio, nos fazendo lembrar de por que *gostamos* da companhia um do outro.

Fecho os olhos e imagino meu marido sentado na cadeira e eu em seu colo, seus braços fortes envolvendo minha cintura. Consigo até sentir o cheiro delicioso e amadeirado de sua loção pós-barba, e o toque áspero dos pelos recém-raspados de seu rosto contra minha pele.

"Dean?"

"Liv."

"Tudo bem a gente não entrar muito nesse assunto por mais um tempinho?"

"Desde que você não se incomode se souber que fico te imaginando peladinha e toda suada a maior parte do tempo."

"Não me incomodo. Na verdade, adoro isso. Só tente não pensar em mim quando estiver escavando um esqueleto medieval ou coisa do tipo."

"Não se preocupa, sou discreto." Ele faz uma pausa. "E não é só nisso que penso."

"Eu sei."

"Na verdade, a abstinência faz parte da filosofia do amor cortês", Dean me diz. "O cavaleiro suprime seus desejos eróticos para exaltar a alma e a essência da dama."

"E você acha que é capaz de fazer isso?"

"Posso exaltar sua essência, mas sem chance de suprimir meus desejos eróticos pelo seu corpo."

Abro um sorriso. "Adoro ser amada por você, professor."

"E eu adoro amar você, bela."

Um sentimento intenso preenche meu coração. Houve uma época em que eu não acreditava que pudesse existir um homem como Dean West. Com certeza jamais pensei que alguém como ele pudesse entrar na minha vida. A separação só fez crescer minha gratidão.

"Tenho um poema para você", Dean me diz.

"Um poema?"

"De Guillaume de Machaut, um compositor de baladas de amor do século XIV. Quer ouvir?"

"Claro."

Ele limpa a garganta.

Quero ser fiel a ti, proteger tua honra,
Manter tua paz, obedecer-te,
Temer-te, servir-te e honrar-te,
Até a morte, inigualável dama.
Pois te amo tanto, tão sinceramente,
que seria mais fácil drenar
o mar profundo e deter suas ondas
do que me impedir
de te amar.

"Uau", murmuro. "Impressionante."

"Quer ouvir em francês?"

"Precisa perguntar?" Adoro ouvir Dean falar francês.

"Je veux vous demeurer fidèle, protéger votre honneur", ele murmura, e sua voz de barítono faz minha pulsação acelerar, *"assurer votre paix, vous obéir, vous craindre, vous servir et vous honorer, jusq'à la mort, gente dame..."*

Quando ele termina, estou toda derretida. "Era esse tipo de poema que os cavaleiros usavam para atrair as damas?"

"Bem melhor que rimar 'amor' com 'dor', não?"

"Nem me fala." Abro um sorriso. "Obrigada."

"Só estou tentando cortejar você."

"Foi um belo começo. Me liga de novo amanhã?"

"Quando o relógio marcar dez horas, minha inigualável dama."

Nós nos despedimos e desligamos. Fico sentada na cadeira dele por mais um tempo, depois me levanto para cuidar das plantas da varanda. Enquanto arranco as folhas secas, vejo que meu lírio-da-paz desabrochou, e a flor está voltada na direção do nascer do sol.

Acho que nunca assumi o papel de *adulta*. Então, depois de receber meu último pagamento de Allie, decido comprar algo que uma adulta compraria. A antiga Liv acha que é um desperdício de dinheiro, mas uma nova Liv está vindo à tona, e acho que posso me sentir menos criança comprando a lingerie apropriada.

Com papel de parede florido, lustre imitando cristal, móveis vintage, a loja é um oásis de rendas, cetim e outros tecidos delicados em prateleiras abertas cheias de peças bem dobradas. O cheiro de baunilha preenche o ar, e uma sonata de Mozart sai dos alto-falantes discretos.

A vendedora se aproxima com um sorriso acolhedor. O crachá indica que seu nome é Sophia, e ela é uma mulher bonita de quarenta e poucos anos que parece conhecer bem a importância do que se usa por baixo da roupa. Ela tira minhas medidas e me fala sobre diversos estilos de calcinha que eu nem sabia que existiam.

"De que tipo você costuma usar?", Sophia pergunta.

"De algodão", respondo, já ficando envergonhada com isso.

"E está procurando alguma coisa diferente?"

"Acho que sim." Lanço um olhar desconfiado para os modelos asa-delta e as tangas, e pego uma fio dental que parece capaz de me cortar ao meio. "Mas, hã, talvez nem tão diferente", digo, deixando-a de lado.

Pego um pacote de calcinhas comuns e quase consigo sentir o desânimo de Sophia.

"Bom, essas são confortáveis", ela comenta, me pegando pelo braço e me conduzindo a outras prateleiras. "Mas você pode gostar dessas aqui. O tecido é elástico e ficam no meio-termo entre um shortinho e a calcinha tipo biquíni, então cobrem bem sem parecerem... antiquadas."

"Não quero parecer antiquada", admito.

Kelsey disse "adulta", não "vovozinha".

"Estas aqui são do seu tamanho." Sophia pega algumas calcinhas da prateleira e me entrega. "São sensuais e confortáveis. Experimenta e me diz o que acha. Quer ver uns sutiãs combinando também?"

Penso em recusar, mas então decido que é uma boa ideia. Sophia me entrega uma calcinha de nylon descartável para vestir por baixo e vou até o provador com o braço carregado de lingeries finas.

Depois de tirar a roupa e pôr o protetor de nylon, visto uma calcinha florida de renda e um sutiã com bojo combinando, então me viro para me olhar no espelho.

E *uau*.

Nunca fiz o tipo magra e esguia, mas... uau. Tenho curvas bonitas. O sutiã levanta meus seios, e a calcinha fica esticadinha sobre os quadris e a bunda.

Depois de me olhar por todos os ângulos, agacho e me alongo para garantir que a calcinha não vai enrolar nem entrar na bunda.

"O que achou?", Sophia pergunta do lado de fora. "Quer experimentar algumas tipo shortinho também?"

"Claro."

"Também temos baby-dolls em promoção. São bem confortáveis. Quer que eu traga alguns?"

"Por que não?"

Passo as duas horas seguintes experimentando sutiãs, camisolas de seda, bodies e pijaminhas.

Saio da loja com uma sacola com três conjuntos de calcinha e sutiã (três pelo preço de dois), e três calcinhas tipo short com sutiãs combinando (com vinte e cinco por cento de desconto), além de um baby-doll, duas camisolas de alcinha com robe combinando e outras três de renda justinhas. Apesar de ter gastado quase todo o meu salário, a nova Liv começou bem.

Enquanto caminho de volta para casa, uma onda de excitação me invade ao pensar na reação de Dean quando me vir de calcinha e sutiã de renda. Me pergunto por que nunca me dei ao trabalho de comprar uma lingerie bonita antes, nem que fosse pensando só nele.

A resposta vem fácil. Dean me ama como sou. Com calcinha e sutiã simples de algodão e tudo mais. Meu marido nunca desejou que eu fosse diferente.

Muito pelo contrário, aliás. Ele nunca quis que eu mudasse.

Mas eu mudei. Sou uma pessoa diferente do que era seis meses atrás. Ora, *um mês* atrás. Ainda não descobri o que quero fazer ou como me valer das coisas em que sou boa, e talvez não tenha muita confiança em minha capacidade...

"Liv, às vezes você parece uma... uma criança."

A voz de Kelsey interrompe meus pensamentos derrotistas.

Antes de Dean viajar, eu disse que queria muito conseguir me provar para *mim* mesma. Queria me virar sozinha e fazer meu próprio caminho.

E sei que consigo.

Sou inteligente. Dedicada. Leal. Organizada. Sempre carrego uma caneta extra comigo. Sou trabalhadora. Responsável. Posso fazer as coisas acontecerem. Cometi erros e aprendi com eles. Sou uma boa aluna. Fui derrubada e consegui me levantar.

Uma *criança?*

Não mesmo.

2

DEAN

8 DE MARÇO

"Dean, temos um problema."

"Não gosto de problemas, Frances. Gosto de soluções."

"Bom, não chega a ser um problema ainda. Só um prenúncio."

"Não gosto de prenúncios de problemas."

Seguro o telefone com uma mão e protejo os olhos do sol com a outra. Barbantes demarcam a fachada de uma igreja do século XI e os muros ao redor, que se elevam do chão como dinossauros, dividindo as seções de escavação.

"Então certamente não vai gostar de ouvir isto", Frances avisa.

"O que foi?" A irritação toma conta de mim.

"Edward Hamilton está cogitando fazer uma considerável doação à King's e financiar as instalações de uma nova faculdade de direito."

"Ah, merda." Se não estivesse tão puto, eu cairia na risada. O pai de Maggie Hamilton segue à risca a tradição familiar de grandes doações para a universidade, e essa é sua tentativa de levar a cabo o que quer diante do conselho diretor.

E o que ele quer é minha demissão.

"Por que o conselho não beija a bunda dele de uma vez?", pergunto a Frances.

"Dean, por enquanto é só uma possibilidade. Ele ainda não se comprometeu com isso."

"Mas vai se comprometer assim que se livrarem de mim." Respiro fundo e olho em volta.

Há arqueólogos, voluntários e estudantes espalhados pelo sítio, escavando em busca de artefatos e registros históricos. Os morros da

Toscana ao nosso redor são como gigantes adormecidos sob cobertores verdes.

"O que eu faço?", pergunto, ao mesmo tempo ansioso pela resposta e com medo dela.

"Nada", Frances responde.

"Não posso não fazer nada", esbravejo. "Já estou de saco cheio disso."

"Esquece a investigação, Dean. Participar dessa escavação foi a melhor coisa que você poderia ter feito. Tenho lido seus relatórios, e seus podcasts são brilhantes. Os diretores do conselho fizeram um comunicado à imprensa sobre sua bolsa e suas contribuições. É *isso* que você deve fazer."

"Por quanto tempo mais?"

"Ben Stafford vai fazer uma recomendação ao conselho diretor da universidade em breve", ela explica. "Se o caso chegar ao conhecimento deles, vão querer investigar mais a fundo e provavelmente conduzir uma audiência pública."

"Quando é a próxima reunião do conselho?"

"No fim de maio."

"Faltam quase três meses."

"Eles podem se reunir antes, se necessário."

"Não vou ficar aqui por mais três meses, Frances. Sem chance. Já faz duas semanas. Sinto falta..."

Eu me interrompo. O sol desaparece atrás de uma nuvem.

Da minha mulher. Sinto falta da minha mulher.

"Do trabalho", digo por fim.

"Você está trabalhando", responde Frances. "E vai ser bom para sua carreira. Quando voltar, vai direto para o congresso. É um grande passo, Dean, mas precisa ficar aí e terminar o trabalho."

Falamos mais um pouco antes que eu encerre a ligação e vá andando até a escavação. Pego o caderno e a câmera e começo a registrar as características do mosteiro localizado entre a igreja e o claustro.

Eu não fazia trabalho de campo desde a época da faculdade. Tinha até me esquecido do quanto gosto de ficar ao ar livre e caçar tesouros vestindo calça jeans e um moletom velho, sem nem precisar fazer a barba. Sujar as mãos me faz lembrar de quando eu era criança e recolhia insetos e pedrinhas no quintal com Archer. Gosto de procurar entender o que era cada objeto, para que era usado, de determinar quando uma estrutura foi construída.

Apesar de sentir muita saudade de Liv e de casa, é bom estar aqui. Sei exatamente o que estou fazendo. Falar e pensar sobre sedimentos, planejamento estrutural, estágio de construções... isso pelo menos faz sentido.

Ao contrário da perda do bebê.

Ao contrário da ameaça à minha carreira.

Ao contrário dos problemas no meu casamento.

Nada disso faz sentido. Nunca vai fazer.

Tiro fotografias do muro e depois vou oferecer ajuda em outras áreas do sítio. Meus dias aqui têm uma rotina concreta. Acordar cedo, tomar café da manhã e um banho. Conversar com Liv e ir trabalhar. Escavar, catalogar, aconselhar, estudar, registrar, fotografar. Uma ou outra viagem a Florença ou Lucca. Jogos de futebol. Jantar com os colegas, depois conversar ao redor da fogueira, com bebida e músicas, ou ver um filme.

Liv fica o tempo todo nos meus pensamentos, ainda que esteja a oito mil quilômetros de distância, guardando livros, organizando uma exposição de fotografias, cozinhando no apartamento que transformou no nosso lar com suas plantas e seus toques de decoração.

Não quero ficar longe dela, mas descobri uma coisa aqui — preciso fazer com meu casamento a mesma coisa que fiz com minha carreira como historiador.

Estudar os dados para compreender tudo.

Consigo fazer isso. Já fiz inúmeras vezes. E sou capaz de fazer de novo.

Depois de conversar com o arquiteto sobre as plantas do mosteiro, volto para o quarto e passo uma hora analisando as planilhas de dados e escrevendo um relatório sobre as descobertas de ontem.

Pego o telefone e ligo para meu pai, como faço toda semana, para perguntar como está se recuperando do ataque cardíaco.

Depois de falarmos um pouco sobre sua saúde, ele pergunta sobre meu trabalho.

"Está tudo bem", respondo. "Ainda estou na escavação."

"Helen disse que vai ao seu congresso", ele comenta.

O reencontro com minha ex-mulher não foi tão incômodo quanto eu esperava, mas sinto um aperto no coração com a menção ao congresso. Tenho certeza de que vou ser tirado da organização do evento se a questão da acusação não se resolver logo.

"Quando você vai voltar para a King's?", meu pai pergunta.

Por um instante, tenho vontade de contar tudo. Confessar o que está acontecendo. Apesar de não ter muita proximidade com o meu pai, admito que ele sempre me apoiou e demonstrou orgulho de mim, ainda que acabasse desprezando meu irmão mais novo.

"Logo", digo apenas. "Como está a mamãe?"

Alguns minutos depois, ela entra na conversa. Tagarela um pouco sobre seus trabalhos beneficentes e os eventos locais em que está envolvida, então me pede para enviar artesanato em terracota de Florença.

Prometo que vou fazer isso e desligamos, então leio meus e-mails. Tem um anexo na mensagem de Liv: um desenho de coração com os dizeres: *Você é meu par perfeito.*

Imprimo a imagem e colo na parede ao lado da minha mesa, junto com uma foto que tirei dela alguns anos atrás. Posso ficar olhando para ela durante horas — as leves sardas no nariz, as maçãs do rosto pronunciadas, os olhos castanho-escuros com cílios grossos. Os botões de cima da camisa abertos revelando sua pele clara e o volume dos seios. Os cabelos castanhos e lisos soltos sobre os ombros, os lábios curvados em um sorriso.

Isso ainda me assusta às vezes. O quanto a amo. Apesar de toda essa história de que precisa de mim, conta comigo, depende de mim, sou eu quem não consigo nem respirar longe dela.

As fantasias com ela me fazem gozar todas as noites, mas não contei o que penso durante o dia. Todas as coisas que fazem Olivia Rose Winter, *Liv*, ser quem é — sua mania de organizar os cereais em ordem alfabética, de fazer carinho nos cachorros na rua, de cantarolar enquanto rega as plantas, o jeito como fica emocionada ao ver comerciais piegas na tevê.

Penso nas partes secretas dela, que ninguém conhece além de mim. A pele macia atrás dos joelhos. A curva das clavículas. O espaço entre seus seios. A parte inferior das suas costas, onde minha mão se encaixa com perfeição. Os contornos da sua coluna. A marca de nascença sob a escápula direita.

Minha. Ela é minha.

A possessividade que toma conta de mim no instante em que ponho os olhos nela tem reverberações profundas. Está entranhada nos meus ossos, no meu sangue. E desconfio de que isso seja parte dos problemas que temos.

Me afasto da mesa e volto para o ar livre. Depois de trabalhar mais um pouco e planejar o dia seguinte, janto e vou para a cama cedo. Sempre me levanto antes do amanhecer para falar com Liv, e ainda está escuro lá fora quando ligo para ela.

"Oi." A voz dela parece ligeiramente ofegante. "Estou animada hoje."

"Eu também." Esfrego meu pau, que ainda está meio duro por causa de um sonho erótico, enquanto converso com ela. "Vamos falar sobre essa animação."

"Consegui um emprego", Liv responde com um tom de voz divertido. "Sabe aquela confeitaria na Dandelion Street? Me candidatei a uma vaga para trabalhar no balcão, e me ligaram hoje à tarde dizendo que posso começar amanhã."

O orgulho em sua voz me deixa feliz. "Que ótimo, Liv. Eu sabia que você não ia demorar para encontrar outra coisa."

"Não é o que eu quero fazer para sempre, claro, mas vai ser bom por um tempo."

"Qual é o horário de trabalho?"

Liv me conta os detalhes e depois fala sobre a exposição a ser inaugurada no Museu Histórico.

É meu momento favorito do dia — deitado na cama do quarto do hotel, com o dia amanhecendo lá fora, ouvindo a voz da minha mulher, que soa como música aos meus ouvidos.

"Dean?"

"Sim?"

"Eu... conversei com a dra. Gale hoje."

Meus ombros ficam tensos ao ouvir o nome da terapeuta que veio com a ideia ridícula de que o nosso problema é sexo.

"E então?" Me esforço para manter um tom de voz neutro. "O que ela falou?"

"Bom, só conversamos mais umas duas vezes, mas no fim ela confirmou o que eu já sabia."

"Que é?"

"Que eu queria ter um bebê."

Sinto um aperto no coração. "Eu sei."

"Você já pensou a respeito? Em tentar de novo um dia?"

"Um pouco." Olho pela janela. O céu ainda está escuro e cinzento. "Mas tenho medo."

"Eu também, mas ao mesmo tempo estou animada para tentar, sabe?", Liv responde. "E a vontade é maior que o medo."

Um silêncio se segue. Não consigo nem pensar no que pode acontecer com Liv caso engravide de novo. Ainda que a parte mais racional do meu cérebro saiba que eu estava gostando da ideia de ter um bebê. E estava começando a me preparar para isso.

Parecia certo porque era com Liv, a mulher que roubou meu coração e meu fôlego no primeiro olhar. A mulher que eu nem sabia que estava procurando quando a encontrei.

Seguro o telefone com mais força. "E se..."

"Eu sei. Mas *e se* você não estivesse no departamento administrativo da universidade naquele dia?", Liv pergunta. "Ao mesmo tempo que eu? E se não tivesse decidido falar comigo?"

Um pensamento sinistro, cheio de implicações negativas, se aloja entre nós.

"E se eu não trabalhasse no Jitter Beans?", Liv continua. "E se você não tivesse aparecido lá naquele dia? E se outra pessoa estivesse atendendo naquela hora? A gente poderia nem estar junto agora."

"Liv..."

"Dean, quantas coisas no universo tiveram que se combinar para a gente se *conhecer* e depois ainda se apaixonar?", Liv questiona. "E quantas dessas coisas mudaram nossa vida para sempre?"

"Todas."

"Exatamente. E para melhor. Em vez de ficar pensando no que poderia ser, é melhor pensar no que a gente tem."

Fico sem saber o que dizer. Não posso afirmar que quero tentar de novo, porque não sei se quero mesmo. Acho que não suportaria o medo e a incerteza outra vez. Não quando quem corre perigo é Liv.

"Só estou dizendo que a gente precisa pensar melhor a respeito", ela complementa com delicadeza. "Tudo bem?"

"Tudo bem. Isso eu posso fazer."

"Eu sei que sim, professor."

Você não pode controlar tudo. A voz dela ecoa na minha cabeça outra vez. Mas sei que existem coisas que posso controlar, sim. Minha maneira de pensar. Minha capacidade de seguir o planejamento. O andamento das minhas pesquisas. Trabalhar para conseguir o que quero.

E o que eu mais quero tem tudo a ver com minha mulher.

"Agora me fala alguma coisa acadêmica e erótica", Liv pede. "Você sabe que adoro quando você usa palavras complicadas e... eruditas."

"Cuidado", aviso. "Estou reprimindo todo tipo de desejo erótico por aqui."

"Eu também."

"Ah, é?" Meu pau lateja quando percebo que ela está disposta a um papo mais apimentado.

"Por mais que eu sinta sua falta, essa separação está sendo ótima para minhas fantasias", Liv comenta. "Já tive um monte de sonhos safados com você."

"Me conta mais."

"Bom, no último você era um gladiador gostosão..."

"Um o quê?"

"Um gladiador, com armadura peitoral e sunguinha. E eu era... hã, acho que eu era uma donzela virgem ou coisa do tipo, e a gente estava em um templo com colunas... enfim, foi bem interessante."

Não sei bem onde isso vai terminar, então resolvo direcionar a conversa para um terreno mais seguro.

"Quer me contar o que está vestindo?", pergunto.

"Hã, é... espera um pouco." Escuto o barulho quando ela larga o telefone.

Poucos minutos depois, ela volta.

"Certo", ela diz. "Adivinha o que estou vestindo."

"Uma camiseta."

"Não."

"Sua camisola branca?", especulo, torcendo para estar certo.

"Não."

"Pijama?"

"Não."

"Por favor, me diz que não é aquele roupão enorme."

"Ei, você adora me ver com o roupão", Liv responde. "Fica louquinho de desejo."

"Adoro você de qualquer jeito, já que é seu corpo que me deixa louco de desejo, mas tentar te bolinar com aquele roupão é como apalpar um marshmallow."

A risada dela faz meu sangue esquentar.

"Não estou de roupão", ela garante.

"Então deve estar pelada."

"Não. Estou com uma calcinha azul-marinho de cetim e um sutiã de bojo com detalhes em renda."

O tesão toma conta de mim. Minha cabeça se inunda de imagens das curvas de Liv reveladas por essa lingerie. "Uau."

"Você precisa ver os meus peitos nesse negócio", comenta Liv. "Ficaram incríveis."

"Eles são incríveis." Aperto meu pau por cima da cueca, imaginando seus seios volumosos comprimidos em um decote generoso. "Estou de pau duro só de pensar."

"Ah." Liv solta um leve suspiro, e consigo até vê-la esparramada na cadeira do escritório, passando a mão pelo corpo. "Lembra quando você me mostrou como fazer uma espanhola?"

Solto um grunhido. Sempre que ela diz essas coisas fico com tesão na mesma hora.

"Lembro."

"Tem um tempinho que a gente não faz isso", murmura Liv.

"A gente faz quando eu voltar."

"Seu computador está aí perto?", ela pergunta.

"Está, sim."

"Me dá um tempinho, depois liga a webcam."

Desligo o telefone e pego o laptop na escrivaninha. Sento de novo na cama e abro o programa. Depois de algumas tentativas, malsucedidas, consigo receber a chamada de Liv.

Meu coração dispara. Mesmo com a tela pequena do laptop e a imagem granulada, fico cheio de tesão. Ela está ajustando a câmera, com os cabelos soltos sobre os ombros e os peitos... *Deus do céu.*

Preciso me forçar a respirar.

"Está me vendo?", Liv pergunta, franzindo um pouco a testa.

"Estou." A palavra sai meio estrangulada. "Nossa, Liv, você está demais. Quero ver tudo."

"Espera um pouco." Ela se afasta da mesa e fica de pé. Minha visão é preenchida por seus seios volumosos comprimidos um contra o outro, envolvidos por uma peça de cetim e renda, a curvatura de seus quadris, a calcinha colada ao corpo...

"Vira de costas." Enfio a mão dentro da cueca para segurar o pau.

Ela vira, mostrando o cetim esticado sobre a bunda. Meu corpo se enrijece de vontade de enfiar os dedos por baixo daquele tecido fino e depois tirar bem devagarinho...

"Se inclina para a frente", peço.

"Não é para gravar", Liv avisa com uma voz ligeiramente ofegante quando puxa a cadeira e se ajoelha nela.

Liv se apoia no encosto. A calcinha fica ainda mais esticada por cima da bunda. Seguro o pau com força e começo a me masturbar, me imaginando gozando em cima daquele cetim macio.

"Ei, espera aí." Liv vira a cabeça e seus cabelos caem sobre os ombros quando ela olha para a câmera. "Se estiver de costas não vou conseguir ver você. E por que ainda está de camiseta?"

"Porque estou ocupado demais olhando para sua bunda. Vira de novo e tira a calcinha para mim."

Ela chega mais perto da câmera e faz uma cara de falsa indignação que me dá vontade de poder atravessar a tela para beijá-la loucamente.

"Tá", ela diz. "Mas depois você vai tirar a camiseta. E a cueca."

"Anda, me mostra essa bunda."

Liv se vira de novo e enfia os dedos dentro da calcinha. Depois de me lançar um sorrisinho safado por cima do ombro, ela a tira bem devagar e se inclina até sua bunda preencher toda a tela. Minha pulsação acelera. Sinto uma vontade intensa de beijar e apertar sua bunda, esfregar o pau nela e depois descer para o meio de suas pernas, sentindo-a me apertar...

Um grunhido me escapa. Estou completamente duro. Respiro fundo e tento recuperar algum controle.

Liv se vira e senta, com a calcinha enrolada nas pernas. "Ainda está de camiseta?"

Eu a tiro e jogo no chão, então abaixo a cueca.

"Ah." Liv olha para a tela, e sua voz fica rouca. "Muito bem, professor. Queria muito poder pôr a mão em você. Sentir seu *gosto*."

Meu pau pulsa quando penso na língua dela passando pelo meu peito e pela minha barriga antes de tomar meu pau por inteiro. Continuo me acariciando, sentindo a tensão se acumular dentro de mim.

"Agora tira o sutiã", peço.

Ela abre o fecho frontal, mostrando os bicos bem duros. Só de vê-los e lembrar como são macios e gostosos, quase gozo. Passo o polegar na cabeça do pau, dolorido de tão duro.

"Espera aí, não estou vendo você." Liv olha para a tela de novo, passando as mãos nos seios. "Ajeita essa câmera. Você sabe que gosto de ver você se tocando."

Obedeço. Liv solta um suspiro e afasta os lábios.

"Ah, nossa, Dean", ela murmura. "Que delícia."

"Se afasta um pouco." Não consigo tirar os olhos da tela enquanto Liv massageia os seios e belisca os mamilos.

Ela se afasta um pouco para que eu possa vê-la melhor, então leva a mão ao meio das pernas. Um tremor visível atravessa seu corpo. Liv apoia a cabeça no encosto da cadeira e solta um gemido leve que se espalha pela minha corrente sanguínea.

"Quero ver você gozar", ela murmura, com os olhos grudados na tela. "Queria que estivesse aqui, para pegar no seu pau e enfiar bem fundo em mim..."

Meu coração dispara. Minha mão acelera o movimento, e sinto a tensão se espalhar pelo meu corpo. A imagem dela de pernas abertas na cadeira do escritório, com uma das mãos no meio das pernas e a outra brincando com os seios, faz meu desejo disparar.

"Ah, Dean, eu estou tão... *pronta*." A respiração de Liv fica mais pesada. Sua pele está vermelha e seus olhos, cheios de tesão. Ela morde o lábio inferior, como sempre faz quando está quase lá.

Mais do que nunca, queria poder sentir seu hálito quente e o gosto de seus lábios, enfiar o pau na sua boceta quente e doce...

"Quero encostar em você", Liv murmura, com o peito ofegante. "Quero você em cima de mim, dentro de mim... quero você de volta, Dean, faz tanto tempo... estou pronta para você... para a gente..."

A voz rouca de Liv e o modo como ela rebola na cadeira me deixam a todo vapor. Ela solta um grito e seu corpo estremece inteiro. Fico observando enquanto o orgasmo a domina, e Liv se divide entre arfar e gemer.

Acaricio meu pau mais depressa, e a pressão se transforma em um prazer avassalador. Gozo em um jato, e o sêmen se acumula sobre minha barriga. Liv se aproxima da câmera para ver melhor, com os olhos ainda cheios de prazer.

"Você é uma delícia", ela murmura.

"Você é a responsável por isso." Esfrego meu pau até a sensação passar, sem tirar os olhos dela. Quase sou capaz de sentir seu gosto e o cheiro de seu gozo.

Liv se levanta da cadeira e manda um beijo para a câmera. Abro um sorriso e levo o dedo aos lábios dela, desejando poder senti-los.

Uma pontada de irritação me atinge quando penso que há um oceano entre nós, que estamos em continentes diferentes, que ela está lá e eu aqui.

Liv se afasta um pouco da câmera. Seu rosto bonito preenche a tela, com olhos castanhos, cílios grossos e boca gostosa.

"Te amo", ela diz. "Me liga amanhã."

"Às dez em ponto."

Vou me limpar depois que nos despedimos. Coloco uma roupa, planejo o que vou fazer no dia e guardo minhas coisas na mochila.

Antes de sair, faço um desenho de um sapo, tiro uma foto e mando com a seguinte mensagem:

Já falei que seu beijo me transforma?

Visto a jaqueta e saio ao amanhecer.

3

OLIVIA

Além de me amar, meu marido *sabe* como fazer isso. Sabe do que preciso e de quando preciso, às vezes até melhor do que eu mesma. Sabe como desfazer a tensão e a apreensão dentro de mim e é capaz de me fazer relaxar com o toque de sua mão. Sabe como provar que ele — e somente ele — compreende cada pedacinho da minha alma. Sabe como me lembrar de que estou segura perto dele.

E isso está mais claro do que nunca agora que Dean resolveu me seduzir com sua versão pessoal do amor cortês.

Eu sei. Nada poderia ser mais careta. E, mesmo assim, depois de tudo por que passamos, para nós é algo lindo e íntimo.

Ao longo das semanas, Dean vem me mandando e-mails pelo menos três vezes por dia.

PARA: Olivia West (ou dama idolatrada)
DE: Dean West (ou humilde criado)

Estou com saudades.
Quero beijar você.
P.S.: Só para esclarecer, sra. West, este poema é de minha autoria.

Ele anexa à mensagem imagens de coraçõezinhos e animais fofinhos se beijando. Muitas vezes elas vêm acompanhadas de mensagens informando sobre a descoberta de construções pós-medievais ao norte da muralha ou uma análise estrutural de uma igreja.

Isso nunca deixa de me fazer sorrir, e a alegria dura o dia todo enquanto faço minhas coisas, caminho ao redor do lago e trabalho na biblioteca, na livraria e no museu.

Certa manhã, quase três semanas depois que ele viajou, encontro uma caixa endereçada à *sra. Olivia West* na porta do apartamento ao voltar do almoço.

Quando entro e abro, vejo que se trata de um anel de ouro com um rubi encrustado. O bilhete que veio junto avisa que a joia deve ser usada no dedo mínimo da mão esquerda com a pedra virada para baixo, como um símbolo do nosso amor intenso e secreto.

Olho para o relógio e estimo que devem ser por volta de nove horas na Toscana. Pego o telefone e ligo para Dean. Ele atende no segundo toque.

"Essa foi boa, professor."

"Gostou?" Ele parece muito satisfeito consigo mesmo.

"Adorei. Obrigada."

"Está usando?"

"Como mandou." Abro a mão para admirar a peça de ouro. "Serviu direitinho. Como sabia o tamanho do meu dedo?"

"Sei muito bem o que cabe em você."

Sinto um calor no peito ao ouvir sua voz ligeiramente rouca. "Ah."

Ele solta um risinho abafado. "Tenho uma reunião em cinco minutos. Ligo depois."

"Ah, droga."

"Consegui provar minha adoração pela minha dama?"

"Você provou isso anos atrás."

E continua provando.

Depois de desligar, abro o resto da correspondência, ainda embalada pela onda de carinho.

No fim da pilha, tem um envelope endereçado para mim. O remetente é o escritório de advocacia Sinclair & Watson, com sede em Phoenix, no Arizona.

Meu estômago se revira. O pai de Maggie Hamilton é advogado, mas mora e trabalha em Chicago. Não consigo pensar em nenhuma razão para um escritório de advocacia do Arizona entrar em contato comigo.

Abro o envelope e desdobro a carta em papel timbrado.

Cara sra. West,

Escrevo para notificá-la da morte recente da sra. Elizabeth Winter, como executor oficial de seu espólio. A senhora está listada como beneficiária no testamento. Trata-se de um documento definitivo e irrevogável, e tenho a obrigação legal de distribuir os bens conforme descrito.

Todas as dívidas foram saldadas, e a senhora tem direito a receber a quantia de US$ 50000,00 (cinquenta mil dólares) designada pela sra. Winter como sua parte na distribuição do espólio...

As palavras ficam borradas diante dos meus olhos. Por um instante, fico sem entender nada. Não consigo ligar uma pessoa ao nome *Elizabeth Winter*.

Respiro fundo e continuo lendo a carta, segundo a qual, assim que eu assinar os formulários anexos, vou receber um cheque por meio de um portador autorizado.

Largo o papel sobre a mesa. Começo a me perguntar se não é um golpe ou uma piada de mau gosto. Mas o nome *Elizabeth Winter* está em algum lugar nas minhas lembranças.

É a mãe da minha mãe.

Minha avó, que só vi uma vez, de longe, quando tinha sete anos. Uma mulher com quem nunca conversei, que nem cheguei a conhecer. Pego o telefone e ligo para a tia Stella, em Castleford. Ela é irmã do meu pai e a única pessoa da família além da minha mãe com quem eu ainda tinha contato.

Tentando manter minha voz sob controle, pergunto o que ela sabe sobre Elizabeth Winter.

"Um advogado me ligou umas semanas atrás perguntando seu endereço", Stella diz. "Ele só falou que ela havia morrido. Eu não tinha nenhum contato com ela, claro."

"Minha mãe nunca falou a respeito com você?", pergunto. "Nem por alto?"

"Não. Na verdade, eu nem sabia que sua avó ainda estava viva."

Nem eu.

Agradeço a Stella e digo que volto a ligar em breve. Começo a ligar para Dean, mas me interrompo. Preciso descobrir o que está acontecendo primeiro. Ligo para o escritório de advocacia.

"Sim, a sra. Winter a nomeou como beneficiária no testamento", confirma Thomas Sinclair. "Lamento muito informar que ela morreu de câncer em janeiro. O testamento e o espólio foram oficializados no ano passado, depois que os médicos comunicaram que a doença era intratável."

Sinto um nó na garganta e engulo em seco. "Eu... ela tentou entrar em contato comigo?"

"Não sei, sra. West. Tive que fazer uma investigação para descobrir seu nome de casada e seu endereço. A sra. Winter não sabia que era casada ou onde morava."

"Ela entrou em contato com minha mãe? Crystal Winter?"

"Também não sei, mas escrevi uma carta a ela avisando da morte da sra. Winter."

"Você tem o endereço da minha mãe?"

"Usei o último endereço conhecido dela. Gostaria de ter uma cópia do testamento e do espólio da sra. Winter? É um direito dos beneficiários."

"Não, não precisa."

"Vou providenciar e enviar seu cheque assim que receber os formulários assinados."

Agradeço e desligo. Em seguida releio a carta. Cinquenta mil dólares de uma avó que nunca conheci. Uma mulher que só vi uma vez.

Minha mãe tinha vinte e quatro anos quando me tirou do meu pai. Alta e magra, usava saias compridas e joias personalizadas. Tinha feições delicadas, olhos azuis e cabelos loiros grossos que caíam como uma cascata sobre as costas.

Quando deixamos Indiana para trás, ela tomou uma rota tortuosa para o oeste, como se Los Angeles fosse um ímã que a atraísse em meio a um labirinto. Pisava fundo no acelerador, sem cinto de segurança e com as janelas escancaradas. Óculos de sol redondos escondiam seus olhos. Sua boca era rosada e brilhante.

Poucas horas antes de partirmos, morávamos em um apartamento de dois quartos com meu pai. Os dois tiveram uma briga terrível — com muitos gritos, objetos quebrados e choro. Eu me escondi no meu quarto, debaixo das cobertas.

Minha mãe me acordou quando ainda estava escuro e me mandou arrumar minha mala cor-de-rosa de rodinhas. Ela saiu do quarto com uma mala preta grande. Eu só tinha juntado meus bichinhos de pelúcia e dois elásticos de cabelo quando voltou.

"Isso não", minha mãe esbravejou. "Roupas, Liv. Calcinhas. Depressa."

Seu carro era um Chevrolet antigo com bancos de vinil. Ela enfiou a bagagem no porta-malas, me mandou sentar no banco de trás e jogou uma manta por cima de mim. Em seguida saiu com o carro.

As horas foram se passando. Comemos fast-food. Ouvimos Madonna, Duran Duran, Neneh Cherry. O primeiro lugar onde paramos foi um sobrado enorme em uma rua arborizada sem saída.

Eu não fazia ideia de onde estávamos. Ela me mandou esperar no carro e tocou a campainha.

O sol estava alto e forte nesse dia. Fiquei de joelhos no assento e olhei pela janela. Uma mulher alta e elegante, com cabelos loiros bem penteados, atendeu. Ela olhou para minha mãe e balançou negativamente a cabeça.

Minha mãe segurou a porta para impedir que a fechasse. As duas pareceram discutir. Minha mãe apontou para o carro.

A mulher olhou para mim. Não sei nem se me viu. Fez que não com a cabeça de novo e bateu a porta com tanta força que ouvi de dentro do carro.

Minha mãe ficou parada na frente da casa por um instante, então se virou e voltou pisando duro pela calçada. Pela maneira como fechou a cara e bateu a porta do carro, deu para ver que estava muito brava.

"Vaca", murmurou, e saiu cantando pneu.

Eu me escondi debaixo da coberta. A voz da Madonna flutuava pelo carro.

Feels like home.

Como um lar.

Nem sei quando foi que me dei conta de que aquela loira era minha avó.

Dean me liga na hora de sempre. Ele escuta enquanto leio a carta em voz alta, as palavras secas e empoladas. Fico com um nó na garganta. Meu cérebro não para de revolver lembranças antigas e desagradáveis.

Uma parte minha acha que tenho motivos para me animar — afinal, quem não gostaria de receber uma herança como essa? —, mas só me sinto dormente.

"O que eu faço?", pergunto.

"Só fica agradecida", ele sugere.

"Por que acha que ela me incluiu no testamento?"

"Sua avó pode ter se sentido culpada por não ter feito parte da sua vida."

"Então era melhor ter me procurado. Eu não sabia nem onde ela morava, muito menos que se lembrava de mim. Eu mesma mal me lembro dela."

Fico olhando para a carta, uma prova de que minha avó sabia que eu existia, mas nunca me procurou. E, no fim, acabou me deixando cinquenta mil dólares.

"O que eu faço com esse dinheiro?", pergunto.

"O que você quiser. É seu."

"É nosso."

"Não, Liv. Você é que tem que saber o que quer fazer com o dinheiro."

Bem que eu queria.

Depois que desligo o telefone e a voz grave e afetuosa de Dean se torna apenas um eco, sou invadida por uma inesperada carência. Pego o telefone de novo, mas me interrompo antes de ligar. Não vou começar uma conversa mais sensual com meu marido, não com milhares de quilômetros entre nós.

Eu o quero *aqui*, comigo, agora. Meu corpo inteiro sente necessidade de estar em seus braços, de apoiar a cabeça em seu peito, assegurando a mim mesma de que meu lugar é com ele. Dean é o único lar que tive na vida.

Levo a mão ao peito, imaginando-o deitado na cama do hotel simples onde a equipe da escavação está hospedada. Dean me contou que seu quarto tem paredes brancas e lisas, piso de madeira gasto, uma cama de ferro e uma janela que dá para um pequeno pátio.

Fecho os olhos para mergulhar na imagem. Consigo visualizá-lo deitado, com a camiseta levantada expondo uma parte do abdome musculoso, as pernas compridas estendidas para fora da cama. Os cabelos desalinhados, a barba por fazer, o olhar perdido na janela, observando o céu da Toscana ao amanhecer.

Me pergunto se fantasiou comigo hoje. Meu coração dispara só de pensar nele se masturbando comigo em mente. Apoio a cabeça no encosto da cadeira, enfiando as pernas sob a camiseta enorme de Dean. Sinto uma leve pulsação bem ali.

Depois de mais alguns minutos imaginando, vou para o quarto. Caio na cama com um leve grunhido e me viro de bruços, enfiando a cara no travesseiro de Dean, que ainda guarda seu cheiro. A camiseta dele envolve meu corpo, abraçando meus quadris e minhas coxas. O pulsar no meio das pernas se intensifica.

Fecho os olhos com força e visualizo o corpo maravilhoso de Dean, sua pele firme e seus músculos bem definidos. Adoro passar a mão pela curvatura de seus ombros e por seu peito. Adoro poder traçar uma linha pelo tronco, dividindo ao meio seu tanquinho. Sua pele parece sempre quente e lisa sob minha mão.

Seu corpo se enrijece de excitação quando levo a boca a seu peito, abrindo uma trilha com meus beijos até o local onde sua musculatura assume a forma de um V perfeito. Apoio as mãos em ambos os lados de seu abdome e vou descendo enquanto beijo sua barriga, contornando o círculo do umbigo e depois encontrando seu pau quase todo duro.

Ele segura meus cabelos quando o pego para guiá-lo à minha boca. Meu corpo se acende todo ao sentir seu gosto salgado, o latejar contra minha língua.

Nem sempre foi assim para mim. Não foi fácil aprender a dar prazer a ele, depois de uma primeira experiência sexual tão traumática. Mesmo com Dean, foi difícil me conscientizar de que poderia curtir o momento também. Que poderia adorar tudo aquilo, desejar sentir seu toque e seu gosto.

Hoje, adoro sentir o pau grande do meu marido deslizando por meus lábios, ver seus quadris se remexendo para entrar mais fundo na minha boca. Adoro sentir seus dedos puxando meus cabelos, os grunhidos e os palavrões que escapam de sua boca quando o tesão domina seu corpo.

Imagens explícitas de nós dois surgem em minha mente. Solto um gemido e enterro o rosto ainda mais no travesseiro. Rebolo e esfrego a camiseta nos mamilos enrijecidos. Respiro fundo, sentindo o cheiro de Dean, e levanto a camiseta até a barriga. Tiro a calcinha, pego outro travesseiro e enfio no meio das pernas. Sinto o ar frio na minha bunda descoberta.

Então perco de vista todos os motivos para Dean estar afastado. Nada importa. Não agora. Preciso desesperadamente dele aqui. Quero que entre no quarto e me pegue com a bunda de fora e um travesseiro no meio das pernas.

Quero meu marido aqui, todo excitado ao me ver me esfregando no travesseiro. Imagino seu olhar penetrante, fazendo meu sangue ferver. Desesperada para aliviar a tensão que me domina, remexo os quadris e roço o clitóris no travesseiro.

Enfio uma das mãos por baixo da camiseta para esfregar os seios e beliscar os mamilos. Sinto um choque erótico, uma reverberação repentina pelo corpo. Acelero o ritmo, imaginando Dean subindo na cama comigo, passando a mão na minha bunda, levantando ainda mais a camiseta. Solto outro gemido e abro as pernas, me sentindo vazia e me contorcendo freneticamente contra o travesseiro para criar mais atrito.

Isso não basta. O tecido é macio demais, cede com facilidade. Com um grunhido abafado, jogo o travesseiro de lado e enfio a mão no meio das pernas. Mantenho a camiseta de Dean entre meus dedos e meu sexo, como uma forma de tê-lo perto de mim. Esfrego a malha no clitóris e solto um suspiro quando uma onda de eletricidade abala meus nervos.

Fecho os olhos de novo, e lá está ele atrás de mim, só de cueca, olhando para minha bunda. Ele logo a tira para segurar o pau duro. Consigo vê-lo pulsando em sua mão, que faz carícias habilidosas da base até a cabeça.

Meu corpo é tomado pela urgência. Dean me segura pelos quadris, me puxa para cima e arranca o travesseiro de debaixo da minha barriga. Em seguida põe a mão no meio das minhas pernas para me abrir inteira, passando um dedo comprido bem ali.

Eu me remexo e solto um gemido, escorregando um dedo para dentro. Dean se posiciona atrás de mim, afastando minhas pernas com o joelho. Ele põe uma mão espalmada na parte inferior das minhas costas e esfrega a cabeça do pau no meu sexo. Solto um suspiro, me sentindo em chamas, ansiosa para que me coma com uma estocada furiosa.

Em vez disso, ele me provoca, enfiando e tirando só a pontinha, esfregando meu clitóris latejante. Escuto sua respiração, pesada e profunda, e sinto a tensão que emana de seu corpo musculoso.

"Dean!"

Com uma risadinha misturada a um grunhido, ele se enfia dentro de mim, me preenchendo, me alargando. Solto um grito de prazer e elevo os quadris para que possa penetrar ainda mais fundo. Enterro a cabeça no travesseiro e me rendo, deixando que ele entre e saia de mim sem parar, mantendo minhas pernas afastadas com suas coxas, batendo a pelve contra minha bunda. É tudo muito animalesco e descarado. A ternura fica de lado e buscamos logo o clímax.

Mexo a mão sem parar no meio das pernas, com a cabeça repleta de imagens de Dean, todo suado e excitado atrás de mim. A pressão intensa chega ao auge quando o imagino me segurando pelos quadris e metendo tão fundo que meu corpo todo estremece.

Ele solta um grunhido e goza dentro de mim, um jorro espesso e quente. Meu sangue irrompe em explosões, e eu mordo o canto do travesseiro quando as vibrações se espalham e chegam ao auge.

Com um suspiro, deito de bruços. Em alguns minutos, as imagens começam a se esvair, e percebo que estou seminua na cama com a mão no meio das pernas. Baixo a camiseta para me cobrir e vou cambaleando até o banheiro.

Me olho no espelho. Meus cabelos estão bagunçados, meu olhar parece sério, quase atormentado, e meu rosto ficou pálido.

Jogo uma água na cara, volto para a cama e abraço o travesseiro de Dean. Não consigo dormir bem — meus sonhos são agitados e caóticos, cheios de lembranças da infância e marcados pela saudade onipresente do meu marido.

Quando acordo, os sonhos se dissipam. Tomo um banho e deixo a água quente lavar os resquícios da sensação desagradável enquanto penso no que fazer com o dinheiro da herança.

Uma ideia de repente surge na minha cabeça, diluindo o medo e a incerteza da noite anterior. Ligo para Allie e peço para ela passar no meu apartamento antes de abrir a livraria.

Pego um videocassete velho no fundo do armário e conecto à tevê pouco antes de Allie chegar com croissants e se servir de uma xícara de café. Pego uma fita vhs, apreensiva e empolgada ao mesmo tempo.

"Está tudo bem?" Allie me olha por cima da borda da xícara enquanto dá um gole no café. "Você parece meio esquisita."

"Quero mostrar uma coisa para você." Ponho a fita no aparelho e aperto o play.

Uma imagem borrada aparece na tela, de uma garotinha com cabelos escuros e lisos amarrados com fitas vermelhas. Há uma árvore de Natal ao fundo. Uma mulher surge, com cabelos longos e compridos, feições delicadas e elegantes. Ela ajeita as fitas tortas nos cabelos da menina, dá um sorriso e acena para a câmera.

Consigo sentir o olhar de Allie em mim.

"Essa é você?", ela pergunta.

"E minha mãe. Isso foi... no último Natal que passamos com meu pai. Eu tinha seis anos."

"Ah."

O cenário muda para uma festa de aniversário. Estou usando um chapéu de festa cor-de-rosa e comendo bolo em comemoração aos meus sete anos. Minha mãe está de pé ao meu lado, acenando para a câmera. Fomos embora de casa poucos meses depois.

"Você era bem bonitinha", Allie comenta.

Adianto a fita para a parte que quero ver. Surge uma imagem granulada de uma loirinha de rosto angelical sentada a uma mesa diante de uma tigela com uma colher na mão e uma caixa de cereal ao lado. A cozinha genérica é impecável. Uma voz masculina reverbera em off.

"Para o dia dos seus filhos começar do melhor jeito, Honey Puffs é o cereal perfeito! Crocantes, gostosos, vitaminados e cobertos de mel para um café da manhã nutritivo e deliciooooso! Amy, você gosta do seu cereal Honey Puffs?"

A garota pega a colher, prova o cereal e abre um grande sorriso para a câmera, fazendo sinal de positivo.

Um jingle começa a tocar, cujo refrão afirma que "Honey Puffs é crocante e saboroso, cheio de vitaminas e com um gostinho primoroso!".

Amy continua comendo o cereal com entusiasmo, enquanto a câmera se volta para a caixa de Honey Puffs, agora em primeiro plano.

Desligo a tevê.

"Cereal Honey Puffs?", Allie pergunta.

"Essa era minha mãe aos cinco anos."

"Sério?" Allie olha para a tevê e depois para mim. "Que legal. Ela era a garota-propaganda do Honey Puffs?"

"Só fez esse comercial." Jogo o controle remoto na mesinha de centro. "Parece que ofereceram um contrato para outros, mas minha avó exigiu mais dinheiro e a agência não topou negociar. Acho que rolou uma briga séria, e no fim eles retiraram a oferta." Encolho os ombros.

"Que chato." Allie parece um pouco confusa. "Mas... ela continuou trabalhando?"

"Não. Os boatos sobre minha avó se espalharam... sabe como é, mãe chata, difícil de lidar. Minha mãe ainda fez um monte de testes, mas não recebeu nenhuma oferta. Participou de peças de teatro amadoras e concursos de beleza, fez apresentações na escola, esse tipo de coisa. E aos dezessete engravidou de mim."

"Ah."

"Os pais dela ficaram furiosos... a garotinha perfeita aparecendo grávida. Ela foi deserdada e expulsa de casa, por isso teve que sair da escola e ir morar com o namorado."

"Uau. Pesado."

"Pois é."

Já conversei sobre isso com duas terapeutas, então entendo bem a coisa toda — os elogios infinitos à minha mãe quando criança, as expectativas elevadas dos pais, as menções constantes a sua beleza e seu talento. Tudo isso caiu por terra quando ela engravidou.

E acabou sendo substituído por um relacionamento ruim. Brigas. Arrependimentos. Quando foi trocada por outra mulher, minha mãe se vingou me levando embora.

Ela passou anos buscando a aprovação que teve quando criança — por meio de seus relacionamentos com outros homens e comigo. Era eu quem precisava aprová-la e elogiá-la, validar suas atitudes. E ela jamais deixou de lado o ressentimento comigo por ter causado sua ruína.

Entendo isso em um nível intelectual e psicológico.

Em termos emocionais, ainda dói como uma queimadura não cicatrizada.

"Fazia anos que eu não via esse vídeo", admito. "Mas queria que você visse, para entender o motivo por trás de tudo. Sempre senti que minha mãe lançou uma sombra sobre minha vida, apesar de não conviver com ela desde os treze anos."

"Quando foi a última vez que vocês se encontraram?"

"Logo depois do meu casamento." Arrisco um olhar para Allie. "Meu pai morreu quando eu tinha onze anos. Nunca conheci meus avós maternos nem ninguém da família dela. Mas ontem recebi uma carta de um advogado dizendo que a mãe dela morreu, e que o espólio dela está sendo distribuído entre os herdeiros." Conto a Allie toda a história, encerrando com: "Enfim, quero investir o dinheiro na livraria".

Ela arregala os olhos por trás dos óculos de armação roxa. "Liv!"

"Você sabe que eu quero ajudar, ser sua sócia." Minha empolgação cresce. "Agora eu posso, Allie. Tenho dinheiro para isso. Não preciso mais de um empréstimo, nem contar com Dean ou seu pai." Levanto e começo a andar de um lado para o outro. "O cheque ainda não está comigo, mas assim que eu assinar a papelada o advogado vai me mandar, provavelmente na semana que vem. Vamos ter uns dias para falar com o proprietário do imóvel e com os fornecedores, fazer um cronograma de pagamentos e..."

"Liv, não."

"Oi?"

Allie balança negativamente a cabeça, desanimada. "Não quero que você invista a sua herança na livraria."

"Por que não?"

"Porque não quero."

Eu a encaro. "Mas você disse que adoraria que eu fosse sua sócia."

"É verdade, mas não assim. Não quero que use esse dinheiro para salvar um negócio que vai acabar indo à falência de qualquer jeito."

"Mas você não se opôs quando pedi o empréstimo."

"Porque ainda tínhamos tempo de fazer a coisa dar certo. Com o reajuste do aluguel..." Ela sacode a cabeça outra vez. "O negócio já era. Seria um desperdício de dinheiro."

"Mas vamos fazer um novo plano de negócios." Abro os braços. "Já falamos sobre o café, o plano de assinaturas, as oficinas. Agora temos o capital para implementar tudo."

"Eu não quero, Liv."

Fico olhando para ela, incrédula. "Allie, a gente pode salvar a livraria."

"Não. A gente pode *tentar* salvar a livraria, mas o risco seria enorme. Não quero que você perca seu dinheiro. Sem chance."

Não é a reação que eu esperava, e não sei o que fazer. "Mas..."

"Liv, eu adoro você. Fico tocada que queira fazer isso, mas não posso permitir. E, sinceramente, já cansei da livraria. Os últimos dois anos foram uma luta. Está na hora de partir para outra."

Para minha perplexidade, meus olhos se enchem de lágrimas. Até o momento, não tinha me dado conta do quanto queria ajudar minha amiga e ser dona do meu próprio negócio.

"Não fica chateada." Allie se levanta do sofá e vem me dar um abraço. "Tem um monte de coisa que você pode fazer com o dinheiro."

"Eu adoro a livraria, Allie. E você também. Como pode desistir assim?"

"Às vezes é preciso pôr um ponto final nas coisas."

Meu estômago se contrai. "Mesmo não querendo?"

"Cada queda é uma oportunidade de se reerguer", Allie diz.

"Mas você nem sabe o que vai fazer depois."

"Vou encontrar alguma coisa." Ela aperta meu braço. "E você também. Obrigada pela oferta, sério mesmo. Só o fato de ter pensado nisso já significa muito para mim. Eu também faria qualquer coisa por você, pode ter certeza."

Ela me manda um beijo e sai. Pego a fita e o videocassete e largo sobre a mesa, então vou me arrumar. Decido ir andando até o Museu Histórico, para tentar assimilar minha decepção com a resposta de Allie.

E agora?

Posso colocar todo o dinheiro em fundos de investimento, mas isso não ajudaria profissionalmente.

Olho no relógio e acelero o passo ao notar que estou quase atrasada. Quando viro na Emerald Street, a porta de um café se abre e uma jovem sai para a calçada.

Detenho o passo. Ela também. Ficamos nos encarando.

A raiva invade meu peito. Cerro os punhos para me impedir de arrancar os olhos dela com as unhas.

Ela baixa a cabeça e vira de costas.

"Maggie." Minha voz é como arame farpado.

Ela hesita, então vira de frente para mim. Fico surpresa ao notar que ela parece jovem e velha ao mesmo tempo — seus cabelos são grossos e cacheados, e sua pele não tem rugas, mas em seus olhos há um cansaço ancestral, como se sua juventude e sua inocência já tivessem se perdido.

Cravo as unhas nas palmas, cheia de ódio. "Por quê?"

Ela desvia os olhos. "Só estou dizendo a verdade."

"Não está, não. Você está mentindo. Nós duas sabemos disso."

"Olha, você não sabe o que está acontecendo." Maggie ergue o queixo, e seu olhar se endurece. "Não posso deixar que seu marido arruíne minha vida."

"Então vai arruinar a dele com uma acusação falsa?"

"*Falsa?*", ela esbraveja. "Você, de todas as pessoas, deveria saber que essa acusação não tem nada de falsa."

"Que diabo isso quer dizer?"

"Eu nem poderia estar falando sobre isso", ela responde.

"Por que não? O que eu poderia fazer, correr até o departamento jurídico e dizer que você está mentindo? Meu marido vem dizendo isso para eles desde o início. Por que acha que destruir a vida dele vai ajudar você?"

Ela cerra os dentes. "Vou poder sair da King's. Ou a reitoria acelera minha titulação para evitar um escândalo, ou vai levar um processo por não me proteger de um professor criminoso. De qualquer forma, vou sair de lá e seguir com a minha vida."

"Com a mesada que recebe do seu pai."

"Não vem falar do meu pai", Maggie esbraveja. "E você poderia ter me ajudado quando pedi para falar com seu marido sobre minha dissertação. Agora é tarde demais."

"Ainda não é tarde demais para fazer a coisa certa."

Ela balança a cabeça e baixa os ombros, já se afastando.

Fico só olhando, sem saber se o que fiz não piorou tudo.

4

OLIVIA

17 DE MARÇO

Parei de pesquisar informações sobre casos de assédio sexual em universidades, porque eles nunca parecem terminar bem. Os professores muitas vezes acabam pedindo demissão e, mesmo quando isso não acontece, sua reputação fica manchada para sempre.

Mesmo aqueles que são inocentes têm seu nome vinculado ao caso em qualquer pesquisa na internet. Alguns são culpados, claro, e suas vítimas têm todo o direito de exigir justiça, mas não é o caso de Maggie Hamilton.

"Se vocês se cruzarem de novo, não fale com ela, Liv", Dean me pede quando conto o que aconteceu. "Não quero que o pai dela alegue que está sendo acossada de novo."

Prometo que não vou abordar a garota, mas uma preocupação paira sobre minha cabeça como nuvens negras durante alguns dias.

Nesse meio-tempo, o cheque com o valor da minha herança é entregue por um portador, e eu o deposito na conta uma tarde, após o turno na livraria.

Quando saio do banco, paro na Poppy Street, em frente à construção vitoriana verde com venezianas brancas fechadas. A placa de madeira com os dizeres MATILDA'S TEAPOT, pendurada em um poste perto da cerca, foi substituída por uma placa de ALUGA-SE.

Atravesso a rua na direção da casa. Passei várias vezes por aqui desde que foi fechada, algumas semanas atrás, mas não prestei muita atenção. Só pensei que gostaria que ainda estivessem abertos para que eu pudesse comer um crepe de chocolate e tomar um chá.

Há um cartaz de FECHADO pendurado na janela. Vou até a varanda da frente e espio por uma das vitrines.

"Posso ajudar?"

Quando viro, dou de cara com uma mulher de cinquenta e poucos anos subindo os degraus. Seu rosto é largo e amigável, e em seus cabelos castanhos é possível notar fios grisalhos.

"Você é a Matilda?", pergunto, reconhecendo-a.

"Matilda era minha mãe."

"Ah." Eu aponto para a janela. "Eu não estava xeretando. Bom, não exatamente. É que adorava vir aqui."

"Fico feliz em saber." Ela estende a mão para tirar o cartaz da janela. "Minha mãe abriu a casa anos atrás, e eu assumi depois que ela se aposentou."

"Os crepes eram incríveis", digo. "Foi uma pena vocês terem fechado."

"Bom, meu marido morreu uns anos atrás, e o trabalho ficou pesado demais para uma pessoa só", ela explica. "Não vou sentir falta da papelada e das dores de cabeça, só dos clientes. Você consegue alcançar ali em cima para mim? Meu nome é Marianne, aliás."

"Olivia, mas todo mundo me chama de Liv." Ponho a bolsa no chão, arrasto um banquinho para perto da janela e subo para pegar o cartaz.

"O que vai acontecer com a casa?", pergunto.

"Ainda não sei. Espero que alguém use para um fim parecido, porque já está toda adaptada." Ela fica me olhando enquanto coloco o cartaz no chão da varanda. "Por quê? Está interessada em alugar?"

A pergunta me pega de surpresa. "Ah, não."

Marianne parece um pouco decepcionada. "Ah."

"Eu não... é que eu não sei nada sobre administrar um..."

Me interrompo para me repreender mentalmente. E daí se não sei nada sobre administrar um negócio? Posso aprender.

Tampouco sei como é ser mãe, mas passei a acreditar que, algum dia, vou ser uma das boas. Certamente daria tudo o que tenho para tal.

"Bom, eu poderia... Acho que posso pensar no assunto", digo por fim.

Marianne olha para o segundo andar da casa. "Infelizmente, eu não recomendaria uma reabertura como casa de chá. O movimento estava caindo. Nosso público era mais velho, os jovens não se interessavam nem um pouco por nós. Quer entrar?"

"Quero."

Terminamos de enrolar o cartaz e Marianne abre a porta da frente. Quando acende a luz, o interior parece mais escuro e desgastado do que na minha memória. Todas as mesas e cadeiras estão empilhadas em um canto do salão, ao lado de um monte de toalhas de tecido. O papel de parede florido está começando a descascar, e há uma fina camada de poeira sobre tudo.

Passo a mão pelo encosto alto e curvado de uma cadeira. "Alguém já fez uma proposta para alugar a casa?"

"Tive algumas sondagens, mas nenhuma proposta."

"Que tipo de negócio você imagina aqui?", pergunto.

"Não pensei muito a fundo." Marianne olha ao redor, um tanto melancólica. "Minha mãe adorava ver como as pessoas ficavam à vontade aqui. Gostava que os clientes estivessem contentes e de servir boa comida. Nunca se incomodou por ter gente que ficava aqui durante horas, só conversando e bebendo chá. Na verdade, até incentivava isso."

"Sua mãe teria se dado muito bem com minha amiga Allie", comento. "Ela é igualzinha. Uma anfitriã nata. É dona da livraria Happy Booker, na Emerald."

"Ah, sim. Eu vi que está fechando."

Uma pontada de tristeza me atinge. "O aluguel aumentou muito. Ela tentou de tudo para conseguir novos clientes. Os eventos infantis eram seus favoritos, mas nunca deram certo, ainda que ela seja muito criativa e cheia de boas ideias..."

Minha voz fica embargada. Alguma coisa ganha vida no fundo da minha mente.

"Você tem um cartão?", pergunto a Marianne.

"Devo ter lá atrás." Ela contorna o balcão e mexe em algumas coisas perto do caixa. "Vão vir na semana que vem retirar as mesas e o resto das coisas. Ah, aqui está."

Ela pega um cartão e escreve alguma coisa no verso. "Aqui tem meu celular, se precisar."

"Obrigada." Dou mais uma olhada no restaurante antes de me despedir de Marianne.

Então vou até a Emerald Street e entro na livraria. Allie está ocupada esvaziando as últimas prateleiras.

"Entendo que você não queira mais manter a livraria", digo a ela, "mas está aberta a escutar minha ideia?"

"Claro", Allie diz, ficando de pé.

"Eu estava passando em frente à Matilda's Teapot quando a dona apareceu", explico. "Ela parece ser muito legal. Começamos a conversar, e ela falou que não sabe o que fazer com a casa."

"É um lugar ótimo, né? Parece uma casa de bonecas antiga."

Tento ignorar o friozinho que ameaça se instalar no meu estômago. "E se você e eu alugássemos a casa para abrir um novo negócio?"

Allie pisca algumas vezes. "Um novo negócio? De que tipo?"

"Pensei em aproveitar a estrutura da casa de chá para abrir um café. Mas queria que fosse um lugar diferente, mais voltado para crianças e famílias."

Allie apoia os cotovelos no balcão. "Tem um monte de famílias com filhos por aqui, e ainda mais durante as férias de verão. Não faltariam clientes. Mas também existem milhões de outros estabelecimentos na cidade."

"É por isso que precisa ser algo único. Com apelo para os moradores e para os turistas."

"Tipo o quê?"

"Tipo um lugar para festas", digo. "Seus eventos infantis eram sempre tão divertidos... e se a gente abrisse um espaço para festas infantis temáticas?"

"Tem um monte de bufês infantis na cidade, sem falar em Rainwood e Forest Grove."

"Não assim... acho que não." Vou para o computador e faço uma busca rápida na internet. "Pula-pulas, instalações esportivas, pizzarias, boliche. Ninguém oferece o tipo de festa que você poderia oferecer. Como aquele seu aniversário de dez anos com o tema de *Alice no País das Maravilhas*, com bolo da Rainha de Copas e mesa de chá do Chapeleiro Maluco."

"Não consegui atrair crianças para os eventos na livraria nem mesmo oferecendo bolo e biscoitos de graça."

"E se combinássemos as festas com outro tipo de serviço, como um café?", insisto. "Já tínhamos pensado em abrir um café na livraria, e Marianne poderia dar alguns conselhos, talvez até ajudar. Um café que oferece pacotes de festa de aniversário."

Allie desencosta do balcão. Um brilho de interesse enfim aparece em seus olhos. "Não é má ideia."

"Podemos manter a tradição da Matilda's Teapot servindo chá, mas direcionando a experiência para crianças e famílias", digo. "Com pratos e chás divertidos, tipo cupcakes da Rainha de Copas, bolos de arco-íris do *Mágico de Oz*..."

Allie e eu ficamos em silêncio por um minuto. É uma boa ideia. Ambas sabemos disso.

"Tenho dinheiro para investir agora, Allie."

"Mas eu não", ela diz. "E estou sem crédito, não vou conseguir um empréstimo. Não posso ajudar com o capital inicial."

"Por outro lado, você tem muito mais experiência que eu", argumento. "Sabe calcular despesas, impostos, gastos com seguro, mão de obra, folha de pagamento. Não sei nada disso, mas aprendo rápido. Se eu entrar com o dinheiro, você pode contribuir com o know-how."

"Brent poderia ajudar com a logística", Allie sugere. "Ele foi gerente-assistente por três anos no Sugarloaf Hotel, e agora é gerente do Wildwood Inn. Além disso tem dois diplomas de hotelaria e administração de restaurantes."

Parece promissor, e eu fico animada. Continuamos trocando ideias sobre o café enquanto trabalhamos naquela tarde.

"A gente pode fazer uma coisa parecida com sua festa da *Alice no País das Maravilhas*", insisto. "Pôr umas plantas ao redor da entrada, para parecer um buraco de coelho. Servir tortinhas da Rainha de Copas e mingau do Gato de Cheshire... ou combinar com o universo do *Mágico de Oz*, com biscoitos com as palavras 'coração' e 'coragem', além de ponche verde-limão..."

"Aquela casa tem dois andares", Allie lembra. "Podemos ter um tema no de cima e outro no de baixo. O cardápio pode ser o mesmo."

"Ou podemos fazer as festas no andar de cima e continuar recebendo clientes embaixo."

A empolgação é palpável.

"Qual vai ser o nome?", Allie pergunta.

Uma ideia surge na minha cabeça sem esforço, como se aquilo já estivesse definido.

"Café das Maravilhas", digo.

"Adorei!" Allie bate palmas. "Vamos fazer murais nas paredes com cenas dos livros, e podemos pintar os degraus da escada para parecer a estrada de tijolos amarelos levando à seção do *Mágico de Oz*."

Quando percebo que estamos falando a respeito como se fôssemos de fato fazer aquilo, não consigo deixar de sorrir. O mais engraçado é que consigo imaginar tudo, visualizar como vai ficar.

Durante minha conversa por telefone com Dean à noite, respiro fundo e falo sobre a ideia de transformar a Matilda's Teapot em um café onde são feitas festinhas de aniversário.

"É uma ótima ideia, Liv", ele diz. "Nunca ouvi falar em um lugar desse tipo, e a localização da casa de chá é perfeita."

Ah, a voz do meu marido. Melhor que chocolate, banho quente, cappuccino e dia de sol. Me aquece de dentro para fora, assim como o ambiente ao meu redor. Eu me encolho toda sob a colcha, levando os joelhos ao peito.

"Também acho uma boa ideia", digo a ele.

"Só sugiro que você tenha dinheiro não só para começar, mas também para manter um capital de giro por no mínimo oito ou nove meses."

Ah, o professor West. Sempre prático. E quase sempre certo.

"O que Allie acha?", ele pergunta.

"Ela está animada, mas temos muito trabalho e pesquisa a fazer. Nem sei de quanto vamos precisar para começar, ou se o dinheiro da herança vai bastar."

"Posso conseguir o que você precisar."

Meu estômago se revira. "Sei que sim, mas quero fazer isso sozinha."

"Eu não seria um sócio. Só daria o dinheiro."

"Dean, não quero que você faça isso."

"Por que não?"

"Porque preciso aprender a me virar *sozinha*", digo. "E, se você tiver que aparecer em um cavalo branco para me salvar, a coisa toda perde o propósito."

"Meu apoio faz a coisa toda perder o propósito?"

"Não quero ficar em dívida com você nesse sentido. Não percebe que sou financeiramente dependente para tudo?"

"Isso não faz diferença, Liv."

"Para mim faz." Não consigo esconder a impaciência no meu tom de voz. "Eu achava tudo simples e confortável, era fácil deixar você cuidar de tudo. Mesmo desempregada, não tinha nenhuma pressa, porque sabia que cuidaria de mim. Vai ver que é por isso que nunca descobri no que sou boa. Nunca tive a chance de fracassar."

"Você não precisa fracassar para descobrir isso. Precisa de tempo, não de fracassos."

"Bom, agradeço a oferta, mas não vou pegar dinheiro de você. Não mesmo. Com essa herança, finalmente posso começar alguma coisa sozinha."

"Liv, tudo o que eu tenho é seu também. Você não estaria tirando nada de mim."

"Não, Dean. Preciso fazer isso *sem* você."

O ar parece carregado de irritação. A estampa da minha colcha de retalhos fica borrada aos meus olhos. Seria facílimo ceder. Dean poderia dar o dinheiro que fosse necessário para criar nosso pequeno negócio extravagante... e ofereceria uma rede de proteção e tanto se as coisas não saírem conforme o esperado.

Quem não aceitaria uma oferta como essa?

Mas como eu ia me sentir se fizesse isso?

"Obrigada", digo. "Não quero parecer ingrata. Lembra no *Mágico de Oz* quando a Dorothy percebe que pode ir para casa com os sapatinhos de rubi? Então Glinda, a Bruxa Boa do Norte, diz que ela precisava entender sozinha que sempre teve o poder para isso?"

"Claro."

"É isso."

"Certo", ele diz, mas parece confuso.

Procuro na minha mente uma analogia mais próxima de seu mundo. "É como com Artur, que não poderia virar rei se não tivesse força para tirar a Excalibur da pedra."

"Na verdade, existem evidências de que havia duas espadas", Dean responde. "E essas histórias têm versões diferentes. A de Geoffrey de Monmouth diz que a Dama do Lago deu a espada a Artur depois que ele assumiu o trono."

Não consigo evitar um sorriso. Meu marido sensual e maravilhoso é mesmo um caxias.

"Mas você entendeu o que eu quis dizer, não?", pergunto.

Dean fica em silêncio por um momento. Quase prendo a respiração.

"Entendi", ele diz, com um tom de voz que me faz acreditar nisso.

"Certo." Solto o ar devagar, sentindo a tensão se aliviar. "Você sabe que eu te amo mais que tudo."

"Só queria que você estivesse aqui para provar isso."

Sorrio. "Faz um tempinho já, hein?"

"Tempo demais, gata."

Meu coração se comprime um pouco. Nenhum de nós sabe ao certo quanto tempo ainda vai demorar.

"Você ainda está aí?", Dean pergunta.

"Estou. E com saudade."

"Eu também, bela."

Eu o imagino deitado na cama, com um braço atrás da cabeça e a camiseta esticada sobre o peito musculoso. Afasto a tristeza e passo a mão pelo meu corpo.

"Estou tendo uns sonhos quentíssimos, sabe?", comento.

"Ainda sou um gladiador nos seus sonhos?"

"Você é um monte de coisas sensuais e másculas." Fecho os olhos e me acomodo melhor na cadeira. "Um cavaleiro, claro. Um vampiro."

"Eu morderia você fácil."

"Ã-hã." Enfio uma das mãos por baixo da camiseta para tocar os seios. "Um astro do rock, um caubói, um bombeiro... ah, esse foi bom. Você me resgatou de um prédio em chamas e não conseguia tirar as mãos de mim... E uma vez você era um gênio sem camisa..."

"Um gênio?"

"É. Aparecia no meio da fumaça quando eu esfregava sua lâmpada."

Não sei se fico irritada ou me divirto junto quando Dean cai na risada.

Na semana seguinte, Allie e eu continuamos a trocar ideias sobre o café enquanto terminamos de esvaziar a livraria. Ligo para Marianne e marcamos um horário para que minha futura sócia também possa ver a casa onde funcionava a Matilda's Teapot.

"Sobre os murais..." Allie abre os braços para enquadrar a parede da face sul. "De repente dá para pintar a mesa de chá do Chapeleiro Maluco aqui. As cortinas e as toalhas podem ter estampa de baralho. E, se a gente fizer o *Mágico de Oz* lá em cima, dá para decorar cada ambiente de acordo com a localidade. Tipo a Cidade das Esmeraldas, uma fazenda no Kansas, o País dos Munchkin, o castelo da bruxa."

"A casa já está de acordo com os regulamentos de segurança, mas com certeza vão exigir que façam as vistorias de novo", avisa Marianne. "A cozinha está toda equipada, então seria só uma questão de redecorar, montar um cardápio, abastecer o estoque e elaborar o plano de negócios."

Viro para ela. "Você disse que não queria se aposentar, mas que manter a casa de chá era trabalho demais para uma pessoa só."

"Verdade."

"Estaria interessada em ajudar a gente no planejamento?", pergunto. "Seus conhecimentos seriam muito úteis."

"Eu adoraria. Posso fazer uma estimativa de custos e ajudar vocês com as licenças da prefeitura e a questão do seguro. Também posso pôr vocês em contato com meus fornecedores e antigos funcionários, se for o caso."

Nós três nos sentamos a uma das mesas. Allie pega seu caderno, e eu abro o laptop.

"Ah, e uma revista da região vai fazer uma matéria sobre a história da Matilda's Teapot", continua Marianne. "Se der tudo certo, vocês podem ser incluídas na reportagem como o próximo empreendimento neste imóvel histórico. É uma publicação sobre mulheres empresárias."

"Seria uma ótima publicidade", Allie comenta.

Apesar de eu estar empolgada com a ideia de ser vista como uma empresária, quando formulamos um orçamento inicial, fico espantada com o valor do investimento.

"Se alugarmos logo, já podemos começar as reformas", Allie diz enquanto voltamos para a Happy Booker. "Podemos até definir uma data de abertura. Quanto antes a gente abrir, antes começamos a faturar."

"Só a reforma vai custar uma boa grana."

"Podemos fazer muita coisa nós mesmas, tipo a pintura e esses trabalhos mais simples. E Brent conhece um monte de empreiteiros que fariam um preço camarada."

"É um risco enorme."

"Eu sei, mas a localização é incrível, e com a ajuda da Marianne e do Brent vamos conseguir. Além disso, ela falou que sua antiga equipe toparia voltar. Algumas pessoas trabalharam anos lá e têm experiência de sobra."

"Quem comandaria a cozinha?"

"Brent conhece a mulher que gerencia a cozinha do Sugarloaf Hotel", Allie diz. "Ela tem vários contatos na região. Pode recomendar alguém bom. Ah, e eu estava pensando em servir batatas bem fininhas e chamar de "palha do Espantalho". Seria divertido, né?"

Eu deveria saber, penso enquanto levo mais uma caixa de livros para o estoque. Além de ser uma eterna otimista, quando põe uma coisa na cabeça Allie é como um buldogue avançando sobre um osso.

Bom, na verdade mais como um cocker spaniel abocanhando um biscoitinho, mas capaz de morder quem quer que tente impedi-la.

Depois de revisar os números centenas de vezes com a ajuda de Brent, Allie e eu marcamos a vistoria da casa e nos reunimos com um advogado para entender os termos do contrato de aluguel e iniciar a negociação.

Acabamos decidindo fechar antes que uma de nós perca a coragem. No fim da tarde do dia 27 de março, depois de pendurar a placa de FECHADO na Happy Booker pela última vez, Allie tranca a porta e vai até o balcão, onde estou vestindo o casaco.

"Espera um pouco." Ela vai até o escritório e volta com uma garrafa de champanhe.

"Para que isso?", pergunto.

"Para nós." Allie põe a bebida sobre o balcão e tira dois copos de plástico de dentro da bolsa. "Uma comemoração. Uma porta se fecha e outra se abre, ou coisa do tipo."

"Deus do céu, Allie, você vomita arco-íris?"

Ela dá risada. "Com glitter, ainda por cima."

Abro um sorriso quando ela me entrega a garrafa para abrir. Servimos a bebida e brindamos o fim da livraria e o início do Café das Maravilhas. Allie tranca a loja e enfia a chave na caixa de correio. Nos despedimos com um abraço e combinamos de nos encontrar durante a semana antes de ir cada uma para sua casa.

Agora que a livraria está oficialmente fechada, fico ainda mais apreensiva quanto à abertura do café. A ideia foi minha. Se não der certo, o fracasso também vai ser todo meu.

Apesar de ter dito a Dean que talvez meu problema seja a falta de fracassos, não quero que minha amiga entre comigo numa furada. Por outro lado, Allie estava certa quando disse que temos uma boa rede de apoio e uma ótima localização. Precisaríamos nos esforçar para fracassar.

Afasto minhas incertezas quando entro no hall do nosso apartamento. Pego algumas contas na caixa de correio e subo. Tem um bilhete colado na porta da frente. Detenho o passo.

Dean + Liv. Wildwood Inn

Fico tentando entender o que o bilhete significa. Então meu coração dispara. Viro as costas e desço correndo para a Avalon Street. Assim que ponho o pé na rua, começo a correr.

5

OLIVIA

Corro, motivada pela empolgação, me esquivando dos pedestres e mal tocando os pés na calçada. Meu coração está a mil, quase saindo pela boca. A euforia passeia pelo meu corpo como um milhão de bolhas de sabão carregadas pelo vento.

Sou obrigada a diminuir o passo e recuperar um pouco da calma quando me aproximo do Wildwood Inn. É um dos melhores hotéis de Mirror Lake, uma construção elegante em uma rua arborizada com vista para o lago. Um porteiro uniformizado me cumprimenta, batendo com o dedo na aba do quepe.

Entro no saguão silencioso, lindamente reformado ao longo dos anos, com sua escadaria de carvalho, suas antiguidades do século XIX e suas janelas com vitrais. Tentando manter a compostura, vou até o balcão.

Brent, o namorado de Allie, está trabalhando no computador com seu crachá de gerente. Ele ergue os olhos e sorri para mim.

"Oi, Liv."

"Oi." Tento recobrar o fôlego e controlar os batimentos do meu coração. "Eu estava... tinha um bilhete... quer dizer, acho que meu..."

Brent vira e pega uma chave de um claviculário antigo atrás do balcão.

"O Firefly Cottage é um dos nossos chalés privativos perto do lago", ele explica, me entregando a chave. "É só sair pela porta que dá para o jardim e seguir a trilha da direita. É o terceiro chalé à esquerda."

Seguro a chave com a mão trêmula.

"Ele está esperando." Brent dá uma piscadinha e pega o telefone. "Vou avisar que está indo."

Passo pelo restaurante e vou para o jardim. Quando me vejo do lado de fora, aperto o passo pelo caminho de pedra até o chalé escondido em meio às árvores. Pelas janelas, dá para ver as luzes acesas.

Com a mão trêmula, destranco e abro a porta com a placa de madeira entalhada indicando que se trata do chalé certo.

Dean.

Eu o sinto assim que ponho os pés no quarto. Uma energia intensa me invade, se espalhando pelo meu sangue. Sinto uma felicidade sem igual.

Ele está de pé do outro lado da sala, com as mãos nos bolsos, os cabelos escuros caindo sobre a testa, uma calça social preta e uma camisa azul-marinho. A pele bronzeada deixa seus olhos mais brilhantes do que nunca. Meu marido é mais do que lindo. Fico olhando para ele como se fosse uma miragem que vai desaparecer se eu piscar.

Nossos olhos se cruzam, e mil faíscas surgem. Então ele abre seu sorriso maravilhoso que provoca rugas no canto dos olhos, arrancando o pouco de fôlego que me resta. Minhas pernas ficam tão bambas que não sei por quanto tempo vou conseguir continuar de pé.

No fim, nem preciso. Dean atravessa o quarto em passadas largas, me pega nos braços e me levanta do chão. Me puxa contra si, pressionando seu corpo contra o meu, e seu calor me invade.

Ele me segura pela cintura com um braço e leva a outra mão à minha nuca. Ficamos nos encarando, e vejo a intensidade em seu olhar antes de seus lábios se colarem aos meus em um beijo carinhoso e possessivo.

Do nada, me apaixono loucamente pelo meu marido outra vez.

Meus olhos se inundam de lágrimas. Envolvo seus ombros com os braços e sua cintura com as pernas, sentindo as lágrimas escorrerem, enquanto nossos olhos permanecem colados. As emoções tomam conta de mim, e todo o desejo acumulado durante a separação vem à tona, irrompendo em uma espiral de calor e luz.

Por fim, Dean se afasta um pouco e apoia a testa na minha.

"Oi, bela." Sua voz grave reverbera na minha pele.

"Bem-vindo, professor."

Ele me põe no chão lentamente, deslizando meu corpo contra o seu. Pressiono meu rosto em sua camisa, sentindo seu cheiro familiar enquanto meu coração se expande de amor. Ficamos assim por um bom tempo, abraçados, e a distância desaparece como uma sombra iluminada pela luz do sol.

Esfrego o queixo contra seu peito forte. "Quando você voltou?"

"Hoje cedo. Queria fazer uma surpresa."

"Foi a melhor surpresa do mundo."

Ele beija minha cabeça. Uma leve tensão o percorre. "Vou ter que ir para lá de novo, mas tenho uns dez dias de folga. Voltei para ver você e ir a uma reunião."

Eu o envolvo pela cintura e não respondo. A implicação tácita por trás de "reunião" está bem clara, e não quero que nada estrague nosso reencontro.

Me inclino para trás para olhá-lo. Ele segura meu rosto entre as mãos e enxuga as lágrimas da minha bochecha. O tesão perde importância.

"Você não faz ideia do quanto estou feliz por estar aqui", Dean comenta.

"Faço ideia, sim. Se for metade da felicidade que eu estou sentindo agora..."

"É o dobro da sua. Não, muito mais."

"Impossível."

Ele sorri, passando os polegares nos meus lábios com um olhar caloroso. Um prazer me invade, tão repleto de amor e ternura que me lembra de que podemos enfrentar qualquer coisa juntos.

Dean passa a mão pelo meu pescoço, então se afasta e vai até o telefone. Seu olhar ainda está voltado para mim quando aperta um botão no aparelho.

"Estamos prontos aqui", Dean fala.

Lanço para ele um olhar intrigado. Meu marido vira para o outro lado e baixa o tom de voz. Aproveito a oportunidade para observar melhor o quarto, porque nem tinha reparado nele em meio a tanta empolgação. O Firefly Cottage é bem iluminado e arejado, com mobília de bordo e um piso reluzente de madeira nobre. Cortinas cor de marfim cobrem as janelas, há uma colcha feita à mão sobre a cama e até uma pequena cozinha com eletrodomésticos em aço inox e bancada de granito.

Vou até as portas francesas do outro lado do quarto, que dão para uma varanda privativa e para uma trilha que leva até o lago. O céu ainda está claro o suficiente para que eu possa ver a superfície da água agitada pelo vento e os contornos das montanhas se avolumando no horizonte como uma pintura.

Viro quando ouço uma batida na porta, e Brent aparece com um carrinho com pratos cobertos com cloches. Ele sorri para mim de novo e arruma tudo em uma mesa com toalha de linho perto das janelas.

Brent acende duas velas, põe um vaso de rosas no parapeito e abre um vinho. Em seguida troca algumas palavras com Dean e põe outro prato coberto e um decanter prateado na bancada da cozinha.

Depois que ele sai, Dean puxa uma cadeira para perto da mesa e faz um gesto para eu me sentar também. De repente me preocupo com minha aparência — calça jeans rasgada e uma camisa velha, toda suja depois de carregar caixas na livraria o dia todo. Não resta o menor traço de maquiagem no meu rosto.

Passo as mãos nos cabelos, envergonhada, e procuro nos bolsos por um elástico de cabelo. Queria ter tido um tempo — e a presença de espírito — de pelo menos passar um batonzinho antes de vir correndo encontrar o meu marido.

"Desculpa, não deu nem para pentear os cabelos", murmuro.

"Você está linda. É meu sonho realizado."

"Ah." Abro um sorriso e sinto o sangue esquentar. "Boa resposta."

Ele dá uma piscadinha para mim. "Não precisa prender o cabelo."

Jogo o elástico em uma mesinha ali perto e passo os dedos pelos fios antes de me sentar. Quando Dean revela os pratos, me apaixono ainda mais por ele. Salmão com crosta de especiarias e arroz selvagem.

"Nosso primeiro jantar romântico", falei. "No White Rose."

"Eu estava torcendo para você se lembrar." Dean serve duas taças de pinot noir e se senta diante de mim. "Estou me saindo bem nessa história de cortejar você, hein?"

"Muito, muito bem."

Estou tão feliz por estar sentada diante dele de novo que nem sei se vou conseguir comer. Mas a comida está deliciosa, e em pouco tempo engatamos uma conversa agradável sobre o Café das Maravilhas, alguns eventos em Mirror Lake e a próxima fase da escavação na Europa.

Continuamos trocando olhares durante o jantar, e várias vezes Dean estende a mão para tirar um grão de arroz do meu lábio ou afastar os cabelos da minha testa.

"Não consigo parar de te tocar", ele diz, observando meu rosto. "Você está incrível. Sei que me disse várias vezes que estava bem, mas para mim foi difícil não poder cuidar de você."

"Eu me virei muito bem sozinha."

"É verdade. Estou orgulhoso de você."

Meu coração se enche de satisfação. Gosto de sentir o clique prazeroso de todas as peças se encaixando. Estendo o braço para segurar sua mão em um agradecimento silencioso antes de voltar a comer.

As velas estão pela metade quando começamos a cortar as fatias da linda torta de chocolate da sobremesa. Quando nós dois terminamos, Dean se levanta da mesa e passa para o meu lado.

Ele segura minhas mãos e me põe de pé. Então me encara por um bom tempo, e sua expressão me enche de calor.

"E agora, minha bela", ele diz, pegando meu rosto em suas mãos. "Vou beijar você como se fosse a primeira vez."

Ah...

O desejo surge em seus olhos quando ele baixa a cabeça para colar a boca à minha. Eu me derreto toda, cedendo a ele como se nunca tivéssemos nos distanciado, como se nunca tivesse havido mágoa entre nós. Os anos se desfazem, e todo o meu ser começa a faiscar de ansiedade para redescobrir as profundezas de nossa atração.

Aperto os lábios contra os dele, sentindo meu corpo inteiro se inclinar em sua direção quando sua língua entra na minha boca. As chamas da luxúria despertam em mim, fazendo meu sangue ferver. Seu hálito quente e delicioso tem gosto de chocolate.

A dor da saudade das últimas semanas se desfaz em calor e luz. O mundo parece ao mesmo tempo estar girando e se manter estável ao meu redor, um mergulho excitante, porque, não importa de onde e de que altura eu caia, Dean vai estar lá para me pegar.

Ele segura meu rosto entre as mãos, erguendo a cabeça apenas o suficiente para fazer uma trilha de beijos até minha orelha, depois descer para o pescoço e então voltar aos meus lábios. Cada toque de sua boca me provoca tremores pelo corpo todo. O calor de seu corpo atravessa a camisa, e eu o aperto com mais força, sentindo os mamilos se enrijecer junto ao seu peito. A urgência começa a dominá-lo, um apetite que ficou tempo demais sem ser saciado.

Caímos juntos na cama. Dean segura meus pulsos e os coloca um de cada lado da minha cabeça. Ele não chega a montar completamente em mim, pondo apenas uma perna sobre minhas coxas e baixando a cabeça para me beijar outra vez.

Seu corpo é forte e quente; seu peito, uma parede sólida de músculos contra meus seios. Ele aprofunda o beijo, lambendo meu lábio inferior e voltando a me tomar para si. O prazer se espalha pelo meu corpo, e os pensamentos desaparecem em meio à recordação de tudo o que representamos um para o outro.

Dean solta meu pulso e leva a mão à minha camisa, abrindo dois botões para revelar mais pele. Meu coração dispara com a sensação de sua mão na minha nuca e de seu pau duro pressionado contra minha coxa. Estou me afogando em imagens dos nossos corpos sem roupa se esfregando, minhas pernas o envolvendo pelos quadris enquanto ele mete sem parar...

Fecho os olhos enquanto Dean beija meu pescoço, sentindo sua respiração fervendo contra minha pele. Agarro sua camisa, louca para arrancá-la de dentro da calça e passar as mãos em suas costas musculosas.

E então, de forma repentina e nada bem-vinda, um fluxo de preocupações invade a névoa de prazer.

Faz doze horas que não tomo banho... Estou usando um sutiã branco velho que foi lavado tantas vezes que ficou cinza... Quando foi a última vez que depilei as pernas?

"Você é tão gostosa." Seu murmúrio abafado roça minha pele à medida que sua boca vai descendo. "Quero..."

Então um senso de restrição o domina, e as explorações de suas mãos e sua boca se tornam mais lentas. Dean ergue a cabeça para mim, com a mão apoiada no meu pescoço e os olhos cheios de luxúria.

Levanto a mão para afastar os cabelos desalinhados de sua testa e acariciar seu rosto.

"Que foi?", sussurro, ainda latejando, apesar das preocupações quanto à falta de cuidados pessoais.

Ele se afasta de mim com um grunhido e deita de barriga para cima, jogando um braço sobre os olhos. Seu peito está ofegante.

"Dean?"

"Precisamos parar por aqui." A voz dele sai bem áspera.

"Precisamos... parar?"

"Esta noite vamos ficar só nisso."

"Quê? Por quê?" Estou perplexa. Apesar das minhas hesitações, imaginei que a essa altura ele já estaria vindo com tudo para cima de mim.

Meu corpo inteiro amolece ao pensar nisso. Quero que ele me foda com força, depressa... Seria capaz de implorar.

Aperto minhas coxas uma contra a outra. Estou no meu limite. E mais do que disposta a atravessá-lo rumo ao êxtase.

Dean solta um palavrão enquanto passa a mão no rosto. "Estamos namorando de novo, certo? Isso significa que não podemos transar."

Me apoio sobre os cotovelos para encará-lo. "Nadinha de *nada*?"

"*Ainda* não. E vou ficar aqui no hotel."

"Durante toda a visita?"

"É."

Não sei se considero essa proposta uma gracinha ou uma decepção. Além de estar quase subindo pelas paredes agora, ando tendo um monte de sonhos sensuais e românticos sobre o que podemos fazer quando eu raspar as pernas e ele voltar para casa.

"Então você vai ficar hospedado num hotel porque a gente está namorando de novo?", pergunto, imaginando que devo ter entendido errado.

"Era assim quando a gente namorava."

Não consigo evitar um sorriso. Foi bem isso que escrevi no meu manifesto: *Vou ter sempre em mente como as coisas eram quando nos conhecemos.*

Eu me viro de lado para olhar para Dean. As velas realçam suas feições marcantes, criando um padrão de luz e sombra e enaltecendo os toques de dourado em seus olhos castanhos. As rugas de estresse em sua boca e seus olhos parecem mais leves, e a tensão foi substituída pelo confiança habitual de quem conhece seu lugar no mundo.

"E todas as coisas safadas que a gente falou pelo telefone?", pergunto.

"Isso não conta. A gente fazia isso quando namorava, lembra?"

"Ah, lembro." Uma onda de prazer me envolve ao pensar em tudo o que se passou naqueles primeiros meses. "A gente fazia um monte de coisa quando namorava."

Na época, eu ficava ao mesmo tempo apreensiva e à vontade perto dele — perturbada pela intensidade do meu desejo, envergonhada de todas as coisas que queria fazer, mas me sentindo à vontade como nunca.

Agora, depois de uma longa separação, desejo desesperadamente que ele volte para casa, onde é seu lugar. Por outro lado...

Dean vira a cabeça para me encarar com aqueles olhos que conseguem enxergar o fundo da minha alma. Ele está pensando o mesmo que eu — apesar da dificuldade para manter o controle, a intimidade mais restrita nos faz lembrar do começo. Do *nosso* começo.

Meu corpo reage positivamente à ideia de prolongar a ansiedade do reencontro, mas é impossível não notar o volume em sua calça. Faço força para conter a pontada de desejo. Meus dedos se flexionam de vontade de passar a mão por sua coxa e acariciar seu pau delicioso...

Engulo em seco, sentindo a garganta apertada. "Hã, então quando é que a gente pode...?"

Dean põe uma mão grande e quente no meu rosto. "Vamos fazer um programa especial amanhã. Vou cortejar minha dama, como você queria. E depois você vai vir para cá e vamos passar o fim de semana juntos. Só nós. Vamos ver o pôr do sol na beira do lago, pedir comida no quarto, tomar banho juntos, curtir a lareira e passar um tempão transando... rápido e com força, devagar e com carinho."

"Ah..." Um desejo caloroso me envolve. "Eu te amo."

"Eu sei." Um brilho aparece em seus olhos, acelerando meu coração outra vez. "Mas por enquanto você vai esperar, sra. West."

"Não quero esperar", sussurro, me inclinando para ele, desesperada pela sensação de sua boca junto à minha, de me perder nos beijos inebriantes que fazem minha cabeça rodar e meu corpo latejar. "Dean, a gente já esperou tanto tempo... por favor, me beija de novo..."

O desejo se acende em seus olhos outra vez. Ele me pega pela nuca e me puxa para junto de si, colando os lábios aos meus com uma força que me enche de tesão. Com um gemido, eu me largo na cama, cravando os dedos em seus cabelos desalinhados, sentindo a hesitação se dissipar como uma névoa fina.

Ele aperta minha nuca com mais força e se afasta de novo. Sinto seu hálito quente na minha boca. "Ainda não."

Apesar de saber que Dean tem muito autocontrole e disciplina, é uma situação extrema até para ele. Passo a mão em seu pescoço e sinto sua pulsação acelerada.

"Tem certeza?" Mal consigo fazer as palavras passarem pela minha garganta apertada.

Dean ergue a mão e contorna meus lábios com os dedos, enfiando o polegar devagarinho na minha boca. Um grunhido reverbera em seu peito quando o chupo.

"Prometo que vai valer a pena", ele murmura.

Eu me afasto para encará-lo. "Tem certeza *mesmo*?"

"Ã-hã. Tenho um plano. E vou cumprir."

"Ah, nossa." É minha vez de soltar um grunhido. Deito de novo na cama e tento controlar meu corpo enlouquecido enquanto olho para o teto. "Um *plano* do professor West. Deus nos ajude. Nem mesmo a possibilidade de sexo selvagem com a esposa extremamente excitada e lasciva é capaz de desviar você de seu *plano*."

Ele baixa a cabeça para morder meu pescoço de leve, me provocando arrepios.

"O *plano* tem duas partes", ele murmura. "E a segunda é um fim de semana inteiro de sexo. Primeiro vou tirar sua roupa e beijar cada pedacinho do seu corpo maravilhoso. Depois vou esfregar sua boceta e fazer você gozar nos meus dedos antes de meter tão fundo que vai até esquecer que a gente já ficou separado algum dia."

Não aguento mais. Estou suando. Prestes a explodir.

Dean se esfrega um pouco no meu quadril antes de se afastar com um tremor.

"Mas agora você precisa ir", ele murmura, a tensão na voz traindo seu controle absoluto. Então levanta da cama com uma careta de desconforto.

Mesmo com essa postura autoritária, estou começando a perceber que Dean nem ligaria se as minhas pernas estivessem peludas como um urso. E desconfio que nem eu.

Não com seu pau grosso metendo em mim como uma máquina bem lubrificada, enquanto ele esfrega meu clitóris e murmura todo tipo de putaria com sua voz grave... *"Vai, linda, goza no meu pau... vou te foder bem forte, do jeito que você gosta... aperta a boceta... mais..."*

Levo as mãos ao meu rosto em chamas. Estou correndo sério risco de me atirar em cima dele e arrancar sua calça, de sentar em seu pau e subir e descer até gritar.

Eu poderia fazer isso. Agora mesmo. Nem mesmo o autocontrole de Dean seria páreo para uma sedução explícita. Principalmente quando estamos os dois loucos de desejo. Ele não teria a menor chance.

Por outro lado, o amor da minha vida tem um plano que envolve nós dois sozinhos depois de uma longa seca e mais de um mês de cortejo e romantismo. E eu tenho um monte de lingeries sensuais que Dean ainda não viu pessoalmente. Se conseguir me segurar agora, posso ficar pronta *de verdade* para o fim de semana de loucuras eróticas que ele planejou.

"É, eu... hã, é melhor eu ir", murmuro, sem acreditar em mim mesma.

"É." Dean passa as mãos pelos cabelos. Seu corpo inteiro está rígido.

"Certo." Eu consigo me levantar, mas é como se estivesse nadando contra a correnteza, me movendo contra uma força opositora. Não quero ir embora tanto quanto não quero parar de respirar. "Acho que... já vou indo."

"Certo." A voz dele continua tensa.

"Certo." Eu me afasto da cama, toda molhada e sentindo uma pontada entre as pernas. Seria capaz de gozar só com o atrito de ir andando para casa. Ou assim que sair pela porta.

Pego um copo d'água na mesa e viro em três goles antes de pegar minha bolsa. "Vejo você amanhã então."

Dean se levanta da cama e abre a porta para mim. Quando saio, ele dá um passo para fora, como se fosse me segurar. Mas se interrompe, se inclina para a frente e me dá um beijo que incendeia meu corpo todo. Ao levantar a cabeça, seus olhos estão escuros como a noite.

"Vai lá", ele grunhe.

Por algum motivo incompreensível, eu obedeço.

6

DEAN

Liv foi embora. Bato a cabeça na porta fechada. Ela saiu faz menos de um minuto, e é como se alguém estivesse espremendo o ar para fora dos meus pulmões. Preciso daquela mulher tanto quanto preciso respirar.

Tranco a porta. Giro a chave e passo o trinco. Preciso ficar preso aqui, caso contrário vou sair correndo atrás dela. Minha vontade é agarrá-la e jogá-la contra a parede mais próxima, rasgar suas roupas e fodê-la até a terra tremer e as estrelas irromperem em explosões. Até o universo se desfazer.

Mereço uma medalha pelo meu autocontrole. Não consigo nem pensar. Meu sangue ferve. Meu pau está tão duro que parece prestes a estourar a braguilha. Acabei de deixar minha esposa linda e gostosa ir embora. *Pedi* que fosse, inclusive.

Bato a cabeça na parede de novo. *Caralho. Caralho. Caralho.*

Ainda consigo senti-la. Cheirá-la. Saboreá-la.

Me afasto da porta e pego o telefone. Meus dedos estão coçando. Se eu ligasse, ela voltaria correndo. Está tão acesa quanto eu. Conheço muito bem aqueles gemidos e suspiros. Sei que estava pronta. Com uma esfregadinha no clitóris, já ia gozar. E com *força*.

Solto um grunhido e jogo o telefone na cama. Pego uma toalha do banheiro antes de baixar a calça e a cueca. Passei o último mês batendo punheta todas as noites, como um moleque de quinze anos. Virei um especialista, mas nada se compara à sensação de estar com Liv.

Demoro menos de cinco segundos para gozar. Não me alivia muito. Preciso *dela*.

Depois de vestir a calça do pijama, desabo sobre a cama. Ainda estou com o pau meio duro. Enterro a cabeça no travesseiro em que Liv deitou. Está com o cheiro dela, de pêssego fresco.

Estou morrendo de saudade. Fiquei fantasiando com nosso reencontro — quente, suado, sem roupa. Liv toda molhada e cheia de tesão, com a respiração pesada, abalada demais até para falar. Se contorcendo toda embaixo de mim. Seus seios grandes e redondos com os biquinhos bem duros para eu chupar até que ela implorasse que eu a fodesse...

Respiro fundo algumas vezes. Tive essa ideia uma semana atrás, e gastei todo o meu tempo livre para colocá-la em prática. A milhares de quilômetros de distância, pareceu bem romântico ficar em um hotel, voltar a namorar minha linda mulher e planejar um fim de semana sensual.

Solto um grunhido. Perco a noção de quanto tempo passo deitado na cama tentando arrumar uma forma de sobreviver à provação. Até mesmo um dia parece uma eternidade.

Meu telefone toca. Levanto em um pulo para atender. É Liv.

"Oi." Ela está ofegante.

Meu pau lateja outra vez. Pego o celular com mais força.

"Oi."

"Só queria avisar que cheguei bem em casa."

"Legal. Obrigado."

"Estou muito feliz com sua volta."

"Eu também."

Ficamos em silêncio por um instante carregado de tensão.

"Você não terminou de falar sobre aquele sistema de radar subterrâneo", Liv comenta por fim.

"Sobre..."

"O radar que está pensando em usar na escavação. Você mencionou isso durante o jantar."

"Ah, é." Sem saber o motivo do interesse repentino dela por isso, tento voltar meus pensamentos para arqueologia e ciência. Talvez isso me faça esquecer que vou dormir sozinho hoje à noite. De novo.

"Vou fazer uma viagem a um mosteiro cisterciense na França", conto. "Em Valmagne. Estão fazendo um experimento com radar de penetração no solo."

"E o que isso faz?"

"É um jeito não invasivo de fazer um estudo estrutural antes de começar a planejar uma escavação mais sistemática."

"Como funciona?"

"O equipamento capta ondas refletidas por objetos sob a superfície e transmite para um computador. Então dá para ter um mapa geofísico de uma área bem extensa antes da escavação, inclusive do que está debaixo da terra."

"Impressionante."

"Funciona bem, mas às vezes é difícil conseguir uma imagem clara. Os geofísicos estão tendo problemas em Valmagne, porque as fundações de calcário do mosteiro não criam um contraste dielétrico muito bom com o solo derivado de carbonatos. Eles estão tentando um sistema de processamento aprimorado que forneceu imagens interessantes do subsolo da igreja. E agora querem minha opinião sobre a possibilidade de que os pilares góticos tenham sido construídos sobre fundações românicas preexistentes."

"Humm..."

Um pensamento me vem à mente de forma repentina.

"Liv, você está se masturbando?"

"Quê?"

"É isso, né? Você está se tocando enquanto eu falo sobre radar de penetração no solo."

"Claro que não. Que tipo de pervertida acha que eu sou?"

"A *minha* pervertida." Não consigo segurar o sorriso, apesar de estar com a atenção mais voltada para meu pau endurecendo. Uma imagem se forma na minha cabeça — minha mulher esparramada no sofá, com a calcinha abaixada enquanto acaricia a boceta.

"Você está quase lá?", pergunto.

"Não estou me masturbando."

"Então o que está fazendo?"

"Só estou... sentada aqui. Escutando."

"E se eu dissesse que precisei bater uma punheta trinta segundos depois de você sair?"

Ela respira fundo. "Ah, é?"

"Ã-hã. Não conseguia parar de pensar em você. Queria rasgar suas roupas, beijar seu corpo gostoso inteiro, lamber seus peitos, morder seu pescoço e abrir bem suas pernas para poder entrar fundo em você e continuar fodendo por vários dias."

"Minha nossa, Dean."

"Mas você não está se masturbando."

"Bom, *agora* estou."

Um calor se espalha pelo meu corpo. Meu pau fica duro de vez.

"E você?", Liv murmura no meu ouvido.

Abaixo a calça para poder segurá-lo. "Agora estou."

"Ah..." Ela solta um dos seus suspiros leves que fazem meu sangue ferver.

Eu me aperto com mais força. "Fala comigo."

"Ai, Dean. Estou morrendo de vontade de você. Com muita saudade mesmo. Adorei essa volta às origens, mas... tem certeza de que quer continuar esperando?"

"A única certeza que tenho é de que estou prestes a explodir." Meu pau começa a latejar. Quero Liv de volta comigo. "Hã, capelas com transepto. Divergência de onda esférica. Pilares góticos semicirculares."

Ela dá uma risadinha. "Continua."

"Minha mulher gostosa sentada no meu pau. Me cavalgando até nós dois gozarmos feito loucos."

Liv respira fundo outra vez.

"Você está pelada?", pergunto.

"Da cintura para baixo. Com uma blusinha de pijama." Ela faz uma pausa. "Hã, acabei de tomar banho e raspar as pernas."

Não sei por que me diz isso, mas a imagem é cristalina. Eu a vejo no sofá da sala, com uma perna nua sobre o braço do sofá e o outro pé no chão. Toda aberta. Molhada. Sedenta. Sem sutiã. Com os mamilos durinhos apontando por baixo da blusa. E um olhar de tesão. Os cabelos soltos sobre os ombros. A pele vermelha. Uma das mãos no meio das pernas.

"Você sabe que fantasiei sobre nós", digo. "E você?"

"Também", ela murmura.

"Me conta."

"Eu colocava a cabeça no seu travesseiro e ficava de joelhos. Depois abria as pernas e empinava a bunda."

Solto um grunhido. Tem poucas coisas no mundo que gosto mais de ver do que a bunda de Liv se chocando contra mim enquanto meto nela por trás.

"Eu enfiava a mão entre as pernas para esfregar o clitóris imaginando você todo cheio de tesão atrás de mim", ela continua. "E às vezes colocava um travesseiro entre as pernas. Me esfregava nele imaginando que era seu pau."

Porra. Aperto meu pau, sentindo meu saco doer. A tensão se espalha pelo meu corpo.

"O que está fazendo agora?", pergunto.

"Estou brincando com meus peitos. Desejando sua boca neles."

"Ai, caralho..." Meu sangue está em ebulição. "Passa a mão na boceta."

"Estou toda molhada. Quase gozei na calcinha assim que você me beijou."

"Goza agora."

"Fala comigo", ela murmura. "Diz umas coisas safadas. Se não posso ter você ainda, quero pelo menos gozar com a sua voz."

Eu andaria sobre brasas e cacos de vidro por essa mulher.

Fecho os olhos, e ela domina minha visão. Minha mente. Cada parte de mim.

"Logo você vai estar de joelhos na minha frente", digo. "Só com uma calcinha de algodão que vou esfregar na sua boceta. Você vai apertar esses peitos lindos um contra o outro para eu poder enfiar meu pau no meio. Subindo pelo seu decote quente e úmido até seu pescoço. Vou gozar bem forte em cima de você, como um vulcão. Minha porra vai escorrer pelos seus peitos para você esfregar. Depois você vai lamber meu pau até ficar limpinho, enfiando tudinho na boca."

"Minha nossa, Dean..."

"Seu clitóris vai ficar latejando, e você vai gemer e se contorcer, louca para gozar, mas eu não vou deixar. Você vai se virar e se curvar em cima do braço do sofá para eu arrancar sua calcinha e bater nessa bunda gostosa."

Ela solta um gemido. Estou prestes a gozar na mão, e ainda mal comecei.

"Você vai abrir as pernas para me mostrar que está com tesão." A imagem toma conta da minha mente, quente como fogo. "Vou deixar que se toque, mas sem gozar. Você vai se contorcer toda, implorando, esfregando os peitos no sofá. Vai ficar tão molhada que vai até escorrer pelas pernas. Vou bater na sua bunda até deixar a pele toda vermelha e ardendo. Você vai ficar ofegante, sedenta, suplicando pelo meu pau."

"Eu quero... quero *você*..."

"Vou pôr só a pontinha do pau e ir entrando bem devagar, vendo que desaparece dentro do seu corpo delicioso enquanto sua bunda vem para trás..."

"Ai, Dean, deixa", Liv pede, ofegante. "Eu... eu quero gozar. Por favor..."

"Você consegue ver?" Começo a esfregar o pau mais depressa, sentindo a tensão chegar ao ápice. "Consegue se ver debruçada sobre o sofá, com as pernas abertas e meu pau entrando e saindo de você, sua bunda batendo em mim e sua boceta apertando meu pau... ah, *caralho*."

Jorro sobre a mão e a barriga em uma explosão de calor. Liv geme alto no meu ouvido. Consigo imaginá-la se contorcendo, estremecendo, comprimindo a mão com as coxas enquanto extrai tudo o que é possível do clitóris.

Nossa respiração pesada reverbera no ar. Meu coração está disparado.

"Eu..." Liv respira fundo. "Vou adorar namorar você de novo."

Preciso me esforçar para elaborar uma resposta coerente. "Espera só mais um pouco."

"Não quero esperar." Apesar da negativa, é possível notar um sorriso em sua voz. "Sabe que gosto de você mais do que tudo na vida."

"E você sabe que estou ansioso para te deixar toda melada de novo."

Liv dá risada. Depois que encerramos a ligação, deito com a cabeça no travesseiro e fecho os olhos. Apesar de ainda estar desesperado para me enterrar dentro da minha mulher, sinto uma forte satisfação. Finalmente estou no caminho certo.

Meu pedido de casamento foi o pior do mundo. Na verdade, não foi nem um pedido. Sei que Liv não gosta de gestos extravagantes, o que para mim é um alívio, já que nunca fui muito romântico. Mas até eu poderia ter feito melhor que aquilo.

Nas férias de verão depois que encerrei meu período como professor visitante em Madison, quando fazia nove meses que estávamos juntos, Liv e eu fomos de carro até a Filadélfia. Eu ia trabalhar na Universidade da Pensilvânia, e o plano era manter um relacionamento à distância até Liv se formar, para depois decidirmos o que fazer. A caminho da universidade, paramos em uma cidadezinha com dezenas de antiquários destinados a turistas.

Depois do almoço, caminhamos pelas ruas e visitamos algumas lojas lotadas. Eu estava à procura de equipamentos fotográficos antigos enquanto Liv se mantinha ocupada examinando o conteúdo de um mostrador de vidro perto da entrada.

Vi que ela conversava com a dona, uma mulher simpática de meia-idade, cujo crachá dizia que se chamava sra. Bird. Cheguei mais perto para ouvir o que diziam.

"É um camafeu." Liv estendeu um anel de prata adornado com uma delicada silhueta entalhada de uma mulher com cabelos compridos.

"Uma peça única", acrescentou a sra. Bird. "Do fim século xix, de ouro rosé. Em perfeitas condições, como pode ver. Dá para notar os detalhes no vestido da mulher, e uma flor aberta perto do colarinho."

Liv pôs o anel no dedo e abriu a mão. "Minha mãe tinha uma joia mais ou menos assim. Era da mãe dela, acho. Não sei que fim levou."

"Serviu em você?", perguntei.

A sra. Bird sorriu. Liv virou o anel para mim e fez que sim com a cabeça.

"Quanto custa?", perguntou à vendedora.

Ela consultou uma tabela no balcão. "Novecentos dólares."

"Ah." Liv tirou o anel. "É lindo, mas acho que não é para mim."

"Vamos levar", eu disse, sacando a carteira.

"Dean..."

As palavras saíram automaticamente.

"Ainda não comprei uma aliança de noivado para você."

Liv ficou me encarando. Meu estômago se revirava.

"Hã, se você... quer dizer, se você quiser", gaguejei. "Uma aliança de noivado. Quer dizer, se a gente... eu... se quiser... você sabe. Casar."

A sra. Bird deu uma risadinha alegre. Liv piscou algumas vezes, confusa. Comecei a transpirar. Eu a desejava com tanta intensidade que até doía. Precisava mais dela que de ar, e meu amor superava qualquer razão. Mas só então percebi que não conseguia imaginar minha vida sem ela.

"Dean..."

"Pode cobrar, por favor." Entreguei o cartão de crédito à sra. Bird.

"Ah, que presente romântico!" A mulher se afastou para cobrar. "Meus parabéns aos dois."

Liv ficou em silêncio enquanto eu concluía o pagamento e a sra. Bird guardava o anel em uma caixinha. Quando saímos, Liv pôs a mão no meu braço.

"Não precisa ser uma aliança de noivado", me apressei em dizer. "Pode ser só um..." *Merda, por que mais eu daria algo do tipo a ela?*

"Dean, eu te amo."

Meu coração parou, à espera do "mas".

Liv abriu aquele sorriso lindo que não falhava em me abalar.

"E adoraria ser sua mulher", ela completou.

Mas...?

Então me olhou, cheia de expectativa. Engoli em seco.

"Mas?", questionei.

"O quê?"

"Você adoraria ser minha mulher, mas... o quê?"

Liv pareceu perplexa. "É isso."

"Você adoraria ser minha mulher e ponto final?"

"É." Ela franziu a testa. "Você quer casar comigo, não?"

Nossa, West, se controla.

Como não consegui dizer nada, simplesmente a agarrei e a puxei para junto de mim. Dei um beijo nela que provavelmente seria considerado atentado ao pudor. Então me afastei para olhar em seus olhos castanhos.

Minha namorada. Minha noiva. Minha linda.

Eu queria que ela fosse *minha mulher* o quanto antes, mas achei que pudesse sonhar com um casamento grandioso e um vestido chique. Não sabia se fazia o tipo de Liv, então perguntei que tipo de casamento ela queria.

"Qualquer um que termine com nós dois casados", ela respondeu.

Considerei que deveria fazer alguma coisa extravagante para compensar a maneira patética como pedi sua mão, então entrei em contato com um amigo que era filho do dono de uma vinícola no Loire. Depois de alguns meses tomando as providências necessárias, fomos à França em julho e nos casamos no terraço da propriedade em uma cerimônia presidida pelo clérigo local.

Os detalhes estão todos fundidos na minha mente.

As trepadeiras subindo pelas paredes de pedra da casa. A família Delacroix reunida. O mar de morros cobertos de vinhedos. Um cachorro tomando sol.

Liv caminhando na minha direção com um vestido branco simples e algumas flores nos cabelos. Com uma beleza de partir o coração.

O toque suave de suas mãos nas minhas.

Seu sorriso, como um segredo destinado apenas a mim.

Sua voz suave e convicta.

O amor intenso e avassalador que quase me deixou de joelhos.

"Estou para sempre aos seus pés, Olivia Rose", murmurei pouco antes de nossos lábios se encontrarem. "Vou mover céus e terras para proporcionar o que você quiser, quando quiser."

"Ah, Dean." Ela pôs a mão no meu rosto. "Não preciso de nada além de você."

E então veio o beijo, uma harmonia perfeita de estrelas e planetas que fez com que o universo recomeçasse para mim.

7

OLIVIA

28 de março

Finalmente entendo por que Dorothy, Maria, Eliza, Gigi e Sandy começam a cantar do nada enquanto estão fazendo as coisas. Às vezes o coração fica tão cheio de emoções que simples palavras não dão conta. Então é preciso lançar mão de canto e dança, uma orquestra sinfônica e um coral completo. Porque tem *um monte* de coisa acontecendo dentro da gente.

Como eu não tenho orquestra nem coral, e minhas habilidades como dançarina são bem limitadas, tento compensar cantarolando enquanto ajeito croissants e brioches dentro dos cestos. Acabou de amanhecer, e o cheiro bom de café e pão quente paira no ar.

Meu marido está de volta... meu marido está de volta... meu marido lindo e gostoso está de volta...

E planejou um fim de semana sensual que me deixou com um frio na barriga. Eu não teria como estar mais apaixonada, mesmo que quisesse. E não poderia estar mais excitada com tudo o que vamos fazer, mas tento me controlar.

Sei que a espera vai valer *muito* a pena.

Ainda cantarolando, passo pelas portas de mola da cozinha e pego mais uma bandeja de brioches. O proprietário da Première Moisson é um velhinho ranzinza de Lyon que acha que *"os ammericans arruinarram a boa cuisine com o fast-food"*.

Mas ele faz croissants espetaculares, então eu tolero seu jeito. Além disso, talvez tenha razão no que diz.

"Ei, Gustave, você gosta de cantar?", pergunto enquanto levo a bandeja de pãezinhos dourados ao balcão.

"Cantar?" Ele franze a testa. É como se eu tivesse perguntado se ele sabia tirolês.

"É. Como a Edith Piaf." Limpo a garganta e arrisco: *"Je ne regrette rien..."*.

A cara dele faz parecer que acabei de cuspir em seu pote de manteiga. Paro de cantar.

"Só estou curiosa." Despejo os brioches em outro cesto.

"Não sei cantar." Ele volta sua atenção para as baguetes que está modelando. "E me parrece que nem você, Oliviá."

Abro um sorriso e vou até o balcão com o cesto. Depois de abastecer os mostruários, abro as portas às sete e atendo os clientes do café da manhã. Passo as duas horas seguintes bem ocupada, sem tempo nem para respirar até as nove.

Quando o movimento finalmente diminui um pouco, reabasteço os cestos com mercadorias frescas, limpo os balcões e o piso e me preparo para o segundo horário de pico da manhã.

Estou mergulhando biscoitos de amêndoas no chocolate quente quando uma voz grave e familiar reverbera pela minha pele.

"Um café médio, por favor."

Eu me viro com o coração disparado e dou de cara com Dean do outro lado do balcão. Seus olhos escuros brilham quando ele me vê, e um sorriso surge em sua boca. Está lindo, todo masculino de jeans e moletom, com os cabelos bagunçados pelo vento. Se eu estivesse mais perto, sentiria o cheiro de sua loção de barba e do ar fresco da primavera.

Milhares de lembranças me vêm à mente, da época em que ele entrava no Jitter Beans e nossos olhares se cruzavam em meio a faíscas de eletricidade. Que maravilha é sentir essa felicidade de novo.

"É pra já." Eu me viro para a cafeteira. "Quer que deixe espaço para o creme, senhor?"

"Não, obrigado."

Sirvo o café e escorrego o copo pelo balcão. "Que tal um croissant ou um brioche fresquinho?"

"Claro. Pode escolher para mim."

Pego um croissant de chocolate e ponho em um saquinho antes de cobrar a compra.

"Está vendo como subi na vida?", pergunto. "Do Jitter Beans pra Première Moisson. Uh-lá-lá."

"É verdade." Ele retribui o sorriso, pegando a carteira no bolso. "Você sempre teve um *je ne sais quoi.*"

Dean olha para trás a fim de se certificar de que não tem mais ninguém na loja, então se inclina sobre o balcão para me beijar. Um cheiro de eucalipto e ar fresco invade minhas narinas.

Me despejo sobre ele, como mel quente. Dean segura meu rosto nas mãos e o levanta para encará-lo. Acaricio sua nuca, levantando na ponta dos pés para aumentar a pressão do beijo.

"Seu cheiro está incrível." Ele roça o nariz nos meus cabelos, procurando minha orelha com os lábios. Sua voz sai em um sussurro rouco. "Estou morrendo de vontade de prensar você contra a parede, levantar sua saia e abrir suas pernas."

Estremeço dos pés à cabeça. "Nossa, Dean."

"Toda vez que você fala isso", ele se afasta com um murmúrio suave, "meu autocontrole se desfaz mais um pouquinho."

"Nossa, Dean."

Ele dá risada. Sorrio e estendo a mão para apertar seu nariz.

Um grunhido gálico corta meu barato. Gustave se aproxima com uma bandeja de bombas de chocolate. Ele a põe sobre a bancada e olha feio para mim, apontando com o polegar para os doces.

"Pode deixar, *monsieur*." Eu me apresso para acondicionar as bombas nas embalagens enfeitadas de papelão.

Gustave volta para a cozinha. Quando passa por mim, sou capaz de jurar que está cantarolando "That's Amore" bem baixinho.

"Bom, estou indo." Dean me rouba um beijo apressado antes de sair.

"Você vem ao café hoje à tarde?"

"Vou chegar perto da uma. Só vou passar no apartamento para pegar algumas coisas. Tudo certo pra hoje à noite?"

"Claro." Penso em qual das minhas lingeries sensuais vou usar para ele. Só de imaginar seu olhar cheio de desejo percorrendo meu corpo seminu envolvido por rendinhas comprimo as coxas uma contra a outra para aliviar a pressão no meio das pernas.

"Pego você às seis", Dean avisa.

"Aonde vamos?"

"McDonald's."

"Esbanjador."

"Só com você, gata." Ele dá uma piscadinha e se vira para ir embora. Por uma boa meia hora depois que vai embora, não consigo parar de sorrir. A orquestra já está começando a tocar.

"Bom." Kelsey põe as mãos na cintura enquanto examina o salão principal da Matilda's Teapot. "Decorando, vai ficar ótimo."

"Vamos começar a reforma na semana que vem." Olho para as planilhas e os desenhos espalhados sobre as mesas. "É um investimento e tanto."

"Pois é. Mas Allie tem razão. A localização não poderia ser melhor, e parece que ela e o Brent sabem o que estão fazendo." Kelsey se vira para me lançar um de seus olhares penetrantes. "A questão é... como você se sente a respeito?"

"Na maior parte do tempo, animada", respondo. "Nunca fiz nada desse tipo, mas sei que é uma ótima ideia. Adoro trabalhar com Allie, e estou contente por finalmente estar fazendo alguma coisa por conta própria."

Ela continua me encarando. "Então qual é o problema?"

"É angustiante. E se eu gastar minha herança inteira nesse negócio e for à falência? E se eu não tiver calculado o capital inicial direito e o dinheiro acabar?"

Kelsey senta em uma cadeira virada ao contrário, apoiando os braços sobre o encosto. "Você poderia chamar outra pessoa para entrar na sociedade."

"Não tem ninguém em quem tanto eu como Allie confiamos. Dean ofereceu ajuda financeira, mas sabe que estou querendo fazer isso sozinha, e jamais pediria para ser sócio."

"E quanto a mim?", Kelsey pergunta.

"O que tem você?"

"E se eu me oferecesse para entrar?"

Levanto a cabeça. "Quê?"

"Posso ser sócia de vocês."

"Está falando sério?"

"Alguma vez não falei sério?"

"Não posso deixar você fazer isso."

"Por que não?"

"Não é uma boa ideia. Misturar amizade com negócios."

"Você nunca fez isso antes. Como pode saber que não é uma boa ideia?"

"Todo mundo diz."

"Não me guio pelo que os outros dizem."

Fico sem saber o que falar. Meus olhos se enchem de lágrimas.

"Pelo amor de Deus, Liv", resmunga Kelsey. "Não precisa *chorar*. Estou oferecendo uma sociedade, não um rim."

"Desculpa." Pego um guardanapo para assoar o nariz.

"Além disso, você já está abrindo o negócio com Allie, que também é sua amiga...", insiste Kelsey.

"Eu sei, mas você... você é mais como uma..."

"Uma o quê?"

"Bom, uma pessoa da família." Sinto um aperto no coração.

Ficamos em silêncio. Kelsey solta um suspiro.

"Certo, me escuta. Vou falar isso uma vez só." Ela crava as unhas em uma rachadura no encosto da cadeira. "Nunca tive muitos amigos. Não gosto de gente querendo saber da minha vida. É irritante. Mas Dean nunca foi assim. Nunca fez com que eu me sentisse obrigada a justificar nada. E, quando casou com você, pensei que fosse mudar, que as coisas seriam diferentes. Eu estava mais que disposta a não gostar de você."

"Ah, é?" Não consigo nem imaginar a sensação de ter Kelsey March contra mim.

"Pois é", ela diz. "Mas foi impossível. Quando conheci você foi em Los Angeles, na feira de produtores locais, você já me deu um... um *abraço de Liv* e me convidou para comer crepe."

Ela balança a cabeça negativamente, como se eu a tivesse convidado para atravessar o arco-íris.

"Hã... eu gosto de crepe", respondo.

"O que eu quis dizer é que você simplesmente me aceitou. Nunca questionou minha amizade com Dean. Nunca se sentiu ameaçada. Nem todo mundo consegue lidar comigo assim fácil. Em um piscar de olhos. E você tornou Dean um homem ainda melhor, o que não é pouca coisa, considerando como já era." Ela se afasta da cadeira. "Bom, terminei. Esse discursinho vai se autodestruir em cinco segundos."

Sei que é melhor não responder, mas meu coração se enche de amor e afeto pela durona da Kelsey.

"Bom, estamos repassando os últimos números", digo, me voltando para a planilha. "Podemos conversar a respeito na semana que vem?"

"Sim. Vejam se vão precisar de mim, e aí pensamos no que fazer. Só não vai ficar toda emotiva por isso."

Ouço passos descendo as escadas. É Allie se aproximando.

"Liv, eu acho que o salão da frente deveria ser o castelo da bruxa", ela comenta. "Tem vista pras montanhas, e na história ele ficava no meio das montanhas. Espera aí, vou pegar meus desenhos no carro."

Ela sai apressada pela porta dos fundos. Recolho as planilhas espalhadas enquanto Kelsey veste a jaqueta, então a sineta da porta da frente toca. Quando viramos, vemos um homem alto de quarenta e poucos anos entrar, tirar o casaco e passar as mãos nos cabelos grisalhos. Usa uma calça cáqui e uma camisa, informais e elegantes ao mesmo tempo.

"Posso ajudar?", pergunto.

A porta dos fundos se abre, e Allie entra de novo. "Ah, oi, pai."

Pai?

Perplexas, observamos enquanto Allie dá um abraço apertado no homem.

"Obrigada por ter vindo", ela diz. "Conhece a Liv?"

"Ainda não." O homem estende a mão e sorri. "Max Lyons."

Eu o cumprimento, ainda incrédula. Ele é bem novo para ter uma filha de vinte e sete anos. Não é nem um pouco parecido com o que eu estava esperando.

Allie me contou que seu pai mudou para um bairro de artistas do outro lado do lago depois que a mãe dela morreu, muitos anos atrás. Ela não queria pedir dinheiro para ajudar na livraria ou no café, e imaginei que fosse porque ele já havia ajudado bastante e não era um homem rico. Na verdade, eu imaginava Max Lyons como um hippie de cabelos compridos com calça jeans puída e cheirando a maconha.

Jamais poderia imaginar um homem que parece ter saído diretamente das páginas de uma revista.

"E essa é Kelsey March", Allie diz ao pai. "Ela é professora na universidade."

"Em qual departamento?", ele pergunta, estendendo a mão para Kelsey.

Nem posso acreditar como ela fica sem reação, como se tivesse perdido a capacidade de falar.

"Ciências atmosféricas", respondo, dando um cutucão de leve em Kelsey.

"Hã, é." Ela cumprimenta Max e dá um passo na direção da porta. "Meteorologia. Prazer em conhecer."

"Igualmente."

"Pedi pro meu pai passar aqui para ver o que achava da casa", Allie me explica. "Ele é arquiteto."

"Ah." Agora tudo faz sentido. "Isso é ótimo."

"Vem." Allie puxa Max pela manga. "Vou mostrar os planos para o andar de cima. Liv, você liga para Marianne e pergunta se ela pode dar uma passadinha aqui?"

"Claro."

Kelsey e eu vamos até a varanda da frente. Pego meu celular para mandar uma mensagem de voz.

O carro de Dean encosta no meio-fio. Como sempre, meu coração dispara quando ele se aproxima com o casaco abotoado para se proteger do frio. Diferente de quando o vi pela manhã, ele está de terno e gravata azul-marinho. Seus cabelos grossos e escuros estão bem penteados, enfatizando os traços masculinos de seu rosto.

Apesar de sempre gostar de ver meu marido em sua versão profissional, minha satisfação é manchada pelo desespero.

Dean me dá um beijo no rosto e um abraço em Kelsey.

"Quanto tempo você vai ficar por aqui?", ela pergunta, tirando a chave do carro do bolso.

"Dez dias."

"Squash amanhã então?"

Meu estômago se revira. Dean e Kelsey costumam se exercitar juntos na academia da universidade, mas como agora ele não pode entrar no campus...

"Não posso, tenho algumas coisas para fazer", ele responde.

Kelsey olha para mim, percebendo que tem alguma coisa no ar. Então dá de ombros e desce os degraus da frente para ir embora. Eu me aproximo de Dean, incomodada com a lembrança constante do que ele vai ser obrigado a enfrentar.

"Quando é a reunião?", pergunto.

"Quarta. Hoje vou até Forest Grove dar uma consultoria à biblioteca pública sobre sua coleção de manuscritos medievais."

"E essa reunião de quarta é sobre o quê?"

"É uma mediação, para ver se conseguimos chegar a uma solução sem recorrer ao conselho diretor da universidade." Dean abre um sorriso que não esconde a preocupação em seus olhos. "Não vai ser tão ruim quanto parece."

Ele passa a mão nos meus cabelos e aponta com o queixo para o café. "Agora me conta o que está planejando fazer aqui."

Meu marido abre a porta e dá um passo para o lado para me deixar entrar. Então tira o casaco e joga sobre uma cadeira, já desabotoando o paletó.

Paro para olhar melhor. Sob o paletó, está usando...

"Isso é um colete de lã?", pergunto, perplexa.

Como se tivesse se esquecido do que estava usando, Dean olha para o colete de botão azul-marinho por cima da camisa cinza. "É."

"Desde quando você usa coletes de lã?"

"Desde que a vendedora me disse que ficava bom."

Fico olhando para ele, impressionada ao constatar como uma peça tão nerd poderia fazer um homem como o professor West ficar... bom, *assim*. Com os cabelos brilhando sob a luz e o colete modelando seu tronco lindamente esculpido...

"Ela estava certa", admito.

"Você gostou?", ele pergunta.

Eu me inclino em sua direção e sussurro: "Me dá vontade de me esfregar todinha em você".

Os olhos de Dean se acendem, e ele passa o polegar em meus lábios. "Guarda essa ideia para mais tarde."

"Continua com o colete. É bem sensual."

"Você faz qualquer coisa ficar sensual."

Abro um sorriso e fico na ponta dos pés para beijá-lo. Antes que possa me afastar, ele põe a mão nas minhas costas e me puxa para mais perto. Seus olhos estão cheios de uma combinação de tesão e carinho que conheço muito bem e que me fez muita falta.

Dean passa o polegar pelo meu lábio inferior, incendiando minha pele. Meu coração salta quando ele me prensa contra a parede e cola a boca à minha, em um beijo acalorado e profundo que faz meu sangue ferver.

Não consigo segurar um leve gemido, sentindo meu corpo amolecer quando Dean se encosta ainda mais, procurando minha língua com a dele. Jogo as mãos em volta de seu pescoço, cravando os dedos em seus cabelos quando o beijo se aprofunda e acende milhares de pequenas faíscas dentro de mim. Sinto meu sexo latejar e meu coração disparar. Preciso me segurar para não enfiar a mão por baixo do colete e desabotoar sua camisa, a fim de passar as mãos espalmadas sobre seu peitoral firme...

"Ã-hã."

Eu me desvencilho do beijo tão depressa que bato a cabeça na parede. Dean se vira para cumprimentar Allie, sem precisar se esforçar para manter a compostura.

"Oi."

"Ora, ora." O tom de Allie é leve. "Não sabia que você estava de volta, Dean."

"Só por alguns dias."

Ela apresenta Dean ao pai, o que me dá a oportunidade de me recompor. Dean caminha na direção de Max, e Allie se aproxima de mim com um sorrisinho maroto.

"Desculpa", murmuro, envergonhada.

"Não esquenta", ela responde, com os olhos brilhando por trás dos óculos. "Não é à toa que ele é o professor gostosão, né?"

Afasto Dean de Max para mostrar a casa e falar dos nossos planos. Para minha satisfação, ele se mostra impressionado e prestativo, mas não dá nenhuma sugestão. Imagino que vai manter sua palavra de não interferir.

"Fantástico, Liv", diz apenas. "Parece que vocês pensaram em tudo."

"Espero que sim." Fico hesitante. "Mas estamos com medo de não ter capital de giro. Falei sobre isso com Kelsey hoje, e ela se ofereceu para ser nossa sócia."

"Que ótimo."

"Você não vê nenhum problema nisso?"

"Por que veria?"

"Porque recusei sua ajuda quando você ofereceu. Mas ter Kelsey como sócia não é a mesma coisa que aceitar seu dinheiro."

"Liv, não é *meu* dinheiro. Tudo o que eu tenho é seu também."

"Mas é uma questão de negócios. Preciso agir de acordo. Uma sociedade precisa ter financiamentos e orçamentos. Não posso tirar dinheiro da nossa conta conjunta só porque seria mais fácil."

Dean fica me olhando por um instante, então assente.

"Eu entendo", ele diz.

Minha ansiedade se alivia um pouco. "Que bom. Obrigada."

"Não me agradeça." Ele balança a cabeça negativamente, com um olhar de divertimento no rosto. "Você está entrando em uma sociedade com a maior cobra do covil."

Abro um sorriso. "Acho que ela está mais para um pit bull."

"Verdade."

Quando voltamos ao térreo, Dean e Max começam a falar sobre história da arquitetura, desde o Coliseu até Frank Lloyd Wright — o que não nos surpreende. A conversa se volta para as descobertas da escavação, depois para a pré-temporada de beisebol, um projeto de lei estadual e por fim um hambúrguer com bacon incrível que Max comeu em um restaurante novo em Rainwood.

"Eles já viraram melhores amigos", Allie cochicha para mim, apontando com o queixo para os dois, perto do balcão.

É uma graça ver aqueles homens bonitos conversando de maneira tão animada. Dá até um pouco de tesão, mas não digo isso a Allie.

Meia hora depois, acompanho Dean até o carro.

Meu marido abre a porta e se vira para me beijar. Sua boca quente e firme se cola à minha, enquanto ele segura meu rosto. Quando estou prestes a me perder no beijo, Dean se afasta para me olhar.

"Às seis", murmura, com os olhos se acendendo. "Esteja pronta pra mim."

"Estou sempre pronta pra você", sussurro, sentindo um tremor se espalhar pelas minhas veias e se instalar no meio das pernas.

"Esteja *mais* do que pronta." Ele acaricia de leve meu rosto e se vira para entrar no carro.

Fico observando sua partida, pensando em cavaleiros medievais e os comparando aos modos intensos e sensuais de Dean West.

8

OLIVIA

Quando chego em casa, vejo um embrulho em papel pardo diante da porta, com o nome *sra. Olivia West* na caligrafia de Dean. Abro um sorriso, levo a caixa para dentro e abro. São peças de quebra-cabeça.

Viro tudo no chão e começo a montar. Quando chego à metade, já sei do que se trata. Uma onda de amor e emoção me invade.

Encaixo a última peça e fico olhando para a imagem que se forma, Dean e eu na nossa lua de mel, diante da Saint-Chapelle, em Paris. Pego o celular para ligar para ele, mas cai na caixa. Recebo uma mensagem de texto alguns segundos depois.

Quarenta e cinco minutos.

Vou correndo tomar banho e visto sutiã e calcinha roxos com estampa florida. Em seguida ponho um vestidinho preto com acabamento em renda e capricho no cabelo e na maquiagem.

Abro a porta do apartamento no instante em que a porta do hall se fecha. Quando chego ao alto da escada, Dean está olhando para mim.

Há uma energia entre nós. Minha pulsação dispara diante da visão dele — alto e lindo, de terno azul-marinho sob o casaco preto. Seus cabelos brilham à luz do hall, e sua boca se curva em um sorriso enquanto ele sobe na minha direção, estendendo um buquê de rosas vermelhas perfeitas.

"Obrigada." Sinto o perfume das flores preencher o ar.

"Agora estou pensando que deveria recitar um poema ou coisa do tipo." Dean para na minha frente, seu olhar cheio de admiração. "Você está linda demais."

"Não preciso de poesia nenhuma além disso." Fico na ponta dos pés para dar um beijo em seu rosto. Seu cheiro se espalha pelo meu sangue — um toque marcante de loção pós-barba misturado com o ar fresco da noite.

"Adorei o quebra-cabeça", digo.

"Que bom. Quero levar você a Paris de novo em breve." Ele aponta com o queixo para a rua. "Pronta?"

"Só me deixa pôr as flores na água e pegar meu casaco." Faço um gesto para ele entrar enquanto vou à cozinha procurar um vaso.

Quando volto à sala. Dean está parado junto à janela, com as mãos nos bolsos. Vê-lo de novo no nosso apartamento, que é o lugar dele, faz um calor se espalhar por todo o meu corpo. Com as luzes da cidade acesas do lado de fora, Dean fica tão lindo que meu coração pula de alegria por saber que é meu. Todo meu.

Ponho o vaso sobre a mesinha de centro e ajeito um pouco melhor as rosas.

"O lírio-da-paz floriu", Dean comenta.

"Quê?" Levanto os olhos em sua direção.

"O lírio." Ele aponta com o queixo para a flor aberta. "Está bonito."

Sorrio, contente por ele ter reparado. "Dei um lírio a você quando fui jantar na sua casa pela primeira vez, lembra?"

"Claro." Seus olhos se iluminam quando ele se vira para mim de novo. "E vingou, com você para cuidar dele o ano todo."

"E eu vinguei, com você para cuidar de mim o ano todo."

Dean fica me olhando por um instante, então balança a cabeça. "Ah, Liv..."

Eu o abraço pela cintura, adorando sentir a pressão de seu corpo contra o meu. Ele leva a mão aos meus quadris, e um murmúrio de prazer reverbera em seu peito quando nossos lábios se encontram.

"Vamos lá, linda", Dean murmura, levando a boca ao meu pescoço. "Se a gente não sair agora, meu plano vai por água abaixo."

Dou uma risadinha e me afasto dele. Pegamos nossos casacos e vamos para o carro. Fico tão empolgada por estar de novo com ele, respirando o mesmo ar, sentindo o calor de sua presença, que demoro uma boa meia hora para me dar conta de que estamos saindo de Mirror Lake rumo às montanhas.

"Aonde a gente vai?", pergunto.

"Você vai ver."

O anoitecer é frio e nublado, com nuvens avermelhadas se acumulando no alto das montanhas. Dean conduz o carro por uma estradinha estreita até uma construção com cúpula no alto de uma encosta.

"O observatório?" Não consigo entender muito bem. "O que vamos fazer aqui?"

"Namorar." Ele dá uma piscadinha e me oferece o braço.

Com um sorriso, eu o enlaço e nos dirigimos à entrada. Tem uma van estacionada ali perto, mas não consigo ler o letreiro na lataria. Dean abre a porta para mim, e entramos no saguão silencioso.

Quando abre a porta do auditório, todo o ar escapa dos meus pulmões diante da visão da sala iluminada por um milhão de estrelas brilhantes espalhadas pelo teto arqueado. Uma música suave sai dos alto-falantes escondidos. É um universo único, particular, com inúmeros planetas e estrelas contido nesse espaço. Por um momento, é tudo nosso.

"Como foi que você conseguiu tudo isso?", pergunto enquanto Dean me pega pela mão e me leva a uma mesa de jantar montada sobre a plataforma elevada.

"Mexi uns pauzinhos", ele responde. "Foi o mais perto que consegui chegar de oferecer o universo para você."

Sorrio. "Boa."

"Espera um pouco."

Há um buquê de flores do campo sobre a mesa posta com pratos de porcelana e taças de vinho. Uma vela está acesa, mas não é capaz de competir com a iluminação proporcionada pelas estrelas. Dean volta alguns minutos depois com dois pratos de filé-mignon com um cheiro delicioso trazidos da van do bufê, estacionada do lado de fora.

Sob o domo do nosso universo particular, passamos uma hora deliciosa comendo e conversando. Meus olhos se voltam a todo momento para a boca de Dean, a curvatura de sua mão segurando o garfo, a luz das estrelas refletida nos seus cabelos.

Relembro nosso primeiro encontro, e nosso primeiro beijo. Mesmo agora, meu corpo se arrepia todo com a lembrança do calor do seu olhar quando segurou meu rosto entre as mãos.

"*Vou beijar você agora*", ele murmurou um segundo antes de nossos lábios se tocarem em um beijo que me arrebatou em um turbilhão de certeza de que eu poderia amá-lo.

E naquele dia... *eu pude*.

Nunca confiei tanto nos meus instintos, e estamos juntos até hoje.

Depois do jantar, Dean estende um cobertor na plataforma e nós nos deitamos para observar as estrelas espalhadas pelo céu como açúcar polvilhado. Ele aponta para o alto enquanto fala sobre cosmologia e filosofia medievais. Sua voz grave me inunda, e eu me recosto nele.

"Queria que fosse assim sempre", murmuro. "Só nós e as estrelas."

Uma leve apreensão se impõe, porque sabemos que não é possível. Não com a ameaça à carreira dele pairando sobre nós como fumaça obscurecendo o céu.

Mas nada disso pode nos atingir aqui. Não pode eclipsar a beleza do momento.

Dean levanta e estende a mão para me ajudar. Um ligeiro tremor me percorre quando sinto o calor em seus olhos. Juntamos nossas coisas e voltamos ao estacionamento.

"Agora..." Ele se inclina para passar o nariz no meu pescoço antes de abrir a porta do carro para mim. "Você vai voltar comigo. Vai ser minha de novo."

Não tem nada no universo que eu deseje mais. Tudo dentro de mim se incendeia de ansiedade quando voltamos ao Wildwood Inn.

Quando a porta do chalé se fecha atrás de nós, meu coração acelera. As semanas de desejo intenso e ligações telefônicas não se comparam ao que somos capazes de criar quando estamos no mesmo recinto. A excitação borbulha dentro de mim, deixando meu sangue em chamas.

Dean se apoia na porta, e seus olhos castanhos com toques dourados me admiram lenta e tranquilamente me deixando sem fôlego. Estou meio que esperando que ele venha até mim e dê vazão a todo o desejo reprimido, me agarrando em um fervor selvagem... mas em vez disso Dean faz um gesto para que eu me aproxime.

"Vem cá, linda", ele diz, com a voz áspera. "Vem me dar aquilo de que tanto senti falta."

Minha pulsação dispara. Ele leva as mãos à minha nuca e passa os dedos pelos meus cabelos. A maneira suave como segura minha cabeça, sem tirar os olhos dos meus, me faz perceber quão preciosa me considera. Tudo dentro de mim se derrete quando observo as linhas de seu rosto, suas sobrancelhas escuras, seus cílios compridos emoldurando os olhos, o formato de sua boca.

Meu marido baixa a cabeça, então seus lábios tocam os meus em um beijo de afeto e ternura infinita. Estamos em casa de novo, as faíscas crepitando no ar enquanto mergulhamos em uma espiral só nossa.

Dean mexe as mãos, inclinando minha cabeça para poder colar a boca à minha, abrindo meus lábios com os seus. Um amor que nunca vai se esvair e um desejo que estava sendo negado há tempo demais me inundam. Eu o envolvo pela cintura, sentindo seu calor através do seu terno e do meu vestido.

Ele murmura alguma coisa baixinho, acariciando minhas costas e meus quadris. Chego mais perto, sentindo uma luz se acender dentro de mim como um milhão de vaga-lumes quando o beijo se aprofunda. É tudo o que mais queríamos ao longo de todas essas semanas — o movimento dos nossos lábios colados, o aperto de suas mãos nos meus quadris, meus seios roçando contra seu peito.

Dean puxa meus cabelos de lado para abrir meu vestido. Deixo o tecido escorregar pelos ombros e cair sob meus pés. Estou usando uma blusinha de cetim sobre a lingerie. Ele solta um suspiro quando percorre meu corpo com os olhos de novo.

"Queria poder parar o tempo e ficar olhando para você eternamente", ele murmura quando passa os braços sob minhas pernas e me levanta. Enlaço seu pescoço, unindo nossas bocas outra vez enquanto ele dá alguns passos na direção da cama, depois me baixa sobre a colcha macia.

Apesar do desejo acumulado e da expectativa de voarmos um para cima do outro em um frenesi enlouquecido... uma sensação deliciosa de restrição nos domina. Dean se acomoda sobre mim, com nossos lábios ainda colados.

O peso do corpo do meu marido, combinado com seu beijo delicioso, me envolve em um abrigo quente e protetor. Ele move os lábios pelo meu rosto, e seu hálito quente chega até minha orelha. A tensão começa a se espalhar pelo meu corpo quando Dean põe os dedos nas alças da minha blusinha de cetim e a tira pelos ombros. Eu me mexo para ajudá-lo, animada ao constatar sua expressão quando vê o sutiã florido.

Ele solta um grunhido de apreciação e minha blusinha de cetim logo vai parar no chão. Quando seu dedo escorrega para dentro da minha calcinha, meu corpo se incendeia.

"Caralho, Liv..." Sua voz está rouca de desejo. "Quero tanto você..."

Ele se posiciona para beijar minha boca de novo. Seu pau está duro, marcando a parte da frente da calça. Um desejo desesperado me domina quando ele enfia dois dedos em mim e começa a circular meu clitóris com o polegar.

"Chega mais perto", ele murmura com a boca colada à minha, fechando os dentes de leve sobre meu lábio inferior.

Me perco em meio ao prazer dos beijos intoxicantes, de seu corpo colado ao meu, de seus dedos me acariciando. Agarro sua camisa, deixando a cabeça cair para trás quando ele desliza outro dedo para dentro de mim. Mais uma esfregadinha e a sensação se espalha pelo meu corpo como uma explosão de luz, arrancando um grito da minha garganta.

O grunhido grave de Dean ressoa no meu ouvido. Sinto seus músculos tensos quando ele arranca minha calcinha e desabotoa meu sutiã. Seu olhar cheio de tesão percorre meu corpo como o mais ardoroso dos toques. Ele baixa a cabeça e me beija inteira, passando os lábios macios pelos meus seios e pela minha barriga, circulando o umbigo com a língua e acariciando as curvas da minha cintura e dos meus quadris.

Eu me derreto toda, fechando os olhos à medida que as sensações se espalham pela minha pele. Dean beija minha mão e vai subindo pelo meu braço até o ombro. Quando chega aos meus lábios de novo, estou formigando inteira, com um desejo renovado.

"Sua vez", murmuro, empurrando-o pelos ombros para fazê-lo se deitar.

Meu coração dispara quando monto em sua cintura e afrouxo sua gravata, então a tiro de vez. Abro sua camisa à força, espalhando os botões pela cama em minha pressa repentina de deixá-lo nu.

Ponho as mãos espalmadas sobre seu peito, cujos músculos estão contraídos com a força da respiração ofegante. Traço seu abdome, então volto para o peito e subo até os ombros, mapeando mentalmente seu corpo.

Quando meu sexo começa a latejar outra vez, desço para suas coxas para abrir o cinto e a calça, revelando seu pau grosso e duro. Fecho a mão sobre a base e acaricio as veias pulsantes.

Com um grunhido, Dean me agarra pela cintura. "Preciso sentir meu pau dentro de você."

Subo de novo por seu corpo, pressionando os dedos entre as pernas, estremecendo quando uma nova explosão me abala. Ele arranca as roupas e me deita de barriga para cima.

"Preciso de você dentro de mim", falo, ofegante, me arqueando na sua direção. "Você tem..."

Um alívio me percorre quando Dean tira uma camisinha da carteira. Quero que voltemos a ser quem éramos antes de deixar as coisas na mão do acaso, e quero que nosso futuro seja exatamente como desejamos.

O ar ao nosso redor fica mais leve, como se todo o sofrimento dos últimos meses fosse um aglomerado de nós que enfim estivessem se desmanchando em fios sedosos de luxúria e amor. Estamos envolvidos em nossa intimidade, onde tudo parece sempre certo.

Ponho a camisinha nele, que se posiciona entre minhas pernas e alinha nossos corpos. A ansiedade toma conta de mim. Eu me agarro a seus ombros, enfraquecendo quando se pau grosso e duro desliza para dentro de mim. E então, por fim, estamos unidos de novo, uma chave entrando na fechadura, nossos corpos investindo um contra o outro e nossos corações batendo em uníssono.

Nossos olhos se encontram, brilhando de paixão. Minha alma transborda com emoções tão complexas e intricadas que os laços que as unem parecem frágeis e indestrutíveis ao mesmo tempo.

Eu o puxo para junto de mim, pressionando minha testa contra a dele. Nossa respiração se mistura, quente e acelerada. Ele recua e dá mais uma estocada, me preenchendo e me alargando.

"Ah..." Passo as mãos pelas costas dele, sentindo meu corpo inteiro vibrar de prazer. "Que delícia... Estava com tanta saudade..."

Ele baixa a boca para a minha. Nossos lábios se chocam com urgência, os músculos se enrijecendo e se flexionando. Dean apoia uma mão de cada lado da minha cabeça, sem parar com as estocadas. Uma necessidade intensa toma conta da gente, e o mundo se dissolve em um caos de gemidos e arfadas, com a pressão profunda de seu pau no meu corpo, o calor se espalhando pelo sangue.

Grito seu nome, erguendo as pernas para enlaçar sua cintura, me apertando contra ele quando o êxtase se derrama sobre mim. Sinto a tensão se espalhar pelo seu corpo, o acelerar delicioso das estocadas, e então Dean caindo sobre mim com um grunhido pesado.

Arfando, ele sai de cima de mim e me puxa para si, me colocando sobre o peito. Mergulhamos juntos no pós-orgasmo, meu corpo pressionado junto ao dele, no lugarzinho em que me encaixo perfeitamente.

Como o mundo infelizmente não vai parar de girar porque Dean e eu estamos juntos de novo, me forço a acordar cedo na manhã seguinte para meu turno na padaria. Paro em casa para me trocar e arrumo a mala, porque não tenho intenção de sair do chalé pelos próximos dois dias.

Apesar de estar cansada de toda a atividade da noite passada, meu corpo reluz com uma energia feliz. Ajudo os clientes a escolher croissants e baguetes com um humor excelente.

Como Dean é... bom, o professor West — um homem com uma ética de trabalho implacável que se recusa a interromper meu expediente —, ele não me manda e-mails ou mensagens de texto sensuais enquanto estou no serviço, mas no intervalo encontro um bilhete na minha bolsa, com um desenho de uma baguete: *Seu amor é meu fermento, bela.*

Sorrio e mando um e-mail para ele.

"Qualquer um pode se apaixonar, mas só quem ama de verdade sabe ser bobo."
Rose Franken, escritora e dramaturga

"Todo mundo pode amar, mas só Liv e Dean podem amar ASSIM."
Olivia West, esposa gostosa e sensual do Dean

Depois que meu turno termina, corro para o museu na esperança de conseguir sair mais cedo. É um dia frio e ensolarado, e a grama verde começa a aparecer sob a neve derretida à medida que a primavera ganha força e substitui o inverno.

Quando chego, vejo Florence Wickham descendo de um carro.

Florence é uma senhora elegante de cabelos brancos em seus setenta e poucos anos, membro do conselho diretor da Sociedade Histórica.

Está usando um casaco de pele e diamantes delicados. Quando me vê, acena. Eu me aproximo para cumprimentá-la.

Fico meio sem graça perto de Florence desde que ela me flagrou dando uns amassos com Dean no guarda-volumes da festa de fim de ano da Sociedade Histórica, mas ela pareceu mais admirada do que horrorizada. Acho que demonstrou sua aprovação tácita à nossa escapadinha quando nos deixou a sós.

"Oi, Florence." Ofereço o braço para ajudá-la a passar por uma poça no meio-fio. "Parece que a primavera finalmente chegou."

"Que bom, não é, querida?" Ela olha para trás de mim. "Seu marido está com você?"

"Não, ele está trabalhando."

"Ah. Que pena."

"É mesmo."

Abro a porta do museu para ela e entramos. Passamos pelas salas de exposição e vamos para os escritórios nos fundos do prédio.

"Hoje tem reunião do conselho?", pergunto enquanto tiramos o casaco e penduramos.

"Segunda de manhã." Florence ajeita os cabelos. "Vamos discutir o destino da Butterfly House, aquela construção antiga na Monarch Lane. A localização é ótima, perto das montanhas. Ela tem vista para o lago e fica perto da cidade. Não é de admirar que uma incorporadora queira comprar o terreno. Mas isso significaria a demolição da casa."

"Isso seria péssimo."

"Seria mesmo", concorda Florence. "Conseguimos impedir até agora pela importância histórica do imóvel. Ele esteve à disposição da Sociedade anos atrás, mas infelizmente não tínhamos recursos para fazer nada com ele."

Florence faz um sinal para que eu entre em um dos escritórios, onde há uma mesa coberta de plantas e fotografias.

Pego uma foto em preto e branco da grandiosa Butterfly House. Tem uma varanda frontal grande, arcadas decoradas e telhados com beirais. No segundo andar, há um balcão, janelas projetadas e uma torre poligonal que parece saída de um castelo de conto de fadas.

"Quando foi construída?", pergunto.

"Em 1890", conta Florence. "Era um lugar lindo em seu auge."

"O que vai acontecer agora?"

"Vamos fazer uma campanha de arrecadação de fundos para uma restauração", Florence explica. "Pensamos em abrir o local para visitação, mas a lei de zoneamento não permite. Também há uma resistência razoável à ideia de abrir o local ao público, já que fica perto demais de uma área residencial."

Pego uma foto mais recente da Butterfly House, que mostra a extensão do abandono — os degraus da frente estão quebrados e tomados pelo mato, a porta e a varanda foram pichados, as janelas foram cobertas com tábuas e as telhas estão quebradas.

De repente me lembro de um livro infantil, *A casinha*, sobre um lindo chalé que começa a cair aos pedaços quando não há mais ninguém para fazer a manutenção. Apesar de ter uma tonelada de coisas para fazer pelo Café das Maravilhas, ofereço minha ajuda.

"Ah, seria ótimo, Olivia", ela diz. "Precisamos pesquisar o valor histórico da casa. Samantha me contou que você está fazendo o panfleto da exposição. Que tal elaborar algum conteúdo sobre a história da Butterfly House?"

Concordo, pensando que posso fazer isso de casa, à noite. Florence e eu passamos a hora seguinte vendo as fotografias e os documentos relativos à casa que a Sociedade conseguiu reunir.

Depois que meu turno no museu termina, volto ao Firefly Cottage, perto das três horas. Encontro Dean sentado na varanda, olhando para o lago.

Meu coração *canta* ao vê-lo, todo lindo com a calça jeans desbotada justa nas pernas e uma camiseta por baixo de uma camisa de flanela. Ele estende os braços para mim. Me sento em seu colo e me aninho junto a seu corpo como um gato em seu cantinho de sol favorito.

"Teve um bom dia?", ele pergunta, beijando meus cabelos.

"Humm. Mas nada de trabalho amanhã, e segunda é meu dia de folga. Sou toda sua pelos próximos dois dias."

"Você é minha pelos próximos dois milênios."

Ele se inclina para me beijar, e eu me perco sem demora em seus braços. Uma garoa nos leva de volta para dentro, o que é ótimo, porque podemos passar o resto da tarde vendo um filme, fazendo amor e lendo. Pedimos serviço de quarto no jantar, e quando chegamos à sobremesa já estou bocejando.

"Foi uma semana longa", digo para me justificar. Dean aponta com o queixo para a cama enorme e sugere que eu vá dormir.

Entro debaixo das cobertas e pego no sono na hora, acordando apenas quando ele deita ao meu lado, algumas horas depois. Me acomodo junto a ele. Depois de tanto tempo longe, dormir ao lado de seu corpo forte já é excitante por si só. Meu subconsciente entra em ação e reativa uma sequência de sonhos eróticos, a maioria com Dean no papel de um guerreiro sensual querendo se saciar comigo.

O calor se espalha pelo meu corpo. Me remexo na cama, imaginando Dean todo grosseiro e mandão, acariciando meus seios de pau duro. Sonho que estou montada em suas coxas, me esfregando contra ele. Na névoa do sono, escuto meu próprio gemido, sentindo seus dedos acariciando meu sexo e seu hálito quente no meu pescoço. Ainda que a realidade com meu marido seja sempre melhor que os sonhos, acordo toda quente e solta, até um pouco suada.

Deixo Dean dormindo, tomo um banho e visto um dos roupões fofinhos do hotel antes de pegar minha escova e me colocar diante do espelho da penteadeira.

"Com o que estava sonhando?"

A escova para nos meus cabelos molhados. Eu o encaro. Ele está deitado na cama usando apenas a calça do pijama, com uma expressão das mais pretensiosas.

Franzo a testa. "Como assim?"

"Você teve um tremendo sonho erótico ontem à noite."

As imagens voltam à minha mente, vívidas e pornográficas. Limpo a garganta.

"Tive nada."

Ele sorri. "Gemeu e tudo mais. Bem safada."

Fico toda vermelha. "É nada."

"Me deixou com tesão também."

Ainda que esteja com vergonha, isso certamente explicaria por que acordei me sentindo tão bem.

"Com o que sonhou então?", Dean pergunta.

Viro para o espelho e continuo escovando os cabelos. Ainda consigo vê-lo pelo reflexo, me olhando com uma expressão sacana.

"Para com isso", murmuro.

"Não quer saber o que mais você fez?"

"Eu não fiz nada."

"Fez, sim. Veio pra cima de mim e abriu as pernas para eu enfiar o dedo na sua boceta."

"Dean!" Viro para encará-lo, com o coração disparado. "Eu fiz isso mesmo?"

"Ã-hã."

"Você é um mentiroso."

O sorriso dele se alarga. Quando passo ao seu lado para ir ao banheiro, ele levanta e agarra minha cintura. Caio na cama com um gritinho. Dean sobe em cima de mim, me segurando pelos pulsos e prendendo minhas mãos ao lado da cabeça.

O olhar que ele me lança — provocador, mas não sensual — já basta para me excitar. Jogo os quadris para cima em uma tentativa não muito convicta de tirá-lo dali. Ele aperta meus pulsos com mais força.

Dean se inclina para pressionar os lábios contra os meus, passeando lentamente com a língua pela minha boca.

"Como foi o sonho?", ele murmura.

Estou começando a ceder. Tento fortalecer minha resistência. "Não é da sua conta."

"Ah vai..." Ele fica beijando meu lábio inferior. "Você estava sonhando com sexo em público?"

Faço que não com a cabeça. Seu pau duro começa a cutucar minha barriga.

"Com uma mulher?", ele pergunta.

A mera ideia faz seu pau ficar ainda mais duro.

Balanço a cabeça outra vez.

Os quadris dele se remexem, se esfregando em mim. Estou nua por baixo do roupão. Com um puxão no cinto ele pode esfregar o pau contra meu sexo descoberto. Respiro fundo. Meu coração está disparado, com ele montado em cima de mim desse jeito.

"E então?", Dean insiste. "Com o que foi?"

Volto os olhos para o volume em sua calça de flanela. "Você."

"Ah, é?" Ele continua se esfregando em mim. "O que a gente estava fazendo?"

Me sinto ficando vermelha. "Hã, você sabe. Transando."

Ele me encara com uma expressão desconfiada. "Transando como?"

"Nada de mais... Só sexo normal." Tento manter um tom de voz casual, mas sei que Dean não está acreditando.

Ele volta a sentar sobre minhas coxas, ainda olhando para mim.

"Sua reação foi bem exaltada para sexo normal", diz.

"Bom, você disse que eu era safada", lembro a ele.

"É exatamente por isso que não acredito que estava tendo um sonho com sexo *normal*."

Dean puxa o nó do cinto do roupão. Eu me contorço e tento me desvencilhar outra vez. Ele afasta as lapelas do roupão.

"Muito bem." Dean olha para minha pele molhada, não sei se do banho ou da transpiração.

Em seguida, espalma as mãos sobre meus seios, passando os dedos pelos mamilos enrijecidos. Seu toque é leve, gentil e delicioso. Comprimo as coxas uma contra a outra, já latejando.

"Me conta." Ele baixa a mão até meu umbigo, depois meu ventre. "Me conta e eu deixo você gozar."

Não tenho defesas contra esse tipo de conversa, e ele sabe disso.

"Dean."

"Onde a gente estava no seu sonho?"

"Hã..." Fico ainda mais vermelha. "Em um... navio."

Ele ergue uma sobrancelha. "Um navio."

"É. Um... um navio pirata."

"Um navio pirata." Dean me encara, e um toque de divertimento surge em seus olhos. "Eu era o pirata?"

Desvio os olhos, voltando o rosto para o teto. "Você era, hã, o capitão pirata."

Ele dá risada, de um jeito tão carinhoso e divertido que não consigo me irritar. Então se inclina para me beijar de novo, passando a língua nos cantos dos meus lábios. O desejo toma conta de mim.

"O capitão pirata, é?", ele diz. "E você era o quê?"

"Uma donzela capturada."

"E eu me aproveitava de você?"

"Totalmente."

Ele se senta sobre mim e aperta meus seios. "Me conta mais."

Estou tão excitada que sou capaz de dizer qualquer coisa para que me leve ao orgasmo. Respiro fundo e me remexo sob ele, tentando esfregar minha barriga em seu pau duro.

"Você tinha me amarrado no... sei lá como chama. No brigue? Eu estava... minhas mãos estavam amarradas em cima da cabeça."

"O que você estava vestindo?"

"Um vestido longo." Não consigo pensar direito, com os dedos dele mexendo nos meus mamilos. "Não lembro por que você me capturou. Acho que queria minhas terras ou coisa do tipo. Talvez minha casa. Talvez eu devesse dinheiro a você ou..."

"Não importa", Dean interrompe. "Volta para a parte safada."

"Bom, fiquei amarrada lá, então uma noite ouvi seus passos na escada. Você abriu a porta e entrou, todo nervoso e ameaçador. Desamarrou minhas mãos e me mandou levantar a saia."

"E você obedeceu?" Os olhos dele começam a brilhar de excitação, o que me anima a contar a história.

"Ã-hã. Até a cintura. Depois você me mandou baixar a calcinha e me virar para ver minha bunda. Quando percebi, já estava logo atrás de mim. Podia sentir sua respiração na minha nuca. Aí você... me deu uns tapas."

"Uns tapas?"

"Vários. Estava usando luvas de couro. Ardeu um pouco. Mas fiquei molhadinha." Estendo o braço para acariciar o volume em sua calça. "Depois você falou para eu me curvar sobre um barril."

"E você obedeceu."

"Obedeci." Abaixo a calça dele. Quando seu pau lindo e grande aparece, solto um suspiro. "Eu me ajoelhei no chão frio e me debrucei sobre um barril de carvalho com a calcinha abaixada. Você falou para eu pôr as mãos para trás e abrir minha..."

Sinto meu rosto queimar outra vez. É inevitável.

"Abrir sua...?", Dean incentiva.

"Abrir minha boceta para você."

Seu pau começa a pulsar na minha mão. Essa reação, esse tesão, faz meu sangue ferver.

"E você obedeceu", ele diz.

"Enquanto você observava", acrescento. Parte do sonho ainda está vívida na minha mente, porém outras já me escapam. Mas, a essa altura, não faz mais diferença se estou narrando um sonho ou inventando tudo na hora. "Então senti suas mãos na minha bunda, e você se ajoelhando atrás de mim."

Começo a me contorcer. Quero a mão dele no meio das minhas pernas. Os tremores se espalham pelo meu corpo. Dean põe a mão sobre a minha, indicando que quer que eu segure com mais força. Respira fundo, todo lindo e masculino, molhado de suor em cima de mim, com o rosto vermelho e envolvendo meus quadris com as coxas. Sinto tanto tesão que um movimento de seu dedo no meu clitóris faria com que eu gozasse loucamente.

"Continua." A voz dele sai tensa.

"Então senti você dentro de mim", digo, ofegante, "e suas mãos agarraram minha bunda, que ainda estava toda vermelha e ardendo por causa dos tapas. Senti você me preenchendo, mas não conseguia ver nada. Meus seios estavam prensados contra o barril, loucos para ser acariciados. Você começou com as estocadas, fazendo minha bunda arder mais. Eu gemia e me esfregava no barril, atordoada com a sensação do seu pau entrando e saindo de mim. Não consegui esconder minha excitação, e a urgência crescia cada vez mais. Comecei a jogar meus quadris para trás, pedindo para você meter mais forte. Então você entrou tão fundo que reverberou pelo meu corpo inteiro e não deu mais para segurar. Dei um berro e gozei no seu pau... ah!"

O orgasmo chega como uma onda ao pau de Dean, fazendo com que cresça. Ele solta um grunhido e puxa meu pulso para trás, jorrando sobre meus peitos e minha barriga. É uma visão que me deixa desesperada de desejo. Antes que eu possa dizer qualquer coisa, ele se agacha e abre minhas pernas.

Assim que sua língua toca meu clitóris, eu me desmancho. Seguro sua cabeça e solto um gemido alto quando ele fecha os lábios sobre mim e arranca todas as sensações possíveis do meu corpo.

"Porra." Dean respira fundo e desaba na cama ao meu lado. "Foi esse tipo de sonho que você teve quando eu estava fora?"

"Legal, né?" Mesmo agora, a menção ao fato de Dean *fora* me causa uma pontada de tristeza.

Afasto o pensamento, me concentrando no calor das cobertas e de sua pele. Meu capitão pirata, meu gladiador, meu cavaleiro gentil. Esfrego o rosto em seu peito nu.

"Está com fome?", ele pergunta, passando a mão no meu braço.

"Um pouco."

Dean levanta da cama, e eu admiro os contornos musculosos de seu corpo enquanto ele veste a calça e vai para a cozinha. Então nos vestimos, colocamos um casaco e levamos o café com torradas para a varanda para ver o nascer do sol sobre o lago.

Eu me acomodo na mesma cadeira de Dean, quase em seu colo, para continuar em contato com seu corpo magro e forte. O café está quente e fumegante, o ar está frio e o sol está cercado de tons vermelhos e dourados. Ondulações atravessam a superfície do lago.

Continuamos do lado de fora por um pouco mais de tempo, depois voltamos para dentro e mergulhamos na banheira de hidromassagem, ensaboando nossos corpos até ficarmos ofegantes e cheios de desejo outra vez.

Dessa vez, eu o faço sentar, monto em seu colo e escorrego seu pau grosso para dentro do meu corpo. Logo estamos arfando e gemendo, derramando água pelas bordas da banheira quando aceleramos o ritmo. Dean me agarra pelos quadris e entra mais fundo. Gozo violentamente, apertando-o dentro de mim e fazendo alguma parte distante da minha mente desejar que isso nunca termine.

À medida que o dia progride, o desejo se intensifica. Vemos filmes, folheamos revistas, fazemos massagem um no outro, jogamos gamão em um tabuleiro que Dean encontra em um armário perto da estante com livros. Ficamos de bobeira, rindo e fazendo cócegas um no outro. Cogitamos sair um pouco do chalé, mas logo desistimos e pedimos serviço de quarto.

Passo a maior parte do dia usando o moletom dele e nada mais. Depois do jantar, me visto só para poder fazer um striptease para ele diante da lareira — apesar de ter me esquecido de trazer mais peças sensuais de lingerie. A dança não dura muito, porque Dean solta um grunhido e me puxa para seu colo para me beijar.

    Ele abre o fecho do meu sutiã branco e ruge ao ver os seios descobertos, me pegando no colo e me levando para a cama em três passos. Abro os braços, excitada, feliz, me sentindo amada até o fundo da alma quando meu marido deita sobre mim e me beija até me fazer perder a noção do tempo e do espaço.

9

OLIVIA

Depois de semanas de desejo, esperança e carência, finalmente... estamos *juntos* de novo.

As flores da estação brotam nos vasos espalhados pelo chalé, e um fogo crepitante queima na lareira para aliviar o frio. Nuvens avermelhadas cercam as montanhas. O lago parece uma superfície de vidro, mas do lado de dentro tudo é envolvido por uma luz dourada.

Eu me viro na cama macia e estendo a mão para encontrar Dean. Ele não está aqui, mas os lençóis permanecem quentes. Abro os olhos e o vejo sentado em uma poltrona junto às janelas francesas, com a calça jeans desabotoada e a camisa branca amarrotada.

Está entrelaçando um barbante nos dedos, com as mãos fortes separadas e os punhos da camisa dobrados, revelando os antebraços rígidos cobertos de pelos.

Um calor me invade. Seus cabelos grossos, que estão mais longos, chegam até a ponta do colarinho. Dean está com seus óculos de leitura e a testa franzida de preocupação.

Ele ergue os olhos e me pega observando. Um sorriso surge em sua boca.

"Oi, Bela Adormecida", diz com um murmúrio áspero que faz meu corpo se esquentar da cintura para baixo.

Solto um bocejo e me espreguiço, sentindo meus músculos se alongarem deliciosamente. "Que horas são?"

"Quase seis. Quer café?"

"Ainda não." Eu me deito de bruços e apoio o queixo nas mãos. Minha mente está enevoada de prazer, meu corpo ainda pulsa de todo o sexo poucas horas antes.

Um tremor atravessa minha espinha. É isso. Essa é a solução. E é muito simples. É o que nós dois queríamos o tempo todo. Só precisamos de nós mesmos. Só precisamos ficar sozinhos, isolados em nosso mundinho, onde ninguém precisa se explicar nem pensar em mais nada.

Não precisamos fazer distinção entre o desejo de controle de Dean e meu desejo de ceder tudo. Desde o início, ele me conduziu a lugares que eu nem sabia que existiam, mas me mantendo segura. Iria com ele a qualquer parte, e meu marido sabe bem.

Isso nunca vai mudar. E pela primeira vez percebo que... não precisa.

Porque o contrário também é verdadeiro. Dean iria comigo a qualquer lugar, sabendo que seu coração está seguro comigo.

"Seu plano funcionou", murmuro.

"Humm." Seu olhar percorre meu corpo por baixo do lençol. Ele desata o barbante, ergue a mão e faz um movimento circular com o indicador.

Meu coração dispara. Dean deixa o barbante e os óculos de lado e levanta. A visão dele vindo na minha direção, sem esconder seu fervor e sua elegância masculina, faz minha pulsação acelerar.

Eu me mexo ansiosa sob os lençóis, para ficar de costas para ele. Sinto quando para ao lado da cama e puxa o lençol com força. O algodão desliza sobre meu corpo, e o ar frio roça minha pele descoberta. Meus seios se comprimem contra o colchão, e enterro a cabeça nos braços cruzados.

Dean põe a mão espalmada sobre minha bunda e faz movimentos circulares. Tremores me abalam. Eu me ajeito para encará-lo por cima do ombro, sentindo minha respiração ficar presa na garganta quando nossos olhos se cruzam. Ele está todo desalinhado, com os músculos flexionados em uma energia intensa que deixa meu coração a mil.

Eu me mexo um pouco, balançando a bunda de forma provocativa. Quero essa energia toda despejada sobre mim.

Depois de mais algumas carícias lentas, ele passa um dedo pela abertura da minha bunda e desce até o meio das pernas, onde já estou toda molhada. Afundo o rosto nos braços e me rendo, sentindo meu corpo inteiro ceder. Dean se inclina para dar um beijo no meu ombro esquerdo. Em seguida se coloca entre minhas pernas, afastando minhas coxas enquanto mexe devagar no meu clitóris.

Meu sangue se inflama. Ele me agarra pelos quadris e me puxa para mais perto, de modo que as minhas pernas fiquem para fora da cama. Ouço quando ele tira a calça. Começo a me virar para ver seu pau grosso e duro...

"Não." Ele põe a mão entre minhas escápulas e me empurra para baixo. "Não se mexe."

Agarro com força o lençol, com o coração pulsando ao sentir a ponta dura de seu pau tocando meu sexo. Com um grunhido abafado, tento me lançar para trás e fazê-lo se cravar em mim. Dean solta uma risada áspera e, com um único movimento, mete tão depressa que dou um berro.

"Dean!" Me lanço instintivamente para a frente ao sentir o impacto e a sensação de aperto e preenchimento.

"Não se mexe." Com a respiração ofegante, ele me segura pelos quadris para me manter imóvel enquanto espera que eu me ajuste para sua entrada.

Respiro fundo. O suor brota na minha testa. Dean baixa o corpo sobre minhas costas enquanto segura meus pulsos, prendendo meus braços junto à cama. Sua barriga pressiona minha bunda, suas pernas estão bem juntas às minhas.

O peso de seu corpo musculoso é irresistível, me empurrando sobre a cama enquanto seu pau pulsa dentro de mim. Enterro a cabeça no colchão. Ele me aperta com mais força.

"Nossa." Dean se mexe, esfregando a barriga na minha bunda. "Você é tão gostosa..."

Ele se afasta um pouco e mergulha de novo, me penetrando tão fundo que meu sangue ferve. Eu me remexo, tentando igualar seu ritmo, mas minha mente enevoada de tesão sabe que não existe ritmo, não agora.

Dean sai e entra quando quer, me surpreendendo a cada movimento, a cada estocada. Suas mãos são como algemas nos meus pulsos, sua respiração ofegante martela meu ombro, seu peito força minhas costas para baixo. Tento esfregar os mamilos no lençol, aliviando um pouco as pontadas, porém mal consigo me mexer debaixo dele. Estou dominada, empalada, submetida.

Só quando paro de tentar de mexer Dean encontra seu ritmo, entrando e saindo de mim forte e rápido. Meu corpo inteiro estremece.

Antes que eu consiga organizar os pensamentos, a excitação toma conta de mim, como uma tempestade.

Remexo os quadris, desesperada para esfregar o clitóris, então ele põe a mão espalmada sobre o meu ventre. O êxtase me invade ao primeiro toque, então eu me convulsiono inteira em torno de seu pau e grito.

Quando a sensação se ameniza, Dean afasta a mão e agarra minha bunda. Jogo os quadris para trás, e depois de três bombeadas em rápida sucessão ele tira o pau com um grunhido. Estremeço toda quando goza sobre minha bunda, e olho por cima do ombro para Dean acariciando seu pau grande, com o peito ofegante e os olhos semicerrados de prazer.

"Caralho, Liv..." Com mais um grunhido, ele desaba na cama ao meu lado, estendendo o braço para passar a mão nas minhas costas suadas. "Não quero deixar você de novo."

Em meio à névoa do desejo, meu peito se aperta quando penso nele indo embora *de novo*. Uma vez já bastou.

Eu me ajeito junto a ele enquanto nossa respiração se acalma. É terça-feira. Preciso trabalhar. E amanhã Dean tem que ir à mediação.

Dou um beijo em seu ombro e me sento. Meu corpo está deliciosamente dolorido, pulsando de uma maneira que torço que dure um bom tempo. Quero me lembrar do meu marido toda vez que me mexer.

Levantamos, tomamos banhos sem pressa e tomamos café juntos, sentindo a nuvem pesada da realidade se instalar.

"Preciso ir", digo com relutância quando percebo que são quase oito. "Vou encontrar Allie e Brent no café."

Dean sorri com os olhos cheios de afeto e segura uma mecha de cabelo minha. "Que orgulho de você."

Retribuo o sorriso, satisfeita com isso e com minha própria ambição. Ficamos o máximo possível juntos antes de eu enfim vestir o casaco.

"O que vai fazer hoje?", pergunto.

"Trabalhar aqui, depois encontrar Frances Hunter. Vamos para Rainwood hoje à tarde tratar do congresso, mas volto antes do jantar."

"Posso vir para cá?"

"Claro." Ele dá uma piscadinha. "Era essa a ideia."

Ele passa as mãos na parte inferior das minhas costas e me puxa para junto de si, colando nossos corpos. Encaro meu lindo cavaleiro, impressionada com o fato de ser invencível, poderoso e estar sempre seguro de seu lugar no mundo. Nada nem ninguém é capaz de derrotá-lo.

O pensamento me enche de coragem e esperança quando levo a mão ao seu peito para sentir seu coração.

"Vou chegar umas sete." Dean me dá um beijo de leve. "Me liga quando terminar lá no café. Te amo."

Praticamente flutuando depois de um fim de semana prolongado a sós com meu marido, paro no nosso apartamento para vestir uma calça jeans e uma camiseta antes de ir trabalhar.

Chego ao café e encontro as janelas parcialmente abertas, música tocando e a mais completa bagunça. Brent recrutou alguns amigos para ajudar na reforma. O chão está coberto de panos e papel de parede rasgado.

Depois de cumprimentar as pessoas, pego uma garrafa de removedor e começo a trabalhar também. Mais tarde, Allie e eu vamos à loja de material de construção para encomendar tinta e verniz para as janelas e o piso. À tarde, nos reunimos com Rita Johnson, a repórter que está escrevendo uma matéria sobre a Matilda's Teapot.

É uma sensação gostosa, apesar de um pouco assustadora, a de trabalhar em algo novo e arriscado.

O céu está começando a escurecer quando vou embora. Mal posso esperar para rever Dean e contar tudo. Talvez ele possa contribuir com algumas ideias também.

Tomo o caminho para a Avalon Street cheia de ansiedade, e pouco depois abro a porta do nosso prédio.

Então me detenho.

Tem uma mulher sentada na escada, vestindo calça jeans e jaqueta de couro. Seus cabelos compridos cor de palha estão caídos sobre os ombros. Seus olhos azuis encontram os meus.

"Oi, Liv", diz minha mãe.

PARTE II

10

OLIVIA

Só tenho uma foto minha com minha mãe e outra com meu pai. Mantenho as duas em um envelope no meio de um exemplar em péssimo estado de *Uma árvore cresce no Brooklyn*. Comprei o livro por alguns centavos em um sebo quando minha mãe e eu morávamos perto de Seattle. O nome Lillian Weatherford está escrito à mão na contracapa, com uma caligrafia redonda. Sempre gostei desse nome.

Quem quer que fosse, ela guardou essas fotos para mim nos últimos vinte anos.

A do meu pai foi tirada no Natal quando eu tinha cinco anos. Estamos sentados perto da árvore — um pinheirinho coberto de luzes e neve artificial. Ele era um homem jovem e bonito, sorrindo. Seu rosto está perto do meu, e eu seguro um urso de pelúcia branco com uma fita vermelha no pescoço. Pareço feliz.

Eu e minha mãe estamos na Califórnia na nossa foto. Tenho treze anos. Estamos sentadas junto a uma fogueira, com sorrisos quase idênticos, os rostos reluzentes iluminados pelas chamas e rabos de cavalo nos cabelos. Claramente mãe e filha.

Eu me lembro de tudo o que cerca essa foto. Mostrei-a para Dean, claro, e contei onde foi tirada e por quem.

North.

"North?", repeti depois que ele se apresentou.

"De Northern Star", o homem explicou. "Meus pais acharam que esse nome garantiria uma vida boa e estável para mim."

"Deu certo?", perguntei.

"A vida é sempre boa", ele respondeu, encolhendo os ombros. "Mas quase nunca estável. As ondas estão sempre no horizonte."

Ele era um homem rechonchudo de estatura mediana com cabelos compridos e grisalhos, barba cheia e um rosto gentil e sincero. Usava camisetas velhas, jeans rasgados e sandálias puídas — isso quando não estava descalço. Fazia algumas tranças em sua barba, que amarrava com elástico vermelho.

North vivia e trabalhava em uma comuna no norte da Califórnia chamada Twelve Oaks, uma propriedade de vinte hectares perto de Santa Cruz, de que minha mãe ouviu falar por meio de um conhecido de Los Angeles. Paramos por lá a caminho do Oregon, na esperança de encontrar uma refeição quente e uma cama para passar a noite, mas acabamos ficando por sete meses.

Era um lugar estranho, mas eu gostava. Umas cinquenta pessoas moravam lá com os filhos, fabricando o próprio sabão e plantando verduras e legumes para vender em mercearias locais e feiras de produtores.

"Ouvi dizer que vocês têm quartos para hóspedes", minha mãe disse a North quando chegamos, com a chave do carro ainda pendurada nos dedos e os óculos de sol enormes escondendo seu rosto.

North fez que sim com a cabeça, olhando para ela e depois para mim. Fiquei no carro, com os braços cruzados sobre a barriga. Tínhamos acabado de sair da área urbana de Los Angeles, com seu ar poluído e suas vias expressas congestionadas. Eu estava torcendo para ficarmos um pouco mais naquela comunidade à beira-mar.

"Os visitantes precisam fazer por merecer sua estadia", North disse à minha mãe.

"Como?"

"Trabalhando na cozinha ou na horta. Ajudando com as roupas e com a limpeza. Asha tem um cronograma de trabalho. Vamos conversar com ela e decidir tudo."

Minha mãe cruzou os braços. Estava usando uma saia amarela e uma regata florida roxa. Seus cabelos loiros compridos caíam em ondas sobre os ombros bronzeados marcados por sardas.

"Tudo bem", ela disse por fim, estalando os dedos para me chamar. "Vem, Liv. Vamos nos instalar. Preciso descansar da viagem."

Arrastei a bagagem para fora do porta-malas do carro velho que nos levara por tantas centenas de quilômetros. North nos conduziu a um quarto na sala principal e depois à cozinha, onde uma mulher com cabelos loiros embaraçados explicou quais eram as opções.

"Liv dá conta disso." Minha mãe apontou para a coluna dedicada à horta. "E de limpar a cozinha, certo?"

Fiz que sim com a cabeça.

Asha escreveu meu nome. North olhou para minha mãe.

"E você?", ele perguntou.

"Prefiro não trabalhar ao ar livre."

"No que você é boa?", North insistiu.

"Ela faz joias bonitas", eu disse.

"Então você pode ajudar na oficina." North fez um gesto com a cabeça para Asha, que colocou o nome da minha mãe na tabela.

"Não vamos ficar muito tempo", minha mãe falou.

"Isso não significa que não possam trabalhar", North retrucou.

Ele estava em Twelve Oaks fazia mais de uma década. Tocava violão, fazia macramê e marcenaria e era o encarregado do site. Levou minha mãe à oficina e a ensinou a usar as diferentes ferramentas e matérias-primas. Ele vendia tigelas de madeira, placas e objetos de decoração em feiras de artes e de produtores locais, então tinha um bom equipamento para que Crystal produzisse suas joias.

"North é legal", arrisquei dizer certa manhã enquanto minha mãe e eu nos trocávamos. "Parece saber um monte de coisas."

Crystal deu de ombros, olhando-se no espelho enquanto prendia um lenço roxo nos cabelos e passava batom.

"Ele não é diferente dos outros, Liv."

Mas era, sim. Era um dos poucos homens que não parecia ter interesse sexual na minha mãe, e que ela não tentou seduzir. Talvez fosse o ambiente, ou o fato de Crystal poder ficar ali sem dormir com ele... De qualquer maneira, foi uma mudança bem-vinda.

Certa tarde, quando eu estava colhendo manjericão, North apareceu na horta e me jogou um medalhão de metal do tamanho de uma moeda de cinquenta centavos preso a uma corrente de prata.

"O que é isso?" Peguei a peça com as duas mãos.

Ele estreitou os olhos contra o sol. "Leia."

Tinha uma inscrição nele: *Fortes fortuna iuvat.*

"O que significa?", perguntei.

"A sorte favorece quem tem coragem." North inclinou a cabeça. "Gostou?"

Uma desconfiança comprimiu meu peito. Dei um passo para trás. Apesar de North ser diferente, eu tinha armado minhas defesas fazia anos, desde que os tarados que se diziam namorados da minha mãe haviam começado a mexer comigo.

"Hã, obrigada", eu disse apenas.

Ele me observou por um instante. "Você parece uma tartaruga, sabia?"

"Tartaruga?"

North bateu no peito. "Tem um casco. Se esconde. Faz tempo que está na estrada com sua mãe?"

"Desde os sete." Eu não sabia por que estava contando a verdade.

"E a escola?"

"Já passei por milhares."

"De que matéria gosta mais?"

"Sei lá. Inglês, acho."

"Certo. Vamos ver em que estágio está." Ele apontou com o queixo para a casa onde a maioria dos membros da comuna morava.

Eu não estava exatamente com medo, porque sempre havia gente por lá, de modo que quase não havia risco de ficar a sós com North. Minha mãe e eu ficávamos na casa principal, com uma dúzia de outros. Os quartos eram privativos, mas dividíamos os outros cômodos. Algumas pessoas moravam em chalezinhos espalhados pela propriedade.

North apontou para uma mesa rústica e pegou uma pilha de livros didáticos da estante. Eu não tinha nada a perder, então fiz a tarefa que ele me passou.

"Que foi?", perguntei, notando a mudança em sua expressão ao avaliar o que eu tinha feito.

"Você já deveria saber aritmética avançada e geometria a esta altura. Talvez até um pouco de cálculo algébrico."

Fiquei olhando para North. Com os cabelos desalinhados e a barba embaraçada, parecia nunca ter pisado em uma sala de aula, quanto mais aprendido matemática.

"Você sabe essas coisas todas?", perguntei.

"Claro. Sou formado em física."

"Você fez faculdade?"

Um sorriso apareceu por trás da barba dele. "Pensa que fui hippie a vida toda? Estudei no MIT. Me especializei em física de plasmas."

Não consegui segurar o riso. "E como você foi de física de plasmas a agricultura orgânica?"

Ele puxou uma trancinha na barba. "Às vezes a gente acaba tomando um caminho diferente, sabe?"

Eu não sabia, na verdade. Nunca tinha tomado caminho nenhum. Só era arrastada de um lado para outro.

North se sentou à minha frente na mesa e abriu um livro de matemática.

"E o que fez você tomar um caminho diferente?", perguntei.

Ele encolheu os ombros. "A vida. Ninguém é imune a mudanças."

"Você se arrepende de ter vindo pra cá?"

"Não. Mas me arrependo de outras coisas."

"Tipo o quê?" Eu sabia que estava sendo intrometida, mas a curiosidade falava mais alto, e North não parecia incomodado.

"Magoei muita gente", ele admitiu. "Tive uma vida muito dura antes de me encontrar em Twelve Oaks. Drogas, bebida. Brigas. Umas passagens pela cadeia. Cheguei ao fundo do poço quando exagerei com uma garota. Eu apaguei. Ela acabou no hospital em coma alcoólico. Um médico me inscreveu em um programa de reabilitação, e assim que fui liberado dei no pé. Morei em Berkeley por um tempo, até que um amigo me falou sobre Twelve Oaks. Vim para cá e nunca mais saí."

"Faz quanto tempo que você está aqui?", perguntei.

"Doze anos, acho. Ou treze."

Dava para entender por que ele tinha ficado. Era um lugar legal. Um cheiro bom de marinada vinha da cozinha, com o zum-zum-zum das pessoas conversando. Uma mulher costurava na frente da lareira, e algumas crianças jogavam bola do lado de fora. Todo mundo parecia contente e tranquilo.

Até minha mãe.

"Escuta só." North empurrou o livro didático na minha direção. "Vamos começar com conceitos e equações básicas. Depois nos aprofundamos."

Eu não estava muito a fim de estudar, mas sabia que estava atrasada em relação ao pessoal da minha idade. Então concordei em estudar com North todas as manhãs para recuperar o tempo perdido.

Algumas das crianças da comuna frequentavam as escolas públicas da região, mas o ano letivo estava quase no fim. Os mais novos eram educados ali mesmo, em um chalé transformado em sala de aula.

Nem sempre era fácil — North exigia muito de mim, mesmo em coisas como trigonometria. Ele era um bom professor, paciente e persistente ainda que eu tentasse argumentar que aquilo estava além da minha compreensão.

"Nada está além da sua compreensão, Liv, nem mesmo as profundezas da sua mente", ele falou uma vez.

Não entendi nada, mas North era dado a afirmações como aquela. Estudávamos de manhã e eu ajudava na cozinha e na horta à tarde.

Conheci outras pessoas na comuna. Greta, a mulher de tranças compridas e olhos azuis penetrantes no rosto enrugado. Susan e Tim, um jovem casal com uma recém-nascida chamada Penny. Sam, Parker e Emily — crianças de sete anos que navegavam na internet depois de fazer sabão e cestos de macramê. Roger e Clara, adolescentes mais ou menos da minha idade que tinham chegado a Twelve Oaks cinco anos antes.

Minha mãe passava a maior parte do tempo na oficina de North. Quando eu ia vê-la, estava sempre trabalhando em uma nova técnica de fabricação de joias, ou aprendendo com North a usar um novo tipo de alicate ou lixa. Eles se sentavam juntos nas refeições. Descarregavam juntos as caixas para a feira de produtores. Trabalhavam na horta lado a lado.

Em nenhum momento se tocavam. Minha mãe nunca passava a noite fora do nosso quarto.

Perto do celeiro, havia um fosso de pedra com bancos ao redor. Todas as noites uma fogueira era acesa ali. Todos se sentavam lá para tocar instrumentos, cantar e contar histórias.

Eu sempre ficava em silêncio, observando as chamas, sentindo o calor me envolver.

Uma noite, fiquei observando minha mãe. Ela estava sentada do outro lado da fogueira. Parecia diferente, mais jovem. Seus cabelos estavam ainda mais compridos, presos em um rabo de cavalo. Quase nunca usava maquiagem em Twelve Oaks.

North foi se sentar ao lado dela e se inclinou para falar algo em seu ouvido. Minha mãe deu risada. Foi sincera, nada forçada, e senti seu calor me invadir mesmo do outro lado da fogueira.

Naquele momento, desejei nunca mais ir embora.

Durante meses, tudo correu bem. Então minha mãe viu o colar que North me deu. Eu o tinha colocado na gaveta do criado-mudo e quase esquecido que existia. Ela o encontrou quando estava procurando os óculos.

"Foi North quem deu para você?", ela perguntou, segurando o medalhão nas mãos.

"Foi. Um tempão atrás. Nem lembro o que significa a inscrição. É latim."

Ela ficou olhando de um jeito estranho pra mim, que eu não entendi. Não na época, pelo menos. Só dei de ombros e voltei a me concentrar no meu livro.

Passei a manhã seguinte estudando com North, como sempre. Ele estava explicando as proporções dos triângulos quando minha mãe apareceu e se sentou ao meu lado.

"Pensei em ver o que está aprendendo", ela falou.

Senti que ela ficou de olho em mim durante os dias que se seguiram. Havia alguma coisa errada, e torci para que não estivesse planejando voltar à estrada.

North jogou um livro na minha frente uma noite quando me sentei à mesa para desenhar depois do jantar.

"Hora da prova."

A cozinha já estava limpa e todos tinham ido para a fogueira. Fiz uma careta para o livro.

"Odeio provas."

"Nunca diga isso. É como uma barreira na sua mente." Ele bateu com as juntas na cabeça. "Dificulta a entrada do conhecimento."

Suspirei, mas deixei meus desenhos de lado e peguei a folha com várias equações. Ele saiu de perto enquanto eu fazia os exercícios, voltando em meia hora para corrigir. Fiquei lá sentada enquanto isso, remexendo os dedos.

Finalmente, North rabiscou alguma coisa no alto da folha e a devolveu.

Fiquei olhando para o número circulado em azul. "Nove vírgula quatro? Sério?"

Ele sorriu. "Sério. Viu do que você é capaz? Só precisa acreditar."

North ficou de pé e estendeu a mão para acariciar meus cabelos. Não me pareceu nada constrangedor nem remotamente sexual — era mais como um pai passando a mão na cabeça da filha.

"Bom trabalho", ele disse. "Vamos começar os cálculos algébricos amanhã."

Então saiu para a fogueira. Quando levantei os olhos vi minha mãe parada à porta da cozinha, me encarando. Meu coração disparou. Juro que havia ódio nos olhos dela.

"O que você fez com ele?" A voz da minha mãe saiu baixa e carregada de raiva. Era tarde, a fogueira já havia sido apagada e estavam todos em seus quartos.

"O que eu fiz com ele?" Não entendi nada. Até onde eu sabia, as relações da minha mãe com os homens eram apenas sexuais, e não havia nenhuma evidência de que estivesse envolvida com North dessa forma.

Ela estreitou os olhos. Havia uma expressão dura em seu rosto, do tipo que tinha sido deixada de lado em Twelve Oaks.

"Não dê uma de inocente para cima de mim, Liv. Não finja que não percebe que está virando mulher. Por que mais andaria por aí de short e blusinha justa, mostrando os peitos?"

Lancei para ela um olhar incrédulo. Meus shorts na verdade eram bermudas, e minhas camisetas eram velhas e largas, doações do Exército da Salvação. Eu fazia de tudo para não chamar a atenção para o fato de que meu corpo estava se desenvolvendo.

"Eu... North está só me ensinando matemática", gaguejei.

"Por *enquanto*."

"Ele não é assim", rebati.

"Eu sei disso", esbravejou minha mãe. "Mas, com você se jogando em cima dele, fica difícil."

"Que absurdo! Eu..."
"Vira."
"Quê?"
"Vira."

Não entendi aonde ela queria chegar, mas virei. Ouvi a gaveta sendo aberta e senti quando me pegou pelo rabo de cavalo e puxou minha cabeça para trás. Respirei fundo. A dor se espalhou pelo couro cabeludo.

"O que..."

"Cala a boca, Liv." Ela puxou com mais força, então ouvi o som da tesoura em ação enquanto meus cabelos caíam.

"Não!" Tentei me afastar, mas ela puxou com mais força. Meus olhos se encheram de lágrimas.

"Fica parada", ela mandou.

Obedeci. Me senti intimidada, incapaz de desafiá-la. Meu coração palpitava.

Minha mãe agiu depressa. A pressão logo se desfez e ela me soltou. Me virei para encará-la. Estava com um punhado dos meus cabelos na mão e uma expressão de frieza no rosto.

Lágrimas escorriam pelo meu rosto. Levei a mão atrás da cabeça e senti as pontas rentes ao couro cabeludo.

"Agora você vai aprender uma coisa ou outra sobre vaidade." Ela jogou meu rabo de cavalo aos meus pés e saiu pisando duro.

Despenquei na cama e chorei até minha garganta doer. Nunca tinha me dado conta de como meus cabelos eram parte de mim, me ligando à minha mãe ao mesmo tempo que me afastavam dela. Também eram compridos, lisos e grossos, mas escuros, enquanto os dela eram loiros. Por alguma razão, aquela distinção era muito importante.

Quando minhas lágrimas finalmente secaram, peguei a tesoura e tentei consertar a bagunça que minha mãe tinha deixado, mas só consegui deixar tudo ainda pior.

No fim, joguei os cabelos no lixo e chorei até dormir.

Todo mundo ficou em choque quando me viu na manhã seguinte. Resmunguei uma desculpa qualquer, dizendo que meus cabelos davam trabalho demais. Depois do café, saí para a horta. Minha mãe não estava em lugar nenhum.

Eu estava colhendo tomates quando um boné foi jogado na minha frente. Olhei para cima e vi North. Ele apontou para minha cabeça.

"Achei que poderia ficar com frio."

Senti um nó na garganta. "Você viu minha mãe?"

Ele fechou a cara e fez que não com a cabeça. Pus o boné, limpei os joelhos e fiquei de pé. Estava voltando para a casa quando sua voz me deteve.

"Ei, Liv."

Eu me virei. Ele enfiou as mãos no bolso da calça jeans. Seus pés descalços estavam sujos de terra.

"Se precisar de alguma coisa, estou aqui", ele falou.

Um medo tomou conta do meu peito. Precisei fazer força para segurar as lágrimas.

"Obrigada", eu disse, e me afastei.

Voltei às pressas para o quarto que dividia com minha mãe. Estava vazio. Encontrei-a ao lado do carro, parada perto do celeiro, com as malas já guardadas.

Apontou com a cabeça para o banco do passageiro. "Entra. Vamos embora daqui."

Nós duas nos viramos ao ouvir o som da voz de North.

"Espera." Ele parou à nossa frente. "Adeus, Crystal", falou para minha mãe, em um tom de voz distante.

Ela não respondeu. North me olhou e me entregou uma foto de nós duas juntas na fogueira. "Se cuida, Liv."

Assenti e enfiei a foto no bolso, onde também estava o medalhão. Outras pessoas apareceram para se despedir, mas minha mãe não quis ficar muito tempo. Em quinze minutos estávamos na estrada. Me mantive encostada na porta do passageiro, com os braços em torno do corpo.

"Você tentou dormir com ele ontem à noite, não foi?" Minha pergunta saiu em um tom amargo e cortante. Parecia ser a única coisa que ela sabia fazer. "E foi rejeitada."

"Cala a boca, Liv."

Eu quase podia ver a cena — minha mãe na porta do quarto de North, com seus cabelos loiros e macios, sua pele clara, o robe aberto o suficiente para revelar os seios. Mas North não estava interessado nela. Ou, se estivesse, não era sexualmente. A humilhação devia estar queimando minha mãe por dentro.

Até então, todo mundo sempre a quisera.

"Você não é boa o bastante para ele", eu disse. "North não quer uma vagabunda."

Ela se inclinou no assento e me deu um tapa na cara. Levei a mão ao local. Meus olhos se encheram de lágrimas. Então eu soube que abandonaria minha mãe.

Não vou ser como você, pensei. *Nunca vou ser como você.*

11

OLIVIA

"Posso entrar?", minha mãe pergunta, me tirando do estado de perplexidade.

"O que você está fazendo aqui?"

"Queria ver você." Ela fica de pé e passa as mãos nas coxas. "Já faz um tempinho."

"Pois é, faz mesmo."

Nós nos encaramos por um tempo, então minha mãe pega uma mala e uma maleta que deixou no degrau. Minhas mãos estão trêmulas sobre a chave quando passo por ela na escada. Abro a porta e deixo que entre. Ela cheira a lavanda. Sua fragrância favorita.

Minha mãe põe a bagagem no chão e olha ao redor.

"Que graça", comenta. "Parece algo que apareceria em uma matéria sobre como decorar apartamentos pequenos."

Eu a acompanho até a sala. Não consigo parar de encará-la, como se parte do meu cérebro precisasse registrar as mudanças ocorridas durante os últimos três anos.

Sua pele clara permanece imune à passagem do tempo. Ela parece mais magra, as maçãs do rosto pronunciadas enfatizando os olhos azuis emoldurados por cílios incrivelmente longos. Os cabelos compridos parecem avermelhados sob a luz, caindo em ondas pelos ombros. Ela está usando calça jeans, uma camisa larga florida e uma jaqueta de couro creme.

Está linda. Como sempre foi. Esguia como uma bailarina, com seios pequenos. Sou alguns centímetros mais baixa que ela, e mais pesada, com mais curvas. Maior.

Minha mãe me olha como se estivesse tentando captar as semelhanças.

"Que bom ver você, Liv."

"Obrigada."

"Onde você estava?", ela pergunta.

"Trabalhando." Vou para a cozinha fazer um café, só para me ocupar. "De onde veio?"

"Indianápolis." Ela fica parada na porta. "Estava visitando uns amigos."

"Ainda está fazendo joias?"

"Sim. Vendo em feirinhas, mas meu carro está nas últimas. Preciso consertar." Ela olha para a cozinha. "Então, onde está seu marido?"

"Ele..." *Merda.* Não sei como explicar que Dean está em um hotel sem dar a entender que estamos com problemas. "Está trabalhando também." Dean vai passar aqui em menos de uma hora. "Chega daqui a pouco." Ligo a cafeteira. "Pode pegar o que quiser da geladeira. Vou tomar um banho."

Vou para o banheiro e tiro a roupa. Nem mesmo o jato quente do chuveiro alivia a tensão dos meus ombros. Eu já tinha escolhido minhas roupas para a noite, mas não posso sair com Dean e deixar minha mãe sozinha. Não vamos ter a noite que gostaríamos.

Visto uma calça jeans e uma camisa de flanela antes de voltar para a sala.

Ela está sentada no sofá, remexendo na bolsa. Pega um elástico e prende os cabelos em um rabo de cavalo comprido. Seus movimentos são graciosos, de uma elegância natural. Exatamente como eu lembro.

Quando menina, eu a observava em silêncio enquanto escovava e prendia os cabelos. Depois que ela saía, eu fazia a mesma coisa com os meus, tentando copiar seus movimentos enquanto me olhava no espelho.

"Por quanto tempo acha que vai ficar por aqui?", pergunto, tentando manter um tom de voz casual.

"Alguns dias", ela diz. "Posso dormir no seu sofá?"

Às vezes ela fazia essa mesma pergunta a um homem quando estávamos procurando um lugar para ficar, mas em geral nem precisava. E não dormia no sofá, porque sempre acabava na cama dele.

"Não", respondo. "A gente não tem muito espaço aqui, como você comentou."

"Não preciso de muito espaço." Ela parece um pouco ofendida. "É sério mesmo que depois de tanto tempo não posso nem ficar na sua casa?"

"Dean também mora aqui. Não tem espaço para nós três." Acho que não tem espaço para nós três nem em toda a cidade.

Dean e minha mãe só se viram uma vez — por mais ou menos uma hora, quando morávamos em Los Angeles. Fiquei sabendo por minha tia que ela estava em Riverside, então entrei em contato para dizer que tinha casado.

Nós nos encontramos em uma lanchonete para almoçar. Apesar de Dean já detestar minha mãe pelas coisas que eu havia contado, fez um esforço para parecer educado. Ela se mostrou um tanto hostil, irritada por não ter ficado sabendo do casamento antes, depois na defensiva quando falei que não sabia como encontrá-la.

No fim, acabou correndo tudo bem. Desde então, Dean não se preocupava em saber como ou onde ela estava, desde que fosse longe de mim.

Olho para o relógio. Meu estômago se revira.

"Posso ajudar você a encontrar um hotel", digo, já me dirigindo à porta. "Mas você não pode ficar aqui."

Saio para o corredor e fecho a porta. Menos de cinco minutos depois que desço a escada, Dean atravessa a rua e entra. Um sorriso se abre quando me vê, mas desaparece assim que fica claro que algo está errado.

"Que foi?", ele pergunta.

Eu o seguro pelo braço e o levo para fora, com medo de que ela esteja nos espreitando. Meu coração está apertado de nervoso. Respiro fundo antes de falar.

"Minha mãe está aqui."

"Quê?" Seus olhos se acendem e seu corpo inteiro fica tenso. Conheço bem esse seu instinto protetor. "Quando ela chegou?"

"Faz umas duas horas."

"E o que está fazendo aqui?"

"Disse que queria me ver."

"Claro. Depois desse tempo todo, ela quer ver você."

Meu estômago se revira com a irritação em sua voz. Sinto uma pontada de mágoa com a insinuação de que minha mãe *não* quer me ver.

"Onde ela está?", Dean pergunta.

"Lá em cima."

Ele estende a mão para a porta, mas eu o seguro.

"Dean, não."

"Quero falar com ela." Ele se desvencilha do meu braço e abre a porta.

"Não!" A palavra sai da minha boca como uma explosão, surpreendendo a nós dois.

Ele para e se vira para me encarar. Eu o seguro pelo braço de novo. Meu coração está disparado.

"Eu dou conta", digo a ele. "Ela pediu para ficar aqui, mas eu falei que não vai rolar."

"Pode apostar que não", ele esbraveja. "Quanto ela quer para sumir?"

"Ela... ela não pediu dinheiro."

"Mas vai." A expressão dele é implacável, todo o afeto de minutos antes cedeu espaço à raiva. "Pode dar quanto ela quiser, desde que vá embora."

"Dean." Não consigo organizar os sentimentos que se acumulam dentro de mim... a perplexidade e a confusão por ter minha mãe aqui, a contrariedade por meu marido estar me dando ordens.

"Posso me virar sozinha", digo, endurecendo o tom de voz. "Ela é *minha* mãe. Não quero que fique me dizendo o que fazer."

A irritação surge nos olhos dele. "Arrume um hotel para ela. Eu pago, ela não deve ter grana nem para isso. Não quero você perto daquela mulher."

"Dean, para com isso." Apesar de entender o motivo da raiva — só Deus sabe como me senti ao longo dos anos —, sinto que preciso mantê-lo fora da conversa e provar que dou conta disso sozinha.

Tenho um flashback repentino de todas as vezes em que testemunhei a raiva de Dean contra pessoas que ele considera uma ameaça — seu irmão, Tyler Wilkes... Esses encontros quase acabaram com nosso relacionamento.

O medo me invade. De alguma forma, consigo me colocar entre Dean e a porta. Levo as mãos ao seu peito e o impeço de passar por mim.

"Escuta só, *eu* vou subir", digo a ele. "Você vai voltar para o hotel. Está ficando tarde, então ela pode passar esta noite, mas só. Prometo que arrumo um lugar para ela amanhã."

Ele cerra os dentes. "Vou voltar para casa amanhã."

Claro que sim. Dean vai aparecer e abrir as asas sobre mim, apesar de eu não querer mais me esconder.

Fico com uma sensação desagradável de que a maneira como vamos agir é de uma importância crucial. Seguro as lapelas do casaco dele e o puxo para junto de mim.

"Dean." Minha voz sai séria e segura. "Olha pra mim."

Ele obedece. Seus olhos estão faiscando de raiva e determinação, e seus lábios, contorcidos em uma linha reta. Uso todas as minhas forças para sacudi-lo.

"Chega", esbravejo. "Para com isso. Não sou mais criança, e ela não consegue mais me magoar como antes. Esqueceu que eu a abandonei quando tinha treze anos? E fiz isso *sozinha*. Você não pode voltar para casa só porque ela está aqui, só para me proteger." Respiro fundo e dou outro chacoalhão nele. "Quando voltar, professor, vai ser pra *mim*, pra gente. Vai voltar pra casa de vez, porque seu lugar é aqui, não porque está com raiva e quer controlar tudo. Não vai voltar para me proteger de uma mulher com quem eu mal falei nos últimos dezesseis anos."

Eu o afasto de mim. "Agora vai pro hotel esfriar a cabeça. Vou subir pra falar com ela. Nem me liga esta noite. Espera que eu ligo. Entendeu bem?"

Por alguns segundos, ele não responde nem reage. Fica só me olhando com aquela expressão determinada. Por fim, assente, ainda que com os dentes cerrados.

"Ótimo." Recuo para a porta. "Agora vai. A gente conversa amanhã."

Espero ele se afastar com passos longos e rápidos. Uma lembrança me transporta para dezembro passado, quando deixei que Kelsey lidasse com a fúria de Dean em vez de fazer isso sozinha.

Dessa vez não vai ser assim.

Meu coração está disparado quando volto ao apartamento. Minha mãe ainda está na sala de estar, folheando uma revista. Ela levanta os olhos.

"Seu marido chegou?"

"Mas precisou sair de novo. Ele não vai dormir aqui." De repente, me pergunto por que me preocupei com o que minha mãe ia achar do meu casamento. Não devo satisfação nenhuma a ela. "Na verdade, ele está ficando em um hotel aqui perto por uns dias."

"Ah." Ela franze a testa, chegando a uma conclusão óbvia, ainda que equivocada. "Então por que não posso ficar?"

"Não acho uma boa ideia", respondo. "É esse o problema."

O problema *também* é que sei que Dean estava certo sobre minha mãe não ter dinheiro para se hospedar em um hotel.

Não posso deixar que ele pague a conta, e meu dinheiro está indo todo para o café. Mas vou ter que dar um jeito.

"Você pode ficar hoje à noite", digo. "Mas depois vai ter que arrumar outro lugar. Tem um monte de hotéis na cidade. Posso ajudar você a pagar, se precisar."

"Não quero seu dinheiro, Liv." Ela me lança um olhar congelante. "Principalmente se está me pondo para fora da sua casa."

Um protesto instintivo se eleva na minha garganta. Quero dizer que não é o que estou fazendo, mas acabo ficando quieta. Afinal, é quase isso que estou fazendo.

"Você precisa arrumar outro lugar para ficar", repito. "Só isso."

Minha mãe dá de ombros, como se não fizesse diferença. Vou para o quarto, ponho uma camisola e pego lençóis e travesseiros limpos no armário. Quando me viro, ela está parada na porta, me olhando. Me arrependo de não ter vestido o robe por cima.

"Você ganhou peso", minha mãe comenta.

"Um pouco." Sem chance que vou contar que foi porque ganhei peso durante a gravidez.

"Não foi só um pouco, não." Ela observa meu corpo através da camisola. "Mas caiu bem. Você é do tipo que fica desproporcional se estiver magra demais."

Não faço ideia se é um elogio ou uma crítica. Ou as duas coisas.

"Hã... obrigada?"

Ela sorri. "Desculpa. Só quis dizer que está bonita."

"Você também." Vou para a sala e arrumo o sofá. "Tem uma escova de dente extra e pasta na gaveta do banheiro."

Ela vai para lá, e escuto seus movimentos, a água correndo, as gavetas se abrindo e se fechando. Então minha mãe aparece com um robe de algodão fino e os cabelos presos em um coque na nuca.

Pego minha velha colcha de retalhos e jogo no sofá. "Sinto muito por..."

Não sei o que dizer. *Sua mãe? Minha avó? Elizabeth Winter?*

"Sua mãe", digo por fim.

Ela dá de ombros. "Fazia mais de vinte anos que a gente não se falava. Nem sabia que estava doente."

Um pensamento dos mais desagradáveis surge na minha mente. *Será que ela ficou sabendo da herança? É por isso que está aqui?*

Fico observando enquanto guarda algumas coisas na mala. Nada em sua expressão indica que a morte da mãe a afetou de alguma forma.

"Vocês não tinham nenhum contato?", pergunto, cautelosa.

"Por que teríamos? Ela me expulsou de casa quando engravidei de você. Depois se recusou a me receber quando larguei seu pai e precisei de ajuda."

"Como ficou sabendo da morte dela?", pergunto.

"Stella tinha meu último endereço e me mandou um aviso. Foi ela quem contou para você?"

Faço um ruído qualquer para não me comprometer. Fico me perguntando se isso significa que minha mãe ainda não falou com o advogado.

Mudo o rumo da conversa, e falamos sobre a vida em um tom cordial e educado. Ela pergunta sobre os lugares onde morei com Dean e me conta por onde tem viajado e o que anda fazendo.

Minha mãe passou um ano trabalhando em uma joalheria de Seattle, depois morou em Los Angeles, Austin, Denver, Albuquerque, Portland e San Francisco. Trabalhou em casas noturnas, salões de cabeleireiros, lojas de roupa, estúdios de ioga, cooperativas alimentares, floriculturas. Vendeu suas joias em feiras de artesanato, praias e festivais de rua.

"Você gosta?", pergunto. "De viver assim?"

"Quem não gostaria de ter esse tipo de liberdade?"

Eu, por exemplo, mas não me dou ao trabalho de dizer. Ela já sabe.

"O que tem aí dentro?", pergunto, apontando com o queixo para uma maleta preta sobre o sofá.

"Minhas joias."

"Posso ver?"

Uma leve surpresa surge nos olhos dela. "Você quer ver as minhas joias?"

"Claro."

Ela põe a maleta na mesinha de centro e abre com a chave. Em seguida mostra dezenas de peças nos pequenos compartimentos e gavetas — colares de pedras, brincos de contas, broches de concha, dezenas de pulseiras intricadas e tornozeleiras que remetem ao passado.

"Os detalhes são muito bonitos." Observo uma pulseira azul e branca com um padrão entrelaçado.

"Fiz algumas aulas e aprendi técnicas novas."

Olho para um colar com pedras verdes e um broche com uma flor pintada. São peças bonitas, obviamente feitas com mais cuidado e habilidade do que eu me lembrava.

"Tia Stella disse que você queria ser estilista."

Minhas palavras saem quase por vontade própria, como se emitidas por outra pessoa. Fecho a mão em torno do broche e olho para minha mãe.

Ela não responde, mas seu maxilar se enrijece. "E?"

"É verdade?"

"Eu queria um monte de coisas, Liv." Ela põe alguns brincos em uma gavetinha e fecha com força. "Não significa que tenha conseguido alguma."

Fico com vontade de me desculpar — sei que a vida dela não saiu como o planejado por minha causa. Mas não posso pedir desculpa por ter nascido. Preciso engolir em seco.

Ela continua guardando as joias na maleta. "O que mais a Stella disse?"

"Ela falou que... que meu pai se arrependeu de ter deixado as coisas terminarem daquela maneira."

A expressão "meu pai" parece estranha saindo da minha boca. Quase nunca falo dele. Não penso nele. É um fantasma, uma presença ausente.

Fez parte da minha vida por sete anos — o suficiente para plantar sementes de lembranças na minha cabeça. Mas elas nunca cresceram, porque minha mãe era o sol brilhante, quente e ofuscante. Quaisquer que fossem as memórias que eu quisesse guardar dele, elas foram dizimadas pela força da luz dela.

Agora, inesperadamente, irrompem da terra. Vejo um homem jovial de cabelos curtos na minha mente. Alto, com ombros largos e uma corrente de prata no pescoço. Cheirando a serragem e suor. Ele trabalhava como carpinteiro. Morreu em um acidente de carro quando eu tinha onze anos.

Minha mãe se vira para guardar a pulseira, batendo a gavetinha em seguida.

"Seu pai tinha muito do que se arrepender", ela diz.

"E você?" Mais uma vez, parece outra pessoa falando.

"Deus do céu, Liv." Uma amargura se instala na voz dela. "Minha vida inteira é um arrependimento."

Na manhã seguinte, conto sobre o Café das Maravilhas, e ela vai comigo ver o lugar. Mostro toda a construção, falando sobre nossos planos de fazer o térreo com o tema *Alice no País das Maravilhas* e o andar de cima inspirado em *O mágico de Oz*.

"Você adorava esse tipo de lugar quando criança", ela comenta, espiando a vista do lago pela janela.

Por alguma razão, o aperto no meu coração se alivia um pouco. É estranhamente reconfortante notar que ela se lembra de pelo menos alguma coisa sobre minha infância. Que eu não era tão invisível como me sentia.

"Oi, Liv." A voz alegre de Allie chega antes dela própria ao andar de cima.

"Allie, esta é minha mãe", apresento. "Crystal Winter."

"Ah, não sabia que você estava na cidade." Allie estende a mão. "Liv me mostrou a fita do seu comercial."

Sinto um frio na barriga. Minha mãe fica visivelmente tensa e endireita as costas.

"Eu nem sabia que estava com ela."

Allie me lança um olhar incerto, parecendo perceber que tocou em um assunto delicado. "Hã, é legal."

"Sim", minha mãe se limita a dizer.

"O Brent vem hoje?", pergunto a Allie.

"Deve chegar a qualquer momento. Vou terminar o que estava fazendo lá no salão da frente."

Ela me lança um olhar como quem pede desculpas antes de sair. Minha mãe fica me encarando.

"Me lembro claramente de ter jogado fora aquela fita", ela diz.

"Eu... eu peguei do lixo." Aos nove anos de idade. Minha mãe havia ido cantar em uma casa noturna e eu revirei as marmitas engorduradas para recuperá-la.

"Por que fez isso?", ela questiona.

Não faço ideia. Não entendia minha mãe. Queria ter *alguma coisa* dela, nem que fosse uma fita cassete velha de um comercial de cereal, estrelando uma loirinha com cara de anjo que parecia feliz, com um futuro brilhante pela frente.

"Eu quis guardar", admito por fim. "Você pode pegar de volta, se quiser."

"Não." O tom de voz dela é gelado. "Não quero."

Um aglomerado de vozes sobe a escada. Viro a cabeça para a porta.

"Acho melhor a gente ir", sugiro.

"Pensei que você precisasse trabalhar."

"Preciso, mas com você aqui..."

"Posso ajudar." Ela enfia a mão no bolso, pega um elástico e prende os cabelos em um rabo de cavalo. "Só me diz o que fazer."

Os papéis não poderiam estar mais invertidos. Sempre foi ela quem me disse o que fazer. Sugiro que ajude a tirar o papel de parede do salão principal, então descemos.

Vou para a varanda e ligo para Dean. Ele atende ao primeiro toque, e espera até que eu entre no assunto da minha mãe.

"Assim que eu terminar aqui, vou procurar um lugar para ela ficar", garanto.

Dean solta um suspiro. "Muito bem. Se precisar é só me ligar."

"Claro." Sinto um nó no estômago. "A que horas é a reunião?"

"Às três."

"Escuta, que tal eu ir ao Firefly Cottage hoje à noite?", pergunto. "Precisamos conversar, e quero saber como foi a reunião. Ninguém vai interromper a gente lá."

"A que horas?"

"Sete. Mas me promete que não vai ser o troglodita agressivo. Fica frio."

"Pode deixar."

Apesar do tom de voz leve dele, a tensão entre nós persiste. Conversamos sobre nossos planos para o dia e depois desligo, acenando para Max Lyons, que atravessa a rua com uma bandeja de cafés.

"Tentando agradar a filha, hein?", comento, abrindo a porta para ele.

"Eu é que não quero ficar mal com ela." Ele põe o café na mesa e olha para a casa bagunçada. "Bom começo."

"A parte da desmontagem é sempre mais fácil que a da arrumação", comento.

Ele sorri. "Mas vale a pena."

Olhamos para cima quando Allie começa a descer a escada com o bloco de desenhos na mão, acompanhada pela minha mãe.

"Liv, Crystal estava me contando sobre as joias que faz", Allie diz, parecendo apreensiva.

"Também me ofereci para ajudar com os murais", minha mãe explica. "Allie falou que vocês não sabem como fazer as bordas."

"Hã, tenho amigos que ficaram de nos ajudar com isso", Allie diz. "Não sei se gente demais não vai atrapalhar..."

Apesar de me sentir grata por Allie tentar me oferecer um pretexto para recusar a oferta de ajuda, balanço a cabeça para ela com segurança. Não cabe a Allie servir de mediadora entre minha mãe e eu.

"Isso é muito gentil", digo à minha mãe. "Obrigada."

Allie pega um café, abrindo um sorriso confiante para mim, depois apresenta seu pai à minha mãe e volta ao andar de cima.

Quando Max dá um passo à frente para oferecer a mão, vejo nele um olhar de admiração que minha mãe está acostumada a receber. Ela está linda com os cabelos compridos presos, revelando as linhas elegantes do pescoço, e com uma blusinha rosa-bebê esticada sobre os seios e a cintura fina.

Para minha perplexidade, tenho uma reação visceral — meu coração dispara e meu estômago se revira. Esse olhar, essa apreciação explícita da beleza dela, é só o início.

Depois os homens convidavam minha mãe — e eu ia junto — para ficar em seu apartamento, sua casa ou seu trailer. Eu tentava me manter invisível, como se não existisse, sem pensar em quanto tempo teria que conviver com ele.

Inevitavelmente, minha mãe ia para a cama dele, e eu ficava sozinha e apreensiva em um lugar desconhecido, ouvindo os gemidos e grunhidos enquanto a esperava sair, porque ela era tudo o que eu tinha na vida.

Eu me viro para pegar um café e dou um gole rápido, torcendo para o calor da bebida aquecer meu corpo, gelado de ansiedade.

Corro para a outra sala, onde Brent e seus amigos estão trabalhando. Pego um removedor e começo a tirar grandes pedaços de papel de parede. Kelsey entra pela porta dos fundos, com os braços carregados de catálogos de utensílios de cozinha.

"Marianne me pediu para trazer isto", ela diz. "Pus uns anúncios de vaga de chef de cozinha, então vocês devem receber currículos em breve."

"Legal, obrigada." Eu a sigo para o salão principal, um pouco mais calma com a presença de uma pessoa direta e reta como ela.

Minha mãe e Max continuam conversando, mas se interrompem assim que apareço. Os olhos de Kelsey se estreitam atrás dos óculos, mas sua voz sai alegre e agradável quando a apresento.

Uma onda de afeto por minha amiga me inunda. Como Allie, Kelsey não conhece os detalhes da minha relação com minha mãe ou da minha infância, mas sabe que se trata de um assunto doloroso e complicado. Para ela, é o suficiente para ficar com o pé atrás.

"Por quanto tempo vai ficar por aqui?", Kelsey pergunta.

"Ainda não sei." Minha mãe leva as mãos para trás para ajeitar o rabo de cavalo, o que a leva a arquear as costas e empinar os peitos para a frente. "Só queria ver a Liv. Minha mãe faleceu há pouco tempo, então estava pensando em ir a Phoenix para dar uma olhada na casa e nas coisas que ela deixou. O que deve acontecer mais cedo do que eu esperava, porque Liv não quer que eu fique na casa dela."

Uma centena de palavrões surge na minha cabeça, e meu sangue ferve. De alguma forma, consigo manter a raiva sob controle quando digo: "Você viu que o apartamento é pequeno. Não tem espaço".

"Não estou me queixando, Liv", ela responde. "Só estou dizendo que, se não tiver onde ficar, vou ter que ir embora. Seria péssimo, considerando que acabei de chegar."

"Eu disse que posso ajudar a pagar um hotel."

"Não quero seu dinheiro. Não foi para isso que vim." Ela me olha com uma expressão que parece de decepção. "Mas deixa isso pra lá. Eu me viro."

Minha mãe dá de ombros como quem diz que não há outro jeito. Um silêncio carregado de tensão se estabelece. Viro para Max Lyons. Ele está olhando para ela.

Sei exatamente o que vai acontecer. Ele vai se oferecer para salvá-la, para que não tenha que ir embora de Mirror Lake logo depois de chegar para visitar a filha.

Vai oferecer um lugar para ela ficar, e minha mãe vai se mostrar grata. Então ela vai acabar indo para a cama com ele, até se cansar, ficar entediada ou simplesmente precisar de uma mudança de ares. Depois disso, vai passar à pessoa seguinte, em outro lugar.

Se o homem em questão fosse qualquer outro, eu não ia me incomodar.

Mas, apesar de não o conhecer direito, Max Lyons está relacionado ao meu círculo de amigos, à minha vida em Mirror Lake, ao meu novo negócio e até ao meu marido.

Eu não deveria me incomodar. Ele é maior de idade e pode fazer o que quiser da vida. Não tenho o direito de me irritar caso se envolva com minha mãe.

Eles começam a conversar em voz baixa. Minha mãe acena com a cabeça, mantendo uma distância mínima entre os dois. Ela nunca é explicitamente sensual, nunca precisou de decotes e saias curtas. É segura de si, sabe que é bonita e desejada. Sabe como conseguir o que quer proporcionando o que os homens querem.

Minha garganta se fecha de repente. Percebo que Kelsey também está observando os dois. Seus olhos azuis estão frios como gelo atrás dos óculos. Ela vira as costas e toma o caminho da porta.

"Ei, Liv, não se esquece de falar com a Marianne o quanto antes", Kelsey fala por cima do ombro, depois bate a porta atrás de si.

"Vamos?", sugiro à minha mãe, interrompendo seus cochichos com Max. "Pensei que você ia gostar de conhecer a cidade."

"Claro." Ela olha para a maneira como está vestida. "Podemos parar no apartamento para eu me trocar?"

"Tudo bem." Pego minha bolsa e aperto a alça com toda a força quando Crystal se aproxima de mim. A tensão toma conta dos meus ombros. O cheiro de lavanda invade meu nariz.

"Fiquei pensando", digo a ela. "De repente você pode passar uns dias comigo no fim das contas."

12

DEAN

2 DE ABRIL

Bati no saco de pancadas em uma academia de ginástica no centro da cidade hoje de manhã, mas ainda estou furioso. Não gosto de Crystal Winter e nunca vou gostar. Além de ter cagado a infância de Liv, foi incapaz de proteger a filha.

Toda vez que penso nisso, a raiva toma conta de mim. Toda vez que penso que ela está *aqui*, que pode magoar Liv outra vez, sinto vontade de bater em alguma coisa. E o pior é que não posso fazer nada a respeito. Porque Liv não quer.

Afasto o pensamento da cabeça e tento redirecionar minha raiva. A realidade parecia quase administrável quando eu estava trabalhando na escavação, pensando em maneiras de cortejar minha mulher, mas agora não sei o que fazer.

Estou proibido de pôr os pés no campus da universidade. Não posso nem ir à minha sala ou à biblioteca. Ben Stafford, o diretor jurídico, marcou uma "reunião preliminar de mediação" em um escritório no subsolo de um banco da cidade.

Quando chego ao lugar, parece uma prisão. Sem janelas. Com lâmpadas fluorescentes. Café requentado.

Maggie Hamilton senta diante de mim, ao lado do pai. Edward Hamilton é um homem grisalho e corpulento que parece se segurar para não pular por cima da mesa e voar no meu pescoço.

Parte de mim deseja que faça isso, porque assim vou poder reagir. Cerro os punhos. Frances Hunter me lança um olhar de advertência.

Ela me falou que eu não ia precisar de um advogado ainda, e Stafford aconselhou que ninguém me representasse naquela fase da mediação. Concordei, mas entrei em contato com um escritório especializado em casos de assédio sexual. Edward Hamilton é advogado e sabe exatamente como foder minha vida. Preciso de toda a ajuda que conseguir.

Depois das apresentações iniciais e de um resumo das acusações, Ben Stafford começa a fazer perguntas.

"Srta. Hamilton, você disse que não chegou a estabelecer um tema para a proposta de tese quando Jeffrey Butler era seu orientador."

Maggie faz que não com a cabeça. Parece toda meiga e inocente, com uma blusa de lã verde, uma gargantilha de ouro e os cabelos loiros caídos sobre os ombros. Não olhou para mim desde que a reunião começou. Na verdade, não olhou para ninguém.

"Fiz as disciplinas obrigatórias com o professor Butler como orientador, mas ele se aposentou antes que eu definisse o tema da tese. Não achei que haveria problemas quando o professor West assumisse no lugar dele."

"Mas o professor West não aprovou sua proposta."

"Não."

"E qual era o tema, srta. Hamilton?"

Maggie fica vermelha. Tem a cara de pau de ficar vermelha. A tensão toma conta dos meus ombros.

"Bom, o professor West sugeriu que eu escrevesse sobre Trotula de Salerno, uma médica do século XIII." Maggie passa o dedo sobre a mesa. "Queria que eu pesquisasse a perspectiva médica da sexualidade feminina na época medieval."

Merda.

"Quando entrei no corpo docente da King's, você me procurou com esse tema", retruco, incapaz de esconder a raiva. "Disse que tinha feito toda a parte da pesquisa no verão anterior."

Edward Hamilton entra na conversa. "Minha filha falou que você insistiu nesse tema. Que a forçou a..."

"Silêncio, por favor, vocês dois", interrompe Stafford. "Professor West, vai ter a chance de dar sua versão quando chegar sua vez. Por favor, permaneça em silêncio enquanto interrogo a srta. Hamilton."

Eu me recosto na cadeira e tento respirar fundo. Minha apreensão só cresce.

"Então, srta. Hamilton, você estava dizendo que o professor West sugeriu o tema da sexualidade feminina na época medieval", diz Stafford.

"Pois é. Eu deveria ter desconfiado, mas parecia interessante. Então ele começou a sugerir que eu lesse livros sobre ginecologia e menstruação... coisas que não me sentia à vontade para discutir com um professor homem."

"Você falou com o professor West sobre esse desconforto?"

"Não, porque tive medo de que ele me fizesse recomeçar todo o processo. Aí ele insinuou que só aprovaria minha proposta se eu... se eu me submetesse a ele..." A voz dela fica embargada.

A garota está no ramo errado. Seria uma ótima atriz.

"Em que termos o professor West fez essa implicação?", Stafford questiona.

"Ele disse que se eu fizesse o que ele queria aprovaria minha proposta e ficaríamos ambos felizes. E depois tentou me beijar."

Não aguento isso. Edward Hamilton parece prestes a explodir. Frances põe a mão no meu braço para me acalmar.

"Segundo o professor West, o que aconteceu foi o contrário", Stafford rebate. "Ele disse que você ofereceu favores sexuais em troca de ajuda acadêmica."

Maggie faz que não com a cabeça. "Não, senhor."

Stafford se vira para mim. "Você pode dar a sua versão do acontecido, professor West?"

"A srta. Hamilton e eu não conseguimos chegar a um termo sobre sua proposta durante o verão", explico. "Ela abordou indevidamente minha esposa e pediu para que me convencesse a aprovar sua proposta. Eu confrontei a srta. Hamilton a respeito e avisei que precisaria trocar de orientador. Ela ficou irritada, porque isso significaria cursar disciplinas obrigatórias diferentes, atrasando a obtenção de seu título."

"Isso é verdade?", Stafford pergunta.

"Sim, mas a culpa era dela", respondo. "A srta. Hamilton não tinha o direito de abordar minha mulher no meio da rua. Enquanto foi minha orientanda, não fez nenhuma pesquisa digna de consideração e não aceitou nenhuma sugestão. Quando mencionei a troca de orientador, ela ficou alterada e me perguntou o que precisaria fazer para que sua proposta fosse aprovada."

"E você interpretou isso como um oferecimento de favores sexuais?"

"Sim."

"Em algum momento a srta. Hamilton ofereceu favores sexuais de forma explícita?"

"Não, mas a insinuação foi bem clara."

"Qual foi sua resposta, professor West?"

"Eu pedi que ela se retirasse da minha sala."

"Alguma vez você tentou tocar ou beijar a srta. Hamilton?"

"Nunca."

"Fez algum comentário de teor sexual ou inapropriado?"

"Nunca."

"Nem com nenhuma outra aluna?", o pai dela esbraveja.

"Sr. Hamilton, por favor", Stafford diz. "Sou eu quem faço as perguntas aqui."

Encaro Hamilton. A expressão estranhamente triunfante em seu rosto faz meu estômago se revirar.

"Devo deixar claro mais uma vez, sr. Stafford", interrompe Frances, "que nunca houve nenhum indício de que o comportamento do professor West tenha sido menos que exemplar."

"Eu entendo, professora Hunter, mas é minha função investigar a questão de todos os ângulos possíveis." Stafford consulta suas anotações outra vez. "Professor West..."

Levanto a mão para interrompê-lo, sem tirar os olhos de Edward Hamilton. "Por que fez essa pergunta?"

Hamilton aponta com o queixo para Stafford. "Pergunta para ele."

Stafford solta um suspiro. "Sr. Hamilton..."

"Pergunta sobre a mulher dele", Hamilton insiste.

A raiva me domina. Cerro os punhos.

"O que tem minha mulher?", questiono.

"Professor West, você disse que nunca teve relações sexuais com uma aluna", Stafford diz.

"E é verdade."

"Mas, de acordo com os registros oficiais, sua mulher estudava na Universidade de Wisconsin enquanto você lecionava na mesma instituição."

Sinto um aperto no coração. "Sim, mas ela não era minha aluna."

Hamilton solta uma risada áspera, como se não fizesse diferença.

"Ela era *aluna* ainda assim, professor West", Stafford continua. "Quando o relacionamento começou?"

Um mau pressentimento me sobe à garganta. "Não vou falar sobre isso."

"Vai, sim", Hamilton diz. "Você sempre comeu as alunas, e se pensa que..."

Levanto da cadeira em menos de um segundo, avançando sobre ele, com vontade de tirar aquela expressão pretensiosa de seu rosto e calar sua boca. Ouço Maggie se sobressaltar, e sinto Frances e Stafford segurando meu braço.

"Dean!", esbraveja Frances. "Senta."

"Anda, pode vir", Hamilton me diz com uma voz áspera. "Eu adoraria abrir um processo de lesão corporal contra você."

"Vai se foder." Quero espancar o sujeito até fazê-lo sangrar.

"Dean, senta agora!"

De alguma forma, a voz de Frances consegue romper a barreira da minha raiva, e eu obedeço.

"Por favor, vamos nos acalmar", pede Stafford, batendo o dedo em uma folha de papel. "Acho melhor o sr. e a srta. Hamilton assinarem suas declarações e saírem."

Edward Hamilton me encara. Por um instante, nem me preocupo com o que pode acontecer comigo se quebrar a cara dele. O homem faz um gesto para Maggie recolher suas coisas e assinar o papel.

Então Frances se inclina na minha direção para murmurar: "Trate de se acalmar agora mesmo, Dean. Caso contrário, eles vão ter mais munição contra você, e vão pegar ainda mais pesado. É isso que você quer?".

Eu me desvencilho do toque dela e respiro fundo. Meu coração está disparado.

Depois que os dois saem, Stafford se recosta na cadeira e olha feio para mim.

"Como é que o Hamilton sabe disso?", questiono.

"Ele está conduzindo sua própria investigação", explica Stafford, "o que é direito dele, desde que não interfira no nosso trabalho. Garanto a você que não fornecemos nenhuma informação a ele. Mas voltando... quando foi que seu relacionamento com Olivia Winter começou?"

Cravo os dedos nas palmas das mãos para bloquear a imagem de Liv na minha mente. "Não vou falar sobre isso."

"Nesse caso, *você* vai interferir na investigação", Stafford avisa.

Eu me afasto da mesa e caminho até o outro lado da sala. Preciso fazer força para falar. Tento não pensar nela. Tento não me lembrar.

"Em setembro", digo por fim. "Do ano em que comecei como professor visitante."

"Então logo depois", Stafford diz.

Percebo a preocupação de Frances em sua postura.

"Não era contra a política da universidade." Preciso me esforçar para conter uma onda de raiva. Começo a suar. "Confirmei antes de chamar Liv para sair. Se não fosse um aluno direto, não era contra o regulamento."

Stafford solta um suspiro. "Infelizmente a questão não é essa, professor West."

"Então qual é?"

"A questão é que Olivia Winter era uma aluna", Stafford diz. "E você, um professor. Quando perguntei em janeiro se havia tido relações sexuais com uma aluna, você respondeu que não."

"A questão dizia respeito a uma aluna *minha*, o que Liv não era." Sinto vontade de atirar alguma coisa na parede. "Nunca tive relações sexuais com nenhuma aluna *minha*."

"E teve com alguma outra aluna, sua ou não?", Stafford questiona.

"Não." *Puta que pariu.*

Stafford me observa por um instante enquanto recolhe suas anotações. "Bom, vou ter que incluir no meu relatório. Eu apreciaria sua cooperação caso se lembre de alguma coisa que possa ser relevante. Devo encerrar minha participação em breve."

Só espero que não seja diante do conselho diretor da universidade.

Stafford se despede e sai, fechando a porta atrás de si.

Tento respirar fundo, mas meu peito está tão apertado que até dói. Não consigo nem cogitar a ideia de Liv envolvida nessa merda toda. O caso já deveria estar encerrado a essa altura. Parece um vírus mortal que se recusa a morrer.

Frances olha feio para mim. "Isso não é nada bom, Dean."

Só quero que ela cale a boca.

"Não fiz nada de errado." Afrouxo o nó da gravata. "Não tinha nada de inapropriado no meu relacionamento com Liv."

"Como o sr. Stafford colocou, não é essa a questão. As palavras têm poder, Dean, e os termos 'aluna', 'professor' e 'relações sexuais' não costumam ser bem recebidos juntos."

Fico olhando para a lousa vazia na parede oposta. "Posso pedir demissão."

"Dean..."

"Se isso for pôr um fim nessa história toda... eu me demito agora."

"Seria como uma admissão de culpa."

"Não ligo."

"Acho que liga, sim."

Eu me viro para encará-la. "Qual é a alternativa? Assistir à garota destruir minha carreira?"

"Você precisa deixar o processo seguir seu curso."

"Não adianta. O pai dela vai me derrubar de qualquer jeito. Você sabe disso tão bem quanto eu. Agora que ele sabe sobre *Liv*... não tenho mais defesa."

O que significa que minha única esperança é que Maggie retire a acusação. E não tenho ideia do que fazer para que isso aconteça.

"A reitoria toparia fazer um acordo?", pergunto.

"Não. Isso seria pior do que uma acusação de assédio sexual contra um professor."

"Então o que precisa acontecer?"

"Quando o jurídico encerrar a investigação, vai saber se há provas suficientes. Se não houver, vai refutar a acusação."

"Isso nunca vai acontecer com Edward Hamilton fungando no cangote deles e acenando com uma porra de uma doação. Vou ser considerado culpado por algo que não fiz e demitido. Maggie vai voltar para a King's, terminar o mestrado e fazer direito, bancada pelo pai."

Frances não responde.

Estou ferrado. Não vejo saída a não ser pedir demissão antes que a coisa fique feia de verdade. Vou liquidar todos os meus ativos e sair do país. Levar minha mulher para uma ilha remota com praias de areias brancas e mar cor de safira.

Bem agora que ela está abrindo o próprio negócio. Bem agora que enfim encontrou algo que queira fazer.

Pego meu casaco. A raiva e o medo me consomem por dentro.

Se Edward Hamilton chegar perto da minha mulher...

"Lamento muito, Dean", diz Frances.

Só consigo balançar negativamente a cabeça. Saio da sala e respiro fundo. O ar está gelado. As ruas estão quase escuras, sob a leve luz amarelada dos postes.

Caminho com passos acelerados pelo centro da cidade, tentando me livrar da sensação repulsiva de que estou preso na areia movediça sem ter como escapar.

E agora vou arrastar Liv comigo.

13

OLIVIA

Minha mãe parece bem à vontade no meu apartamento. Sua calcinha e seu sutiã de renda estão pendurados no banheiro para secar, seu estojo de maquiagem está aberto em cima da pia. Há longos fios de cabelos loiros na minha escova.

Eu os arranco com um pente e jogo no lixo antes de escovar meus próprios cabelos. Olho para minha imagem no espelho, beliscando o rosto para dar mais cor. Visto um vestido verde discreto e saltos baixos, pego a bolsa e vou para a sala.

A mala dela está aberta, trasbordando de roupinhas leves e bonitas. Ela me avisou que ia sair para jantar — o que, no idioma que aprendi na infância, significava "vou procurar um homem". Fico contente por não ter que explicar quais são meus planos para a noite.

Paro em um restaurante italiano e compro comida para viagem no caminho para o hotel. Assim que Dean abre a porta do chalé, meu coração dispara. Ele está todo tenso, com a expressão congelada em uma combinação de raiva e frustração que me abala até a alma.

Tento abrir um sorriso enquanto mostro a comida.

"Manicotti e salada. O jantar do nosso segundo encontro."

Dean pega a sacola e põe sobre a mesa, mas não está com fome. Ele tampouco faz menção de se sentar e comer. Minha pele se arrepia em um mau pressentimento. Um desejo de voltar àquele fim de semana só nosso me comprime com tanta força que mal consigo respirar.

Meu marido se vira para mim. Uma energia contida reverbera dentro dele, uma vontade de fazer algo que sabe que não pode.

"Sua mãe já foi embora?", Dean pergunta.

Faço que não com a cabeça. O ar vibra entre nós. Dean estreita os olhos.

"Como assim?", ele pergunta.

"Não fica bravo."

"Merda, Liv... *o que foi?*"

Respiro fundo. "Eu falei que ela podia ficar comigo."

Ele me encara. Eu me aproximo e ponho a mão trêmula em seu peito. Seu coração está disparado.

"Sei que isso não faz sentido para você, mas..."

"Por quê? Porque sou um troglodita?" Ele afasta minha mão e vai para o outro lado do quarto. "O que não entendo, Liv? Que sua mãe é uma pessoa tóxica? Que ela te faz mal? Que você passou a vida inteira tentando se recuperar de tudo o que aconteceu?"

"Que a deixei ficar em casa para não envenenar minha vida ainda mais."

"O que quer dizer com isso?"

"Se ela não ficar comigo, vai acabar se enfiando na casa do Max Lyons."

Dean pisca algumas vezes, incrédulo. "Desde quando o pai de Allie tem alguma coisa a ver com isso?"

"Ele estava no café hoje de manhã. Conheço minha mãe, Dean. Tenho certeza de que conseguiria ficar com ele."

"Que fique então. Por que isso faria diferença pra você?"

"Eu não quero que ela se envolva com o pai da Allie. Não quero que interfira no meu círculo de amigos."

Ele contorce a boca. "Você tem razão. Eu não te entendo."

"Tenho minha própria vida, que não tem nada a ver com a da minha mãe. Não quero que ela faça parte disso. E acho que vai embora logo, aliás. Nunca fica muito tempo em um lugar."

Dean solta o ar com força. "Tenho muita raiva do que ela fez com você."

"Mas tudo pelo que passei me levou até você."

Não quero de jeito nenhum que ela se aproxime do meu marido. De repente me sinto aliviada por saber que ele vai partir de Mirror Lake em breve.

"Só o que me importa agora somos nós dois, Dean." Tiro o casaco e jogo sobre uma cadeira. "Quero que essa confusão na faculdade se esclareça logo e que você volte para onde é seu lugar."

Ele me olha por um instante, então começa a andar de um lado para o outro. O silêncio preenche o espaço entre nós, carregado de coisas por dizer. A ansiedade comprime meu estômago.

Dean para diante da janela e se vira de novo, enfiando as mãos nos bolsos. Sua beleza ainda me espanta — a camisa esticada sobre o peito e os ombros, os cabelos caindo sobre a testa, os olhos atentos e inteligentes que escondem ideias complexas.

"Liv." Ele balança negativamente a cabeça. "Eu..."

Sua voz falha. Eu me agarro à cadeira. Percebo sua confusão, sua dificuldade de encontrar as palavras.

O professor Dean West sempre sabe o que dizer.

Uma pontada de medo me atinge.

"Ei." Vou até ele e abraço sua cintura. "Lembra os amassos deliciosos que a gente deu algumas semanas depois de começar a namorar?"

Um sorriso surge nos cantos de sua boca. "Lembro."

"A gente pode fazer isso agora, já que estamos voltando àquele tempo. Bom, com umas vantagens adicionais, na verdade."

Dean põe as mãos sobre meus ombros, com uma expressão bem séria no rosto. Envolvo a parte inferior das suas costas e prendo os dedos em seu cinto. Chego mais perto, diminuindo a distância entre nós e pressionando meu corpo contra o dele. Quase solto um gemido ao sentir o contato do seu peito com meus seios.

"Liv." Seus braços estão rígidos quando ele me aperta um pouco mais. "A gente precisa conversar."

Duvido que algo de bom já tenha acontecido depois dessa frase.

Levo a mão à nuca dele, enroscando os dedos em seus cabelos grossos e puxando sua boca para a minha.

Nossos lábios colidem com uma força repentina, interrompendo-o. Dean resmunga alguma coisa contra meus lábios, mas logo se rende, enfia a língua na minha boca e chega ainda mais perto.

O desejo e a luxúria nos envolvem. Agarro sua camisa, mergulhando no turbilhão de prazer provocado pelo toque das nossas bocas. O mundo parece se endireitar e se equilibrar outra vez. Roço minha língua na dele, passeando pelo lábio inferior e sentindo meu sangue fluir com mais leveza.

"No sofá", sussurro.

Eu o agarro e vou andando de costas até o sofá na frente da lareira, mantendo a boca colada à dele até desabarmos juntos sobre as almofadas, sentindo o peso delicioso do seu corpo sobre o meu. A excitação cresce dentro de mim, com uma intensidade chocante e maravilhosa.

Agarro a nuca de Dean e mordo seu lábio inferior de um jeito que sei que ele adora. Um grunhido reverbera em seu peito. Seu pau duro pressiona meu quadril. Meu corpo lateja em resposta.

Esfrego as mãos em seu peito até o nó de sua gravata. Com alguns puxões, eu a arranco e jogo no chão, então o trago de novo para junto de mim.

Nossos beijos assumem um ritmo deliciosamente carinhoso e provocativo, envolvendo lábios e línguas. São beijos suaves, carícias sensuais. Dean agarra meu vestido com uma urgência repentina reverberando em seu corpo. Afasto minha boca da sua, com a respiração pesada.

"Tira meu vestido." Levo a mão às costas para tentar abrir o zíper.

Os olhos dele se enchem de uma ansiedade carregada de luxúria que conheço muito bem. Consigo baixar um pouco o zíper, e Dean põe a mão nas minhas costas para abrir o resto. Eu me contorço para baixar a peça até a cintura.

"Ah, caralho..." Os olhos de Dean até brilham quando veem meus seios.

"Legal, né?" Olho para o sutiã de cetim esmeralda colado à pele. Meus seios ficam lindos nele.

"Já estou quase gozando." Dean passa a mão sobre o sutiã, massageando os mamilos pontudos com o polegar.

Um tremor atravessa minha espinha. "Ainda tem mais."

Mexo os quadris para pedir que Dean termine de tirar o vestido. Suas mãos estão trêmulas quando agarram o tecido e o puxam até minhas pernas, revelando a calcinha do conjunto. Em seguida ele se recosta e olha para mim. Com o coração disparado, me apoio sobre os cotovelos enquanto seu olhar percorre todo o meu corpo.

"Você é gostosa demais", Dean diz.

O tom áspero de sua voz me faz estremecer. Eu me sento para desabotoar sua camisa e tirá-la, revelando a musculatura dos ombros e do peitoral. Passo a mão sobre aqueles músculos rígidos e depois baixo um pouco mais para segurar seu pau duro.

"Quero fazer você gozar", murmuro.

Ele solta um grunhido e se recosta nas almofadas. Abro seu cinto e sua calça, jogando tudo no chão e ficando apenas com seu pau quente e duro na minha mão. Em seguida me ajoelho ao lado do sofá e me inclino para passar a língua sobre a cabeça, empinando minha bunda coberta pelo cetim macio e a renda verde.

Menos de um segundo depois, a mão de Dean a acaricia. Solto o ar com força ao sentir sua palma quente sobre o tecido fino. Ele enfia o dedo por baixo da beirada.

Uma urgência se desencadeia dentro de mim, um desespero que só aumenta com todas as coisas por dizer. Seguro a base do pau dele e baixo a cabeça, para enfiá-lo na boca. Dean solta o ar devagar e agarra meus cabelos com as mãos livres.

O gosto salgado dele preenche minha boca, seu pau começa a latejar na minha língua. Meus seios estão pressionados contra suas coxas, o tecido do sutiã esfregando os mamilos sensíveis. Tomo ainda mais do pau dele, remexendo os quadris à medida que seu dedo se aprofunda dentro da minha calcinha.

Também vou mais fundo, com a língua colada em seu pau. *Para cima, para baixo, lambida, carícia, beijo.* Suas coxas se enrijecem, e ele puxa meu cabelo.

"Liv, eu..."

Levo a boca à cabeça do seu pau e aperto a base com força no momento em que o orgasmo o faz estremecer inteiro. Respiro fundo e sugo com força, engolindo o sêmen que jorra. Quando as vibrações cessam, eu me afasto para sentar.

Dean põe a mão espalmada nas minhas costas. "Não sai daí."

Meu coração palpita de excitação. Apoio as mãos e arqueio as costas, gemendo quando ele leva outro dedo para minha boceta úmida. A limitação de movimentos provocada pela calcinha eleva ainda mais a tensão.

Cravo as mãos no estofado do sofá e me entrego ao prazer. Dean me toca de um jeito que adoro, com movimentos circulares no clitóris, enquanto com a outra mão abaixa o sutiã e acaricia meus seios.

Gozo em questão de segundos, me esfregando nele enquanto as faíscas se espalham pelos meus nervos. Ele arranca inúmeras sensações do meu corpo antes de eu desabar sobre seu colo para recuperar o fôlego. Então passa a mão em movimentos circulares pela minha bunda.

Eu me deito e olho para ele — meu lindo marido com seus olhos ainda acesos de excitação, o peito brilhando com a camada de suor. Passo a mão em seu tronco em meio a deliciosas ondas de pós-orgasmo.

"Quantos desses você tem?" Dean passa o dedo pelo sutiã.

"Acho que meia dúzia. Posso fazer um desfile para você algum dia."

"Vai ganhar um belo cachê."

Eu me esfrego de leve no pau dele e sorrio. "Ah, aposto que sim."

Dean retribui o sorriso e me ajuda a sentar. Com a mão na minha nuca, me puxa em um beijo profundo e demorado que me deixa toda arrepiada.

Quando nos afastamos, desço do sofá, ciente de que seu olhar está vidrado na minha bunda, e vou usar o banheiro. Pego uma camiseta dele na mala aberta e visto.

Afastando os cabelos do rosto, volto para o quarto. Dean está fechando a calça. Assim que olho para ele, meu coração fica apertado. O ar de seriedade está de volta, pairando como uma nuvem.

Paro no meio do caminho do sofá. Dean veste a camisa. Contrariando todos os impulsos racionais, minha pulsação se acelera de novo ao vê-lo todo suado e desalinhado, com a camisa aberta revelando seu lindo peitoral.

Pego o vestido do chão e jogo sobre uma cadeira. Dean me observa. Uma sombra desce sobre suas feições.

Eu me sento no sofá, retorcendo no dedo o anel que me mandou da Itália. Não consigo pensar em nada para impedi-lo de falar.

"Que foi?", sussurro.

"Preciso falar com você sobre a reunião."

"O que... o que aconteceu?"

Ele suspira e passa a mão pelos cabelos. "Quando comecei a trabalhar na King's, Maggie Hamilton me falou que queria escrever sobre

Trotula de Salerno. Trotula era médica, e a pesquisa envolveria sexualidade feminina. Agora Maggie está dizendo que fui eu quem sugeri isso, que ela não estava à vontade com o assunto... esse tipo de merda."

"Ai, não."

"Pois é." Ele cerra os dentes. "E, enquanto eu estava fora, Ben Stafford fez uma investigação do meu passado. Ele descobriu que começamos a namorar na Universidade de Wisconsin. E agora está questionando minha ética."

Fico chocada e afundo no sofá. "Como assim?"

"Você era uma aluna."

"Mas eu não era *sua* aluna! A gente não desrespeitou nenhuma regra."

"Pelo jeito não importa. Você era aluna, e eu professor. Não pega bem."

Uma ânsia me sobe pela garganta. O início do meu relacionamento com Dean foi complexo, mas lindo. A ideia de que um bando de estranhos possa transformá-lo em uma coisa obscena por causa das mentiras de uma garota vingativa...

Levo as mãos aos olhos.

"O que Stafford vai fazer?", pergunto.

"Sei lá. Mas Edward Hamilton também sabe, e diz que tenho um histórico. Não vai pensar duas vezes antes de usar isso contra mim."

Meu estômago se comprime. Ninguém sabe nada a respeito do início do nosso relacionamento, os segredos compartilhados, as brincadeiras, as conversas, a exploração dos desejos. Ninguém além de nós. Foi por isso que pareceu uma coisa tão linda e perigosa, como uma ilha secreta em que o resgate era incerto... até salvarmos um ao outro.

Nossa ilha. Nosso amor. Nosso casamento.

Não suporto a ideia de ter desconhecidos bisbilhotando tudo, procurando alguma coisa imoral e errada, nos forçando a defender a fundação básica da nossa relação.

"Ai, Dean."

"Eu sei. Desculpa."

Vinte e quatro horas atrás, eu estava tão feliz que assobiaria uma musiquinha se soubesse como. Agora estou toda angustiada de novo.

Nós nos encaramos. Sentimos o restante do mundo invadir nosso espaço. Ele enfia as mãos nos bolsos. Sua camisa ainda está desabotoada e os cabelos continuam caídos sobre a testa. O silêncio pesa entre nós. Tento encontrar alguma forma de demonstrar coragem.

"E se eu procurasse Ben Stafford e contasse a verdade?" Levanto do sofá e vou até a janela. "Antes que Maggie ou Edward Hamilton possam espalhar mais mentiras por aí?"

"Não." Sua recusa é dura e imediata. Seus ombros ficam tensos. "Sem chance. Você não vai se envolver nisso."

"Mas eu posso..."

"Não, Liv. Fica fora disso."

Sou obrigada a lidar com sensações conflitantes de alívio e irritação. Eu não *quero* conversar com Ben Stafford sobre meu relacionamento com Dean, mas faria qualquer coisa para acabar com essa história.

"Talvez possa ajudar", insisto. "Posso dizer que você tomou o cuidado de saber se não estava desrespeitando nenhuma regra e que sempre foi absolutamente profissional com estudantes e colegas. Isso fortaleceria sua posição, não? Ninguém conhece você melhor do que eu."

"Você me conhece como marido, não como professor."

Pisco algumas vezes, surpresa. "Como assim?"

"Não sabe como interajo com meus alunos." Dean vira o rosto e passa a mão nos cabelos bagunçados. "Não sabe se fiz alguma coisa errada."

"Claro que você não fez!"

"Qual era o tema do meu último artigo?"

"Quê?"

"O último artigo que mandei para o periódico de arquitetura medieval. Qual era o tema?"

"Eu..."

"Você não sabe", ele diz. "Porque isso não tem importância para você."

Uma vergonha misturada com irritação borbulha dentro de mim. "Acha que o seu trabalho não é importante para mim?"

"Qual era o tema do meu último artigo?", Dean volta a perguntar.

Meu coração desce até a barriga. Ele se vira para me encarar com uma expressão indecifrável.

"Eu não ligo", ele diz. "Não faz diferença para mim se sabe ou não que escrevi sobre as capelas de Notre-Dame. Não tem motivo nenhum para se interessar por esses assuntos. Mas isso mostra que você não sabe o que acontece na minha sala de aula ou durante as reuniões com meus orientandos..."

"Sei que você é muito bom no que faz. Isso não basta?"

"Liv, nem *eu* sei se não fiz nada de errado! Porra, Maggie Hamilton tem razão. Sugeri livros sobre sexualidade e anatomia feminina. Era o tema da tese dela. Só Deus sabe se o que falei não pode ser interpretado como assédio. Conversei com ela sobre diferentes visões a respeito da sexualidade, da prostituição e dos métodos contraceptivos na Idade Média. Ela ainda deve ter e-mails meus sobre isso. Se Stafford me perguntar a respeito em um depoimento, vou ficar sem defesa."

"Você tem sua defesa. Sua carreira e sua reputação são sua defesa. E tudo o que eu disser para Stafford pode reiterar o fato de que você é uma pessoa honrada." Faço uma pausa, sentindo a vergonha se instalar de novo. "Apesar de não saber nada sobre suas teorias a respeito de Notre-Dame."

"Liv, eu não estou nem aí para a porra da catedral." Dean esfrega o rosto. "Só estou avisando que as coisas podem ficar feias. E você não vai nem chegar perto de Stafford, porque ele pode fazer perguntas impossíveis de responder."

"Ele está investigando nós dois, não? Sempre vou ter o que responder quando o assunto for esse."

Dean fica me olhando por um momento, então põe a mão nos meus ombros. Apoio a testa em seu peito, sentindo sua tensão.

"Por favor, me deixa fazer isso por você", digo. "Por nós. Quero provar que sou capaz."

"Você não precisa provar nada para mim, Liv. Nunca precisou."

"Mas quero provar para mim mesma."

Eu me apoio nele e levanto a mão esquerda. Dean põe sua palma contra a minha e nossas alianças fazem um clique quando os dedos se entrelaçam. Nos apertamos com força.

"Te amo, professor", murmuro. "Confia em mim, tá bom?"

"Ah, Liv." Ele dá um beijo na minha testa. "Você é a única em quem confio."

Quando volto ao apartamento, minha mãe está na sala, lixando as unhas com a cabeça abaixada. A tevê está ligada em um noticiário, e tem cheiro de café no ar. Ela ergue os olhos.

"Onde você estava?", pergunta.

"Com Dean. A gente precisava conversar."

"Conversar?" Ela me olha de cima a baixo, e minha respiração se acelera. Se tem alguém que conhece os sinais do sexo recente é Crystal Winter.

Tento não ficar vermelha. Transei com meu marido, não com um desconhecido que conheci no mercado enquanto minha filha esperava no carro.

Merda. Uma onda de apreensão me invade. Largo a bolsa em uma cadeira e vou para o banheiro. Bato a porta com força e entro no chuveiro, detestando a sensação de que estou fazendo isso para tirar o cheiro de Dean da minha pele.

Quando volto para o quarto, minha mãe está sentada na cama com as pernas cruzadas e um cotovelo apoiado no joelho.

"Tudo bem, Liv", ela diz. "Um monte de gente tem problemas no casamento. Eu tive."

"Não estou tendo problemas no casamento, e não seria da sua conta se estivesse", digo a ela.

"Faz quanto tempo que ele foi embora?"

"Ele não foi *embora*." Pego uma escova e passo nos cabelos molhados. "Viajou em fevereiro para trabalhar em uma escavação arqueológica na Itália. Voltou para passar uns dias e resolver algumas coisas. Está ficando em um hotel por motivos pessoais. Vai embarcar na segunda. É só isso."

"Bom, eu lamento que ele tenha que viajar de novo", diz minha mãe. "Por que não vai junto?"

"Não quero ir junto."

"Eu estava pensando em ir a Phoenix em breve, para ver a casa da minha mãe", ela diz. "Quer ir comigo? Podemos cair na estrada, como nos velhos tempos."

Deus do céu. Só essa sugestão faz meu coração se apertar e minha mente se encher de imagens de assentos de vinil quentes e embalagens de fast-food amassadas enquanto o sol entrava pelo para-brisa. Asfalto pela frente e para trás.

Foi isso que minha mãe escolheu para mim anos atrás. Eu estava no último ano de colégio e morava com tia Stella em Castleford. Ela foi fazer uma visita e me convidou para pegar a estrada de novo. Eu tinha a desculpa perfeita para recusar — precisava me formar porque ia para o Fieldbrook College com uma bolsa integral no semestre seguinte.

A experiência na faculdade foi a pior possível, mas sei que minha resposta para minha mãe nunca vai mudar.

"Eu... não posso ir com você." *Nem para Phoenix nem para lugar nenhum.* "Tenho coisas para fazer aqui."

"Mas você está separada do seu marido."

"Dean e eu não estamos separados."

Ela revira os olhos. "É por isso que nunca mais casei, Liv. Dá problema demais. Eu me recuso a deixar um homem controlar minha vida. De repente você também se dá conta disso viajando sem ele."

Respiro fundo e tento controlar a raiva que inflama meu peito. "Não vou a lugar nenhum com você. Não posso."

"Não pode ou não quer?"

"As duas coisas."

"Ele não deixa?"

"Não! Não tem nada a ver com Dean. Não vou porque não quero. Detestava passar o tempo todo na estrada com você. Foi por isso que me mandei. Por que ia querer voltar agora?"

"Você vai querer", ela responde ácida, "quando perceber que está se iludindo em pensar que o casamento é melhor que a liberdade."

Ela se levanta da cama e se afasta com passos leves pelo carpete. Fecho a porta do quarto e me enfio debaixo das cobertas, afastando suas palavras da minha mente. Caio em um sono leve e agitado até o amanhecer.

Minha mãe ainda está dormindo quando levanto para preparar o café da manhã. Durante uma hora, a casa permanece em silêncio, e fico pensando no que preciso fazer na reforma.

Ouço a movimentação quando ela acorda e vai ao banheiro. Sirvo um café e coloco sobre a mesa com uma jarra de leite.

"Bom dia."

Viro para olhar para minha mãe e fico paralisada. Ela está segurando uma caixa cor-de-rosa. Meu coração dispara.

"Onde... onde foi que pegou isso?", gaguejo.

"No armarinho do banheiro. Estava procurando absorvente." Ela examina o teste de gravidez. "Você está grávida?"

"Não." Uma onda de náusea me atinge quando lembro. "Não... eu... foi só um alarme falso uns meses atrás. Nada de mais."

"Tem certeza?" Ela parece estranhamente interessada.

"Claro que tenho." Percebo seu olhar na minha barriga. Penso nas touquinhas para recém-nascidos, macias como nuvens, uma cor-de-rosa e outra azul, embrulhadas em uma caixa debaixo da nossa cama. Sinto um nó na garganta.

"Você está tentando engravidar?", minha mãe pergunta.

Eu me concentro em pegar o pão. Não sei como responder.

"Quem sabe um dia?", respondo.

Ela ainda está me observando. Dá para sentir que entendeu tudo, como se tivesse um instinto maternal que nunca demonstrou quando mais jovem.

"Foi mais do que um alarme falso, né?", minha mãe insiste. "De quanto tempo estava?"

Como é que ela sabe? Como é possível?

Não posso mentir, não sobre esse assunto. Nem mesmo para ela. E de que adiantaria?

"Dez semanas", respondo.

"Quando foi que aconteceu?"

"No fim de janeiro."

"E seu marido foi embora logo depois?", ela questiona.

"Não, ele não foi embora logo depois." Quebro um ovo na frigideira. "Não quero falar sobre isso."

Ela pega uma xícara de café e senta. Ficamos em silêncio quando levo meu prato à mesa. A atmosfera entre nós é frágil como uma bolha de sabão.

Com a luz acesa sobre a mesa, suas pálpebras projetam sombras em formato de meia-lua sobre seu rosto. Ela ainda tem sardas no nariz, o que sempre combinou bem com sua beleza jovial. Percebo que os meus olhos têm esse mesmo formato, embora sejam castanhos, e não azuis. Ela me encara.

A bolha de sabão invisível parece arrebentar, e o ar volta a fluir.

"Sei que ela deixou um dinheirão para você", minha mãe comenta.

Fico mexendo na torrada. Não queria me sentir culpada, mas não consigo evitar.

"Como foi que descobriu?", pergunto.

"Pedi uma cópia do testamento para o advogado", ela conta. "Minha mãe não me deixou nada, mas deu milhares de dólares para você. Deve ter achado isso muito engraçado."

Sinto seu olhar em mim. Temos o mesmo sobrenome, eu, minha avó e minha mãe. Ela não me deu o sobrenome do meu pai, porque queria que eu fosse só dela.

"Por que não me contou sobre a herança?", ela pergunta.

"Não me pareceu necessário."

"Você achou que eu ia ficar chateada."

"Sei lá. A gente mal se viu nos últimos dezesseis anos. Eu nem conhecia sua mãe. Recebi uma carta avisando que ela morreu e me deixou um dinheiro, aí do nada você aparece na minha casa... o que eu *deveria* pensar?"

"Não isso que está pensando." O tom de voz dela vai se tornando mais frio. "Que quero o dinheiro que ela deixou para você."

"Você já me pediu dinheiro antes", rebato.

"Já pedi sua ajuda", ela retruca. "Não quero o dinheiro dela. Não depois do que fez com a gente."

Eu me pergunto se ela quer *meu* dinheiro, não que eu tenha muito a oferecer.

"Não faz mais diferença, aliás", respondo. "Investi a maior parte no café, e o resto vai ser usado como capital de giro. Já está tudo comprometido."

"Parece que você fez bom uso do dinheiro."

"Não tenho muito mais. Não tenho acesso ao dinheiro do Dean." Não é verdade, mas ela não precisa saber.

"Ele mantém você em rédea curta, né?"

"Não. Só estou dizendo que não posso ajudar."

"Não vim aqui pedir dinheiro, Liv."

"Então por que veio?"

"Porque queria ver você. Achei que... deixa para lá."

Ficamos em silêncio. Em meio à frustração, surge uma pequena esperança que estava enterrada dentro de mim fazia mais de quinze anos.

A esperança de que algum dia Crystal Winter pudesse ser a mãe que sempre quis. Durante os anos em que vivi com minha tia, engolindo a humilhação do que havia acontecido em Fieldbrook, lutando para recomeçar, para me reerguer... isso sempre esteve lá, um grãozinho de esperança de que minha mãe entrasse em contato, quisesse me ver, pedir desculpas, propor um recomeço, confessar que sentia minha falta.

Mais uma vez sinto seu olhar sobre mim. É como um toque.

"Você se lembra do Grand Canyon?", ela pergunta.

Vasculho minhas lembranças. O Grand Canyon está lá, enterrado como uma semente. Uma boa lembrança. Vívida. Afetuosa. Pacífica.

Nunca o tínhamos visitado. A viagem de Los Angeles para lá durou dois dias. Chegamos à meia-noite e dormimos em um motel barato. Quando minha mãe me acordou ainda estava escuro.

"Ponha roupas de frio", ela disse.

"O que..."

"Vamos."

Levantei aos tropeções, me perguntando se estávamos fazendo aquilo só para poder pegar a estrada antes do horário de maior movimento. Joguei uma água no rosto, pus uma calça jeans, um moletom e um casaco por cima. Ela estava me esperando no carro quando saí. Estacionou em um dos cânions e desceu. Eu a segui sem fazer perguntas. Estava acostumada.

O céu começava a clarear quando chegamos à beirada do cânion. Sombras pesadas cobriam as rochas. Alguns turistas encapotados circulavam por lá com câmeras e binóculos. Eu me joguei sobre um banco, sonolenta e irritadiça.

O sol surgiu no horizonte e a tonalidade cinzenta do cânion começou a dar lugar à luz. Olhei para o céu e fui ficar com minha mãe, que estava de pé na extremidade da rocha.

Ficamos lado a lado, observando a luz radiante colorir o cânion. Vimos as cores dançarem em torno das silhuetas. Vimos as rochas ganharem tons de dourado, as árvores e os arbustos aparecendo na paisagem acobreada. Vimos o céu e as nuvens se romperem em tons de amarelo, vermelho e azul.

Nenhuma de nós abriu a boca. Ficamos paradas lá uma hora. Só as duas e o nascer do sol.

"Fui para lá uma vez com meus pais quando era criança", minha mãe me conta agora. "Você tinha uns dez anos quando levei você. Deve ter esquecido."

"Não. Eu lembro."

14

DEAN

5 DE ABRIL

"Então, o que você achou?", pergunta Nancy Walker, a corretora de imóveis, entrando na cozinha da casa de quatro quartos e trezentos metros quadrados.

Olho pela janela para o quintal. Ao longo das últimas semanas, ela me mandou anúncios de várias casas à venda. Não respondi a nenhum antes deste. Quando Liv engravidou, comecei a procurar uma casa. Mas depois do aborto...

A raiva e o medo invadem meu peito. Respiro fundo e afasto esses pensamentos quando viro para Nancy. "É bonita."

"O bairro tem escolas ótimas. Dá para ir a pé para o parque", ela comenta.

"Vou conversar com Liv a respeito."

"Se quiser fazer uma proposta, não demore muito. Tenho duas outras visitas agendadas só hoje à tarde."

Agradeço e vou para o carro. Liv mandou uma mensagem avisando que vai se atrasar. Combinamos de nos encontrar no Java Works quando ela saísse do café.

Estaciono na Avalon Street e vou a pé até lá. Quando passo na frente de casa, Crystal Winter está saindo.

Porra.

Por instinto, cerro os punhos e contraio todos os músculos do corpo. Ela detém o passo para olhar dentro da bolsa. Quando levanta os olhos dá de cara comigo. Para minha sinistra satisfação, se mostra um tanto abalada.

"Ah, oi, Dean. Pensei que já tivesse ido viajar."

"Quando você vai embora?"

"Ainda não sei. Estou curtindo passar esse tempo com Liv e ajudar lá no café." Ela põe os óculos escuros. "Talvez até fique para a grande inauguração."

O nojo toma conta de mim. Não faço nenhuma questão de esconder. Essa mulher magoou minha esposa de formas que não consigo nem entender. Nunca vou chegar perto de perdoá-la um dia.

"Por que veio aqui?", questiono.

"Para ver minha filha, claro."

Eu gostaria de poder acreditar. Acima de tudo, por Liv.

"Sei que você não acredita em mim", ela continua. "E acho que nem Liv acredita, mas queria deixar o passado para trás e seguir em frente."

Uma imagem de Liv surge na minha cabeça. Quase consigo sentir o desejo secreto dela de que isso seja verdade. De que Crystal ainda possa ser a mãe que ela sempre quis.

Eu me aproximo dela.

"Escuta." Baixo o tom de voz. "Tudo bem se quiser dinheiro. É só me dizer quanto. Faço um cheque agora mesmo. Mas, se fizer alguma coisa para magoar Liv, está fodida."

Crystal fecha a cara. "Seu jeito protetor é muito comovente, Dean, mas pode acreditar: Liv não precisa disso."

"Você não sabe do que ela precisa."

A mulher fica me encarando por um instante. "Por que você foi embora logo depois que ela perdeu o bebê?"

Cerro os dentes ao sentir uma onda renovada de raiva e culpa. Ela sabe onde atacar.

"Deixa a Liv em paz, Crystal", falo por entre os dentes cerrados. "Some da vida dela."

A mulher dá de ombros, vira as costas e vai embora.

Contenho a raiva respirando fundo. Sei que é exatamente isso que Crystal quer. Sei que gosta da ideia de se meter entre nós dois porque...

A verdade me atinge em cheio. Crystal não quer dinheiro. Ela quer *Liv*.

Um desconforto se instala no meu estômago.

Não posso sair de Mirror Lake. Não agora.

Afastando Crystal dos pensamentos, abro a porta do Java Works e encontro uma mesa vazia. Depois de pedir um café, me distraio lendo e-mails. "Professor West?"

Levanto os olhos e vejo meus orientandos Jessica e Sam se aproximando do fundo do salão. Eles param ao lado da minha mesa.

"Não sabia que já tinha voltado", comenta Sam.

"Que bom ver vocês." Faço um gesto para que sentem. "Viajo de novo na segunda. Como vão as teses de vocês?"

Eles se sentam e me atualizam, então falamos sobre urbanismo e arquitetura. Em alguns minutos, sinto a tensão se dissipar dos meus ombros. Pelo menos discutir história medieval com alunos da pós-graduação ainda é algo que sei fazer bem.

Olho para a porta quando ela se abre de novo, sentindo a presença de Liv antes de vê-la. Minha mulher me lança um sorriso e para no balcão para pedir um café. Está usando uma saia azul e um suéter por cima da camisa. Está linda.

Seus cabelos estão soltos por cima dos ombros, bagunçados pelo vento. Ela os põe para trás com uma mão enquanto anda na minha direção. É um dos seus gestos mais sensuais — ainda que não saiba.

Levanto para puxar uma cadeira para ela.

"Desculpa o atraso." Liv se aproxima para me dar um beijo no rosto. Sou tomado pelo cheiro de pêssego.

"Oi, sra. West."

"Oi, Jessica. Oi, Sam." Liv põe a bolsa em uma cadeira vazia e senta. "Que bom ver vocês."

Depois de alguns minutos de amenidades, Sam e Jessica se levantam para ir embora. Sam interrompe o gesto de pegar a mochila no meio.

"Hã, sem querer ser intrometido, professor West", ele diz, "mas a Maggie Hamilton trocou de orientador?"

Uma preocupação me invade. "Não. Por quê?"

Sam olha para Jessica. "Ela anda... bom, ela anda reclamando de você para outros alunos."

"Ah, é?" Tento manter o tom de voz sob controle, apesar da raiva que comprime minha garganta. "O que está dizendo?"

"Umas bobagens sobre você ter sido injusto e duro demais com ela, enquanto demonstra favoritismo com outros", Jessica diz. "Todo mundo sabe que não é verdade, mas é uma merda, né?"

Percebo que Liv está constrangida. Queria que Sam e Jessica tivessem tocado no assunto antes quando estava a sós com eles. Pelo menos não parecem saber sobre a acusação de assédio sexual, mas pode ser questão de tempo.

"Obrigado por me avisarem", digo.

"Claro." Sam põe a mochila nos ombros. "É péssimo que esteja se aproveitando da sua ausência para fazer isso."

Eles se despedem e saem. Eu me viro para Liv e vejo a desolação em seus olhos castanhos. Mudo o tema da conversa para algo mais agradável.

"E o café?", pergunto. "Como vai a reforma?"

"Muito bem. Contei que o Brent vai largar o emprego no hotel para ser nosso gerente? Ele tem bastante experiência." Liv vira um envelope de açúcar no café. "O que você fez hoje à tarde?"

"Fui ver uma casa em Spring Hills."

Os olhos dela se acendem de surpresa. "Uma casa?"

"Nancy Walker me mandou um e-mail, e como eu estava na cidade..." Encolho os ombros. "Pensei que não faria mal olhar."

"Eu não sabia que você ainda estava procurando uma casa."

"Nem eu. Mas faz sentido."

O que é um absurdo. Claro que não faz sentido procurar uma casa com minha carreira em perigo. Não sei nem por que me dei ao trabalho.

"Mas você viaja na segunda", argumenta Liv.

"E daí?"

"Como você vai comprar uma casa assim?"

"Eu não disse que vou comprar. Só fui olhar."

Ela franze a testa, confusa. "Mas *por que* você foi olhar?"

Por alguma razão, fico irritado. "Se algum dia você quiser um bebê, Liv, a gente não vai poder ficar no apartamento. Vamos precisar de uma casa com quintal grande, em um bairro com boas escolas. Planejei tudo quando você engravidou, e não vou mudar meus planos agora."

Ela pisca algumas vezes. "Foi *por isso* que você foi ver a casa? Porque não queria abrir mão dos seus planos?"

Eu me recosto na cadeira. Meu coração está disparado. Odeio ficar com medo. Odeio ser controlado por esse sentimento.

"Só fui olhar, Liv. Não vou fazer uma proposta."

"Mas um dia vai?"

"Um dia a gente vai precisar."

Essa admissão fica pairando no ar entre nós. Liv me encara como se não soubesse o que fazer com isso. Nem eu sei. Ela estende o braço por cima da mesa e põe a mão sobre a minha.

"Acho melhor esperar antes de pensar em comprar uma casa", Liv diz por fim. "A gente não sabe o que vai acontecer."

Meus ombros ficam tensos de novo. Não suporto a ideia de que minha mulher duvide que eu possa escapar ileso da acusação de assédio.

Mas até eu mesmo duvido.

"Vem comigo." Liv afasta a cadeira e pega a bolsa. "Quero mostrar uma coisa."

Vamos até seu carro, e ela se posiciona ao volante. É fim de tarde, mas restam algumas nuvens vermelhas no céu e o ar está quente. Liv dirige na direção da universidade, por uma rua que serpenteia pelas montanhas, então estaciona no início de um caminho de terra.

"O que tem aí?", pergunto quando descemos.

"Você vai ver." Ela pega a câmera fotográfica do porta-malas. "Encontrei no armário. Achei que você não ia se incomodar se eu pegasse emprestada."

"Claro que não. Mas pra quê?"

"Vem."

Vamos andando pelo caminho de terra até uma casa antiga e abandonada em uma clareira. É uma residência enorme toda irregular, com uma torre poligonal, uma varanda grande e revestimento de madeira estilizado. Por algum motivo, me faz lembrar de uma grande atriz esquecida, mas que foi linda um dia. A casa é quase toda cercada pelas árvores, mas tem vista para o lago e para o centro da cidade.

"O nome dela é Butterfly House", Liv me diz. "A Sociedade Histórica está fazendo uma campanha para salvar, mas está no limbo há um tempão, por causa das leis de zoneamento. Estou ajudando na campanha e queria tirar umas fotos."

Ela me conta a história do local enquanto percorremos o perímetro. O imóvel está um desastre. A torre tem um monte de vidros quebrados, as portas têm tábuas pregadas em cima, pichações dominam a fachada, a balaustrada da varanda está caindo aos pedaços. Liv para e tira uma foto dos fundos.

"Você entrou aí?", pergunto.

"Não tenho a chave."

Ah, Liv. Minha garota nunca teve uma fase rebelde. Nem eu, na verdade, apesar de ter entrado em umas brigas na época do colégio e ter passado algumas noites loucas com amigos, procurando lugares abandonados onde fazer festas.

Com Liv foi diferente. Ela se rebelou contra a mãe aos treze. Crystal Winter não tem mais como manipulá-la. Sei que preciso deixar Liv lidar com ela do seu jeito, ainda que *não* proteger minha mulher vá contra todos os meus instintos.

Observo Liv tirar mais algumas fotos da casa. Então me aproximo e puxo uma tábua meio solta pregada no batente.

"Dean, o que você está fazendo?"

"Entrando. Não quer ver como é?"

"Quero, sim, mas não sou a dona do lugar."

A tábua se solta. "A madeira está tão podre que vai cair de qualquer jeito."

"Dean." O tom de voz dela é de preocupação quando se aproxima de mim. "Sério. Isso é invasão de propriedade."

"Você tem direito de estar aqui, não?" Puxo a tábua com mais força, e com um guincho a madeira se solta de vez dos pregos enferrujados. "Está fazendo uma pesquisa para a Sociedade Histórica."

"Isso não significa que eu possa invadir a casa."

"E você não vai." Abro um sorriso. "Eu vou."

Fico satisfeito ao notar um leve sorriso em seu rosto. Ponho a tábua de lado e revelo uma abertura estreita na porta, com pontas afiadas e farpas nas bordas.

"Anda, bela." Olho pelo buraco para a escuridão. "Vamos viver perigosamente."

"Acho que tudo anda perigoso até demais pra gente", ela murmura. "Por favor, toma cuidado."

Eu me esgueiro para o outro lado da porta, em seguida estendo a mão para ajudá-la a passar. Estamos no que costumava ser a cozinha. Há tapetes sujos e rasgados, papel de parede descascando, pontos de bolor. Alguns móveis estão cobertos com panos. A lareira está repleta de cinzas. Mas, mesmo em meio à sujeira, a beleza do lugar é evidente nos detalhes de decoração, nos medalhões de gesso no teto e no revestimento de madeira das paredes.

"Este lugar devia ser lindo", Liv comenta.

"É uma pena que tenha ficado abandonado." Solto sua mão, pego a câmera e tiro uma foto do recinto.

Exploramos os demais cômodos do térreo, todos em condições precárias, com gesso quebrado, piso riscado e milhões de teias de aranha. Bato mais algumas fotos de detalhes arquitetônicos bacanas — arcadas em uma porta, molduras com detalhes, um pilar entalhado —, então subimos.

O piso tem cinco cômodos, com janelas para as laterais da casa e móveis em péssimo estado. As paredes estão remendadas com tábuas cruas, e o teto tem manchas de umidade e infiltração.

"Dá para entender por que a Sociedade Histórica precisa fazer um evento de arrecadação de fundos", Liv diz enquanto observa um interruptor enferrujado. "A reforma vai custar uma fortuna."

"Mas pode valer a pena, se for feita do jeito certo." Paro ao lado de uma porta que leva a uma escada estreita. "Vamos ver o que tem lá em cima."

Liv me segue para o alto da torre, respirando fundo quando chegamos ao alto. É uma estrutura octogonal atulhada de cadeiras velhas, com janelas em todos os lados. A maioria está coberta por tábuas, mas a que dá para o lago está inteira.

"Uau." Liv atravessa o recinto para olhar. "Devia ser incrível antigamente. Dá para ver todo o lago e a cidade do outro lado. Que vista."

Tiro uma foto do teto em estilo catedral. Examino os móveis, espanando o pó de uma poltrona com um entalhe intricado na parte posterior do encosto.

"Por isso as torres medievais eram usadas para defesa dos castelos", Liv continua. "Dá para ver tudo ao redor."

"Às vezes elas eram usadas para outras coisas também." Tiro uma foto da cadeira. "Capelas, prisões, bibliotecas."

"É um lugar muito legal para uma biblioteca."

Baixo a câmera no instante em que Liv se vira para mim. Meu coração dispara no peito. Por um instante, não consigo falar. Mal consigo respirar.

Ela pisca algumas vezes. "Que foi?"

"Não... não se mexe."

Meu Deus do céu, como minha mulher é linda.

Nesse exato momento, um raio de sol avermelhado entra pela janela, conferindo à pele dela um brilho rosado. Seus cabelos escuros estão soltos sobre os ombros, e a luz atravessa as mechas grossas. Atrás dela, a janela brilha e a cidade reluz contra o lago.

Posso não ser muito romântico, mas às vezes parece inevitável.

Ergo a câmera de novo e ajusto o foco em Liv antes de apertar o botão.

"Dean, não passei nem um batonzinho."

"Nem precisa." Dou uma olhada na imagem. Mesmo na telinha de LCD, parece incrível. "Fica paradinha aí."

Liv leva as mãos aos cabelos em uma tentativa de ajeitá-los. Tiro mais algumas fotos, com zoom e depois sem. Me movo sem parar de fotografá-la, para não perder nenhum ângulo da perfeição da minha mulher.

Por fim, baixo a câmera e fico só olhando para ela.

"O que vai fazer com todas essas fotos?", Liv questiona.

"Pendurar no teto como se fossem estrelas para poder olhar à noite."

"Ah." Ela sorri. "Boa resposta."

Não sei como Liv consegue me deixar de joelhos e ao mesmo tempo fazer com que eu me sinta o cavaleiro mais poderoso da história.

Navego entre as fotos na câmera, parando em uma em que uma sombra desce por seu pescoço para dentro do decote da camisa.

Um pensamento me atinge como um relâmpago. "Tira a camisa."

"Quê?"

Levanto a câmera de novo. "Quero uma foto sua sem camisa."

"Fazendo topless em uma torre velha?", Liv questiona. "É uma fantasia medieval bem safada, professor."

"Pena que não tenho correntes e algemas aqui, né?"

Ela sorri de novo, mas faz que não com a cabeça. "Dean, não posso tirar a roupa aqui."

"Por que não? Não tem ninguém por perto. Aposto que a maioria das pessoas nem sabe que este lugar existe."

"Florence Wickham sabe."

"Garanto que a Florence Wickham não vai entrar por uma fresta na porta lateral e subir até a torre."

"Eu não duvidaria disso", Liv murmura.

Para deixá-la mais tranquila, fecho a porta que leva à escada e passo o trinco enferrujado. "Tudo bem agora?"

Ela me encara. A desconfiança e a curiosidade surgem em seus olhos castanhos.

"Viva perigosamente", sugiro.

Liv solta um suspiro e tira o suéter com gestos lentos, colocando-o sobre o encosto de uma cadeira. Meu coração dispara quando os dedos dela chegam aos botões da blusa. Ela desabotoa dois deles e olha para mim.

"Estou com um sutiã comum", ela confessa.

"Tudo bem." Não preciso de lingerie especial. Quero você exatamente como está.

Liv desabotoa mais um botão. Mesmo a certa distância, vejo que suas mãos estão trêmulas. Um calor se espalha pelo meu peito. Por fim, ela abre todos os botões e tira a camisa.

Só a visão dos seios envolvidos pelo sutiã branco e liso já faz meu sangue ferver. Ajusto o foco.

"Agora fiquei meio nervosa", ela me diz.

"Liv." Levanto a câmera e a enquadro. "Você não tem por que ficar nervosa."

Tiro uma foto. Ela fica acanhada no início, cruzando os braços, enrolando uma mecha de cabelos no dedo, alternando o peso do corpo entre um pé e outro. Quando começo a dizer o quanto é linda, dá uma relaxada.

Consigo uma série de fotos capaz de ganhar prêmios em mostras, porque Liv é uma personagem como nenhuma outra — ao mesmo tempo sensual, doce, confiante e tímida. A luz muda à medida que o sol se põe, lançando sombras sobre ela.

Olho para minha esposa de novo.

"Tira." Minha voz sai rouca.

Liv desvia os olhos. Depois de um instante de hesitação que faz meu coração parar, ela leva as mãos às costas para abrir o sutiã. Fico completamente sem fôlego ao ver seus seios descobertos, os mamilos enrijecidos por causa do ar frio, os cabelos compridos caindo sobre eles.

Linda pra caralho.

Tento me concentrar, ajustando a câmera e retomando as fotos. Seguindo minhas instruções, Liv se desloca por diferentes partes da torre — diante de uma janela coberta com tábuas, perto da porta, no centro do cômodo, ao lado de uma cadeira de balanço. Ela faz tudo o que peço.

"Põe os braços sobre a cabeça... assim... Agora puxa os cabelos para trás como se fosse prender... Uma mão na cintura, outra no batente... As duas no parapeito... Perfeita... tão linda..."

Baixo a câmera.

"Passa a mão neles", peço.

Liv engole em seco, mas obedece, segurando-os e beliscando os mamilos. Dá para ver sua excitação crescendo, os sinais que conheço tão bem — a respiração acelerando, o rosto vermelho, as coxas ficando tensas enquanto comprime uma perna contra a outra.

Quando ela passa um dedo por entre a elevação dos seios, estou com o pau duro e ansioso para pôr as mãos nela. Faço força para me concentrar e continuar fotografando.

Então, sem eu precisar pedir, Liv baixa o zíper da saia e a tira. Só de calcinha e com os sapatos baixos, ela sorri para mim, como se soubesse muito bem que o equilíbrio de poder acabou de mudar.

E é verdade, porque estou à sua mercê.

"Você está acabando comigo", murmuro, ajustando a máquina.

"Foi ideia sua", ela lembra, baixando a mão pelo tronco até a calcinha. "Quer que eu continue me tocando?"

Puta merda, e como.

"Vai em frente", digo.

Tiro mais uma foto, com a pulsação descontrolando quando ela desliza os dedos para dentro da calcinha. Um suspiro escapa de seus lábios. Então, para minha surpresa e meu prazer, ela baixa a calcinha até as coxas.

Tento me posicionar melhor para aliviar o desconforto do pau duro contra a calça, depois tiro uma série de fotos de que nem preciso, já que essa imagem de Liv está gravada a fogo no meu cérebro para sempre — pelada a não ser pela calcinha no meio das coxas, com os cabelos caindo sobre os ombros, os seios cheios e perfeitos. A excitação está estampada em seu rosto — dá para sentir do outro lado do recinto, pulsando dentro dela como lava.

Baixo a câmera. O desejo me consome.

"Acho que..." Limpo a garganta. "Acho que a câmera está ficando sem espaço na memória."

"Ah. Eu queria tirar algumas de você."

Baixo a câmera antes que ela resolva fazer isso. O ar está quente e pesado. Quero Liv nos meus braços, quero sentir seu corpo contra o meu, se entregando por vontade própria.

"Dean."

Levanto os olhos para ela. Liv me observa, com a respiração ainda acelerada.

Não aguento mais. Deixo a câmera de lado e chego nela em três passos. Eu a seguro pelos ombros e a puxo para junto de mim. Capturo seus lábios doces e a beijo enlouquecidamente.

Liv respira fundo, e seu corpo amolece todo contra o meu, enquanto seus braços envolvem minha cintura. Seus seios cheios pressionam meu peito. Dá para sentir seus mamilos contra minha blusa. Minha cabeça fica a mil com a sensação e o gosto dela.

Sua mão desce pela minha barriga e encontra minha ereção. O calor de sua mão me queima por cima da calça jeans. Ela dá um passo para trás para abrir a braguilha, descendo a calça e a cueca de uma vez. Quando segura meu pau duro e começa a se ajoelhar, minha cabeça quase explode.

"Espera." Tiro a blusa e ponho aos pés dela.

Liv abre um sorrisinho, se posicionando sobre o tecido antes de voltar a atenção para meu pau. Com um movimento simples e rápido, estou na boca dela.

Puxo seus cabelos. A visão dela ajoelhada na minha frente, com os lábios e a língua deslizando pelo meu pau, expulsa todos os pensamentos do meu cérebro. Só existem sua boca molhada e meu sangue pulsando. A tensão cresce e infla como vapor.

Eu a agarro pela nuca. Ela me tira da boca e recua, ofegante. Estendo o braço para apertar seus seios deliciosos, esfregando os bicos do jeito que sei que ela gosta. Liv suspira e começa a se esfregar nas minhas mãos. Eu a faço ficar de pé e a viro para uma das janelas cobertas com tábuas.

"Espera."

Ela se agarra ao parapeito e empina a bunda para mim. Arranco sua calcinha.

"Nossa, Liv." Meu peito fica em chamas ao observar a curvatura de suas costas, sua bunda redondinha, as pernas afastadas. "Vou gozar antes de entrar em você."

"Ah, não faz isso", ela murmura. "Quero sentir você aqui..."

Passo a mão em sua bunda linda. Ela suspira e abre mais as pernas. Ainda está de sapato. É gostosa demais.

Passo um dedo por sua boceta. Ela geme. Eu o escorrego para dentro. Seguro meu pau com a outra mão e aperto. A tensão enrijece minha espinha. Por mais que eu deseje que a sensação dure, sei que não vou aguentar muito tempo.

Liv baixa a cabeça, enfiando a mão no meio das pernas e acariciando o clitóris. "Dean, por favor. Preciso sentir você agora."

Ponho o joelho entre suas coxas para afastá-las ainda mais e posiciono o pau em sua boceta. Com uma estocada, meu sangue ferve de vez. Ela solta um grunhido, apoiando uma das mãos na tábua e empurrando os quadris para trás.

Um paraíso. Um paraíso doce e puro.

Eu a agarro pelos quadris e meto sem parar. Sua bunda se choca contra minha barriga. Gemidos escapam de sua garganta. O ar fica quente.

Parte de mim deseja que não termine nunca. Eu poderia continuar assim para sempre, metendo nela, sentindo seus músculos internos apertarem meu pau, seu corpo tremer a cada estocada forte. Cravo os dedos em seus quadris, querendo levar nós dois ao êxtase.

"Dean, eu... ai, nossa, não para." Liv leva uma mão aos seios, com a outra ainda apoiada à janela. "Ai, você é tão *gostoso*."

Dou mais algumas estocadas e então tiro. Eu a seguro pela cintura e a puxo. Ela se vira para mim, com os cabelos caídos sobre o rosto, e me dá um beijo apaixonado.

"Vem cá." Tiro a blusa do chão e ponho sobre a cadeira. Depois de me sentar, peço para ela se aproximar. Seu olhar vai do meu peito para meu pau duro. Eu a pego pelas coxas e a viro.

Ela abre as pernas sobre meu colo e põe a mão para trás para pegar meu pau. Com um movimento habilidoso, Liv se abaixa e começa a cavalgar. A visão de sua bunda subindo e descendo sobre minhas coxas, com a pele brilhando de suor e os cabelos molhados grudando nas costas... me deixa em chamas.

Meu corpo se enrijece com o esforço para manter o controle. Liv se vira para mim, me dando um beijo antes de receber meu pau de novo. Agora com seus peitos diante de mim, os bicos duros como cerejas...

"Ai, caralho, Liv..." Com um grunhido, saio de dentro dela e deixo o jorro escapar com a força de um vulcão. Enfio a mão no meio de suas pernas. Com uma esfregadinha no clitóris, ela solta um gritinho agudo e seu corpo se convulsiona sobre o meu.

Toda ofegante, Liv desaba sobre mim, apoiando o rosto no meu ombro. Passo as mãos em suas costas lisas. Ela está toda suada. Sinto sua respiração quente contra minha pele. Seu corpo continua trêmulo.

Ela se mexe e leva uma das mãos ao meu rosto. Em seguida abre a boca sobre a minha e passa a língua pelo meu lábio inferior. Um calor se espalha dentro de mim. Liv apoia a testa contra a minha.

"Vou sentir muita saudade de você, professor."

"Eu também vou." Tudo dentro de mim protesta contra a ideia de sair de perto da minha esposa de novo. Da primeira vez até entendi, porque precisava me afastar de toda a confusão na faculdade e esfriar a cabeça.

Mas e agora? Com a venenosa Crystal Winter na cidade? Com Edward Hamilton me acusando de ter uma tendência a me envolver com alunas? Com Stafford investigando meu casamento?

E se ele quiser saber mais sobre Liv? E se revirar seu passado?

A ideia de que o histórico dela possa entrar na investigação faz meu estômago se revirar de medo. O que vou poder fazer a milhares de quilômetros de distância?

"Ei." Respiro fundo para suprimir a raiva que começa a brotar. "E se eu arrumar um jeito de ficar aqui? Posso..."

"Dean." Liv acaricia o meu rosto. "Você precisa voltar. Eles estão à sua espera, e eu... com minha mãe aqui, é melhor que você esteja longe."

A contrariedade me domina. Não quero ficar *longe* da minha mulher. Me irrita que ela deseje que eu vá.

"É *melhor* eu estar longe?", repito, incapaz de esconder a irritação no tom de voz.

"Você sabe que sim." Liv se afasta de mim, balançando negativamente a cabeça. "Não tenta resistir, por favor. Você precisa voltar para a Itália."

A tensão me domina enquanto visto a calça. Liv põe as roupas de baixo, com os cabelos caindo como uma cortina sobre o ombro, a pele ainda úmida.

Sinto um aperto no peito. De alguma forma, tudo fica bem se estamos só nós dois. Quando precisamos lidar com o resto do mundo é que as coisas se complicam.

E eu ainda não tenho ideia do que fazer a respeito.

15

OLIVIA

11 DE ABRIL

Desta vez, quando Dean deixa Mirror Lake, é quase um alívio. Não porque queira ficar longe dele, mas porque fico mais tranquila com um oceano de distância entre meu marido e minha mãe — principalmente considerando que ela ainda não me disse quanto tempo pretende ficar.

Mas não tenho tempo para me preocupar com isso, porque com o trabalho no café, no museu e na biblioteca fico ocupada quase o tempo todo. Tive que pedir demissão da padaria, o que não incomodou Gustave, já que fizemos um acordo para que forneça os croissants e brioches do nosso café.

Marianne continua a ajudar com as questões logísticas, e com Brent como gerente estamos caminhando a passos largos para a inauguração em junho. Ela trouxe um milhão de amostras de tecidos para as cortinas e as toalhas de mesa, e logo começamos a repintar as paredes e instalar o piso novo.

Não vejo muito minha mãe na semana seguinte à partida de Dean. Nossa convivência é tensa, mas não abertamente hostil, e ela continua ajudando no café. Nunca fica em casa à noite, e só volta bem depois de eu dormir.

Apesar de conversar com Dean todas as noites em seu escritório, as coisas estão diferentes. Ele está tenso por causa da presença da minha mãe e da ameaça que paira sobre nosso futuro como uma nuvem.

Certa noite, logo depois de ter viajado, ele lembra que a gente não usou camisinha na Butterfly House.

"Não estou grávida", digo a ele. "Minha menstruação desceu ontem."

"Ah."

Meu coração dispara, porque fico esperando mais. *Ah, que bom? Ah, que pena? Ah, que coisa, vamos tentar de novo?*

Mas o complemento não vem. É só um "ah" mesmo.

"Acho que a gente se empolgou naquele dia", comento.

Mesmo com tudo por que passamos, não fico surpresa que tenha acontecido. Estamos em uma fase difícil desde outubro do ano passado, tentando aprender a navegar nesse território desconhecido para nós. Em uma torre antiga e abandonada sobre o lago, isolados, envolvidos pela atmosfera sensual depois de Dean me fotografar nua... não foi à toa que nos deixamos levar.

"E se eu estivesse grávida?", pergunto.

Dean fica em silêncio. Meu coração dispara.

"Eu compraria uma casa", ele diz por fim.

Não consigo segurar o riso, apesar de ficar com lágrimas nos olhos. "Mas você *quer* comprar uma casa?"

Outro silêncio. Então ele diz: "Lembra aquela vez que a gente foi ao zoológico em Madison?".

"Foram muitas vezes."

"Estou falando daquela manhã fria de outono, durante a semana", Dean explica. "Tinha um monte de mães com bebês e crianças pequenas. Eu estava esperando você na porta da lojinha, perto daquele portão que abre e fecha para os dois lados. Quando você entrou, parou para ver se tinha alguém atrás. Segurou o portão aberto para uma mulher com um carrinho de dois lugares passar. Tinha duas crianças ali, um menino e uma menina, encapotados. A mulher parou para falar com você, e o menino ficou impaciente e chorou. Enquanto conversavam, você pôs a mão na cabeça dele, bem em cima da touquinha."

"Não me lembro disso", digo.

"Acho que você nem percebeu", Dean responde. "Mas o menino se acalmou na hora. Do nada. Parou de chorar e ficou esperando o carrinho voltar a andar. E eu olhei para você e pensei: *Ela seria uma ótima mãe.*"

Fico sem saber o que falar. Acho que não consigo expressar o que sinto no momento.

"Tudo fica fácil quando estamos só nós, né, Liv?", ele continua. "É por isso que sempre foi tão bom. Mas nos últimos meses... na maior parte do tempo minha maior vontade é fugir com você para uma ilha tropical, para a gente poder viver pelado e comendo banana."

Abro um sorriso em meio às lágrimas que se acumulam nos meus olhos. "A gente já tem uma ilha tropical, Dean. *O nosso casamento*. E eu ficaria feliz em viver pelada comendo banana, se for o que você quiser."

"Só quero ficar com você", ele diz. "É tudo o que eu sempre quis. Fico com raiva quando as coisas se complicam... quando o mundo deixa de ser *nós*."

Ficamos os dois em silêncio. A tensão vibra no ar. Senti uma estranha mudança de tom nos últimos segundos, como se fosse ele quem precisasse ser reconfortado.

"Dean, mesmo com uma criança, não vamos deixar de ser *nós*", digo em um tom suave. "Só vamos ser *mais* do que só nós."

Ele não responde. Consigo até imaginá-lo deitado na cama, com uma das mãos atrás da cabeça, o olhar perdido do lado de fora da janela, como se todas as respostas do mundo pudessem ser encontradas na luz do amanhecer.

"Consigo pensar em mil razões para dizer não", ele diz.

"Eu também." Levo a mão ao peito e fecho os olhos. "Mas, pensando bem, sempre dá para encontrar uma razão para dizer não. Sempre dá para encontrar uma razão para ter medo. Então acho melhor a gente parar de procurar e tentar se achar."

Ficamos em silêncio de novo. Um longo tempo se passa sem nenhum som a não ser o da nossa respiração.

"Posso não sobreviver a essa investigação", Dean comenta.

"É claro que você vai sobreviver. Mas eu não vou estar à sua espera quando tudo terminar."

"Ah, não?"

"Não. Vou estar ao seu lado."

21 DE ABRIL

O som da risada da minha mãe reverbera do salão até o andar de cima. Ela e Stacy, amiga de Allie, estão trabalhando na pintura do castelo da Bruxa Má nos últimos dias. Faço uma pausa na minha tentativa de arrancar um rodapé, sem nem fingir que não estou prestando atenção na conversa.

"É um lugar muito legal", minha mãe diz. "Com clima de cidade pequena, mas com um monte de coisas para fazer. Fiquei por lá por quatro meses."

"Acho tão bacana você já ter passado por tantos lugares", Stacy diz. "Só fui até o Tennessee, e para ver minha família."

"Liv nunca gostou de viajar", minha mãe conta. "Nunca teve um espírito aventureiro. Não quer nem passar uns dias comigo em Phoenix. Queria que me ajudasse a ver a casa e as coisas da minha mãe."

A resposta de Stacy se perde no barulho quando um rádio é ligado no andar de baixo. Largo o pé de cabra e passo pelo local onde Brent e dois caras estão começando a instalar o piso de madeira. Saio para a varanda e respiro ar fresco.

Inveja. É essa a sensação feia e incômoda nas minhas entranhas. Já senti isso antes, todas as vezes que via as pessoas gravitarem em torno da minha mãe, fazendo elogios, querendo sua aprovação. Não tem cabimento ainda me sentir assim, mas não posso evitar. Minha mãe sempre se sentiu à vontade com outras pessoas. Desde que não fosse eu.

Obviamente, os outros não têm nosso histórico, mas isso não torna as coisas mais fáceis.

Vou embora do café mais cedo do que o planejado e passo algumas horas a mais no Museu Histórico, trabalhando no meu relatório sobre a Butterfly House. No caminho de volta para casa, ligo para Kelsey.

"Vai fazer alguma coisa hoje à noite?", pergunto.

"Tenho uma reunião sobre um congresso de meteorologia no Japão", ela fala. "Vou chegar em casa tarde."

"Que chato."

"Por quê? Algum problema?"

"Ah, você sabe. Minha mãe."

Ela dá uma risadinha. "Quando ela vai embora?"

"Parece que na semana que vem. Só não quero que ainda esteja aqui quando Dean voltar."

"E isso vai ser quando?"

"Ainda não sei. Mês que vem, talvez." Meu coração se aperta com a ideia de ficar tanto tempo sem ver Dean, mas tenho a convicção de que ele está melhor na Itália. "Boa reunião pra você", digo a Kelsey. "Me liga amanhã."

"Pode deixar. E mostra pra ela quem é que manda nessa casa."

Dou risada. Nós nos despedimos, e eu paro para pegar comida em um restaurante chinês. Ao chegar em casa, apoio a sacola no balcão da cozinha e vou para a sala.

Minha mãe está sentada no sofá, escrevendo alguma coisa em um bloco. Ela arranca a página e me entrega.

"Um advogado ligou atrás do seu marido", ela diz.

Meu coração se aperta. É o nome do advogado especializado em casos de assédio.

"Obrigada." Deixo o papel em uma mesinha e vou me trocar no quarto.

Quando saio de calça jeans e camiseta, Crystal ainda está sentada no sofá. Passo por ela, sentindo seu olhar sobre mim quando vou para a cozinha.

"Liv."

"Isso não é da sua conta."

"Por que ele precisa de um advogado?"

"Dean tem um monte de investimentos e coisas do tipo." Percebo que talvez essa não seja a coisa ideal a dizer. "Esquece."

"É um advogado de divórcios?"

"Não! Claro que não. E, de novo, isso não é da sua conta."

Não sou idiota. Com um clique ela pode descobrir de que tipo de advogado se trata. Eu poderia inventar alguma coisa, mas minha mãe não acreditaria. Já entrei no site do escritório Sterling & Fox. *Assédio sexual* está listado como sua especialidade.

Sinto o olhar da minha mãe sobre mim enquanto ponho a comida chinesa em tigelas e levo para a mesa.

"Se tem uma coisa de que não me arrependo", ela diz, "é de não ter me casado com seu pai. Teria sido um inferno me divorciar."

"Dean e eu não estamos nos divorciando. E não vou falar mais disso."

Para minha surpresa, ela não insiste no assunto. Como só um pouco antes de me trancar no escritório para ler pelo resto da noite. Só na manhã seguinte descubro que minha mãe já sabe. Odeio a internet às vezes. E eu poderia mentir melhor.

"É por isso que ele não está aqui?", ela questiona.

Faço que não com a cabeça e dou um gole no café ainda quente demais.

"É uma aluna?", minha mãe pergunta. "Ou outra professora?"

"Não é da sua conta."

"Mas é *alguém*", ela insiste, e só então percebo que só queria a confirmação de que estava certa.

"Não é nenhuma surpresa", ela comenta. "Ele é um homem bonito, e com todas aquelas jovenzinhas por perto..."

"Ah, pelo amor de Deus, dá um tempo", esbravejo. "Dean não fez nada de errado. Uma aluna ficou irritada porque a proposta de tese dela não foi aprovada e está usando a acusação para se vingar."

"Foi isso que ele contou para você?"

"Foi isso que aconteceu."

Minha mãe franze os lábios. "Nossa, Liv, você está totalmente cega..."

"Não! Acredite ou não, existem homens bons no mundo. E Dean é um dos melhores."

"Não precisa defender seu marido. Sei que você não quer a minha opinião, mas conheci muitos homens na vida, e ele não é quem está pensando."

"Você tem razão." Meus ombros ficam tensos. "Não quero sua opinião."

"Você nunca teve nenhum homem além dele, teve?"

Não respondo. Não posso. Como ela sabe?

"Já conheci homens iguais", minha mãe continua. "Ele é mais velho, muito mais experiente, bonitão, fala bem. Se conheceram quando você era jovem e precisava trabalhar para poder estudar. Ele tem dinheiro e prometeu cuidar de você. Pode dar tudo o que quiser, desde que dê o que *ele* quiser também..."

O nó na garganta me impede até de respirar. "Você não sabe nada a nosso respeito."

"Sei algumas coisas sobre homens manipuladores que querem forçar a mulher a ser o que eles querem."

"Dean nunca me forçou a nada."

"É claro que acha isso", ela responde. "Um homem como ele faz você acreditar que é o centro do universo. Que nunca usaria você. Mas, quando vê, você está sendo levada para onde ele quer, deixando que resolva tudo, enquanto garante a felicidade dele na cama. Dean sabe que tem uma vida boa. Mas você não consegue enxergar a verdade: que está sendo manipulada."

Meu peito dói. Cada célula do meu corpo contesta a avaliação sinistra e distorcida que ela faz do meu casamento.

"É melhor você calar a boca ou então sair daqui." Quase não reconheço a voz fria e cortante com que falo isso.

"Não fica irritada comigo", minha mãe diz. "Já fui jovem e ingênua. Foi exatamente assim que acabei engravidando de você. Fico incomodada de pensar que minha filha, que um dia foi uma garota de treze anos cheia de personalidade, tenha acabado assim. Sustentada por um homem, sem ter nada para chamar de seu."

Merda.

Não tenho como rebater isso. Conheço a verdade sobre nosso casamento. Conheço a verdade sobre meu marido. Mas essa alfinetada atravessa minhas defesas e me atinge em um ponto onde já estou machucada. E minha mãe sabe disso.

"Você está falando um monte de merda", rebato. "Quem sempre quis um homem para cuidar de tudo é você. É você que não tem nada para chamar de seu."

"E você sempre disse aos quatro ventos que não queria acabar como eu."

Merda. Merda. Merda.

"Não sou como você", retruco. "Não tenho nada a ver com você. Tenho meu próprio negócio agora. E uma vida aqui. Estou criando raízes. E, se o que quer é me fazer duvidar do meu casamento e do meu marido, pode esperar sentada. Não vai rolar."

"Não estou querendo fazer você duvidar de nada, Liv. Só estou analisando os sinais. O aborto, seu marido passando tanto tempo fora, o advogado... Está na cara que estão com problemas, que não consegue ver seu casamento como realmente é. Só quero que saiba que há uma saída."

"Você não tem moral para isso. Você nem me conhece! Não quero sua opinião nem seus conselhos, ouviu bem? E com certeza não estou atrás de saída nenhuma." Eu me obrigo a chegar mais perto. "Você precisa ir embora. Não quero mais você aqui."

Ela estende as mãos. "Certo, tudo bem. Mas estou preocupada com você. E a oferta para a viagem a Phoenix ainda está de pé. Você só precisa criar coragem."

Um arrepio gelado me percorre. Sei exatamente o que ela está querendo. Não suporta a ideia de que eu tenha algo que ela não tem. Quer que eu acredite em todas essas merdas para aceitar fugir com ela.

"Assunto encerrado", digo. "Já passou da hora de você arrumar outro lugar para ficar. Ou encontra um hotel ou vai para Phoenix agora. Aqui você não fica mais."

Não me importa mais para onde minha mãe vai, desde que seja longe de mim. Vou até o rack e pego o vhs com o comercial que ela fez.

"E pode levar isto aqui junto." Jogo a fita na mesa de centro, vou para o quarto e bato a porta com força.

16

DEAN

22 DE ABRIL

"Não quero que vá atrás dela." Aperto o telefone com força. A raiva domina minhas entranhas. Só porque concordei com isso, não significa que precise gostar. Muito pelo contrário. Estou detestando.

"Sua mulher na verdade me poupou esse trabalho quando entrou em contato comigo", Ben Stafford diz do outro lado da linha. "Eu pretendia mesmo ligar para ela para marcar uma entrevista. Só preciso fazer algumas perguntas básicas para confirmar o que você me contou."

"Não tem como ela ficar fora disso?"

"É o procedimento. Quando você volta para cá?"

"Não sei. Sou o organizador do congresso de estudos medievais que vai acontecer em julho. Preciso estar aí para isso, mas gostaria de voltar antes."

"Estou ocupado com outros casos, mas até o fim do semestre quero dar meu parecer ao conselho."

O que pode significar um desastre para mim. Encerro a ligação e telefono para casa, cerrando os dentes quando ouço a voz de Crystal.

"Residência de Olivia West", ela diz.

"É o Dean", aviso. "Cadê ela?"

"No café, acho. Como está a Itália?"

"*Italiana*. Avisa que eu liguei."

"Claro", responde Crystal. "Ela passou a mensagem do advogado?"

Meu peito se aperta. "Que advogado?"

"Sterling & Fox", ela explica. "Fui eu que atendi. Pensei que Liv precisasse de um para o divórcio."

"Claro que não, porra." Não quero me deixar atingir por Crystal, mas o uso das palavras "Liv" e "divórcio" na mesma frase me deixa espumando de raiva.

"Bom, todas as evidências apontavam para problemas conjugais", continua Crystal. "Mas agora sei que não é a especialidade do escritório."

Um mau pressentimento faz meus pelos se eriçarem. Quero desligar, mas não posso. Preciso descobrir o que ela sabe.

"O que o advogado falou?", pergunto.

"Ele só pediu para você ligar." Ela faz uma pausa. "Imagino que uma acusação de assédio sexual seja como uma de estupro. Não importa o resultado do julgamento, o estigma fica. Liv vai ter que aceitar o fato de que é casada com um homem com a reputação arruinada."

Uma névoa vermelha encobre minha visão. Minha voz assume um tom de ameaça. "Quero você fora da minha casa. E longe da minha mulher."

"Ela é minha filha", Crystal diz. "Já estive em posições... comprometedoras antes, Dean. Com certeza Liv também. Se você..."

Desligo antes que a fúria me domine de vez. Minha mão está tremendo quando tento ligar para Liv. Não ligo a mínima para o que Crystal Winter pensa de mim. Mas, se souber o que aconteceu com Liv em Fieldbrook e usar isso contra ela...

Arremesso o telefone em cima da cama.

As flechas chovem sobre minha mulher de todas as direções. Estou a milhares de quilômetros de distância.

Quero estar com Liv agora. *Preciso* disso. Minha vontade de protegê-la dessa tempestade de merda é visceral, instintiva. É a única coisa que posso fazer.

Deixando de lado a raiva, eu me sento para trabalhar e me distraio pela hora seguinte. Fico olhando para uma foto de Liv em cima da mesa, uma das mais comportadas que tirei na Butterfly House.

Eu já disse a Liv que moveria céus e terras por ela. E isso ainda vale. Vou lutar o quanto for preciso para proporcionar tudo o que ela nunca teve na infância — amor, segurança, felicidade, proteção—, mas agora a isso se soma uma necessidade desesperada de oferecer um casamento que seja *mais*, que ofereça coisas que ela nem sabia que queria.

Quero proporcionar a ela uma vida além do que nós dois esperávamos.

Essa vontade borbulha dentro de mim. Ligo para ela.

"Dean?", Liv atende, ofegante. "Que horas são aí?"

"Hã... onze, acho. Onde você está?"

"Em casa."

"E sua mãe?"

"Saiu para procurar outro lugar onde ficar."

"Ela quer que você vá embora. Quer que peguem a estrada juntas de novo."

"Não vou a lugar nenhum com ela, Dean, você sabe."

"Quando ela ficou sabendo sobre o Sterling & Fox?"

Liv solta um suspiro. "Ontem, mas como..."

"Liguei mais cedo e ela atendeu."

"Eu estava no mercado."

"Por que não me contou que ela sabe sobre a acusação?"

"Ela descobriu hoje de manhã. O que minha mãe te disse, Dean?"

Liv vai ter que aceitar o fato de que é casada com um homem com a reputação arruinada...

Minha garganta se fecha. Não consigo falar.

"Você está bem?", pergunta Liv.

Não, não estou bem. Estou a milhares de quilômetros de distância da minha mulher. Não posso me sentir bem com a carreira e a reputação em risco. Não posso me sentir bem com tamanha impotência.

"Dean?"

"Preciso estar ao seu lado. Preciso fazer alguma coisa."

"Eu sei."

"Liv."

"Estou ouvindo."

"Me diz que sabe que isso é um absurdo. Que Maggie Hamilton está mentindo."

"É claro que ela está mentindo."

"Em nenhum momento você achou que podia ser verdade?"

"Quê?"

"Você não se perguntou se era possível?" Meu coração bate com força. "Se eu poderia dar em cima de uma aluna?"

"Não, claro que não. Por que está me perguntando isso?"

"Já menti para você antes."

"Ai, Dean, para."

"Como pode saber que estou falando a verdade, porra?"

"Porque eu conheço você, seu imbecil! Você é o cara que consultou o *regulamento* da universidade antes de me chamar para sair."

"Anos atrás."

"E daí, acha que eu ia começar a duvidar *agora*? Depois de tudo o que a gente viveu?"

"Já aconteceu antes." Não consigo parar, preciso falar. "Outras alunas, professoras... Um monte de gente deu em cima de mim ao longo dos anos."

"Eu sei."

"Você sabe?"

"Claro! Você é bonito, bem-sucedido, inteligente... você é *você*. Não sou ingênua a ponto de pensar que não vão se jogar em cima de você."

"Eu nunca..."

"Dean." A voz dela fica mais aguda. "Não precisa nem dizer."

"Por que você acredita em mim?"

"*Porque conheço você*. Sou sua garota."

Claro que é. Essa é uma verdade concreta e inabalável.

"Dean, por favor. Minha mãe só está tentando me convencer de que existem falhas graves no nosso casamento..."

"Como assim, caralho? O que foi que ela falou pra você?"

"Nada de importante. Nada em que eu *acredite*. Mas é por isso que você precisava ficar fora por uns tempos de novo. Eu estava falando sério quando disse que podia lidar com ela sozinha. E com Ben Stafford também. Sei da verdade. Não ouse perder a confiança em mim ou em nós."

"Nunca, mas a situação está insuportável." Meu peito pesa. "Entendo o que está me dizendo, sei que não sou capaz de proteger você de tudo. Mas, puta que pariu, Liv, você não pode sofrer por minha causa de novo."

"E não vou! A não ser por estar longe de você."

"Então vou pra casa."

"Dean, você..."

"Conversei com Simon hoje de manhã para procurar uma forma de trabalhar de casa. Talvez só tenha que fazer mais uma ou duas viagens curtas a Altopascio. Dou um jeito. Não posso ficar longe de você até o fim de julho. E não vou."

Meu coração dispara enquanto espero a resposta. Foi ela quem quis que eu viesse, que me convenceu de que seria bom para mim, para nós. Topei trabalhar na escavação de bom grado, e está sendo divertido namorar Liv de novo.

Mas no fim das contas tudo isso significa ficar longe da minha mulher. E o único lugar no mundo em que quero estar é ao lado dela.

"Ai, Dean", diz Liv. "Você sabe que quero você em casa comigo. A gente *precisa* ficar junto, mas..."

"Não. Não tem 'mas', Liv. Eu vou pra casa."

"Frances falou pra você ficar, acha que vai ser bom pra sua carreira."

"Não estou nem aí para a Frances."

"Ela sabe que você está fazendo um bom trabalho aí."

"E estou mesmo." Eu me levanto e começo a andar de um lado para o outro. "Estou me saindo bem porque sei trabalhar direito. Mas nada do que eu fizer aqui importa se significa ficar longe de você. Estou cansado disso. Estou cansado da distância, de não te ver, de só conversar uma vez por dia, de bater punheta toda noite porque não posso estar ao seu lado... Não. Que se foda tudo isso, Liv. Eu nunca me escondi antes. E não vou começar agora."

Meu peito está ofegante. Apoio a mão na parede e respiro fundo.

"Liv."

Um silêncio suspeito se faz do outro lado da linha.

Ah, caralho.

"Liv, não chora." Bato a cabeça na parede. "Por favor."

"Não estou chorando." A voz dela sai embargada. "Dean, por favor... escuta, eu sei que parece que está tudo uma confusão, mas..."

"Não *parece*", eu interrompo. "*Está*. Desde o fim do ano passado, quando as coisas ficaram feias e eu não consegui dar um jeito. Depois veio aquela confusão com meus pais, a perda do bebê, a acusação mentirosa contra mim, a suspensão... minha nossa, Liv. Eu falei para a Frances que peço demissão se puser um ponto final nisso."

"Você disse isso?"

"O que mais posso fazer, porra? Stafford exige que eu fique quieto até a investigação acabar. Você está sendo arrastada para esse lamaçal bem na hora que decidiu montar seu próprio negócio. Não posso oferecer nada, Liv, nem a garantia de que ainda vou ter um emprego no ano que vem. As coisas não vão ficar piores pedindo demissão."

"Pelo amor de Deus, Dean, você nunca desistiu de nada na sua vida. Vai deixar aquela garota fazer você abrir mão de um emprego que adora?"

"Pode apostar que vou, se for..."

As palavras ficam entaladas na minha garganta.

Meu silêncio ressoa.

"Se for para me proteger", Liv completa.

Puta que pariu.

A raiva toma conta de mim. Aperto o telefone com força.

"Não vou mais ficar me desculpando", esbravejo. "Eu quero proteger você. Quero proteger minha mulher. Eu mataria por você, Liv. Talvez isso faça de mim um marido possessivo de merda, mas é o que sou. Que seja. Não vou mudar. Amo você demais."

"Eu sei que sim!", ela grita. "Sei que você faria qualquer coisa. É por isso que tenho tanto medo de que volte para Mirror Lake antes que a investigação acabe."

Fico paralisado. "Quê?"

"Dean, eu quis que você viajasse porque sabia que não ia aceitar ficar aqui sem fazer nada, mas também..."

"Você queria se virar sozinha, certo? E conseguiu. Mas agora não quer que eu volte?"

"Não! Não foi isso que eu..."

"Não foi isso que você disse?" Começo a andar de um lado para o outro. Sinto uma pontada forte no peito. "O que foi então, Liv? Preciso ficar fora até a minha volta ser conveniente para você? Preciso ficar batendo punheta e falando putaria até você decidir que a gente já pode voltar a ser um casal? Não quer que eu volte porque quer sempre resolver tudo sozinha?"

"Dean, quer calar a boca e me escutar?"

Ela está chorando. Minha garganta se fecha.

É isso? Eu a sufoquei tanto que não consigo ver o lado dela? É por isso que fez tanta questão de que eu viesse? Liv acha mesmo que não pode fazer nada comigo por perto?

Olho pela janela. O pátio da pousada fica borrado diante dos meus olhos.

Meu amor pela minha esposa é excessivo?

"Dean? Dean... você está aí?"

"Estou."

E sempre vou estar. Liv pode fazer o que quiser comigo, vou sempre voltar de joelhos. Sou dela desde o dia em que ficamos frente a frente naquela calçada e ela me perguntou sobre cavaleiros medievais com os cabelos bagunçados pelo vento.

E, apesar de fazer o máximo para proporcionar tudo a ela — como prometi que faria —, não suporto a ideia de que Liv acredite que ficarmos separados seja uma coisa boa.

Tento respirar fundo. Meu coração está disparado. As paredes se fecham sobre mim.

"Preciso que você me escute, Dean."

"Estou escutando."

Liv toma fôlego. "Quando pedi para você ir, eu sabia, sim, que era uma boa chance de começar a me virar sozinha. E foi isso que fiz. Mas..."

"O *quê*?"

"Se alguma coisa acontecesse aqui, se a Maggie começasse a espalhar boatos, se a denúncia vazasse... Eu sabia que você estaria mais seguro longe daqui."

Afundo na beirada da cama, deixando todo o ar sair dos meus pulmões.

"Você..."

"Só estava pensando na sua segurança", Liv admite, com a voz embargada. "Foi... era o único jeito que eu tinha de proteger você se alguma coisa ruim acontecesse. E de manter você longe da minha mãe. Já disse que não quero que ela envenene ainda mais minha vida, e acima de tudo não quero que envenene *você*."

"Ela... ela não consegue me atingir."

"Já atingiu. Você sempre teve raiva do que ela fez comigo, do que *não fez* por mim. E eu... eu sabia que, enquanto estivesse na Itália, você estaria longe das garras dela. Mas, como é teimoso como uma mula, também sabia que ia resistir com todas as forças se soubesse que o motivo para eu querer você longe era minha mãe. Consigo lidar com ela. Mas *você* não precisa fazer isso."

"Liv." Eu a imagino sentada na cadeira do meu escritório, com os joelhos colados ao peito, os cabelos caídos sobre o ombro. Estou prestes a desmoronar.

"Estou ouvindo", ela diz.

"Está tudo bem." Fecho os olhos. "Está tudo bem. Eu te amo."

"Sou sua", Liv murmura. "Sempre vou ser. Você disse que virei seu mundo desde a primeira vez que me viu. O mesmo vale para mim. Nunca vou me esquecer do momento em que levantei os olhos e dei de cara com você, Dean. Alguma coisa se abriu diante de mim naquele instante, uma coisa que eu nem sabia que existia. E quando você estendeu o braço para me tocar... não consegui nem acreditar na minha reação, na *atração* que estava sentindo. Era como se soubesse que era sua."

"Pode apostar que você é minha." Minha voz fica mais áspera. "Seu lugar é *comigo*. Não vou mais fazer isso. Não vou continuar longe. Preciso de você, porra."

"Ai, Dean." Liv solta um suspiro. "Você sabe que eu faço o que for preciso por você. Qualquer coisa."

"Qualquer coisa?"

"Qualquer coisa."

"Então se prepara, porque estou voltando para casa."

17

OLIVIA

28 DE ABRIL

Minha mãe vai ficar na casa do dono da oficina aonde levou o carro. O apartamento fica mais leve sem ela. Apesar de aparecer no café de vez em quando, não conversamos mais.

Tento não pensar no fato de que ela provavelmente ainda está aqui porque sente a perda da própria mãe de um jeito que nem consigo entender. E de que todas as suas tentativas inúteis de me convencer a acompanhá-la na estrada são uma forma patética de tentar compensar sua perda. Tento não pensar no fato de que na verdade até sinto pena dela.

No dia anterior ao retorno de Dean, vou à universidade para uma conversa com Ben Stafford, do jurídico. Ele é um homem alto e barbudo, com um nariz estreito que me lembra um pouco o inspetor Clouseau. Isso é um tanto reconfortante, porque eu vinha criando a imagem de um interrogatório brusco e violento.

"Quando conheceu seu marido?", o sr. Stafford pergunta, depois que nos acomodamos em sua sala.

"Quando eu estudava na Universidade de Wisconsin."

"No seu primeiro ano lá?"

"Sim, mas eu já estava com vinte e quatro. Tinha feito o primeiro ano em outra faculdade."

"E se formou em quê?"

"Biblioteconomia e literatura."

"Como vocês se conheceram?"

"Tive problemas na transferência dos meus créditos acadêmicos, e estava no administrativo tentando resolver isso. Ele ofereceu ajuda."

Ben Stafford me encara. "Ofereceu ajuda como?"

"Sugeriu que eu conversasse diretamente com os professores e pedisse que aprovassem meus créditos. Foi o que eu fiz, e resolveu o problema."

"Quando vocês começaram a namorar?"

"Algumas semanas depois, quando ele apareceu no café onde eu trabalhava." Começo a ficar nervosa, o que parece bobagem, porque estou dizendo a verdade. Mas nunca falei com ninguém sobre como conheci Dean, muito menos sobre nosso relacionamento, e fico com a impressão de que estou espalhando nossos segredos.

Eu sempre soube que minha dinâmica com Dean tinha algo de professor e aluna, principalmente por causa das nossas experiências de vida distintas, sem falar em sua confiança sexual e em seu histórico. Mas nunca houve nenhuma sensação sórdida de poder envolvida.

Tomo um gole de água e tento acalmar as mãos trêmulas.

"Você já teve aula com o professor West?", Stafford pergunta.

"Não."

"Já se matriculou em algum curso dele?"

"Não."

"E em aulas de estudos medievais?"

"Não."

Ele balança a cabeça e faz anotações em seu bloco de papel. "Você se lembra do seu primeiro encontro?"

Como eu poderia esquecer?

"Sim", respondo. "Dean me convidou para assistir a uma palestra que ia dar em um museu da cidade. Saímos para jantar depois."

"Ele insinuou algum benefício para sua grade curricular ou suas notas?"

"Não."

"Vocês conversaram sobre sua vida acadêmica?"

"Durante o jantar, sim, mas só por alto. Tipo sobre que aulas eu estava tendo e esse tipo de coisa."

"Você considerou estranho um professor chamar uma aluna para sair?"

"Não, porque eu não era aluna dele. E sabia que isso não era contra o regulamento."

"Em algum momento o professor West indicou que sua reação às investidas dele teria reflexo na sua vida acadêmica?"

"Nunca."

O sr. Stafford faz mais algumas anotações e continua com as perguntas — o quanto eu sabia sobre as aulas de Dean, se já tinha interagido com os alunos, qual era meu nível de envolvimento com seu trabalho.

A conversa continua por mais ou menos uma hora antes que Stafford se dê por satisfeito. Ele me pede para assinar um papel antes de desligar o gravador. Vejo um pequeno porta-retratos na mesa dele, com uma foto de uma loira e duas menininhas.

"Suas filhas?", pergunto, apontando.

Ele assente, cheio de orgulho. "Emma e Nellie. Têm sete e nove anos."

"Você deveria levar as duas para a inauguração do meu café", sugiro, tirando um folheto de uma pasta de dentro da minha bolsa. "É no começo de junho, e vai ter um monte de atividades divertidas, pintura facial e um pula-pula. E bastante comida de graça. Tudo de graça."

"Parece divertido." Stafford lê o folheto enquanto me acompanha até a porta. "Me desculpe por ter envolvido você no caso. Seu contato facilitou muito as coisas."

"Imagino que também tenha que investigar o histórico da srta. Hamilton." Eu me viro para cumprimentá-lo. "Para ver se ela já fez esse tipo de acusação antes."

Assim que essas palavras saem da minha boca, algo parece despertar no fundo da minha mente. Tento descobrir o que é enquanto Stafford responde formalmente.

"Estamos trabalhando em todas as frentes, pode acreditar. Como eu disse ao seu marido, é melhor que não tentem fazer contato com a srta. Hamilton. Todos os envolvidos devem se comunicar apenas através do jurídico."

Agradecemos um ao outro pelo tempo dispensado e então saio do escritório.

Do que estou tentando lembrar?

Enquanto caminho para o estacionamento, tento pensar em quando Maggie Hamilton me abordou no ano passado. Ela ficou irritada e fez um comentário sobre Dean esperar mais de suas alunas do que um bom desempenho acadêmico.

E o que mais? Por que sinto que estou deixando escapar alguma coisa importante?

Pego o celular e deixo uma mensagem para Dean dizendo que Stafford foi educado e respeitoso, e que a conversa foi tranquila.

Deixo de lado os pensamentos sobre a investigação e me concentro na alegria que é ter Dean de volta. Apesar de achar que sua passagem pela Itália fez bem para nós dois, sei que ele tem razão e que o próximo passo é arrumar um jeito de lidar com tudo isso *juntos*.

Vou para o café, onde Allie, Brent e alguns amigos estão trabalhando. Depois de cumprimentá-los, visto uma calça jeans velha e uma camiseta, pego um pincel e ponho a mão na massa.

"Está ficando ótimo." Allie entra na sala quando estou pintando a moldura da janela. "Brent vai trazer a tinta para os murais amanhã, e Marianne quer marcar uma reunião com a fornecedora de utensílios de cozinha esta semana para fechar o pedido."

"Estou livre todas as tardes", digo. "É só me avisar."

Conversamos sobre mais algumas coisas relacionadas ao café, então finalizo as janelas e saio para comprar pizza para o pessoal. Depois que comemos, continuo pintando até escurecer.

"Liv, a gente precisa ir", Allie grita lá de baixo.

"Vou ficar mais umas horinhas", respondo. Dean volta amanhã de manhã, e quero adiantar o trabalho para poder estar em casa para recebê-lo. "Estou quase terminando esta sala."

"É melhor você não ficar sozinha aqui. A gente termina amanhã."

Sei que ela não vai embora sem mim, então guardo as coisas e desço. Recuso a oferta de carona e vou andando para casa, curtindo o frescor do fim da tarde. As luzes dos postes estão começando a se acender, e o céu está coberto de nuvens avermelhadas.

Pego a correspondência e subo para o apartamento. Assim que entro no hall, meu coração dispara.

Tenho *certeza* de que Dean está aqui. Nem preciso vê-lo.

A ansiedade toma conta de mim. Largo a bolsa e a jaqueta e vejo que a mala dele está no sofá. Corro para o quarto assim que escuto a porta do banheiro se abrir.

Dean aparece, só com uma toalha em volta da cintura, os cabelos molhados e o peito reluzindo.

"Ah." Solto o ar com força. Sua beleza me atinge com força e me enche de satisfação. "Oi."

Seu olhar me percorre da cabeça aos pés, numa longa apreciação que faz meu coração disparar. É como um toque, fazendo faíscas se espalharem pelo meu corpo. Uma energia tensa e controlada emana de seu corpo. Ele ainda não fez a barba, e a fina camada de pelos em seu rosto combina perfeitamente com a tensão de seus músculos poderosos e a intensidade em seu olhar...

Engulo em seco, sentindo um aperto na garganta. "Eu... eu estava me preparando para receber você amanhã."

"É melhor se preparar para me receber agora mesmo." A voz dele sai áspera como papel sendo rasgado.

Dean vem andando na minha direção, flexionando os músculos. Não consigo me mover, fico apenas olhando para ele enquanto se aproxima com uma determinação que faz meu corpo inteiro estremecer de desejo. Seu olhar me imobiliza. A urgência se acumula dentro de mim. Estou ansiosa para passar os olhos pelos músculos do seu tronco e a parte da frente da toalha...

Mas não consigo desviar a atenção dos olhos dele, que sempre me observaram com tesão, amor e carinho. Não consigo ler o que está estampado ali agora, não dá para ver nada além da determinação contida que reverbera de cada fibra do seu ser. Uma combinação de ansiedade e excitação me invade.

Dean para a poucos centímetros de mim. Sinto o calor que emana de sua pele úmida. O cheiro delicioso de sabonete e *dele* penetra no meu sangue, me aquecendo toda por dentro. Uma gota d'água cai dos cabelos para o ombro descoberto, e fico tentada a seguir o rastro com a língua, lambendo seu pescoço...

Ele apoia as mãos na parede atrás de mim, me prendendo entre seus braços. Chega mais perto, me levando a recuar até encostar na parede. Sou envolvida por ele, engolfada pelo calor de seu corpo, seu cheiro é de dar água na boca, e estamos ambos dominados pelo desejo.

Levanto a mão para tocar seu rosto, passando os dedos em seu queixo com a barba por fazer, em seus lábios, em seu pescoço. Meu coração dispara. Seu olhar não desgruda do meu.

Ele se aproxima ainda mais e baixa a cabeça. Afasto os lábios para respirar fundo, desesperada por um beijo firme e possessivo que vai me encher de luxúria e demolir as barreiras que por acaso ainda existam entre nós.

Dean encosta os lábios nos meus. De leve, quase imperceptivelmente, mas posso sentir, então ele crava as unhas nas palmas das mãos de tanto desejo. O contraste entre a urgência implacável de seu corpo e o caráter contido de seu beijo é muito excitante. O pulsar no meio das minhas pernas se transforma em um latejar pesado.

Sem tirar as mãos da parede, Dean levanta os olhos para me encarar, então aponta com o queixo para minhas roupas.

"Tira."

Uma imensa pontada de desejo surge dentro de mim. Minhas mãos estão trêmulas. Abro a calça e a abaixo. Droga, não estou usando minha lingerie sensual de novo. Pelo menos estou depilada desta vez, mas pretendia recebê-lo toda linda e perfumada, com a calcinha de bolinhas e o sutiã de renda...

Tiro os sapatos e arranco a calça de uma vez. Dean aponta com o queixo para minha blusa.

"Isso também."

Seguro a blusa pela bainha e tiro pela cabeça. Meus mamilos se enrijecem contra o tecido esticado do sutiã. Abro o fecho frontal e jogo a peça com o resto das roupas.

O ar frio deixa meus mamilos sensíveis, loucos para ser tocados. Meu sangue pulsa forte. Quero que Dean agarre meus peitos com suas mãos grandes e belisque meus mamilos enquanto me beija com tanta intensidade e profundidade que eu me esqueça de quem sou.

Seus olhos queimam de desejo. Ele enfia o joelho entre minhas pernas. Meu coração salta de excitação. Por baixo da toalha, seu pau duro comprime minha barriga. Engulo em seco e encosto a cabeça na parede. Seus lábios roçam os meus, sua língua entra na minha boca, seu peito esfrega meus mamilos enrijecidos. Amoleço toda por dentro, me entregando a ele.

Sua contenção, porém, me leva ao limite. O suor brota na minha testa. Meu ventre pulsa sem parar. Fecho os olhos e deixo o cheiro dele me invadir, absorvendo a sensação de segurança proporcionada pelo confinamento de seus braços.

Ele move os lábios para minha bochecha, com a respiração quente. Passo as mãos por eles até chegar a seus ombros. Seus músculos se flexionam sob minhas palmas, e sou capturada pela urgência de acariciar seu peito, de sentir os músculos de seu tronco esculpido...

"Dean, me beija", peço quando ele passa a língua devagar pelo meu lábio inferior.

"Você quer que eu te beije", ele murmura, com a voz gutural e contida, "ou que te coma?"

Uma onda de calor me domina. "As duas coisas. Ah, por favor... as duas coisas."

Não é o que ele faz. Dean passa os lábios pelo meu rosto outra vez, descendo pelo meu pescoço, arranhando minha pele com a barba por fazer. Seguro seus ombros com mais força, sentindo um brilho se espalhar pelo meu corpo como se fossem raios de sol.

Ele ergue a cabeça de novo, passando os olhos pelos meus seios descobertos e meus mamilos enrijecidos. Em seguida, remexe os quadris, esfregando o pau em mim. Com o atrito da toalha e o volume quente mais abaixo, minha respiração fica presa na garganta. Dean solta o nó da toalha e a deixa cair no chão, mostrando finalmente o pau duro.

Eu me derreto, sentindo meus joelhos enfraquecerem. Fecho a mão em torno de seu pau grosso e sigo com os dedos os contornos das veias saltadas. Ele murmura alguma coisa baixinho, projetando os quadris para a frente.

"Mais forte", manda, com a voz rouca.

Fecho os dedos com mais força, passando o polegar pela cabeça úmida, do jeito que sei que ele gosta. Dean recua e avança outra vez, como se estivesse fodendo minha mão. Tremores percorrem meu corpo, na direção da parte inferior dele.

Dean põe a mão espalmada na minha barriga e a desliza para o meio das minhas pernas, pressionando meu clitóris com o indicador por cima do tecido da calcinha. Eu me largo contra a parede. Todas as células do meu corpo se mobilizam para o êxtase intenso e profundo que só ele é capaz de proporcionar. Dean chega mais perto, cola os lábios nos meus e aprofunda o toque do dedo enquanto sua língua percorre lentamente minha boca.

Sua mão inteira entra pela minha calcinha, então ele está dentro de mim, me acariciando com dois dedos. A tensão cresce depressa, incendiando meu sangue. Eu me rendo, me agarrando a ele enquanto sou inundada de sensações. Dean captura meu grito de prazer, levando uma das mãos à base das minhas costas enquanto as vibrações sacodem meu corpo até o âmago.

Ofegante, eu me afundo nele, sentindo meu coração pulsar enquanto ele arranca minha calcinha. A tensão reverbera pelo seu corpo, em um ritmo que conheço muito bem. Ele se afasta para pôr a camisinha, então me agarra pela cintura e me prensa contra a parede.

Seus olhos estão sérios, fervilhando de excitação. Antes que eu consiga respirar, ele põe um braço sob minhas coxas e me arrebata, cravando o pau em mim ao mesmo tempo. Outro grito escapa da minha garganta com a sensação de preenchimento.

Sua boca se cola à minha com força, e eu afasto os lábios de forma quase desesperada, precisando sentir todas as partes possíveis dele dentro de mim — seu hálito, sua voz, seu corpo. Lágrimas repentinas inundam meus olhos, e seu nome escapa da minha boca com um soluço. Minhas pernas doem. Eu me agarro a ele, sentindo-o entrar bem fundo, com seu pau pulsante e latejante chegando ao meu ventre.

Meu corpo se acende em uma combinação caótica de amor e desejo. Cravo os dedos nos músculos de suas costas quando ele tira mais um orgasmo de mim. Dean continua com as estocadas, cada vez mais aceleradas, mais profundas, até um tremor violento sacudir seu corpo. Ele solta um grunhido e se inclina para a frente, me apoiando na parede.

Mas não me larga, não tira as mãos de mim. Coloca o rosto no meu ombro, com a respiração acelerada, e me baixa lentamente para o chão. Estou tremendo tanto que meus joelhos fraquejam.

Ele me pega pelas pernas e me puxa para junto do peito, dando alguns passos na direção da cama. Enlaço seu pescoço, puxando-o para a cama comigo.

Dean afasta os cabelos da minha testa e acaricia meu rosto. Quando nossa respiração volta ao normal, eu me aninho ao seu lado e curto a sensação de estar de novo na nossa cama com ele. Seu braço pesado e musculoso me envolve. Apoio a cabeça em seu peito e pego no sono ouvindo o ritmo de sua respiração.

Quando acordo, com o corpo ainda mole e a pulsação acelerada, sinto o olhar de Dean sobre mim. Percebo que seus olhos estão carregados de centenas de sentimentos que não consigo definir. Levo a mão ao rosto dele, afagando seus cabelos bagunçados em seguida.

"Seu artigo sobre Notre-Dame era sobre o contexto socioeconômico da construção", murmuro. "Você analisou como o projeto das capelas influenciou sua função e serviu de modelo para a arquitetura francesa do gênero."

As rugas em sua testa se amenizam. "Você leu meu artigo."

"Encontrei todos no seu arquivo." Movi a perna para montar sobre suas coxas. Seu olhar se volta para meus seios descobertos.

"Você escreveu uma tonelada de coisas, professor West", comento. "Li até seu livro sobre as catedrais românicas. Aprendi que as estruturas são grossas e... enormes."

"Ah, é?" Ele acaricia a curvatura dos meus quadris e leva a mão às minhas costas.

Seu corpo está quente entre minhas pernas. Passo as mãos por seu peito musculoso, contornando com os dedos seu abdome. Me inclino um pouco para a frente para meus cabelos caírem sobre seu rosto.

"Aprendi um monte de coisas sobre arquitetura medieval com você", sussurro, encarando seus olhos acesos.

"Por exemplo?"

"Sobre formas abobadas." Beijo seu queixo. "E pilares rígidos."

"Humm." Ele aperta a minha bunda.

"Naves elevadas." Beijo seu nariz. "Colunas alargadas." Beijo seu rosto. "Membros estruturais."

Percorro com os lábios o caminho entre seu maxilar e a orelha para sussurrar: "Sistemas de sustentação mútua".

"Isso dá um tesão do caralho."

Dou uma risadinha e desço um pouco pelas suas coxas, levando a boca a seu pescoço, seus ombros lisos, as elevações de seu peito. A sensação de sua pele firme e seus músculos rígidos faz meu corpo inteiro se encher de calor. Encaixo uma de suas coxas entre as pernas e começo a me esfregar nele. Dean solta um grunhido e aperta meus quadris.

Continuo descendo, com as mãos espalmadas sobre sua barriga, até meus lábios chegarem ao seu pau, então o enfio dentro da boca.

"Ai, cacete, Liv..." Ele segura meus cabelos enquanto seu pau cresce na minha boca.

Adoro isso, o gosto salgado e masculino do meu marido, adoro senti-lo enrijecer, seus músculos se flexionando ao meu toque. Lambo a base, então levo a língua até a ponta e seguro firme. Quando sinto a tensão mais intensa, me afasto um pouco para pôr a camisinha nele antes de montar de novo.

Seus olhos estão faiscando de desejo quando me agarra pela cintura para ajustar a posição. Desço pelo seu pau, suspirando com a sensação de ser preenchida por ele. Apoio as mãos sobre seu peito e começo a cavalgar. Nossos corpos se movem sem parar, nossa respiração corta o ar. Chegamos ao limiar do orgasmo ao mesmo tempo, dominados pela necessidade e pela paixão, pela maneira suave e sem dificuldade como nos movemos, pelo nosso ritmo.

Eu me deito sobre ele, comprimindo os seios contra seu peito. Dean aperta meus quadris com mais força quando se empurra inteiro para dentro de mim, nos levando a uma gozada explosiva que só nós dois somos capazes de criar. Quando estamos no auge, ele me agarra pela nuca e me puxa para um beijo cheio de êxtase, que nos consome.

18

DEAN

Liv ainda está dormindo, parcialmente escondida sob as cobertas, com os cabelos espalhados no travesseiro. Eu me inclino para beijar seu rosto, sentindo seu cheiro de pêssego.

Vou para a cozinha e começo a preparar o café, apreciando a familiaridade de nosso apartamento. Fazia semanas que não entrava aqui. Por força do hábito, olho no relógio algumas vezes, apesar de não ter nenhum compromisso a cumprir.

Tentando conter uma pontada de irritação, pego duas canecas no armário. Nunca estive em uma situação assim, sem nada para fazer, sem nenhum lugar aonde ir. Havia sempre as aulas, o trabalho, as palestras, as pesquisas, as reuniões. Por mais que deteste ficar longe de Liv, ela estava certa quando sugeriu que fosse a Altopascio. Eu enlouqueceria se ficasse aqui à toa.

"Já são quase sete horas mesmo?" Liv sai do quarto de camisola, esfregando os olhos e bocejando. "Por que não me acordou?"

"Eu não sabia se devia. Você nunca levanta antes das sete."

"Ando acordando às seis", Liv conta. "Tenho coisas para fazer. Ei, olha você aí, de pé na cozinha, sem camisa e todo sensual."

Abro um sorriso e estendo os braços para ela. Liv vem me abraçar e se aninha ao meu peito, seu corpo quente e macio. Dou um beijo em sua cabeça e a abraço com força. É exatamente onde nós dois deveríamos estar.

Para minha agradável surpresa, voltamos à velha rotina com facilidade, como se nunca tivéssemos nos afastado, como se eu tivesse passado esse tempo todo aqui. Sirvo o café, ela arruma a mesa, preparo os ovos, ela põe os pães na torradeira. E faz carinho em mim sempre que se aproxima.

Exatamente como deve ser.

Depois do café, Liv se arruma e sai. Respondo e-mails e atendo ligações sobre a escavação de Altopascio, então vou me encontrar com Frances Hunter em um café perto de casa.

"Desculpe o atraso, Dean." Ela para ao lado da mesa, tentando equilibrar um café, um guarda-chuva molhado e a bolsa.

Levanto para ajudá-la, e ela reclama da chuva antes de se sentar à minha frente.

"Você parece cansado", Frances comenta.

"É a diferença de fuso."

"Como está Liv?"

"Bem." Melhor do que nunca, provavelmente. O pensamento alivia minha apreensão a respeito do que Frances pode ter para me contar.

"Como está indo o novo negócio?", Frances pergunta. "Vi uma matéria que o mencionava em uma revista de mulheres empreendedoras."

"Já saiu?"

"Uns dois dias atrás", Frances conta. "A reportagem ficou ótima. Conta a história do imóvel, da casa de chá e do café familiar que ela está abrindo."

Meu orgulho pela minha mulher não tem limites. Vou comprar a revista assim que sair.

"Bom." Puxo meu copo de café para mais perto. "Outro motivo para pôr um fim logo nesse pesadelo."

"Só mais algumas semanas, Dean", Frances me diz. "Vinte de maio."

"O que tem?"

"É quando Ben Stafford vai dar seu parecer sobre o caso." Ela tira a tampa do copo de café e dá um gole. "Se ele determinar que existem provas contra você, vai recomendar que a acusação seja levada adiante pelo conselho diretor. Caso contrário, o caso vai ser encerrado."

"Então o que acontece?"

"Ou você vai receber uma suspensão formal ou vai voltar ao trabalho."

Seu tom é tão frio e direto — *ou você toma um café normal ou um descafeinado* — que quase dou risada.

"Só isso?", pergunto.

Um sorriso aparece no rosto dela. "Fácil, né?"

"Minha nossa, Frances." Balanço negativamente a cabeça e dou um gole de café. "Com Hamilton espreitando por aí como uma porra de um cão de caça... E se ele resolver continuar investigando?"

"Não sei." Ela dá de ombros. "Mas, de verdade, duvido que tenha descoberto alguma coisa que possa ser usada contra você. Pelo menos Ben Stafford não disse nada. Você não está escondendo nada da gente, né?"

"Nada relevante para o caso. E não fiz nada de errado."

"Mudando de assunto", Frances diz, "o conselho diretor ficou impressionado com sua presença em uma escavação tão prestigiada, isso sem falar da bolsa e do congresso. Mesmo se Stafford recomendar a investigação do caso, o conselho vai ser mais... leniente agora. Ninguém quer perder você, Dean."

Cerro os dentes. "Mas se essa merda for em frente todo mundo vai ficar sabendo. E Hamilton continua acenando com a doação para a faculdade de direito... Estou fodido, Frances."

Ela não responde, mas nós dois sabemos que é verdade. Mesmo que por um milagre eu sobreviva a isso, a confidencialidade do caso vai para o espaço. Os professores, os estudantes, o pessoal do administrativo... todo mundo vai saber que uma aluna me acusou de assédio sexual.

E, por mais que eu odeie Crystal Winter, em uma coisa ela estava certa: o estigma vai ficar.

"Stafford vai interrogar meus outros alunos?"

"Só se ele der o parecer para prosseguir com a acusação."

"O que sabemos que vai acontecer." Olho pela janela. "Que puta pesadelo do caralho, Frances."

"Eu sei." Ela hesita. "Escute, se serve de consolo, você é muito bem avaliado na universidade. Seus alunos vão querer defender você."

Não quando ouvirem perguntas como: *O professor West já fez comentários sugestivos ou tocou você de forma inapropriada?*

"Não existe muita coisa que se possa fazer contra uma falsa acusação de assédio sexual", eu digo. "Até meu advogado admitiu isso. As consequências são brutais."

Ela não responde.

"Jessica Burke me disse que Maggie está falando merda de mim para os outros alunos", continuo. Meu peito se comprime. A sensação desagradável e sufocante de que é uma situação sem saída volta. "Não vai demorar muito para alguém sair dizendo que ela foi assediada por mim, mesmo se Stafford não quiser envolver o conselho na história."

"Lamento muito, Dean", diz Frances.

Apesar de saber que é verdade, também sei que não há nada que Frances possa fazer.

Eu me levanto da mesa. "Quer mais alguma coisa?"

"Não. Mas vou ficar mais um pouco." Ela olha para o café, com uma expressão de frustração e decepção.

Uma pontada de culpa me atinge. Foi Frances quem me contratou. Ela está desperdiçando tempo e energia com essa investigação. Se o caso chegar ao conselho, vai sobrar para ela também, isso sem contar que seria sua responsabilidade explicar a situação para os demais professores e os alunos do departamento.

Ponho a mão em seu ombro. O pedido de desculpas fica entalado na minha garganta. Por fim, consigo dizer: "Obrigado".

Ela põe a mão sobre a minha e acena com a cabeça. "Mande lembranças pra Liv."

Liv.

Sinto uma vontade repentina de ver minha mulher. Me despeço de Frances e saio. A chuva parou e o sol está começando a brilhar por entre as nuvens carregadas, aquecendo o ar da primavera. Vou andando pela Avalon Street e viro na altura do café.

Quando estou perto do Museu Histórico, uma senhora de cabelos brancos, terninho rosa e chapéu atravessa a calçada rumo aos degraus da entrada. Ela para e me olha com uma expressão de "conheço você de algum lugar" que as velhinhas tanto usam.

"É uma bela tarde", comento.

"É mesmo", ela concorda. "Você não é o marido da Olivia?"

"Sou." Estendo a mão. "Dean West."

"Claro." Ela sorri e fecha a mão enluvada sobre a minha. "Florence Wickham. Sou do conselho diretor do Museu Histórico. Nos conhecemos na festa de fim de ano."

"Eu me lembro. Que bom ver você de novo."

"Digo o mesmo. Pensei que estivesse viajando."

"E estava. Acabei de voltar."

"Ótimo. Adoramos a Olivia. O café dela vai ficar uma graça."

"Ela e as sócias estão fazendo um ótimo trabalho."

"Contei a ela que minha neta é superintendente do distrito escolar de Rainwood", Florence diz. "Tem muitos contatos nas associações de pais e mestres, e ficou empolgada com a ideia do Café das Maravilhas. Mesmo com tanto trabalho, Olivia está ajudando demais com a campanha pela Butterfly House."

Um calor invade minhas veias com a lembrança do que fiz com Liv nesse lugar. Retribuo o sorriso de Florence. "Ela está gostando de fazer a pesquisa."

"Você é historiador, não é mesmo?" Florence aponta com a cabeça para a porta do museu. "Posso pedir sua opinião a respeito de uma coisa?"

"Claro." Abro a porta para ela e a acompanho até os escritórios.

"Estamos tentando arrecadar dinheiro para restaurar a estrutura original da casa." Florence pega um monte de fotos e documentos e espalha sobre a mesa comprida. "Mas estamos sofrendo um bocado com as leis de zoneamento e coisas do tipo, o que está nos atrasando. E, como o terreno é bem valorizado, temos medo de que a prefeitura acabe nos forçando a vender para uma incorporadora, que demoliria a casa."

"Seria uma pena."

"Pois é. Queremos solicitar verbas públicas, mas para isso precisamos enfatizar o valor histórico da construção. É nisso que Olivia está trabalhando, e vamos anexar fotografias também. Como historiador, que elementos da casa consideraria mais importantes?"

Pego uma fotografia para examinar. "As características arquitetônicas mais distintivas do período e do estilo da casa. Como esses beirais com adornos, a torre poligonal, a varanda em torno da construção inteira. E os detalhes do interior, como os painéis de madeira e os medalhões de gesso."

Florence pisca, confusa. "Ainda não vimos o interior da casa."

"Hã, quer dizer... É como imagino que seja lá dentro." Limpo a garganta. "Por que vocês ainda não entraram?"

"Precisamos limpar e esvaziar tudo, mas não temos dinheiro nem mão de obra para isso." Florence encolhe os ombros. "É por isso que as coisas estão demorando tanto."

"Posso ajudar na limpeza."

Ela me encara. "Do interior da casa?"

"Claro. Só iria precisar de uma caçamba. Tem algumas peças de mobília que vocês podem querer manter e restaurar, mas também um monte de coisas de reformas anteriores que precisam ser descartadas."

"Como é que você sabe disso?"

Isso pode acabar me comprometendo, mas resolvo admitir: "Liv e eu entramos na casa umas semanas atrás. Só para dar uma olhada".

"Ah." Frances parece intrigada. "E ainda tem mobília lá dentro?"

"Está uma bagunça total", digo. "Mas, se quiser, posso começar a catalogar as coisas. Posso dizer o que vale a pena guardar e o que é melhor descartar. E posso tirar fotos dos detalhes do interior que têm relevância histórica."

"Ah, que maravilha!" Um sorriso surge em seu rosto, estreitando seus olhos. "Adoraríamos que você fizesse isso. Infelizmente não temos como pagar..."

"Estou me oferecendo como voluntário", respondo. "Estou de licença na universidade, então vai ser bom ter alguma coisa para fazer."

Florence bate palmas, toda empolgada, e me dá um abraço apertado com cheiro de talco.

"Tenho que ir para uma reunião do conselho agora mesmo", ela diz enquanto recolhe os documentos e a foto. "Vou falar sobre você para os outros membros. Vão ficar todos animadíssimos. Queríamos começar a mexer na casa, mas não tínhamos recursos."

Ela faz uma pausa ao chegar à porta. "Olivia conseguiu encontrar as chaves? Acho que ninguém sabe onde estão."

"Não preciso das chaves." Apesar de estar admitindo uma violação de propriedade, não acho que Florence vá se incomodar. "Dá para entrar por uma porta lateral. É só esgueirar um pouquinho."

"Ah." Ela calça as luvas até os punhos, me encarando com um olhar especulativo. "Bom, você é especialista em se esgueirar, não é mesmo? Imagino que não vá ter problemas."

Ela abre um sorriso e acena antes de sair.

Não faço ideia do que quis dizer, mas não tenho muita experiência em conversas com senhoras de idade.

Pego o celular e mando uma mensagem para avisar Liv aonde estou indo. Passo em casa para pegar uma caixa de ferramentas e outros equipamentos no depósito da garagem, então dirijo até o terreno imenso onde fica localizada a Butterfly House.

Depois de entrar pela tábua solta na porta lateral, percorro a casa toda de novo, estudando a mobília, analisando tudo o que precisa ser consertado e imaginando como ficaria com o restauro.

Então abro a porta da frente e começo a trabalhar.

7 DE MAIO

Só é necessário um telefonema. É quase um alívio, como se eu estivesse à espera do evento catalisador. O pretexto de que preciso para enfim confrontar o que está me atormentando há semanas.

É um dia quente, as árvores e as flores brotam, o sol está alto. Alguns barcos passeiam pelo lago, suas velas parecendo asas gigantes de pássaros. Depois de trabalhar algumas horas na Butterfly House, vou até o café convidar Liv para almoçar.

O lugar está incrível com as novas mesas e cadeiras, as paredes pintadas, os murais quase prontos e o piso de madeira novinho. Encontro Liv na cozinha, revisando algumas coisas com a equipe responsável pela comida.

Ela me lança um sorriso rápido e acena pra mim, então volta à discussão. Eu a observo, com o coração batendo forte como sempre que a vejo.

Liv parece diferente — mais confiante, na liderança — enquanto fala sobre estações e fluxo de trabalho, sistema de pedidos, especificações de compra.

Solto um suspiro, sentindo alguma coisa amolecer dentro de mim. É exatamente o que Liv queria, eu sei. Apesar de tudo o que estamos enfrentando, ela se manteve firme, encontrou um objetivo e conseguiu pôr em prática. Enfim descobriu sua própria força e se provou para si mesma.

Quando deixa os papéis de lado e vem falar comigo, estou sorrindo feito um bobo.

Liv interrompe o passo, com um olhar de divertimento. "Você parece feliz."

"Claro. Você está aqui, né?"

"Ah." Ela sorri e me dá um beliscão de leve no braço. "Essa foi boa."

"Quer ir almoçar comigo?"

"Só um minutinho."

Voltamos para o salão principal, e Liv vai para trás do balcão abrir o laptop. Eu me sento em uma das cadeiras, que tem o estofamento estampado com cartas de baralho em homenagem a *Alice no País das Maravilhas*, enquanto espero que Liv saia do computador.

O telefone toca. Ainda olhando para a tela, ela atende.

"Boa tarde, Café das Maravilhas."

Ela fica imóvel. Alguma coisa em seu jeito me faz ficar de pé na hora. Atravesso o salão em poucos passos, com a preocupação tomando conta de mim.

"Sim?", Liv diz ao telefone.

Ela se vira, e seus olhos se voltam para os meus. Meu instinto entra em ação, e sem pensar tento tirar o telefone de sua mão. Liv dá um passo atrás, com o telefone ainda colado à orelha.

"O quê?", ela diz, ficando pálida. "Não, não quero falar com ele."

Contorno o balcão e pego o telefone, com a certeza de que sei do que se trata.

"Aqui é Dean West", digo ao telefone. "Quem é?"

"Hã... Eu estava falando com Olivia West", responde uma mulher.

"Aqui é o marido dela." Estou quase arrebentando o telefone, de tão forte que aperto. "Quem está falando?"

"Aqui é Mary Frederick, assistente do sr. Edward Hamilton. Ele quer marcar um horário com a sra. West para falar sobre..."

Bato o telefone na cara dela, inundado pela raiva e com o coração a mil. Liv está me olhando preocupada. Dá para ver em seus olhos que ela percebeu o que esse telefonema significa. Edward Hamilton agora representa uma ameaça concreta para ela, e talvez para seu novo negócio.

"O que ele quer?", Liv pergunta.

"Me atingir." *Através de você.*

Edward Hamilton é um filho da puta, mas não é burro. Deve ter entendido sem demora que Liv é a única maneira garantida de me assustar. E que, se for atrás dela... vou fazer o que for preciso para protegê-la.

Liv também sabe disso.

Seus olhos castanhos estão cheios de medo, mágoa e preocupação. Uma dor aguda se instala no meu peito. Enquanto minha mulher e eu ficamos nos encarando no meio do café, a decisão se solidifica dentro de mim.

Estendo a mão para prender uma mecha dos cabelos dela atrás da orelha. É um pretexto para tocá-la. Não que eu precise de um. Na maioria das vezes, faço isso simplesmente porque quero. Porque posso. Porque ela é minha.

"Preciso que faça uma coisa para mim", digo por fim.

"Qualquer coisa."

"Você não pode mudar de ideia. Não me diga que quer falar com Hamilton para me defender, ou defender a gente. Não agora nem nunca. Vou enlouquecer se você falar com ele."

Liv me segura pelo punho. Minha pulsação está forte sob seus dedos. Ela faz que não com a cabeça.

"Não vou fazer isso", ela promete. "Jamais falaria com ele sobre nós."

"Certo." O alívio ajuda a derreter uma parte do gelo que sinto se formar dentro de mim.

"E se ele..."

Liv se interrompe, deixando centenas de questões no ar. Uma raiva poderosa envenena meu sangue enquanto imagino as respostas.

"Vou resolver isso." Me desvencilho da mão dela. "E você vai deixar."

Se tenho uma certeza no mundo, é de que a minha mulher me conhece. Ela sabe que não é um pedido ou uma negociação.

"O que você vai fazer?", ela pergunta.

"Vou conversar com ele."

Liv assente, e sua expressão fica séria. "Por favor, toma cuidado."

"Se a assistente dele ligar de novo, pode desligar", digo.

"E se *ele* ligar?"

"Ele não vai ligar." Vejo o número registrado no identificador de chamadas do café e o anoto no celular. "Vou dar um jeito nisso."

Não existe opção. Não com Hamilton assim tão próximo.

Em vez de levar Liv para almoçar, vou para casa para reservar um voo para Chicago no dia seguinte, programando a volta para o mesmo dia. Ligo para Frances Hunter, mas não estando muito a conversa. Peço desculpas. Ignoro seus protestos. Agradeço e me desculpo outra vez.

Em seguida ligo para o escritório de Hamilton e aviso que vou passar lá.

Na manhã seguinte, me despeço da minha mulher outra vez.

Sinto o toque quente e doce do seu corpo contra o meu, seus cabelos sedosos, a maciez de seu rosto, a pressão de seus lábios.

Só consigo pensar nela quando o avião aterrissa em Chicago, uma hora e meia depois. É só Liv que importa. Pego um táxi no aeroporto, e o motorista para diante de um arranha-céu no centro da cidade pouco depois. Entro com a pasta na mão e tomo o elevador até o décimo segundo andar.

O escritório de advocacia de Edward Hamilton é repleto de poltronas de couro e móveis de mogno polido. A recepcionista me cumprimenta com um sorriso e pergunta se quero um café ou um chá.

"Não, obrigado."

"Então me acompanhe, por favor. O sr. Hamilton está à sua espera."

Cerro os dentes quando entro na sala com vistas para o lago e uma mesa enorme, atrás da qual Hamilton está acomodado em uma cadeira de couro. Ele está ao telefone, mas faz um sinal para a recepcionista sair quando me vê.

"Ligo de volta daqui a pouco", diz, então desliga.

A hostilidade paira no ar. Ele aponta para uma cadeira.

Ponho a pasta no chão, mas continuo de pé. "Quero que deixe a minha mulher em paz."

Os olhos dele se estreitam. Hamilton pega um lápis e começa a batucar na mesa. "Claro que quer."

"Ela não tem nada a ver com isso."

"Stafford acha que tem", rebate Hamilton. "Temos provas de que você se envolveu com uma aluna no passado. Uma aluna que você seduziu e com quem se casou."

Cerro os punhos. A raiva borbulha dentro de mim.

"O que você quer?", pergunto.

"Você sabe o que eu quero", ele diz, ficando de pé. "Você fodeu com a cabeça da minha filha, e quero que desapareça. Ela não vai conseguir fazer nada enquanto você estiver na King's, e nunca vai conseguir o título com você. Mesmo se não for demitido pelo conselho, vou tratar pessoalmente de destruir você."

Todos os músculos do meu corpo se prepararam para a briga. Só preciso de um pretexto, de uma mísera brecha...

Hamilton volta os olhos para alguns papéis em sua mesa.

"Sua mulher teve um colapso nervoso, não é mesmo?", ele pergunta. "Perdeu a bolsa de estudos no... Fieldbrook College no primeiro ano. O que aconteceu exatamente? Segundo os registros, ela saiu por motivos pessoais, mas tem um relatório dizendo que um psicólogo..."

"Seu filho da puta."

Pulo por cima da mesa antes que possa me dar conta do que estou fazendo. Pego Hamilton pelo colarinho, e nós dois vamos ao chão. Meu punho acerta seu rosto. Ele solta um grunhido. Fico cego de raiva e o acerto de novo.

"Sr. Hamilton!" A voz da recepcionista atravessa nossa raiva.

Acerto mais dois socos em Hamilton, e já estou armando o terceiro quando dois seguranças me seguram e me tiram de cima dele.

Começo a lutar contra eles, furioso por ser contido. Quero que me larguem para que eu possa matá-lo. Os seguranças gritam. Hamilton levanta, limpando o sangue da boca.

A recepcionista vai correndo até ele. "O senhor está bem?"

Eu me desvencilho dos seguranças e levanto as mãos. Estou ofegante. Vou para o outro lado da sala.

"Quer que ele seja colocado para fora, senhor?", um dos seguranças pergunta.

Hamilton respira fundo e lança um olhar cheio de frieza para mim antes de fazer que não com a cabeça. "Não."

"Mas o senhor..."

"Deixa, Mary." Hamilton aponta para a porta. "Pode ir."

Lançando um olhar preocupado na minha direção, ela sai da sala de novo. Os seguranças ficam hesitantes, quando Hamilton os põe para fora.

"Vamos ficar na recepção", um deles avisa, então eles saem da sala e fecham a porta.

Cerro os dentes. Meus ombros estão tensos, prestes a explodir.

"Até onde quer levar isso, West?" Hamilton pega um copo d'água da mesa e dá um gole. "Quer ser processado por agressão e lesão corporal? Encarar um tribunal? Levar o que aconteceu ao conhecimento do conselho diretor e do corpo estudantil? Você sabe que sua mulher seria convocada como testemunha."

O medo domina minha raiva. Afasto da mente os pensamentos sobre Liv.

Ficamos nos encarando como dois cães de briga. O ódio me domina quando me aproximo de novo, com os punhos fechados e um tom de voz duro como pedra.

"Deixa minha mulher em paz", ordeno. "Você *vai* deixar minha mulher em paz, caralho. Se eu ficar sabendo que perguntou alguma coisa a ela, que tentou entrar em contato, que *disse o nome dela*, está morto. Juro que mato você, Hamilton."

"Podemos pôr um ponto final nessa história agora mesmo", ele responde, encolhendo os ombros. "Só depende de você."

Tento conter uma nova onda de raiva, pego minha pasta e saio. Respiro fundo algumas vezes, do lado de fora.

Pego um táxi até uma lan house para conectar meu laptop a uma impressora. Ligo o computador e abro um documento novo.

Não pensa. Só digita.

Caro reitor Radcliffe, cara professora Hunter e caros membros do conselho diretor,

Escrevo esta carta para pedir demissão do cargo de professor de estudos medievais na Universidade King's, com efeito imediato.

Diante das circunstâncias que me afetaram tanto no âmbito pessoal como profissional, é melhor para mim, para a universidade e para meus alunos que eu deixe o cargo.

Desfrutei imensamente de lecionar na King's, e lamento muito o rumo que a situação tomou. Farei o que for necessário para facilitar a transição para os alunos.

Por favor, recebam também minha mais sincera gratidão, além deste pedido de demissão.

Muito obrigado,
Dean West

19

DEAN

Depois de assinar e mandar três cópias impressas da carta de demissão em correspondência registrada, ainda tenho algumas horas antes do meu voo de volta. Vou andando até o Art Institute of Chicago e vejo as pinturas impressionistas, os vasos gregos, as serigrafias japonesas e as esculturas alemãs.

Subo a escada para o segundo andar e passeio pelo acervo de armas e armaduras. Paro diante de uma armadura completa do século XVI. O peitoral de aço tem uma perfuração para apoiar a lança ou para adicionar uma extensão ao equipamento, e o visor do capacete móvel. Um cavaleiro deve tê-la usado no campo de batalha ou em um torneio.

Meu cérebro se ocupa com fatos, mas é impossível deixar de pensar no homem que a envergava. É a parte da história de que mais gosto — pensar nas pessoas, nos homens que serviam seus senhores, nos votos de lealdade, no treinamento com montarias, armas, artes marciais, caçadas.

O código cavalheiresco. Honra, lealdade, sacrifício, dever, fé. Ideais que aprendi quando criança devorando as histórias de Galahad, Lancelot, Artur e Galvain. Então, aos treze anos, quando contei que meu irmão na verdade era meu meio-irmão, desrespeitei quase todos os princípios desse código.

Eu me sento em um banco e pego o celular. Mandei uma mensagem para Liv mais cedo avisando que chegaria em casa às dez. Abro o e-mail e escrevo pra ela.

Para: Minha bela
De: O cara que te ama

Entrei apressado no Jitter Beans naquela manhã, pensando em milhares de coisas. Palestras, tarefas burocráticas, o prazo de uma proposta de bolsa.
 O mundo parou quando vi você atrás daquele balcão. Foi uma experiência surreal. Senti que não podia ser você, Olivia R. Winter, a garota que três semanas antes me deixara sem fôlego.
 Mas era. Você estava explicando a diferença entre dois tipos de café a um cliente. Eu só queria tirar o cara do caminho, e estava pensando em alguma forma de fazer isso quando você desviou os olhos dele e me viu.
 Foi como se tivesse arrancado meu coração do peito e mandado para as estrelas. Olhei para você e pensei: "Eu poderia me apaixonar por ela".
 Não percebi que isso já tinha acontecido.
 Vou beijar muito você hoje à noite.

 Mando o e-mail e desligo o celular. Fico de pé e examino a armadura e as armas de novo. Às vezes nem mesmo todo aquele aço era suficiente para defender o homem dentro dele.
 Saio do museu e passo o resto da tarde caminhando pela cidade, então pego um táxi para o aeroporto. O ritual tedioso do embarque anestesia meus pensamentos. Uma bola de gelo se forma no meu peito.
 O voo está atrasado, e escrevo para Liv avisando. Com uma hora e meia de viagem de carro para Mirror Lake, já é mais de meia-noite quando enfim entro no apartamento e abro a porta do quarto.
 O abajur está aceso. Liv está deitada sob as cobertas, segurando um livro na mão, mas sua respiração se move no ritmo do sono.
 Ponho a pasta no chão e vou tomar banho. Visto a calça do pijama, tiro o livro da mão dela e dou uma olhada no título, *Uma árvore cresce no Brooklyn*. Ela me contou uma vez que adorava essa heroína, uma garota esforçada e cheia de imaginação que adora livros e tudo o que envolve escrita.
 Ponho o livro no criado-mudo e deito. Os lençóis estão quentes por causa de Liv. Eu me aninho junto a ela, ponho a perna sobre suas coxas e colo o rosto aos seus cabelos. Envolvo seu corpo com o braço. Respiro. Seu cheiro bom invade meu nariz.

Ela se mexe, se acomodando junto a mim, posicionando sua bunda contra minha virilha. Seus olhos estão pesados de sono.

"Ah, oi", Liv murmura, passando o rosto no meu ombro. "Tentei esperar você acordada. Recebeu as minhas mensagens? O que aconte...?"

Colo minha boca à dela, interrompendo-a. Um gemido leve escapa de sua garganta. Liv se vira para enlaçar meu pescoço, me acolhendo, me puxando para mais perto. Fecho os olhos e me deixo envolver por ela. A tensão se dissipa, substituída por uma faísca de luxúria que incendeia meu sangue.

Passo as mãos pelas curvas de Liv, puxando a bainha de seu top e o elástico da calça. Ela é sempre tão macia, tão quente, ainda mais quando está dormindo, como se mantivesse uma reserva de calor dentro de si que só irradiasse quando suas defesas estão desativadas.

"Como é que você consegue ser sempre tão quentinha?" Enterro o rosto em seu pescoço, colando os lábios em seu ombro.

"Por sua causa", Liv murmura, passando as mãos pelos meus cabelos. "Você acabou com a frieza e derreteu o gelo. Me fez desabrochar."

Sinto um aperto no peito. Quero me afogar em sua doçura. O calor do corpo dela acaba de aquecer o frio que restava em mim. Sua boca se abre, seus dentes roçam no meu lábio inferior, sua língua passeia pela minha. O tesão se espalha, bem-vindo, familiar. Empurro os quadris contra ela, para que sinta que meu pau está ficando duro.

Liv produz um ruído na garganta que ecoa dentro de mim. Todo o restante fica em segundo plano. Só existe ela, nós, o calor dos nossos corpos. Enfio as mãos por baixo de sua blusa, acariciando seu tronco macio e seus seios cheios.

Ela arqueia as costas, se inclinando na direção das minhas mãos, e seus mamilos se enrijecem. Aperto seus seios, passando os dedos pelos bicos durinhos, acariciando o espaço entre eles.

"Tira minha blusa." Liv leva a boca à minha, com seus olhos castanhos brilhando.

Obedeço. A urgência me invade quando vejo seus seios descobertos, os mamilos bem pontudos. Levo as mãos ao elástico da calça e a arranco e jogo no chão. Fico olhando para ela — minha linda mulher, com seus quadris sinuosos, a curvatura de seus ombros e de sua cintura, os pelos escuros no meio das pernas, sua barriga, o arco de seu pescoço.

Vou para a cama, jogando as cobertas de lado para me posicionar no meio das pernas dela. Meu pau duro pulsa por baixo do tecido da calça. Ponho as mãos na parte interna das coxas dela, acariciando sua pele macia antes de abrir suas pernas.

Ela afunda no travesseiro, me olhando, com a respiração acelerada e o rosto vermelho de prazer. Está cheia de tesão. Escorrego um dedo para dentro dela, sentindo meu sangue pulsar quando ela geme e se abre toda para mim.

Tão fácil. É tudo tão fácil com ela. Sei exatamente do que gosta, quer e precisa. Passo os dedos em movimentos circulares pelo clitóris e afasto um pouco mais suas pernas para levar minha boca a ela.

"Dean!" Liv se inclina para a frente com um suspiro.

Interrompo o movimento e sinto seu cheiro, esperando que se deite de novo. Seguro seus quadris e a posiciono como quero. Seu sabor toma conta dos meus sentidos. Meu pau lateja, e me ajoelho no chão para me esfregar na cama.

"Ai, nossa..." Liv solta um grunhido, passando as mãos pelo corpo, apertando os seios. A tensão reverbera pelo seu corpo. "Que delícia..."

Movo as mãos para segurar suas coxas e enfiar a língua dentro dela. Liv solta um grito de prazer, colando as pernas aos quadris, se abrindo por inteira. Seus gritos vão ficando mais altos, e um fluxo de prazer invade meus ouvidos e silencia todo o resto.

Ela estende os braços para segurar meus cabelos, contorcendo o corpo sob meu toque. Quando goza, seu corpo inteiro se flexiona e estremece. Ela eleva os quadris e solta um grunhido pela garganta.

"Dean, ah... vem logo, por favor..." Ela me puxa para si, me pegando pela nuca para me beijar.

Liv é toda macia e emana calor, com seus seios se comprimindo contra meu peito. Monto em cima dela, segurando-a na cama com o peso do meu corpo. Quero envolvê-la, cercá-la, consumi-la. Suas mãos descem para minha calça.

"Tira isso", ela murmura, beijando meu ombro.

Arranco a calça e pego no meu pau latejante. Uma urgência me invade. Meu sangue está inflamado. Liv se vira de lado para abrir a gaveta do criado-mudo.

Eu a seguro pelo pulso para impedi-la. Ela prende a respiração e arregala os olhos. O ar entre nós fica elétrico, carregado de excitação e possibilidades.

"Quero gozar dentro de você." Minha voz sai áspera.

Alguma coisa ganha vida no rosto dela, mas não consigo definir nem entender o que é. Beijo seu rosto, seu pescoço e de novo sua boca. Liv põe a mão no meu peito, bem no meio, como se quisesse sentir minha respiração.

Tudo dentro de mim é preenchido por *ela*.

"Deixa." Colo a testa na dela. Meu peito arde.

"Deixo." Liv respira fundo, e seus olhos se enchem de ternura ao procurarem pelos meus. "Claro, amor da minha vida."

Ela passa as mãos nas minhas costas e se contorce sob mim, abrindo as pernas e me puxando para perto. Além do prazer físico que se espalha pelas minhas veias, alguma coisa acontece dentro de mim, como placas tectônicas se encaixando.

Liv passa a mão pelo meu abdome e fecha os dedos em torno do meu pau. Seu toque quase me faz gozar. Sua respiração é quente na minha orelha. Eu me mexo de novo para ajustar a posição antes de me enfiar nela com um grunhido. As sensações explodem dentro de mim. Liv envolve meus quadris com as pernas e meu pescoço com os braços, gemendo sem parar enquanto entro e saio dela.

Quero que dure para sempre, o aperto dela em torno do meu pau, seu corpo quente e úmido contra o meu, o balanço de seus seios. Continuo metendo até o tesão dominar meu cérebro e o instinto tomar conta. Meus músculos se contraem quando acelero a movimentação, os gritos de Liv incendiando meu desejo.

Apoio uma mão de cada lado da sua cabeça, querendo que ela me sinta por inteiro. Liv abre mais as pernas. Nossos olhares se encontram em meio ao ar pesado. Suor escorre pelo meu peito. Dou mais uma estocada, estendendo a mão para acariciar seu clitóris com o polegar.

Adoro tudo isso, ela toda aberta para mim, se contorcendo, desesperada para gozar, beliscando os mamilos, os cabelos caídos sobre os ombros. Com mais uma esfregadinha com o polegar, Liv goza com um grito, apertando meu pau. Eu me enterro dentro dela, baixando a boca até a sua — aberta, molhada, quente.

Liv aperta meus braços e crava os dentes no meu lábio inferior. Minha cabeça começa a girar, e todo o meu corpo se volta para a necessidade de marcá-la, reivindicá-la, torná-la minha de novo.

"Sou seu", murmuro. "Por inteiro."

"É, sim."

Liv envolve minhas pernas com as suas e crava as unhas nos meus ombros, passando os lábios pelo meu queixo. A tensão se espalha pelo meu corpo inteiro. Enfio fundo dentro dela quando o prazer explode em um jorro, transbordando dentro dela.

"Dean, eu... estou sentindo", Liv sussurra, ofegante. "Ah..."

Desabo em cima dela, com a respiração acelerada e o pau ainda lá dentro. Liv estremece inteira. Seus olhos estão cheios de lágrimas. Seguro seu rosto entre as mãos para beijá-la — na boca, nas bochechas, no queixo, no nariz, nas pálpebras.

Rolo para o lado e a puxo comigo, colocando-a quase montada sobre mim. Ela afunda o rosto no meu ombro. Suas lágrimas umedecem minha pele. Acaricio suas costas, seus cabelos, sinto seu cheiro doce.

Liv está tremendo. Seu coração bate forte contra meu peito, no ritmo do meu. Ela esfrega o rosto molhado no meu ombro. Começo a ser dominado de novo pela necessidade de proporcionar tudo a ela, cuidar dela para sempre, provar o quanto a amo o tempo todo.

"Muito bem, linda." Dou um beijo em sua testa e a abraço com força. "Vamos ver o que acontece."

20

OLIVIA

Acordo sobressaltada, com o coração disparado. Por um momento, não consigo lembrar por que meu corpo está pulsando, quase dolorido, por que os lençóis estão enroscados na minha perna. Então escuto o som do café sendo moído e me transporto para um ano atrás, acordando com o barulho do meu marido fazendo café depois de uma noite de sexo deliciosa.

Vou me arrastar até a cozinha, onde Dean vai estar com um terno feito sob medida, com uma camisa cinza e uma gravata listrada, o retrato perfeito do professor universitário bem-sucedido se preparando para um dia de palestra sobre a arquitetura concêntrica dos castelos...

Então a realidade aniquila meu desejo quase desesperado. Com um grunhido leve, eu me viro e enfio a cara no travesseiro de Dean. Sinto seu cheiro. Tento não pensar que estão invadindo nosso mundo. Como ervas daninhas arruinando um campo de girassóis.

Não. Não vou permitir isso. Não aqui. Ainda consigo sentir Dean em cima de mim, seu peso entre minhas pernas, sua voz grave contra meu ouvido.

"*Quero gozar dentro de você.*"

Minhas coxas ainda estão úmidas. Estremeço. Um milhão de sentimentos misturados vêm à tona, mas são todos eclipsados por um amor puro e radiante.

Eu me levanto da cama e vou ao banheiro escovar os dentes e jogar água no rosto. Visto o roupão e vou para a cozinha. Dean está apoiado no balcão lendo jornal, vestindo apenas a calça do pijama, com os cabelos bagunçados e a barba por fazer.

Paro na porta para admirá-lo, sentindo um calor se espalhar dentro de mim quando olho para seu peito, seus braços fortes e musculosos, o peitoral avantajado, o abdome que adoro traçar com os dedos.

A calça está baixa na cintura, o suficiente para revelar o V apontando para a virilha, e imagino meus lábios passeando por ali, seguindo o caminho até lá embaixo...

"Ah, meu marshmallow."

Levanto os olhos com a respiração um pouco acelerada. "Hã?"

Ele aponta com o queixo para meu roupão fofinho com um olhar divertido.

Opa.

Finalmente tenho camisolas de renda e robes de seda combinando, mas, em vez de aparecer toda sensual, coloquei meu velho roupão e nem dei uma ajeitada nos cabelos.

Encaro Dean e tento arrumar os fios. Só *ele* consegue ficar todo lindo e gostoso mesmo desarrumado.

Meu marido deixa o jornal sobre o balcão e vem até mim, passando os braços em torno da minha cintura e me puxando para junto de si. Suas mãos apalpam meu roupão grosso.

"Sei que você está aqui em algum lugar", ele murmura, franzindo a testa.

Dou um cutucão em seu peito. "Posso estar sem roupa por baixo do roupão, sabia?"

"Ah, é?" Ele me lança um olhar intrigado. "Então vamos ver se consigo arrumar uma forma de libertar essa nudez maravilhosa do confinamento."

Ele cola os quadris contra mim e começa a me apalpar de forma mais agressiva, levando as mãos para a faixa que amarra o roupão. Penso em fingir indignação, mas descarto a ideia quando ele desfaz o nó e abre o roupão.

Dean solta um longo suspiro de admiração ao contemplar meu corpo nu. Só esse olhar me arrepia inteira e faz meus mamilos se enrijecerem.

"Eu queria poder lamber você dos pés à cabeça", Dean comenta, com uma voz áspera que faz crescer minha excitação.

"E eu queria que você fizesse isso." Levo a palma à sua virilha, e uma empolgação me percorre quando sinto seu pau endurecer ao meu toque. O ar fica carregado de eletricidade quando ele baixa a cabeça para me beijar.

Um gemido escapa da minha boca quando meu corpo, ainda em chamas por causa de ontem à noite, reage com uma onda de prazer. A tensão se espalha pelo corpo de Dean, que esfrega o pau na minha barriga. Ele leva as mãos até meus seios, com os lábios ainda colados aos meus.

Me deixo levar pelo turbilhão sem hesitar, enlaçando seu pescoço e apertando os lábios junto aos dele. Ainda estou com o roupão aberto, e o contraste entre o tecido quente e o ar frio que atinge a parte da frente do meu corpo é muito excitante.

Dean recua alguns passos, agarra minha bunda e me coloca no balcão da cozinha. Abro as pernas enquanto ele se posiciona, com a respiração quente junto ao meu pescoço. O calor aumenta. Me projeto para a frente para esfregar meu sexo contra o volume em sua calça, envolvendo seus quadris com as pernas.

Um clima febril se faz. Com mais um grunhido, ele morde meu lábio inferior e põe uma das mãos na parte de baixo das minhas costas enquanto solta o cordão da calça e a abaixa até o chão. Meu coração dispara quando ele acaricia o pau da base até a ponta, passando o polegar na cabeça molhada.

Dean se posiciona melhor e me penetra. Me agarro nele para me estabilizar, incapaz de me mover na posição precária em que me encontro quando começam as estocadas. Cravo os dedos em seus ombros largos, delirando com as sensações que se espalham com meu sangue. Nossos lábios se encontram, sua língua entra na minha boca e tudo dentro de mim se abre, se rendendo a ele.

Dean baixa a mão para passar os dedos no meu clitóris, com seu pau pulsando dentro de mim, então sinto quando ele goza bem fundo dentro de mim. Apoio a cabeça em seu ombro. Ele me acaricia com mais força, segurando minhas costas com a outra mão quando o prazer explode dentro de mim.

Ainda trêmula, eu o envolvo com os braços e as pernas para me segurar. Quando as sensações aliviam, Dean me tira do balcão, me abraçando e me puxando para si. Apoio a testa em seu peito, sentindo o cheiro de sua pele.

"Opa", Dean diz, me beijando no rosto. "Meu café esfriou."

"Café frio, esposa quente." Abro um sorriso e dou um beliscão na bunda dele. "Não falei que esse roupão deixa você louquinho de desejo?"

"O que tem por *baixo* desse roupão é que me deixa louco de desejo", ele responde, apertando meus seios antes de se afastar e fechar o roupão para mim.

Amarro o cinto, me sentindo quente e relaxada enquanto aquecemos o café. Eu me sento à mesa com uma tigela de cereal, olhando os e-mails.

Um arrepio percorre minha pele quando vejo um com as informações do voo dele. Baixo a colher e fico olhando para Dean, que chega com um café e um prato de torradas.

"Então... como é que foi ontem?", pergunto, tentando manter o tom de voz casual, apesar de toda a ansiedade.

Ele não responde. Simplesmente puxa a cadeira e se senta, com todos os músculos contraídos e sem olhar para mim.

Isso me deixa ainda mais assustada.

"Dean?"

"Mais tarde." Ele levanta a cabeça e me lança um olhar carinhoso enquanto estende a mão e passa um dedo no meu lábio inferior. "Falamos sobre isso mais tarde, certo? Por enquanto só quero... isso."

Faço que sim com a cabeça, cedendo à vontade dele, apesar do medo profundo. Depois do café, Dean vai para o escritório e eu me deixo levar pela ilusão provocada pela nossa manhã — de que somos apenas nós, passando um dia feliz juntos.

A chuva começa a bater nas janelas. Dean sai do escritório perto do meio-dia. Fico sentada no sofá com minha velha colcha de retalhos, lendo uma biografia de um escritor medieval que encontrei em uma estante. Ponho o livro de lado e o observo. Seus olhos estão preocupados. Uma tensão paira no ar.

Afasto a colcha para Dean poder se sentar do meu lado. A sensação do seu corpo forte e musculoso junto ao meu me reconforta.

Ele se inclina para a frente, com os cotovelos nos joelhos e a cabeça baixa. Fico só olhando, com o coração tomado pelo medo e tamanha apreensão no peito que fica difícil até respirar. Me ajoelho no sofá e ponho a mão sobre sua perna.

"Dean?"

"Quando a gente se conheceu, me senti como se tivesse despertado", ele diz, olhando para o chão. "Como se tudo antes de você fosse só um prólogo da minha verdadeira vida. Passei todos aqueles anos à sua espera, sem saber disso, ou mesmo que você *existia*. Assim que pus os olhos em você, percebi que faria de tudo para que fosse minha. E mesmo quando consegui isso... estar com você era apavorante para mim."

A confissão que ele fez no começo do nosso relacionamento ecoa na minha mente. *Você é a primeira mulher que me faz ter medo. Por estar vivendo uma coisa tão boa. De que não dure. De perder você.*

Uma pontada de amor surge em meio à apreensão. Viro a mão para cima para podermos entrelaçar os dedos.

"Não quero mais ter medo", Dean me fala.

"E não precisa", digo. "Não comigo. Você sabe como eu estava nervosa no nosso primeiro encontro, sabe que me encolhi toda quando me tocou, que saí correndo quando me dei conta do tamanho do meu desejo. Mas você foi tão gentil, Dean, tão carinhoso e acolhedor, que senti vontade de ficar aninhada no seu calor para sempre. E me envolveu de um jeito que fez meu medo desaparecer. Quero a mesma coisa para você também."

Dean segura minha mão. Sinto sua aliança pressionando meus dedos. Fico admirando os contornos de seu perfil, seus cabelos caídos sobre a testa, seu pescoço robusto.

"Eu pedi demissão, Liv."

Só quando ele diz as palavras eu percebo que já esperava por isso. Mesmo assim, elas queimam dentro de mim, fazendo uma dor se espalhar pelo meu corpo.

"Não." Minha voz está embargada.

Meu marido se vira para mim, com uma expressão bem séria. "Eu sei. Não conversei com você antes. Exatamente o que você me pediu para não fazer. Mas dessa vez não foi para te proteger que não contei."

"E por que... por que foi então?"

"Porque não teria conseguido fazer se contasse." Ele fica de pé e vai até a janela, observar o dia cinza e úmido. "Não teria coragem de olhar nos seus olhos, sabendo como ficaria chateada. Eu estava... em certo sentido, estava tentando *me* proteger. Não podia fraquejar. Isso só ia tornar as coisas mais difíceis ainda."

Levo as mãos ao rosto. A raiva e a tristeza borbulham dentro de mim. Isso não pode estar acontecendo. Não com Dean. Ele trabalhou tanto. Perder a posição que conquistou a duras penas no mundo acadêmico vai acabar com meu marido. As coisas não podem terminar assim.

Tento conter as lágrimas que inundam meus olhos quando atravesso a sala e o abraço por trás, me colando nele. Então deixo que caiam, ensopando sua camisa, estremecendo toda com o choro.

"Desculpa", ele diz.

Faço que não com a cabeça, enxugando o rosto. "Não ligo de você não ter me contado, Dean. Mas não entendo por que fez isso *agora*. Não sabe nem se Stafford vai recomendar que a investigação continue. Ele não tem nenhuma prova contra você, então como..."

Eu me interrompo quando compreendo.

Claro.

Meu cavaleiro gentil. Meu marido lindo, forte e corajoso que me ama mais do que eu considerava possível.

O homem que poderia me dar as estrelas, a lua, o sol. Que enfrentou monstros por mim e comigo. Que se embrenhou em terrenos pantanosos por nunca titubear em sua crença de que nosso destino é ficarmos juntos. Ele faria qualquer coisa por mim. Por nós.

Meu marido é uma bênção rara, perfeito e falho ao mesmo tempo, meu por inteiro, sem reservas.

Eu o abraço com mais força. Absorvo sua força resoluta. Pressiono o corpo contra suas costas. Alguns minutos depois, o ritmo da minha respiração sincroniza com o dele.

Fico de frente para Dean e o seguro pela nuca para forçá-lo a me encarar. O sofrimento é visível em seus olhos, mas ele me deixa beijá-lo.

"Você prometeu que ia me beijar muito", murmuro. "Que tal começar agora?"

O afeto ameniza um pouco o aspecto sombrio de sua expressão quando ele segura meu rosto entre as mãos e cola a boca à minha. Um tremor suave se espalha por mim quando entramos no ritmo delicioso de um beijo que sempre é ao mesmo tempo familiar e deliciosamente novo. Abro os lábios junto aos dele, deixando sua língua deslizar na minha.

Dean me abraça pela cintura e vamos para o sofá. Eu o empurro e me sento sobre ele, me esparramando sobre seu corpo forte quando nossas bocas se juntam de novo. Dean passa as mãos nas minhas costas. Ponho uma perna entre as dele e me deixo levar pelo prazer.

Não ouço fogos de artifício, sinos tocando ou estrelas colidindo. A terra não se move sob nossos pés. Somos só nós dois, Liv e Dean, trocando beijos longos e profundos com os corpos pressionados um contra o outro e os corações batendo em uníssono. Minhas curvas se acomodam às linhas retas de seu peito, meus cabelos caem sobre o rosto dele e nos escondem em um mundo só nosso.

Nossos lábios se movem sem se descolar, as línguas se acariciando, a respiração se misturando. Me mexo para beijar seu rosto, seu queixo, segurando seus braços. Ele me pega pela nuca enquanto percorre com os lábios meu pescoço, onde minha pulsação está disparada.

Tudo dentro de mim se ameniza em resposta à sua força, sua convicção inabalável de que nosso casamento vale qualquer risco, qualquer briga, qualquer sacrifício. E agora sei que, durante todos esses anos, meu marido não esteve protegendo só a mim. Esteve protegendo o laço intenso e precioso que compartilhamos, que é mais do que desejo, mais do que carinho, mais do que adoração, mais do que amor.

PARTE III

21

OLIVIA

Durante um tempo, perdi de vista o que significava ser corajosa. Esqueci que é algo que Dean ama e admira em mim, que uma vez me disse que fui eu quem o ensinou a começar uma nova vida. Esqueci que fui aquela menina de treze anos que deixou para trás a própria mãe. A jovem de dezenove anos que se fortaleceu para enfrentar o mundo outra vez depois de buscar refúgio em Twelve Oaks.

Eu não tinha nenhum plano depois de sair do Fieldbrook College na metade do primeiro ano, destruída pelas consequências do abuso e dos boatos maldosos espalhados a respeito. Perdi tudo o que tinha conseguido com tanto esforço — minha bolsa de estudos, minha reputação, meu futuro, minha autoestima.

Só sabia que precisava ir embora, cair na estrada, e por um tempo nem me preocupei em não acabar como minha mãe.

Coloquei as minhas coisas no meu carro velho e disse para a tia Stella que ia visitar uns amigos. Apesar de não ter um destino claro em mente, parti para o oeste, na direção do mar, das montanhas e do pôr do sol. Só no meio da viagem me lembrei de que havia um lugar seguro no mundo, então segui em frente por três mil quilômetros até o norte da Califórnia.

Nem sabia se North ainda estava em Twelve Oaks, ou se conhecia alguém lá. No meu esforço para me desvencilhar da minha mãe, havia cortado todos os laços com o passado. Mas, enquanto dirigia pelas estradas serpenteantes das montanhas de Santa Cruz, sabia que seria bem recebida por quem quer que estivesse na comuna àquela altura.

O vale parecia o mesmo dos meus treze anos — um mar de colinas baixas cobertas de grama e árvores, as encostas inclinadas que levavam à praia em meia-lua. Fui andando até a sede do lugar.

Meu estômago se revirou. O buraco da fogueira continuava lá, perto do celeiro, cercado de bancos. Me perguntei se ainda se reuniam ali depois do jantar para conversar e tocar violão.

"Posso ajudar, mocinha?" Uma mulher com cabelos curtos e grisalhos se aproximava, vinda da horta.

"Meu nome é Liv", falei, de repente me sentindo apreensiva. "Eu fiquei... eu morei aqui com minha mãe alguns anos atrás."

"Ah." As rugas na testa dela se aliviaram um pouco. "Quer falar com alguém em especial?"

"Sim." Limpei as palmas das mãos na calça. "Na... na minha época, quem tomava conta de tudo era um homem chamado North. Ele continua aqui?"

"Claro. North está aqui desde sempre. Deve estar na oficina agora. Sabe onde é?"

"Sei. Obrigada."

Meu nervosismo se intensificou quando me aproximei da construção de madeira. Bati na porta, mas, como não tive resposta, resolvi abrir. O cheiro de serragem e madeira queimada invadiu meu nariz. Pisquei algumas vezes para me acostumar à luminosidade do ambiente. Uma figura masculina e corpulenta estava sentada junto à janela, com a cabeça baixa, aplainando uma tábua de madeira.

Ele ergueu os olhos quando a luz do sol invadiu o local.

"Oi, North. É a Liv. Liv Winter. Eu fique..."

"Liv Winter? Não acredito." Um sorriso surgiu em seu rosto barbado quando ele se levantou do banquinho e se aproximou. "Faz quantos anos que você foi embora?"

"Seis ou sete", respondi.

"Pensei que nunca mais fosse ter notícias suas."

O alívio tomou conta de mim, tão imediato e repentino que me pegou de guarda baixa. Só percebi nesse momento o quanto torcia para ele se lembrar de mim. Não queria ter sido esquecida.

Ele parou diante de mim, me observando sob a luz fraca. "Como você está?"

"Bem?"

"Sua mãe veio também?"

"Não." Minha voz ficou embargada. Uma onda de náusea me atingiu.

O sorriso desapareceu do rosto de North. Ele pôs a mão no meu ombro e me acompanhou até lá fora, para a luz do sol e o cheiro do mar. Nos sentamos em um banco de madeira ao lado da porta da oficina. Apoiei os cotovelos nos joelhos e respirei fundo o ar fresco.

North não disse nada. Ficamos lá sentados um tempão. Por fim, arrisquei olhar para ele. Sua bermuda e sua camiseta estavam cobertos de serragem. Seus cabelos castanhos volumosos e sua barba cheia tinham fios grisalhos, e linhas de expressão cercavam seus olhos. Ainda tinha uma pequena trança no lado esquerdo de sua barba, amarrada na ponta com uma fita vermelha esfarrapada.

"Você ainda tem isso", apontei.

Ele levou a mão à barba. "Algumas coisas a gente mantém."

"Por quê?" Nunca tinha perguntado aquilo a ele.

"Lembranças. Memórias de coisas boas. Tive uma filha. Ela morreu ainda bebê." Ele segurou a trancinha entre o polegar e o indicador. "Mal dava para prender o cabelinho dela com essa fita vermelha."

"Que triste." Minha garganta se fechou. "E como isso é uma coisa boa?"

"Convivi com minha filha por nove meses. Ela segurava meu dedão. Sempre parava de chorar quando eu a pegava no colo. Tinha os olhos mais azuis que já vi. Algumas pessoas nunca tiveram nem isso. Se eu não encarasse a coisa desse jeito, minha vida teria acabado anos atrás."

"Foi por isso que você saiu do MIT?", perguntei, ciente de que a morte da filha havia sido o elemento catalisador da vida sem rumo que ele levara antes de chegar a Twelve Oaks.

"Foi." North segurou a trancinha de novo. "Às vezes demora um pouco, mas no fim a gente consegue se levantar, sabe?"

Eu não sabia, mas queria acreditar naquilo. E torcia para que algum dia conseguisse também.

Caímos no silêncio de novo. Fiquei olhando para o chão, com as mãos juntas.

"Você terminou os estudos?", ele quis saber.

"Me formei no ensino médio."

"Que bom. E quais são os planos agora?"

"Ainda não sei. Eu... eu entrei na faculdade, mas precisei sair." As palavras se acumularam na minha garganta. Respirei fundo. "Algumas... algumas coisas bem ruins aconteceram comigo, North."

Ele não perguntou o quê. Não parecia estar à espera de alguma confissão. Só passou a mão na barba e ficou olhando para a plantação de alcachofras.

"Quer ficar aqui?", ele perguntou.

Meus olhos se encheram de lágrimas. "Posso?"

"Temos uns quartos reservados para visitantes. Estão desocupados agora. Um deles pode ser seu, se quiser."

"Eu quero."

"Muito bem, então. Você se lembra da Asha? É ela quem cuida do cronograma de trabalho, então veja no que pode ajudar. Deve estar na cozinha." Ele ficou de pé. "Seja bem-vinda de volta, Liv."

Pensei que fosse passar algumas semanas em Twelve Oaks, mas acabei ficando mais de um ano. Meu quarto ficava no fundo da casa principal, e eu passava a manhã trabalhando na horta e a tarde fazendo sabão ou ajudando North nos trabalhos de marcenaria. Também encaixotava verduras e legumes para vender na feira e trabalhava dez horas por semana na biblioteca, catalogando o acervo.

Passava a maior parte do tempo possível na horta, mexendo com a terra, matando insetos, colhendo tomates. Fiz um canteiro de flores entre a casa e o celeiro, e em alguns meses vi brotar um tapete colorido de gerânios, petúnias, violetas e lantanas. Comecei a pensar que poderia ficar em Twelve Oaks para sempre.

Um dia, North e eu estávamos vendendo nossos produtos orgânicos na feira em Santa Cruz. Barracas de produtos agrícolas, food trucks e cestas de pães e de flores dominavam a rua, e os clientes circulavam experimentando morangos, pêssegos, mel e pães doces.

Duas mulheres se afastaram do grosso da multidão e chegaram perto da nossa barraca. Eram ambas magras e bonitas, uma com cabelos loiros e lisos e a outra com um rabo de cavalo curtinho. Estavam com mochilas nos ombros e copinhos de sorvete nas mãos.

"Se escolher no que vou me formar agora, posso fazer intercâmbio no exterior no próximo ano", a garota do rabo de cavalo comentou.

"O programa de biologia tropical é na Costa Rica", respondeu a loira. "Eu adoraria ir para lá. Você tem que cumprir um ano fora também?"

Cheguei mais perto, ouvindo as duas falarem sobre o curso de sociologia e disciplinas obrigatórias antes de mudar o rumo da conversa para uma amiga que começara a namorar. A garota de rabo de cavalo lançou um olhar para mim.

"Oi." Limpei a garganta. "Quer experimentar nossos tomates amadurecidos no pé?"

"Claro." A garota pegou um tomate da cesta que mostrei. "Você estuda o quê?"

A pergunta me pegou de surpresa, mas então me dei conta de que estava usando uma camiseta da universidade local de um antigo morador de Twelve Oaks.

"Não sou estudante", admiti.

"Ah. Uau, esses tomates estão lindos." Ela pegou mais um. "A gente podia comprar para fazer uma salada para o jantar da Emily amanhã."

Elas conversaram sobre os legumes e compraram algumas coisas. Depois de dar o troco, fiquei observando enquanto desapareciam na multidão com suas mochilas e suas sacolas de pano.

Olhei para North. Ele estava sentado atrás das alfaces, comendo uma samosa.

"Você pode voltar", ele falou.

Fiz que não com a cabeça. "Perdi a bolsa e não tenho como pagar qualquer outro lugar."

"Então faça faculdade comunitária por um tempo. Você elimina as disciplinas obrigatórias e depois se transfere."

Era uma ideia assustadora. Qualquer possibilidade de sair de Twelve Oaks era.

"Liv."

Olhei para ele.

"Para de se esconder", North falou.

"Não estou me escondendo."

"Lembra que uma vez falei que você parecia uma tartaruga?", North perguntou.

"Lembro."

"Não acho que uma vida de tartaruga seja interessante."

"O que isso quer dizer?"

"Ter um casco não é problema nenhum", North disse. "Mas alguém tão jovem não deve ficar escondido nele o tempo todo."

"Você está em Twelve Oaks há vinte anos", respondo, na defensiva. "Isso significa que está se escondendo?"

"Vivi muita coisa antes de vir para cá", ele disse.

"Eu também." Senti um nó se formar na garganta.

North pôs a mão no meu ombro. "Às vezes você precisa aguentar um monte de merda antes de vir a parte boa, sabe? A merda ajuda as flores a crescer."

Um sorriso surgiu em meio às minhas lágrimas.

"E, a julgar pelo seu canteiro, Liv", North continuou, "você sabe como fazer as flores crescerem."

Revirei os olhos. "Obrigada, ó mestre sábio e profundo."

Ele abriu um raro sorriso e deu um puxãozinho na minha orelha. "Descubra quem você é e o que quer da vida. É só isso que estou dizendo. Agora vá repor os tomates."

Eu obedeci, mas pensei no que tinha dito. Não cheguei a nenhuma conclusão imediata nem saí fazendo planos, e, quando o verão deu lugar ao outono e as crianças da comuna voltaram à escola e alguns dos adolescentes foram para a faculdade, senti a velha sensação de ser deixada para trás.

Escrevi para tia Stella e perguntei se poderia voltar por alguns meses se me matriculasse em uma faculdade comunitária. Talvez eu pudesse tentar de novo.

Uma tarde, North e eu fomos a uma praia deserta. Sentamos na areia áspera e ficamos sentindo o vento salgado no rosto, as ondas baixas quebrando na beira d'água. North ficou olhando para o mar e para a areia coberta de gravetos e algas.

"Tente não voltar", ele falou. "Quero notícias suas, mas não precisa ser sempre."

Não era preciso perguntar por que North não queria que eu voltasse. Ele sabia que a única maneira de eu seguir em frente era não tendo um lugar para me esconder. Era isso que eu queria também, apesar de ficar com o coração apertado diante da ideia de nunca mais voltar a Twelve Oaks.

"Estou com medo", confessei.

"Eu sei."

Peguei um graveto e limpei a areia da ponta. Ficamos em silêncio por um tempo.

Duas semanas depois, coloquei minhas coisas no carro e me despedi de todos. Tentei não chorar quando fui dar um abraço em North.

"Vou sentir saudade de você", falei.

"Mentira." Ele me deu um tapinha na cabeça. "Agora anda."

A voz dele estava meio embargada quando me deu as instruções de como pegar a rodovia. North se afastou e ficou observando enquanto eu ligava o carro e dirigia até a porteira da propriedade. Quando olhei pelo retrovisor, eu o vi erguer as duas mãos em despedida.

Contornei as colinas enevoadas ao redor de Twelve Oaks, desfrutando do brilho do mar e da sombra dos ciprestes. A caminho da rodovia, para encarar de novo meu futuro.

22

DEAN

15 DE MAIO

"Estou espumando de raiva." Frances Hunter me encara da porta da minha sala, com os braços cruzados e os olhos faiscando.

Pego mais alguns livros da estante e ponho em uma caixa. Como meu escritório de casa é pequeno, mantive a maior parte do meu material de trabalho na King's. Os livros ocupam as paredes e os arquivos estão cheios de papéis. Guardo aqui material de escritório, milhares de artigos e lembranças. Até uma planta que Liv me deu para "enfeitar o espaço, porque, falando sério, Dean, isto aqui parece um mausoléu".

"Você poderia, por favor, repensar essa tolice?", esbraveja Frances.

Pego o porta-retratos com a foto de Liv da mesa e ponho na caixa junto com alguns desenhos que tinha grudado no computador.

"O reitor já recebeu minha carta de demissão, Frances."

"Posso dizer a ele que você bateu a cabeça e a escreveu em um momento de confusão mental."

Paro o que estou fazendo e olho para ela. Uma mistura de afeto e arrependimento surge dentro de mim.

"Desculpa, Frances. Tive que encerrar essa história."

"Junto com sua *carreira*?"

Encolho os ombros. "Vou encontrar outra coisa. Você vai me escrever uma carta de recomendação, certo?"

Ela olha feio para mim. "Não vou dar recomendação nenhuma. Prefiro que nenhuma universidade tenha você, se eu não posso ter."

"Não seja ciumenta."

"Posso ser, se eu quiser. Fui eu que contratei você. Se não fosse isso, a King's jamais ia poder se beneficiar do seu prestígio. Foi você quem criou o programa de estudos medievais! Eu sabia que deveria ter insistido mais para que virasse logo professor titular."

"Cargo nenhum poderia ter me salvado dessa", respondo, o que é a mais pura verdade. Não sei se alguma coisa seria capaz de me livrar dessa situação.

"Pode parar de esvaziar a sala", Frances ordena. "Você faz parte do corpo docente até sua demissão ser efetivada."

"A carta dizia que o pedido tinha efeito imediato."

"Você precisa me dar uma chance de explicar as coisas para o conselho", Frances argumenta. "Eles não querem que saia do corpo docente. Só preciso contar que não foi escolha sua, que..."

Levanto a mão para interrompê-la. "Mas *foi* escolha minha. E eu faria a mesma coisa de novo, se precisasse. Maggie Hamilton retirou a queixa e Stafford está escrevendo seu relatório final. Ele não vai nem precisar fazer um parecer para o conselho. Assunto encerrado."

"E um dos melhores historiadores do país perde o emprego por causa de uma mentira", Frances retruca.

Coloco a caixa no chão antes de olhar para ela de novo. "Você nunca me falou que acha que é mentira."

"Claro que é mentira, Dean, pelo amor de Deus", ela responde, irritada. "Não sou burra. Preciso ser imparcial quando surge um conflito entre aluno e professor, mas sei que Maggie Hamilton não merece estar aqui. Nunca aprovei a maneira como ela foi admitida na King's. E só durou tanto tempo na instituição por leniência de Jeffrey Butler. Se ele não tivesse se aposentado, ela talvez já tivesse concluído a tese a esta altura."

A última conversa que tive com Maggie na minha sala vem à tona, saindo de seu lugar no fundo da minha mente. *Seu antecessor não se incomodava de conceder um crédito extra quando necessário. Aposto que você é igual.*

"Por que Jeffrey Butler se aposentou?", pergunto.

"Ele queria passar mais tempo fazendo pesquisa e dando consultoria e menos tempo lecionando."

"Mas ele não tinha idade para se aposentar."

"Não, ele optou por uma aposentadoria parcial." Frances enruga a testa. "Por quê?"

Balanço a cabeça negativamente. "Por nada."

"Você não faria essa pergunta agora *por nada*."

"Só fiquei me perguntando por que ele facilitou as coisas para Maggie."

"Jeffrey sempre teve mais interesse nas próprias pesquisas do que nas dos alunos", Frances responde. "Bom, agora sobrou para Susan Chambers ser a orientadora de Maggie Hamilton. E vou dizer uma coisa, Susan não está nada contente com isso. Não se surpreenda se ela jogar ovos podres no seu carro."

Não consigo segurar o riso ao imaginar a distinta professora de história antiga jogando ovos no meu carro.

Frances continua a falar: "Pode pelo menos ficar para o congresso? Não temos como fazer o evento sem você. Podemos anunciar que sua demissão vai se efetivar em seguida. Assim também vamos ter mais tempo para procurar um substituto".

"Combinado." Não vai ser tão fácil organizar o congresso com todos sabendo que pedi demissão, mas pelo menos o motivo vai permanecer desconhecido.

"Você vai sair da conferência com uma dúzia de ofertas de emprego", Frances murmura. "Mas não quero nem ouvir falar nisso."

"E não vai."

"Ótimo." Frances solta um suspiro e me observa enquanto ponho outra caixa vazia sobre a mesa. "Já conversou com todo mundo?"

Faço que sim com a cabeça. Passei os últimos dias dando telefonemas e mandando e-mails, comunicando minha demissão a colegas e alunos. As reações foram do choque à descrença. Sem poder explicar direito o motivo por trás da decisão, deixei todo mundo confuso e chateado.

Isso, mais do que qualquer outra coisa, fez com que o arrependimento batesse.

"Tenho uma reunião com meus orientandos daqui a meia hora", aviso.

"Muito bem, Dean. Vamos nos manter em contato sobre a transição. O comunicado à imprensa vai ser emitido hoje à tarde. Vamos dizer que você busca novas oportunidades."

"Obrigado, Frances."

"Sabe onde me encontrar se precisar de mim."

Ela vira as costas e sai andando pelo corredor até sua sala. Continuo guardando minhas coisas e empilhando as caixas no chão. Depois pego uma pilha de pastas na mesa e vou para a sala de reunião.

Meus sete orientandos já estão à espera, aos cochichos, as mochilas e bolsas sobre as mesas. Quando chego, ficam em silêncio e voltam sua atenção para mim.

Hesito, parando à porta. Não consigo suportar os olhares de surpresa e incerteza.

Todos vêm se esforçando um bocado. São inteligentes, motivados, talentosos, dedicados. Jessica vai defender sua tese no próximo verão. Kevin acabou de escrever a dissertação. Sam ainda está à espera das minhas anotações sobre o primeiro capítulo.

Puxo uma cadeira para me sentar. Eles ainda estão me observando. À espera.

"Quero..." Preciso fazer uma pausa e limpar a garganta antes de continuar. "Quero que vocês saibam que só estou deixando a King's porque sou obrigado. Não porque quero. São motivos pessoais e não vou entrar em detalhes, mas não tem nada a ver com meus colegas ou com vocês."

"Foi por isso que você tirou esse semestre de licença?", pergunta Sam.

"Sim. Vou voltar à Itália rapidamente em junho, mas na maior parte do tempo vou estar em Mirror Lake de agora em diante."

"Você não vai se mudar?"

"Não. Minha mulher..." Minha garganta se fecha outra vez. Engulo em seco. "Minha mulher está abrindo um negócio aqui. Não temos intenção de mudar."

"O que você vai fazer, então?", Jessica questiona.

"Terminar o trabalho na escavação. Ajudar na transição para um novo professor de estudos medievais. Editar meu livro."

"E o congresso?", Anne pergunta.

"Concordei em continuar na organização. Nada vai mudar nesse sentido."

O silêncio recai sobre a sala por um instante, então Jessica solta um ruído de irritação.

"Que merda", ela murmura, olhando feio para mim. "Você é o melhor professor do departamento. O melhor professor da King's, aliás. Comecei minha dissertação no ano em que você foi contratado. E agora vou ter que terminar sem você? Como assim?"

A culpa se instala em mim. Detesto que se sinta traída. Trabalhamos juntos na pesquisa dela desde o começo.

"Não vou abandonar nenhum de vocês", digo. "Vou fazer o que for possível para acompanhar sua dissertação até o fim, Jessica. E a de vocês também. O que a reitoria me permitir, vou fazer. Ler os trabalhos, ajudar na pesquisa... Todos aqui têm meu e-mail e meu telefone. Podem entrar em contato quando quiserem."

Alguns assentem com a cabeça, mas Jessica se recusa a me olhar. Fica virada para a janela, com os braços cruzados e os lábios franzidos.

"Me desculpem." Como não tenho mais nada a dizer, afasto a cadeira da mesa. "Foi uma honra e uma satisfação trabalhar com cada um de vocês. Por favor, saibam que minha porta está sempre aberta."

Devolvo as pastas de cada um, pego minha maleta e desço a escada para o gramado. Respiro fundo algumas vezes antes de pegar o celular. Liv atende ao primeiro toque.

"Oi", ela diz. "Tudo bem? Como foi?"

"Segundo a Jessica, uma merda", murmuro.

"Ai, Dean. Que tristeza."

"Paciência. Só espero que isso não afete o progresso do trabalho deles. Vou ajudar no que puder, claro."

"Eles sabem disso. Ainda está na universidade? Quer vir para o café?"

"Vou passar em casa e me trocar. Pensei em trabalhar na Butterfly House."

"Certo. Me liga se precisar de mim."

"Sempre preciso de você."

"E eu de você." O sorriso em seu tom de voz alivia um pouco minha tristeza.

Encerro a ligação e respiro fundo outra vez. A primavera está no auge, com as árvores cheias de folhas verdes e o céu pintado de nuvens brancas. Alunos circulam pelo gramado com mochilas nas costas, copos de café nas mãos, cabeças baixas e fones de ouvido pendurados no pescoço.

Vou ficar com saudade disso. Sempre me senti em casa no ambiente acadêmico, no campus, no auditório, na sala de aula. Lecionar é a única coisa que sempre fiz bem.

Meu telefone vibra com uma mensagem de voz. Eu a escuto.

"Professor West, meu nome é Louise Butler", diz uma voz feminina. "Sou curadora do Clearview Art Institute. Fui casada com Jeffrey Butler. Um passarinho me contou que você está pensando em pedir demissão da King's. Se possível, gostaria de falar com você. É importante."

Durante a semana em que minha demissão foi anunciada, recebi ligações e e-mails de professores, funcionários, ex-colegas e orientadores, além de várias universidades e museus perguntando se já estou à procura de trabalho.

Embora o interesse me lisonjeie, não pretendo sair da região tão cedo, por mais prestigiado que seja o cargo oferecido. Liv passou os últimos anos se mudando comigo por causa de vagas como professor visitante e pesquisas de pós-doutorado. De jeito nenhum vou fazer isso com ela agora que é dona de um negócio.

Não ligo para Louise Butler. Essa palhaçada toda está encerrada, e duvido que ela tenha entrado em contato para me oferecer trabalho.

Quando o furor inicial cessa, ligo para meu pai na Califórnia. Ainda não contei nada a ele, porque sei que vai ficar decepcionado, mas não tenho como esconder por muito tempo.

"Por que você fez isso?", ele questiona. "Se recusaram a oferecer o cargo de titular?"

"Não. Nunca nem toquei nesse assunto com eles."

Fico olhando para a parede da sala. Sempre fui um bom filho. Não, o filho perfeito. Me esforcei para isso. Pensei que estivesse construindo um castelo ou uma fortaleza — uma imagem indestrutível de perfeição reforçada pelo sucesso da família West, minha carreira de prestígio, minhas realizações, a bolsa, as inúmeras publicações.

Agora percebo que construí um castelo de cartas que desmoronaria no primeiro sopro.

"Tive uns problemas judiciais", digo por fim, então começo a contar tudo. Meu pai passou os últimos vinte e cinco anos pensando que eu era o filho ideal. Está na hora de dizer que isso não existe.

Ele fica em silêncio enquanto narro toda a confusão — a acusação de Maggie Hamilton, a investigação, a suspensão em caráter extraoficial, o motivo de ter ido à Itália, a possível doação de Edward Hamilton à faculdade de direito, as ameaças contra Liv.

Os motivos por que a batalha estava perdida antes mesmo de começar.

"Você tem advogado?", meu pai pergunta.

"Tenho, mas não posso levar isso para o tribunal. Se alguém ficar sabendo, estou liquidado. Pelo menos com a demissão consigo preservar minha reputação."

Para tranquilizá-lo, falo sobre as instituições que já entraram em contato comigo acenando com potenciais cargos. Essa notícia o deixa mais calmo, mas concordamos que vai ser melhor não dizer nada à minha mãe até que tudo esteja resolvido.

Quando desligo o telefone, recebo outra mensagem de Louise Butler. Minha curiosidade enfim fala mais alto, e ligo de volta.

Ela pede para me ver pessoalmente, então no dia seguinte faço uma viagem de três horas até Clearview, imaginando que não tenho nada a perder além do meu tempo. Nos sentamos a uma mesa de canto em uma lanchonete no centro da cidade. O caráter misterioso do encontro faz com que eu me sinta em um filme de espionagem.

"Eles tiveram um caso." Louise Butler é uma mulher magra de quarenta e poucos anos com uma expressão bem séria no rosto. "Maggie Hamilton e Jeffrey."

Apesar de não ficar surpreso ao ouvir isso, estranho a maneira desprovida de emoção com que Louise fala a respeito.

"Como Jeffrey era orientador dela, foi uma violação do regulamento da universidade", aponto, sem saber o que mais dizer.

Louise assente. "Claro. E arruinou minha família."

"Sinto muito." De novo, não estou surpreso. Sei bem como casos são capazes de destruir famílias. Dou um gole no café, afastando o pensamento incômodo.

"Temos filhos, dr. West", continua Louise. "A vida deles entrou em parafuso com a traição e todo o processo do divórcio. Aquela garota acabou com a gente."

"Imagino que Jeffrey também tenha participado disso."

"Claro. Mas essa parte não interessa a você."

"Como assim?"

"Jeffrey disse que ia se divorciar e casar com ela", explica Louise. "Quando Maggie viu que não ia acontecer, me mandou vídeos deles fazendo... você sabe, e ameaçou revelar tudo. Jeffrey ficou com medo, então entrou com um pedido de aposentadoria antecipada para manter sua reputação. Eu me divorciei logo depois e levei meus filhos quando mudei."

"Por que está me contando isso?", pergunto.

"Quando ouvi dizer que estava pedindo demissão da King's depois de poucos anos de trabalho, desconfiei que Maggie Hamilton pudesse estar por trás, já que tinha se tornado automaticamente sua orientanda."

"Não tive um caso com Maggie", digo. "Mas ela me acusou de assédio sexual. Eu não podia arriscar que viesse a público."

"Sinto muito." Louise se recosta na cadeira, contorcendo os lábios, os olhos faiscando de mágoa e raiva.

"Maggie Hamilton não tem o poder de destruir minha vida", garanto. "Ela e o pai só me forçaram a sair da universidade."

"Edward Hamilton." Louise soa amarga. "Sei tudo sobre ele também. Maggie ficou morrendo de medo de que o pai descobrisse sobre o caso."

"Ela pareceu mesmo bem... controlada pelo pai."

"Ele é terrível", garante Louise. "Por isso gostaria de ajudar."

Apesar de desconfiar que Louise Butler está mais interessada em uma vingança contra Maggie Hamilton do que preocupada comigo, agradeço por tudo o que me contou.

"Os Hamilton precisam ser desmascarados." Ela apanha a bolsa e se levanta. "Pai e filha."

Depois que ela vai embora, pego meu carro e volto para Mirror Lake. Paro no Café das Maravilhas, e minhas defesas são acionadas quando vejo Crystal Winter na varanda da frente.

"Pensei que já tivesse ido embora", digo.

"Estou esperando meu carro ficar pronto."

"Parece estar demorando um bocado."

Crystal dá de ombros. "Ouvi dizer que você pediu demissão. Por causa daquela garota, imagino."

Eu a encaro. "Desiste, Crystal. Liv não vai a lugar nenhum com você. Eu estando aqui ou não."

"Isso você não tem como saber."

"Tenho, sim. Sua filha é muito mais forte que você. Nunca fugiu de nada."

Antes que ela possa responder, entro no café. Encontro Liv no andar de cima, na sala do castelo da Bruxa Má, que está pintada de preto e prata, as mesas com toalhas pretas, lustres de bolas de cristal, cadeiras de encosto alto e um mural com uma paisagem montanhosa sinistra com silhuetas de macacos voadores diante da lua cheia.

Liv está arrumando um chapéu de bruxa cercado por uma poça d'água feita de acrílico, representando a bruxa derretida. Ela se vira ao ouvir meus passos, e seu sorriso desfaz a sensação desagradável da tarde.

"Como foi?", Liv pergunta, se aproximando para um beijo. "O que ela disse?"

Nós nos sentamos, e eu repito o que Louise Butler me contou.

"Era disso que eu estava tentando lembrar", Liv comenta. "No ano passado, quando Maggie me abordou, ela mencionou alguma coisa sobre Jeffrey Butler mesmo."

"Acho que ela gostava dele, se o que Louise Butler contou for verdade."

"A gente pode contar isso ao Stafford?", Liv pergunta.

Dou de ombros. "Pode, mas não sei pra quê. Eles não podem expulsar Maggie da universidade por ter tido um caso com um professor. Jeffrey Butler já está aposentado. Stafford não vai reabrir o caso sem motivo. E eu mesmo não quero que isso aconteça."

Liv fecha a cara. "Isso é muito injusto. Maggie não pode sair ganhando."

"Ela não saiu." Apoio as mãos nos joelhos. "Gente desse tipo *nunca* sai ganhando de verdade."

A expressão de Liv se ameniza um pouco. Algo se alivia dentro de mim, como um nó que se desfaz.

"Lembra aquela vez que a gente conversou sobre chaves?", pergunto.

"Claro. Você disse que todo mundo tem uma chave para destrancar seus segredos." Liv põe as mãos sobre as minhas. "E você sempre foi a minha."

Levanto as palmas para podermos entrelaçar os dedos.

"No nosso segundo encontro, você falou que as brincadeiras com barbante e os cavaleiros medievais eram as minhas chaves", continuo. "É engraçado, mas até você dizer isso eu nunca tinha me dado conta de que ainda me lembrava do código cavalheiresco que aprendi na infância. Honra, confiança, lealdade. E de que queria provar a você que era capaz de seguir essas ideias. Que tinha valor."

Ela aperta minhas mãos. "Você já provou isso muitas vezes, Dean."

"Não." Balanço a cabeça negativamente. "Mas talvez a questão não seja cumprir o código com perfeição, e sim fazer seu melhor."

E isso eu fiz. Não consegui proteger Liv de muitas coisas, mas pelo menos por agora consegui bloquear a tempestade. Impedi que Hamilton destruísse minha reputação e desenterrasse o passado dela. Enfrentei os monstros que nos ameaçavam.

Finalmente.

23

OLIVIA

26 DE MAIO

"Pois é, né?" Allie balança a cabeça, perplexa, e os cachos ruivos caem sobre seu rosto. "Os panfletos acabaram *assim*."

Ela estala os dedos, contente com o sucesso da nossa campanha de divulgação. Entramos em contato com a mídia local, mandamos kits de imprensa, imprimimos cupons e criamos um site. Jan, a chef, está trabalhando sem parar na cozinha, Marianne está treinando os funcionários e Allie e eu estamos concluindo os detalhes da decoração. Estamos quase prontas.

"Quando Kelsey volta?", Allie pergunta.

"Na quinta." Consulto meu calendário e lembro que Dean vai buscá-la no aeroporto na volta do congresso de meteorologia e das férias no Japão que emendou. Aproveito para anotar o jantar especial de boas-vindas que pretendo fazer para ela na mesma noite.

Depois de conversar com Allie sobre nosso cronograma, pego o laptop e vou para a cozinha, onde Brent está conversando com os funcionários.

Uma onda de animação me preenche sempre que entro no café e escuto o som das coisas *acontecendo*.

Paro onde minha mãe está pintando uma moldura na parede. Ela tem aparecido de vez em quando para ajudar. Apesar de não conversarmos muito desde que saiu do apartamento, sua presença nunca passa despercebida.

"Está ficando ótimo", comento, e é verdade. A moldura em forma de diamante combina com os naipes do baralho, tema espalhado por esse andar do café.

Ela é mais talentosa do que eu imaginava, o que é ao mesmo tempo uma surpresa boa e uma tristeza. É impossível não pensar em como sua vida poderia ter sido diferente.

"Seu carro já está pronto?", pergunto.

"Quase." Ela limpa uma gota de tinta da parede. "Eles tiveram que encomendar uma peça. Acho que estão esperando chegar. Você já está indo embora?"

"Vou sair para entregar uns folhetos."

"Vou junto. Pode esperar uns dez minutinhos?"

"Tá. Vou ficar lá na varanda."

Pego uma pilha de folhetos e saio no momento em que Dean atravessa a rua. Está vestindo uma calça jeans velha, um moletom e botas, e é a imagem perfeita do trabalhador gostoso. Olha para o outro lado enquanto se dirige ao café com passos confiantes.

Meu coração pula como sempre acontece quando vejo meu marido. Fico impressionada com a postura de Dean, relaxada e sem nenhuma tensão. Ele parece tranquilo, quase contente.

Quando vira a cabeça, seus olhos encontram os meus. Ele abre aquele sorriso lindo e safado que sempre me deixa sem fôlego e toda arrepiada.

"Oi." Dean sobe os degraus e me dá um beijo de leve na boca. "Tem planos para o almoço?"

"Sim. Você vai me levar para comer." Olho para as manchas em sua blusa. "Num lugar simples, claro."

"Estava trabalhando na Butterfly House e fiquei com fome."

"Aí pensou em mim?"

Ele chega mais perto e murmura: "Sempre penso em você na hora de comer".

Abro um sorriso e esfrego o nariz no dele. "Como está indo o trabalho?"

"Tenho um cômodo inteiro de mobília para avaliar", Dean me conta. "Encontrei um relógio que parece ser feito de jacarandá. Disse para Florence que entraria em contato com curadores de museus e mandaria umas fotos, para ver se eles têm alguma ideia da procedência."

Meu coração acelera ao ouvir o entusiasmo em sua voz, uma prova de que ele não deixou a perda do emprego influenciar negativamente seu amor por coisas antigas e históricas.

Faz duas semanas que Dean mandou a carta de demissão. Apesar de ainda estar trabalhando em casa na organização do congresso, só vai ao campus para se reunir com os alunos e tratar de coisas relacionadas à transição.

"Meu último turno no museu é hoje à tarde", digo. "Quer que eu dê algum recado para Florence?"

"Por alguma razão, ela me pediu que eu não me distraísse se houvesse um guarda-volumes." Dean coça a cabeça e encolhe os ombros. "Não entendi direito, porque nem tem guarda-volumes lá. Pode dizer isso a ela?"

"Claro", digo, achando graça no fato de meu marido não entender a referência à vez que Florence nos pegou no pulo no guarda-volumes da festa da Sociedade Histórica.

A porta da frente se abre, e minha mãe aparece na varanda. O ar fica pesado por um instante quando ela e Dean se veem. Ponho a mão de leve no braço do meu marido.

"Pensando bem, que tal um jantar mais tarde em casa?", sugiro. "A gente precisa distribuir uns folhetos, e eu tenho meu turno no museu."

Ele assente, sem tirar os olhos dela ao se mover para nos deixar passar.

"Allie contou que ele pediu demissão", minha mãe comenta quando nos afastamos pela calçada.

"É uma longa história", respondo, mantendo o tom de voz leve, apesar da irritação.

"É uma história clássica", ela retruca. "Mas pelo menos ele fez a coisa certa agora. Não adianta nada arrastar o caso até o tribunal só para acabar se ferrando com qualquer que seja o resultado."

Seria melhor se minha mãe não soubesse de nada, mas sou obrigada a admitir que ela tem razão. Distribuímos os folhetos em lojas e cafés, então passamos na Câmara de Comércio para tratar do anúncio da inauguração no site deles.

Quando estamos a caminho de uma loja de brinquedos, vejo Maggie Hamilton do outro lado da rua. Meu peito se enche de raiva. Acelero o passo e entro em um beco para ela não me ver. E para não precisar olhar na cara dela...

"Sra. West!"

Detenho o passo e me viro, apertando com força a pilha de folhetos na mão. Minha mãe está alguns passos atrás. Maggie entra correndo no beco atrás de nós.

"O que você quer?", pergunto.

Maggie olha para minha mãe e franze os lábios. "Como foi que vocês conseguiram aquele vídeo? Como foi que *ele* conseguiu?"

"Que vídeo?"

"Você sabe muito bem que vídeo." Ela dá um passo à frente. Seus olhos exibem um pânico que conheço muito bem. "Recebi o e-mail hoje de manhã. Foi enviado de forma anônima, mas sei que veio do seu marido. Juro por Deus, se ele me ameaçar, meu pai vai acabar com a raça dele."

O desconforto se aloja dentro de mim. "Dean não vai ameaçar você com coisa nenhuma, Maggie. Ele fez exatamente o que você queria. Depois do congresso, não vai ter mais nenhuma relação com a King's."

"É bom mesmo. Todo mundo sabe sobre vocês dois agora. E duvido que tenha sido a primeira aluna seduzida por ele."

Eu me limito a balançar a cabeça. Apesar de não gostar de ouvir a insinuação de que minha relação com Dean tenha algo de imoral, conheço muito bem a verdade sobre meu marido e meu casamento. Conheço muito bem a verdade sobre nós.

"Alguém mandou um vídeo incriminador de você com Jeffrey Butler, foi isso?", pergunto a Maggie. "Meu palpite é de que foi a ex-mulher dele."

Maggie fica pálida. Um sentimento inesperado de pena se instala no meu estômago. Com a boca e os olhos franzidos de preocupação, ela não parece mais tão jovem — parece sem vida, como uma concha vazia.

"Não posso..." Ela dá um passo atrás, cada vez mais em pânico. "Jeffrey me falou que destruiu todos os vídeos. Sei que falou com Ben Stafford, mas não contou nada. Ele nunca faria isso."

"Não acho que tenha sido Jeffrey", digo. "A ex-mulher dele disse que você mesma mandou um vídeo para ela depois que percebeu que Jeffrey não pretendia se divorciar."

Maggie fica me olhando, sem saber o que dizer.

"Mas que burrice", minha mãe comenta.

A voz dela quase me provoca um sobressalto, como se eu tivesse me esquecido de sua presença. Minha mãe cruza os braços e estreita os olhos azuis para Maggie.

"Eram vídeos de sexo, imagino", ela continua. "E você mandou para a mulher do cara? Que tipo de imbecil faria isso?"

Maggie olha para minha mãe, então para mim, depois de novo para ela. "Eu..."

"Pois é, eu sei", minha mãe emenda. "Você é uma tolinha que acreditou de verdade que o cara fosse largar a mulher. De quem estamos falando, aliás?"

"Hã... do professor que Dean substitui na King's." Fico tão surpresa com a ira repentina dela quanto Maggie. "Ele... se aposentou."

"Ah, pelo amor de Deus." Minha mãe dá um passo à frente, se aproximando de Maggie e a forçando a recuar e encostar na parede. "Achou mesmo que um professor mais velho e casado fosse se dar ao trabalho por sua causa? Nunca parou para pensar que era só uma diversão para ele?"

"Eu estava apaixonada!", Maggie grita, com lágrimas nos olhos.

"Claro que estava", retruca minha mãe. "E ele disse que estava também, né? Isso foi durante um striptease ou enquanto filmava vocês transando?"

Maggie começa a chorar de verdade, sacudindo os ombros. Ponho a mão no braço da minha mãe e sinto seus músculos contraídos de raiva.

"Cai na real", ela diz, com um tom de voz gelado. "Você foi usada por esse cara, e só piorou as coisas quando descobriu que ele não era o herói que fingia ser."

"Você não sabe nada dessa história!" Maggie limpa o nariz, com os olhos brilhando de fúria.

"Sei muita coisa sobre homens que só querem usar as mulheres", minha mãe responde. "Homens que são só elogios, quando na verdade te consideram lixo. Mas logo aprendi a virar a mesa e conseguir o que eu quero deles. Se esse cara levou você para a cama e depois..."

"Ele não fez nada disso!", Maggie esbraveja. "Fui eu quem comecei tudo. Não estava conseguindo lidar com o programa de pós-graduação. Não entendia nada daquelas porcarias de teoria e metodologia. Mas *precisava* conseguir o mestrado e... bom, os homens sempre gostaram de mim, então abordei o Jeffrey e..." Ela limpa uma lágrima. "Mas aí comecei a me apaixonar. A me sentir especial ao lado dele. Ele ameaçou romper tudo e disse que não podia mais ser meu orientador... eu enlouqueci. Já que ia me ferrar, ia levar todo mundo comigo."

"Você ainda defende o cara?", minha mãe rebate. "E, como Dean West não é o mesmo tipo de babaca que ele, você arrumou outra forma de fazer chantagem. O que você tem nessa sua cabeça de merda?"

Meu coração está disparado. Não consigo acreditar que minha mãe está defendendo meu marido, mas as verdades que ela diz ecoam pelo beco como o ressoar de um sino.

"Se eu fosse você, estaria menos preocupada com seu pai e mais preocupada com o que a universidade inteira vai dizer", minha mãe continua. "Com um clique de um mouse, esse vídeo cai na internet. E aí, o que vai acontecer com você?"

Maggie a encara. Crystal está com os braços cruzados, os olhos azuis faiscando. Seu rosto está vermelho de raiva, o queixo cerrado, e os cabelos se soltaram da fivela que os mantinha afastados da testa.

Pela primeira vez na vida, consigo ter compaixão pela minha mãe. Porque tenho a sensação desagradável de que ela sabe exatamente como Maggie Hamilton está se sentindo.

"Não estou preocupada com o que pode acontecer comigo." Maggie se recompõe, esfrega os olhos e endireita a postura. "Meu pai nunca vai acreditar que eu fiz alguma coisa errada."

"E as outras pessoas?", questiono. "E você?"

Ela pisca algumas vezes, como se nunca tivesse pensado naquilo. "O que tem eu?"

"Você faz tudo o que seu pai manda por vontade própria", lembro. "Só está nessa situação porque não sabe o que fazer da vida e precisa do dinheiro dele. Não está na hora de descobrir?"

"Eu não preciso dos seus conselhos", Maggie retruca. "Nunca tive escolha."

"Mas é claro que você tem escolha", insisto. "Ninguém sabe melhor que eu que todo mundo tem escolha."

Sinto minha mãe ficar tensa. Não olho para ela.

"Você pode continuar sendo controlada pelo seu pai", digo. "Ou pode começar a seguir seu próprio caminho. Ter uma vida nova."

Como eu fiz.

"Até parece." Maggie fecha a cara, como se as palavras fossem um soco. "É isso que o seu marido está tentando fazer com esse pedido de demissão idiota? Acha que ele vai conseguir se safar só com isso?"

Ela recua para a calçada, olhando para minha mãe e depois para mim.

"Meu pai vai acabar com sua vida se vocês me ameaçarem de novo", ela esbraveja. "É melhor torcerem para ele não descobrir nada disso."

Maggie se vira e sai andando. Um silêncio se instala.

"Não dá para conversar com uma garota assim", minha mãe comenta. "Ela vai continuar cometendo os mesmos erros até descobrir que só está fodendo com a própria vida."

Meu estômago se revira. "Por que você falou tudo isso para ela?"

"Porque sei como é ser usada e aprendi a minha lição." Ela se vira para mim, ainda fumegando de raiva. "Mas você não teria nada a dizer sobre isso, né?"

Eu a encaro, com o coração disparado.

"Ah, eu aprendi minhas lições. Da pior forma."

"Tipo *não* ser como sua mãe."

O passado passa diante dos meus olhos como se fosse um filme. Liv, a boa menina, a aluna nota dez, que nunca namorava, mantinha a cabeça baixa e obedecia, que não causava problemas, que ainda era virgem aos vinte e quatro anos. A garota que tanto desejava se sentir normal.

Que não tinha absolutamente nada a ver com Crystal Winter.

"Eu entendo." Preciso me esforçar para engolir em seco, com a garganta comprimida. "Fui humilhada também. Fiz escolhas erradas que se voltaram contra mim e quase me destruíram. Precisei sair de Fieldbrook por causa do que me aconteceu. Fiquei arrasada. Demorei um pouco, mas finalmente descobri que não existe um limite de vezes para recomeçar."

"Ah, qual é?" Minha mãe me dá as costas e sai andando.

"Nem para você existe um limite, Crystal", grito para as costas dela, mas minha mãe não diminui o passo. Na verdade, não sei nem se me ouviu.

24

DEAN

Arranquei todas as tábuas que cobriam as janelas no térreo da casa. O vidro está rachado e imundo, mas um pouco de luz do sol e ar fresco agora circula pelos cômodos. A maioria dos móveis merece uma segunda análise, então movi todos para a sala principal.

Estou aparafusando os batentes da porta da frente quando um carro estaciona. Vou lá para fora ver quem é. Max Lyons desce do veículo, e eu estendo a mão para ele.

"Obrigado por ter vindo", digo. "Queria sua opinião sobre a casa. A Sociedade Histórica está tentando provar sua importância histórica, mas por enquanto não conseguiu."

"Allie me contou", Max responde. "Ela disse que a Liv estava trabalhando em uma campanha para salvar a casa."

"Infelizmente, parece que vai exigir mais dinheiro e recursos do que eles têm no momento."

"Que pena." Max dá uma olhada na casa. "Fiz um artigo sobre este lugar na pós-graduação. Sempre gostei daqui."

"Dá para salvar?"

"Talvez." Ele encolhe os ombros. "A Sociedade Histórica precisaria fazer uma análise estrutural. E a restauração custaria uma fortuna."

Enquanto passeamos pela construção, Max fala sobre alvenaria, desgaste natural, a inclinação do telhado, as telhas de madeira e a arquitetura original em relação ao que foi feito nas reformas.

"Quer que eu escreva um relatório?", ele pergunta enquanto volta ao carro. "Conheço um engenheiro que pode fazer a análise estrutural, se for preciso."

"Seria ótimo, obrigado. Estou aqui..." *O tempo todo agora* "... várias horas por dia, então é só me ligar."

Ele está anotando meu número quando outro carro sobe pelo caminho de terra.

Merda.

Kelsey para de forma abrupta, desce e bate a porta com força. Max dá um passo para trás. Ela vem pisando duro na minha direção, com os olhos faiscando por trás dos óculos.

Levanto as mãos em um gesto defensivo. "Você disse que voltava na quinta. Eu ia te buscar no aeroporto."

"Tive que vir mais cedo para resolver uma merda lá no departamento", ela esbraveja. "Vim de carona com um colega. Que porra é essa, Dean?"

"Eu queria contar pessoalmente."

"Mas tive que descobrir no jornal da universidade." Os olhos estreitos de Kelsey se voltam para Max. "O que você está fazendo aqui?"

"Atrapalhando a conversa de vocês, pelo jeito", Max responde.

"Então é melhor ir embora", ela retruca, ácida.

Max me lança um olhar de quem deseja boa sorte, entra no carro e pega o caminho de volta.

"Kelsey, desculpa", digo. "Eu não queria contar por telefone. Tinha um discurso planejado para quando fosse pegar você no aeroporto."

Ela cruza os braços, espumando de raiva. "Então manda."

"Eu tive que pedir demissão porque o jurídico estava investigando uma acusação de assédio sexual contra mim."

Ela pisca algumas vezes, confusa. "Está de palhaçada comigo?"

Faço que não com a cabeça.

Ela fica pálida. "Você vai ter que me explicar isso direitinho."

Sentamos nos degraus da frente da varanda. Conto a história inteira, começando pela minha rejeição à proposta de tese de Maggie Hamilton.

"O jurídico manteve o caso como confidencial, então eu não tinha autorização para conversar com ninguém a respeito", explico.

"Que puta história de merda. Você não pode pedir demissão só por causa das mentiras dessa garota."

"Já fiz isso", digo. "Edward Hamilton estava indo atrás da Liv. Eu..."

Não dá para prever o que eu faria. Kelsey sabe disso.

Ela balança negativamente a cabeça. "Que merda."

"Pois é."

"E a Liv, como está?"

"Chateada, mas... ela entende. A pior parte foi contar pra ela. E para os alunos."

Ficamos quietos por um tempo, ao som dos passarinhos cantando. Por fim, Kelsey se segura no meu braço para levantar.

"Uma partida de squash amanhã à tarde então?", ela pergunta. "Acho que agora você tem tempo de sobra pra isso."

Quase abro um sorriso. "Combinado."

Ela se afasta alguns passos antes de se virar para mim. "Isso tudo é horrível. Sinto muito. Queria que... bom, foi péssimo."

"Pois é. Mas..." Apoio os cotovelos nos joelhos e olho por cima dela para o panorama da cidade e o lago azul e límpido. "Está meio que tudo bem, sabe? Sinto que fiz a coisa certa. Protegi Liv. Minha reputação não foi atingida. Vou terminar meu trabalho na escavação. Ainda posso ser um pesquisador independente, escrever meu livro. Um dia arrumo outro emprego."

"Mas ter sido forçado a fazer isso..."

"É. E odiei deixar meus alunos assim. Mas seria pior se eles fossem envolvidos na investigação como testemunhas. O mesmo vale para os outros professores. Minha reputação e minha vida teriam sido jogados na lama se tudo isso viesse a público, com ou sem demissão. E se Liv... enfim." Olho para o lago. "Eu faria qualquer coisa por ela, Kelsey. Qualquer coisa. Sou tão apaixonado que parece até loucura. Perder o emprego não é nada comparado a... a *ela*."

"Eu sei. E ela sente o mesmo por você." Kelsey fica me observando por um tempo. "Ei, lembra quando beijei você no ano passado?"

"Como poderia esquecer?", murmuro. "Foi como um filme de terror B. *O ataque da serpente venenosa*."

Um sorriso surge no rosto dela. "Quando contei para a Liv, ela deu risada."

"Foi tão absurdo que chega a ser engraçado."

"O que estou querendo dizer", Kelsey continua com um tom irritado, "é que ela não surtou, como seria normal. Não se sentiu nem um pouco ameaçada. Apesar de ter passado por poucas e boas na infância, Liv simplesmente... sabe. Ela me conhece. É incrível esse dom dela... sei lá... de confiar *totalmente* nas pessoas que ama."

"É bem impressionante mesmo."

"Eu sempre quis ser um pouquinho mais parecida com ela." Kelsey recua alguns passos. "Mas não conta que eu disse isso. Liv ia chorar."

"Provavelmente ia mesmo."

Kelsey dá um sorriso e volta para o carro.

Trabalho por mais uma hora antes de ir para casa. Liv está fazendo frango teriyaki para o jantar, e vê-la ocupada na cozinha pequena do apartamento é um lembrete de que tudo segue como deveria.

Durante o jantar, ela me conta que cruzou com Maggie Hamilton. Estou mais preocupado com o pai dela, e não me surpreende que Louise Butler tenha ameaçado a garota.

"Acho que a Maggie aprendeu uma lição bem dura", Liv comenta.

"Que ironia ter sido dada pela sua mãe."

Liv balança negativamente a cabeça, e seu rosto fica bem sério. "Minha mãe é pós-graduada em levar porrada."

"Ei." Passo a mão em suas costas. "Você lidou muito bem com a sua mãe."

Liv ergue uma sobrancelha para mim em uma expressão de divertimento. "Essa é sua forma de admitir que estava errado?"

"Eu jamais admitiria isso."

Ela se inclina na minha direção e me dá um beijo. "Porque você é perfeito."

Depois do jantar, Liv se senta para ver tevê e eu vou para o escritório. Apesar de ter pedido demissão, ainda sou um estudioso com artigos para revisar e editar. A vida muda, mas a história não.

Leio um artigo sobre Chaucer e o conceito do destino como uma roda da fortuna. A roda aparece com frequência na literatura e na arte da Idade Média, muitas vezes em vitrais e manuscritos com iluminuras. Ela gira e determina a sorte ou o azar, definidos de antemão.

Apesar de nunca ter acreditado no amor como algo predeterminado, sou obrigado a admitir que foi um golpe de sorte quando, cinco anos atrás, entrei no café onde Olivia R. Winter trabalhava.

Depois do primeiro encontro ao acaso na universidade, pensei que não fosse mais vê-la.

E, quando vi, soube que nunca deixaria Liv ir. Independente de destino, sorte ou o que fosse.

Liv sempre foi a parte da minha vida que deu certo. Com ela, tudo se encaixa, como o botão na casa da camisa. Eu sabia que a queria. Sabia que esperaria pelo tempo que ela quisesse. Sabia que seria facílimo amá-la.

Mas agora me pergunto se o destino, se a *rota fortunae* medieval, não teve alguma participação nisso.

Desligo o computador e fecho os livros. É quase meia-noite. A tevê está ligada em um programa humorístico. Eu me afasto da escrivaninha e vou para a sala.

Todos os pensamentos sobre literatura medieval se dissipam quando vejo minha linda mulher. Liv está encolhida no sofá, com as mãos sob a cabeça, dormindo. Sua blusa subiu um pouco, revelando a pele branca de sua barriga.

Desligo a tevê e afasto algumas mechas da testa dela. No nosso segundo encontro, eu não conseguia parar de tentar soltar seu rabo de cavalo, até que finalmente vi seus cabelos caídos sobre os ombros. Queria tanto acariciá-los que meus dedos até doíam.

Agora posso fazer isso quando quiser. Passo os dedos pelas mechas grossas, afastando-as da nuca. Ela se mexe. Percebo que não está usando sutiã. Levo a mão a um seio. Ela suspira e se inclina na minha direção, esfregando o mamilo enrijecido na minha palma. Meu pau lateja. Liv passa a língua pelos lábios. Ela se vira de novo e começa a esfregar as coxas uma na outra.

Liv não é nada discreta quando tem sonhos eróticos. Ela os vive intensamente, se contorcendo e soltando gemidinhos que me deixam de pau duro no ato. Volta a se mover, levando uma mão ao meio das pernas. Belisco seu mamilo e passo os dedos entre seus seios quentes. Ela está transpirando um pouco, com os cabelos colados à nuca, a pele rosada.

Penso em acordá-la, colar seus peitos gostosos um no outro e enfiar meu pau no meio deles, porque está tão duro que até dói. Abro a braguilha da calça para aliviar um pouco a pressão.

Liv abre os olhos. Ela se volta para o volume na minha calça. Em seguida respira fundo e olha para mim. Seus olhos castanhos brilham de sono e excitação. Abro os botões que faltam e baixo a calça e a cueca.

"Ai, nossa, Dean." Liv solta um gemido e estende a mão. "Me dá aqui."

Eu a seguro pelos cabelos e levo meu pau até seus lábios abertos. Uma tensão acalorada me inunda assim que sua linda boca se fecha sobre mim. Sua língua faz movimentos circulares e me lambe da maneira perfeita, enquanto com a mão ela masturba a base. A pressão aumenta depressa, e preciso me afastar antes que não consiga mais me controlar.

Seguro sua blusa e a arranco. Seus seios balançam com o movimento, e os bicos durinhos me fazem salivar. Ela esfrega as mãos neles, beliscando os mamilos com os dedos finos, então começa a tirar a calça.

Quando está totalmente nua, toda vermelhinha, e o tesão borbulha dentro de mim, passo os olhos por suas curvas arredondadas e sua pele úmida. Levo uma mão ao meio das suas pernas e quase gozo no ato. Está tão quente, tão molhada. Deslizo um dedo para dentro dela e começo a enfiar e tirar.

"Dean." Antes que eu consiga fazer isso pela terceira vez, ela goza, me apertando entre as pernas, se agarrando à minha camisa. "Não para... por favor..."

Liv nunca precisa implorar, mas é gostoso demais quando acontece. Eu me afasto e me sento em uma poltrona. Meu pau está apontado para cima, e preciso me segurar para não começar a me masturbar. Ela se apoia sobre os cotovelos e me encara com os olhos acesos.

"Vem me foder", digo.

Liv solta um gemidinho que me inflama. Ela se levanta do sofá e vem montar no meu colo. Em seguida baixa a mão para nos posicionar e senta no meu pau, enlouquecendo meus sentidos.

Eu a seguro pelos quadris quando começa a se mover. Não vou durar muito tempo, não quando está assim apertada, contraindo os músculos internos. Não com seus peitos balançando na minha frente, com os gemidos escapando de sua garganta e sua bunda batendo nas minhas coxas.

Liv apoia uma das mãos no meu ombro e acaricia os mamilos com a outra. Sua respiração se acelera e seus cabelos caem sobre os ombros com a força cada vez maior dos movimentos.

"Dean", ela fala, ofegante, cravando os dedos no meu ombro. "Pega neles."

Ponho as mãos espalmadas em seus seios enquanto ela se equilibra com a outra mão. Seus músculos se enrijecem de tensão, e eu suo com o esforço para adiar o orgasmo. Com um beliscão nos mamilos, ela solta um gritinho e goza de novo, se convulsionando toda em torno do meu pau.

Antes que eu possa projetar os quadris para cima, Liv me tira de dentro e recua um pouco sobre minhas coxas. Em seguida pega no meu pau, sem nunca tirar os olhos dele. Com algumas carícias, não consigo mais me segurar e jorro sobre sua mão.

"Nossa." Ainda ofegante, Liv esfrega a mão na barriga e desaba sobre meu peito. "Isso foi incrível."

Acaricio suas costas macias e úmidas, sentindo sua respiração começar a se acalmar. "Então, sobre o que era o sonho?"

Ela não responde, me fazendo sorrir.

"Qual é, bela?", provoco, passando a mão em sua bunda deliciosa. "Eu era um capitão pirata de novo?"

Liv pressiona o rosto contra meu ombro e faz que não com a cabeça. Aperto sua bunda.

"Um mosqueteiro?", questiono. "Um rei? Um super-herói?"

Ela nega outra vez. Quase consigo sentir que está vermelhinha.

"O que então?" Enfio um dedo em sua boceta só para fazê-la se contorcer um pouco. Ela se encolhe toda. E geme.

"Um cavaleiro?", pergunto.

"Não."

"Então o quê?" Enfio o dedo um pouco mais fundo. Liv se ajeita para me acomodar.

"Não é da sua conta", ela resmunga.

"Ã-hã. O que você faz quando não estou por perto durante um dos seus sonhos eróticos?" Sou capaz de jurar que o rosto dela fica mais quente.

"Você fica na mão, né?" Passo o polegar em torno de seu clitóris. Ela estremece. "Então é justo me contar o que estava sonhando quando estou aqui para ajudar."

"Tá bom." Ela se afasta e me encara. "Você era um elfo."

Fico tão surpreso que paro de tocá-la. "Um elfo?"

Liv fica vermelha de novo. "É."

"Com orelhas pontudas e gorrinho?" Não consigo segurar o riso. "Foi isso que deixou você com tanto tesão?"

Ela me dá um tapa no peito. "Não, nada de orelhas pontudas e gorrinho."

"Então o quê?"

"Um elfo do *Senhor dos anéis*. Sabe como é, com colete de couro, calça justa e arco e flecha."

"E você era o quê?", pergunto.

"Eu era uma... uma fada."

"Uma fada." Isso está ficando cada vez mais promissor. "Tipo a Sininho?"

"Não exatamente. Mas eu tinha asas. E sapatilhas com pedras preciosas. E usava um vestido branco com cinto dourado." Ela faz uma pausa. "Sem nada por baixo."

Legal.

Sempre preciso me esforçar um pouco para que Liv me conte seus sonhos eróticos, mas vale a pena.

"E o que a gente estava fazendo?", questiono.

"Bom, tinha uma guerra entre os elfos e as fadas pelo controle da floresta", ela conta. "Eu morava em um vilarejo pacífico com minhas irmãs fadas..."

"Suas *irmãs* fadas?"

Ela me dá um tapa no ombro. "É. E você chegou destruindo tudo com uma tropa de guerreiros, tentando tomar a floresta pouco a pouco."

"Ã-hã."

"Você me viu uma tarde durante uma caçada. Eu estava colhendo flores perto de um lago. Era um dia de calor, então entrei na água para me refrescar. Você estava escondido atrás de uma árvore e me viu toda molhadinha."

"E fiquei de pau duro."

"Não imediatamente, porque estava de olho no meu cervo de estimação."

Às vezes Liv demora um pouco para chegar à parte boa.

"Você tinha um cervo de estimação", eu digo.

"Na verdade, cerva. O nome dela era Clover."

"Quando foi que a gente transou?"

Liv ergue a sobrancelha. "Pensei que você estivesse interessado no meu sonho."

"E estou, mas talvez com menos detalhes."

Ela solta um suspiro, como se eu fosse um aluno de ensino médio e precisasse do resumo de uma obra-prima da literatura.

"Então eu tinha uma cerva de estimação chamada Clover", ela faz questão de repetir. "Que você queria caçar para comer no jantar. Mas, quando posicionou o arco para atirar, pisou em um graveto. Clover e eu ouvimos. Ela fugiu para a floresta, e eu fui correndo pegar meu vestido, que tinha deixado na beira d'água."

"Você estava pelada."

"Claro que estava. Eu tinha entrado no lago, esqueceu?"

"Por que você estava pelada no meio da floresta que os elfos ameaçavam invadir?" É melhor entrar logo no jogo.

"Já falei", Liv responde. "Eu vivia em um vilarejo pacífico de fadas."

"Mas, se os guerreiros elfos estavam tomando a floresta pouco a pouco, você deveria saber que era perigoso tomar banho no lago."

Liv cruza os braços e fecha a cara. Sua intenção é mostrar irritação, mas isso faz seus peitos levantarem e ela ficar ainda mais gostosa.

Sinto vontade de lamber seus peitos, mas me forço a olhar em seu rosto.

"Certo", eu digo. "Talvez houvesse algum acordo entre as fadas e os elfos que protegesse sua região. Por isso você se sentia segura."

A expressão dela se ameniza. "Isso, perfeito. Quer dizer... hã, pode ser. Enfim, eu estava saindo às pressas da água quando você saiu de trás das árvores. Apontou o arco para mim e falou para não me mexer. Mas aí percebeu que eu estava pelada."

"Demorou um bocado."

"O sol estava meio baixo, então não dava para ver logo de cara. Você chegou mais perto, e eu peguei meu vestido e pus na frente do corpo molhado. Quis me levar pro seu acampamento. Eu disse que não ia, e você falou que se quisesse ser liberada eu ia ter que fazer por merecer."

Olhando para minha boca, ela se ajeita melhor no meu colo. Eu me mexo para ajeitar o pau duro bem na sua boceta.

"E o que você falou?", perguntei.

"Que eu... hã, faria o que fosse preciso. Precisava voltar pro meu vilarejo."

"E encontrar sua cerva de estimação."

"É." Ela ergue a mão e passa o dedo pelo meu lábio inferior. "Eu já estava... animada, sabe como é, por estar nua, com o sol esquentando minha pele. E aí apareceu você, todo forte e autoritário, com um colete apertadinho de couro e os cabelos compridos..."

"Cabelos compridos?"

"Você era um elfo." Ela se remexe um pouco no meu colo. "Você arrancou o vestido da minha mão para poder ver meu corpo, que ainda estava todo molhado. Então ficou louco de desejo."

Liv desliza a mão pelo meu peito até o meio das minhas pernas. Seus seios se empinam quando ela respira fundo.

"E aí?" Minha voz sai rouca.

"Aí você me mandou apertar os peitos um contra o outro, porque queria esfregar o pau neles."

"E você obedeceu."

"Estava de joelhos antes que terminasse de falar", Liv murmura.

Meus olhos se dirigem para seus seios cheios e arredondados. Não esfrego o pau neles já algum tempo. Solto um grunhido, me mexendo um pouco para aliviar uma ereção quase dolorosa. Meu pau lateja na mão de Liv.

Ela arregala os olhos. "Quanta vitalidade."

"Que sonho."

Imagino que o elfo e a fada tenham se pegado de jeito, mas não estou mais interessado nos detalhes. Estendo a mão e acarício seu peito, passando o polegar no mamilo.

"Fica de joelhos."

Ela vai para o chão, se esfregando nas minhas pernas. Seguro o outro seio e enfio o pau no meio deles.

"Ai, Dean..."

"Agora faz."

Liv comprime os seios e os esfrega contra meu pau duro. A pele dela vai ficando melada e sua respiração acelera. Envolvido por sua maciez, eu me recosto e deixo que ela me acaricie, esfregando, roçando e espremendo. Depois de alguns minutos ela baixa a cabeça e começa a lamber a pontinha quando empurro o pau para cima.

A tensão comprime a base da minha coluna. Seguro Liv pela nuca. Ela se vira de lado. Eu a pego pela cintura e vou para o chão. Liv me envolve com as pernas e eleva os quadris para me deixar entrar.

Dessa vez demoramos mais. O sexo lento e potente me faz ranger os dentes quando chego perto do clímax. Liv agarra meus antebraços e geme, se remexendo e estremecendo toda a cada estocada. Eu ficaria nesse ritmo por horas, prolongando a sensação para sempre, mas o desejo foge do controle. Meto bem fundo enquanto ela se convulsiona, e então vem o prazer absoluto.

Fácil. Tudo é fácil e natural com ela, minha fada da luxúria, minha linda esposa. Desejá-la é como respirar. A necessidade dela flui no meu sangue. O amor que sinto é o que faz meu coração bater, e sempre vai ser.

25

OLIVIA

7 DE JUNHO

Uma multidão de pais e filhos se aglomera na varanda da frente do Café das Maravilhas. A casa foi repintada de verde com detalhes em branco, e a placa caprichada tem um coelho branco usando um monóculo.

Para a inauguração, pusemos um pula-pula na lateral da casa e balões de ar quente no telhado. Figurantes vestidos de personagens de *Alice no País das Maravilhas* e *O mágico de Oz* circulam distribuindo bolinhos e biscoitos. Há uma barraca de pintura facial e outra de esculturas com bexigas, além de músicos tocando músicas animadas.

Do lado de dentro, o ambiente é festivo, com as vozes das crianças ecoando pela casa. Na cozinha a movimentação é grande, com Jan e sua equipe dando duro para atender aos pedidos de suflês, sanduíches, pizzas de arco-íris, pães de macaco voador, palha de espantalho, cupcakes do Gato de Cheshire e xícaras de chá comestíveis.

Marianne e várias das antigas funcionárias da Matilda's Teapot cuidam de acomodar as pessoas às mesas e recomendar nosso menu de chás, enquanto Allie e eu ajudamos a distribuir a comida e Brent supervisiona os trabalhos para que tudo saia direitinho.

A decoração ficou incrível, com os murais detalhados nas paredes, uma escada com pintura de tijolos amarelos, a nova iluminação e as cores vivas e arejadas. Plantas enfeitam a porta de entrada, e os clientes que chegam têm a opção de se sentar em Oz, no andar de cima, ou no País das Maravilhas, no térreo.

É tudo o que eu imaginava que seria, exatamente o que Allie e eu tínhamos em mente.

"Um chapéu da Bruxa Má saindo." Ponho o prato diante de uma garotinha com fru-frus nos cabelos. Ela sorri ao ver a casquinha embebida em chocolate virada de cabeça para baixo sobre a bola de sorvete.

"Vocês já estão marcando aniversários?", a mãe dela pergunta.

"Estamos, sim. Vou pegar um panfleto com nossas opções."

Entrego um folheto para ela e converso com mais alguns clientes antes de ir lá para fora, onde uma multidão aproveita as atrações. Protejo os olhos do sol com a mão quando vejo Ben Stafford ao lado da barraca de pintura facial com as filhas. Minha mãe está por ali também, com um homem que não conheço.

Vou até Kelsey, que está na barraca de argolas, e me divirto ao ver a margarida pintada em seu rosto.

"Está tudo incrível, Liv", ela diz depois que nos abraçamos. "Você e Allie fizeram um trabalho fantástico."

Abro um sorriso de satisfação e orgulho. "A gente não teria conseguido sem sua ajuda."

"Teriam, sim." Ela me dá um cutucão com o cotovelo. "Cadê o Dean?"

"Está vindo. O cara que ia trazer a máquina de bolhas de sabão teve um problema com o carro, então ele foi buscar."

"Uma foto, meninas?" Rita Johnson, a repórter que escreveu a matéria sobre a transformação da Matilda's Teapot no Café das Maravilhas, para ao nosso lado.

Kelsey e eu sorrimos para a câmera enquanto ela faz algumas fotos.

"Conversei com alguns pais, e estão todos muito contentes por ter um lugar assim na cidade", Rita comenta, analisando a imagem na tela de LCD da câmera. "Acho que vai ser um sucesso."

"Espero que seja mesmo. Você provou o bolo da Rainha de Copas?"

"Experimentei tudo." Rita abre um sorriso e aponta com o queixo para uma barraca de comida. "Está uma delícia. Acho que vou comer mais, inclusive."

Depois de verificar se as bandejas estão todas abastecidas, volto para dentro.

Uma sensação de perigo iminente me atinge de forma repentina. Meus olhos se voltam para um homem grisalho e grandalhão que está vindo na direção do café. Instintivamente sei que é Edward Hamilton. Apresso o passo rumo aos degraus para impedir sua entrada, mas ele consegue chegar até a varanda.

"Olivia West?", ele pergunta.

Minha pele se arrepia, e um medo sinistro envolve meu coração. Preciso me forçar a me aproximar dele.

"Sim. Em que posso ajudar?"

Ele me olha de cima a baixo. Cravo as unhas nas palmas das mãos e retribuo seu olhar gelado.

"Onde está seu marido?", ele quer saber.

Ai, Deus.

"Sr. Hamilton, se quiser conversar, podemos ir..."

"Vocês podem ir para o inferno", ele esbraveja.

A ansiedade toma conta de mim. Minha respiração acelera.

"Aqui não é o lugar..." Paro de falar.

Atrás de Edward Hamilton, de pé na calçada, está sua filha Maggie. Sinto a raiva explodir dentro de mim. Nos encaramos à distância.

"Você precisa ir embora, sr. Hamilton", digo. "Vocês dois precisam."

"Quem você pensa que é para caluniar minha filha?"

"Não sei do que está falando."

"Não o caralho." Ele chega mais perto, e dá para ver uma veia pulsando em sua testa. "Minha filha e eu recebemos um e-mail anônimo com uma história mentirosa envolvendo Maggie e outro professor. Uma mentira deslavada. Seu marido é o responsável por isso, como deve saber. Ele não pode mais se esconder, como o covardão de merda que é."

Estou começando a tremer. Recuo para afastá-lo do meu campo de visão, mas acabo esbarrando na lateral da varanda. Percebo que as pessoas estão começando a olhar. Só espero que a música esteja alta o bastante para encobrir a voz dele.

"Se você não for embora agora", digo, "vou chamar a polícia."

"Pode ficar à vontade. Vai ser ótimo pros negócios, a polícia baixando na inauguração de um espaço para crianças..."

Fico apavorada quando percebo que Edward Hamilton sabe que não tenho como me defender, pelo menos não aqui. Não agora.

"O que... o que você quer?", gaguejo.

"Cadê aquele filho da puta do seu marido?"

"Ele..."

"Está bem aqui."

A voz grave e contida de Dean me enche de alívio. Respiro fundo e olho para ele. Seu corpo está todo tenso, seus olhos faíscam ao pousar sobre Hamilton.

"Sai de perto da minha mulher", ele ordena.

Hamilton se vira para encará-lo. "Você precisava ter feito isso, West? Não podia ter deixado o assunto morrer?"

"Eu deixei." Dean chega mais perto, cerrando os punhos. "O assunto está encerrado. Agora some daqui."

"Se você difamar minha filha, está morto." Hamilton dá alguns passos na direção dele, com o dedo em riste. "Para quem mais mandou o e-mail?"

"Não mandei e-mail nenhum."

"Mentiroso."

Dean se coloca entre mim e Hamilton e levanta as mãos. Se quer conversar, vamos lá. Mas em outro lugar."

"Porra nenhuma." A voz de Hamilton reverbera entre os presentes.

Alguns pais começam a se afastar com as crianças. Kelsey vem até onde estamos, com a testa franzida. A música é interrompida, e toda a atenção se volta para nós.

"O que está acontecendo?" Kelsey para ao meu lado, observando tudo com seu olhar afiado.

"Nada." Dean balança a cabeça e continua com um tom ameaçador: "O sr. Hamilton já está indo embora".

O pai de Maggie recua alguns passos, e por um instante chego a pensar que está indo embora. Então se vira para a filha.

"Conte pra eles", manda. "Conte pra todo mundo o que esse cara fez com você. Intimidação, assédio, o pacote completo."

"Não!" É impossível segurar a raiva borbulhando dentro de mim. "Maggie é a mentirosa aqui! Ela não estava dando conta dos estudos, e em vez de *se esforçar* resolveu acusar..."

"Seu marido é um tarado que abusa das alunas", Hamilton grita.

"Cala a boca." O tom de voz de Dean está perigosamente grave.

Allie aparece na varanda, e Brent vem logo atrás. Kelsey liga para alguém.

"Vou fazer você afundar ainda mais do que já afundou." Hamilton está bufando, com os olhos em chamas e o dedo no peito de Dean. "Pensa que pode acusar minha filha de alguma coisa? Você, que come as próprias alunas?"

Os presentes se sobressaltam. O pânico comprime meu peito. Mais gente começa a pegar as crianças e ir embora. Corro na direção de Dean. Kelsey me segura pelo braço. Minha garganta está ardendo. Tento me desvencilhar dela.

"Me solta."

"Cuidado, Liv." Ela está com a atenção voltada para Dean e os olhos estreitados.

"Está na hora de todo mundo descobrir o escroto que você é", Hamilton diz para Dean.

"Vai embora. Agora." Os músculos do meu marido se contraem de raiva quando se aproxima de Hamilton, forçando-o a recuar para a calçada.

Ele vai para o lado da filha, que está abraçando o próprio corpo, insegura. Com uma expressão neutra, ela olha ao redor. Uma raiva contida se instala entre nós quando nossos olhares se cruzam. Hamilton para na frente de Dean outra vez, e a hostilidade entre os dois produz faíscas.

"Você fez isso com ela, né?" Hamilton empurra Dean e aponta para mim. "A pobre garota teve um colapso nervoso depois de se envolver em um escândalo na faculdade, e você se aproveitou disso para..."

Não!

A fúria de Dean vem à tona como a explosão de uma supernova. Ele voa em cima de Hamilton, jogando-o no chão. Maggie dá um grito. O pai dela atinge com força a calçada, gritando palavrões.

Dean monta em cima dele. Consumido pela raiva, segura Hamilton com uma mão enquanto o esmurra com a outra. Sangue começa a jorrar. Eu me desvencilho de Kelsey e corro até eles, com o coração na boca. Brent passa por mim a toda a velocidade para tentar apartar a briga.

"Dean, para!", eu grito.

Uma onda de suspiros horrorizados percorre os presentes, que se afastam às pressas. As crianças se escondem atrás dos pais, algumas começando a chorar. Outros clientes saem para a varanda, com os olhos arregalados de curiosidade e choque.

Brent e mais alguns que estão por perto tentam tirar Dean de cima de Hamilton. Antes que consigam, o homem se levanta e desfere alguns socos. Dean se desvencilha e avança sobre ele. Os dois se engalfinham aos berros, e voam socos para todos os lados. Dean cai por cima de Hamilton e bate nele sem parar.

O som da sirene de um carro de polícia reverbera no ar. A multidão se espalha quando a viatura diminui a velocidade e para. Dois policiais descem, com armas nas mãos.

"Parem!", um deles grita.

São necessários três homens para separar Dean de Edward Hamilton. Espumando de raiva, meu marido se desvencilha deles e vai para cima de Hamilton de novo. Um dos policiais o contém e o deita no chão. Uma segunda viatura chega.

Horrorizada, vejo Dean se debatendo para se soltar, com os olhos cegos de fúria. O policial puxa seus braços para trás e o algema.

"Puta merda", Kelsey murmura ao meu lado.

Meu rosto está quente e molhado das lágrimas, e meu peito dói. O pânico volta a tomar conta de mim. Seguro o braço de Kelsey para ter algo em que me apoiar enquanto conto até cinco e tento respirar.

Quando minha visão fica mais nítida, vejo Dean ao lado da viatura, suado e furioso, respondendo de forma brusca às perguntas do policial. Edward Hamilton está falando com outros dois policiais, gesticulando freneticamente e apontando para Dean.

Não consigo nem olhar para Kelsey. Nem penso em me virar para ver onde estão Allie, Brent, Ben Stafford e minha mãe. Não quero ver as poucas pessoas ainda presentes assistirem ao meu marido ser algemado e detido.

Limpo o rosto com a manga e vou até ele. Sinto o olhar de Maggie Hamilton sobre mim, sua postura triunfal.

Dean ergue a cabeça. A princípio, fica só me olhando, como se tivesse se esquecido de quem sou. Então seu olhar se volta para o café, para a festa interrompida, para as pessoas vendo tudo.

Paro diante dele e ponho a mão em seu peito. Seu coração ainda está acelerado de raiva.

"Você é a sra. West?", o policial pergunta.

Faço que sim com a cabeça, sem tirar os olhos de Dean. "Olivia West. Mulher dele."

"Seu marido precisa ir para a delegacia. O oficial Randall vai precisar do seu depoimento, entre outros."

Um grito ecoa perto da outra viatura. Quando me viro, vejo Edward avançando sobre Dean. A única coisa que me vem à cabeça é que meu marido está algemado e o pai de Maggie corre em sua direção com a força de um aríete.

Eu me coloco entre os dois, e os gritos de alerta ressoam nos meus ouvidos. Hamilton se arremessa contra mim. Vou ao chão, bato a cabeça na calçada e sinto a dor se espalhar pelo meu corpo.

Vejo o rosto da minha mãe na minha frente. Ruídos invadem minha cabeça.

Um balão vermelho escapa da cordinha e sai voando pela rua.

26

OLIVIA

"Se eu estou o quê?" Parece que a enfermeira fala um idioma que não entendo.

"Grávida", ela responde, um tanto impaciente. "Ou existe alguma *possibilidade* de estar grávida?"

"Hã... bom, acho que... quer dizer, sim. Existe a possibilidade. De eu estar. Grávida."

Essa percepção me atinge como um choque.

"Vamos fazer um exame de sangue para descobrir", diz a enfermeira.

Ela me faz mais algumas perguntas e avisa que vão ter um leito para mim em breve. Depois que sou registrada como paciente, uma auxiliar tira meu sangue. Visto um avental do hospital e sou colocada na cama.

Levo a mão à barriga e respiro fundo. Sempre imaginei a descoberta de uma gravidez da forma mais convencional — fazendo xixi em um palitinho na privacidade do meu banheiro, e depois dando a notícia ao meu marido em um jantar à luz de velas.

Em vez disso estou no pronto-socorro, morrendo de dor de cabeça, com luzes fluorescentes brilhando na minha cara, enfermeiros secos e ríspidos me enchendo de perguntas e um marido detido em uma cela na delegacia de polícia de Mirror Lake.

Não é exatamente uma delegacia das mais perigosas, mas mesmo assim...

Antes que o médico chegue, pego o celular para ligar para Kelsey.

"Minha nossa, Liv, ele parece uma fera enjaulada aqui", ela conta. "Está furioso porque não pode ir ao hospital. O policial disse que só vai soltar Dean quando ele se acalmar, mas você sabe como seu marido é cabeça-dura."

"Posso falar com ele?", pergunto.

"Na verdade, não. É proibido", Kelsey me informa. "E você? Está tudo bem?"

"Estão fazendo uns exames, mas parece que está tudo bem. E os Hamilton?"

"Não faço ideia de onde está a garota. O pai ficou detido por um tempo, mas já foi liberado."

"Quanto tempo o Dean ainda vai ter que ficar aí?"

"Ele foi fichado, mas vai ser liberado porque não tem antecedentes. Só precisa se acalmar um pouco primeiro. Ou bastante, na verdade. Estou aqui esperando. Vou com ele até aí assim que puder."

Encerro a ligação quando o médico aparece para um exame mais detalhado. Ele me explica que não é um caso de concussão, mas que vai recomendar uma ressonância magnética para confirmar. Enquanto fala sobre o procedimento, a enfermeira volta com o resultado do exame de sangue.

"O resultado aponta para uma gravidez, sra. West", o médico me diz enquanto lê os papéis. "Você não sabia disso?"

Como estou com a garganta fechada, respondo balançando a cabeça.

"Provavelmente o acidente não atingiu o feto, mas vamos fazer um ultrassom e avaliar a viabilidade da gestação com um monitor", o médico informa. Seu tom de voz frio e profissional e as palavras "viabilidade da gestação" me provocam um calafrio de medo.

Uma comoção começa em seguida. Allie, minha mãe e Marianne querem ver como eu estou. A enfermeira as expulsa quando chega com a máquina para o exame de ultrassom.

Pego o celular de novo. "Kelsey, você precisa vir com Dean para cá."

"Ele vai ser liberado agora, porque a polícia precisa desocupar a cela para uns estudantes bêbados", ela me diz. "Está pegando a carteira e o celular, ainda espumando de raiva. A gente chega aí em quinze minutos. Já avisei que está tudo bem com você."

"Vem logo."

"Estamos indo."

Depois de desligar, eu me recosto no travesseiro e olho para o relógio. Os minutos passam. Não quero pedir para adiar um pouco o ultrassom.

A enfermeira me avisa que preciso beber mais água para o exame. Enquanto faço isso, meu estômago se revira de apreensão. *Depressa, depressa...*

"Liv?" A voz de Dean interrompe minha ansiedade.

Meu coração dispara quando ele entra no quarto com os olhos cheios de preocupação, um hematoma no queixo e a camisa rasgada e suja de sangue. Ele para ao lado da cama, com o peito ofegante.

"Você está bem?" Dean me segura pelos ombros e me olha. Sua voz está tensa. "Você está bem? Puta que pariu, quase enlouqueci quando me seguraram naquela merda de cela..."

"Porque você estava descontrolado." Kelsey entra no quarto atrás dele. "Se não mantiver a calma aqui, vai ser mandado para lá de novo. É isso que quer?"

Dean respira fundo e se esforça visivelmente para se recompor. Ele aperta meus ombros.

"Você está bem?"

"Sim. Respira fundo mais um pouco."

Dean obedece. Atrás dele, Kelsey, com seu olhar afiado, nota a máquina de ultrassom. Ela arregala os olhos por trás dos óculos, e me encara como quem pergunta se Dean já sabe. Faço que não com a cabeça.

Kelsey puxa uma cadeira e a posiciona atrás dele.

"É melhor você sentar." Ela recua alguns passos, sorrindo para mim. "Ordens da tia Kelsey."

Ela vira e sai do quarto. Aperto o braço de Dean.

"Kelsey está certa", digo. "Senta um pouco."

Ele obedece, passando as mãos nos cabelos. "Liv, me desculpa, eu..."

"Ei. Para de falar. Tenho uma coisa para contar."

"O quê?" Os olhos dele se enchem de preocupação.

"Em fevereiro, dei uma passada naquela loja de roupas de bebê lá no centro", explico.

Ele pisca algumas vezes. "Ah."

"Comprei duas touquinhas de algodão, uma rosa e uma azul. Estão em uma caixa debaixo da cama."

Dean fica me olhando. Aperto seu braço com mais força.

"A gente vai precisar de uma dessas toucas daqui a sete ou oito meses", digo.

A expressão dele é de choque. Antes que possa se manifestar, o médico e a enfermeira aparecem.

"Tudo pronto, sra. West?", o médico pergunta, colocando uma prancheta sobre a mesa. "Vou fazer o ultrassom primeiro, depois ligar o monitor em você."

Dean fica pálido. Seguro sua mão, e minha apreensão vem à tona. Nossos olhos se encontram, e milhares de esperanças, medos e desejos surgem entre nós.

"Você e eu, professor", murmuro.

Ele se inclina sobre mim, pondo a outra mão no meu rosto. "Você e eu, bela."

Dean corrige a postura quando o médico se aproxima para me preparar para o exame. Ele não solta minha mão. O silêncio é total quando o médico espalha o gel no instrumento e começa a passar lentamente pela minha barriga. Meu coração está disparado. Nossos olhos ficam cravados no monitor.

Por um instante, não acontece nada. Até a enfermeira parece ter prendido a respiração.

Então um granulado em preto e branco aparece na tela, e uma luz começa a piscar de forma ritmada.

"Ali", o médico diz, parecendo satisfeito. "Um bebê com pulsação."

A tela fica borrada diante dos meus olhos. Pisco com força, porque não quero perder nada. É uma manchinha pequenina em formato de amendoim. A luz continua a piscar enquanto ela se mexe. Um bebê com pulsação.

"Querem ouvir?" O médico aciona um botão, e o som se eleva. "Cento e vinte batidas por minuto. Tudo dentro da normalidade."

Dean leva as mãos aos cabelos. Ele está virado para a tela. Não consigo ler sua expressão.

O médico começa a falar de novo, mas não presto muita atenção. Depois de escutar que estou de seis semanas e tudo parece normal, meu corpo relaxa. O médico avisa que vou passar a noite no hospital em observação.

Dean e eu nos entreolhamos. Ele põe a mão quente no meu pescoço. Os cantos dos seus olhos se enrugam em um sorriso lindo, e meu coração transborda. Simplesmente não tenho palavras.

* * *

Está tudo tranquilo no hospital na manhã seguinte enquanto espero Dean ir me buscar. O médico me examina de novo e declara que estou pronta para sair, então visto minhas roupas do dia anterior e aguardo a enfermeira aparecer com os papéis da alta.

"Oi, Liv."

Levanto os olhos ao ouvir a voz da minha mãe. Ela está parada na porta, mais linda do que nunca com seus cabelos loiros sedosos, sua saia florida e sua camisa com um bordado na cintura.

"Oi."

"Disseram que eu podia entrar, porque sou da família", ela me conta. "Tudo bem?"

O aperto no meu peito se alivia ainda mais. "Tudo bem."

"Você está feliz, pelo jeito", ela comenta.

Confirmo com um aceno da cabeça, pensando naquele pontinho na tela do ultrassom, cujas batidas do coração ecoavam as minhas.

"Eu me lembro de quando descobri que estava grávida de você", ela continua. "Foi o dia mais assustador na minha vida."

Meu coração se comprime. Ela estava sozinha quando descobriu, e logo depois foi expulsa de casa.

Levo a mão à barriga. Penso em voltar ao apartamento na Avalon Street, com as cortinas azuis e brancas, as poltronas estofadas, as pinturas com motivos marinhos e as fotografias com meu marido e eu. O escritório de Dean cheio de livros, minha escrivaninha perto da janela com vista para o lago azul, a mesinha branca em que tomamos café da manhã juntos todos os dias.

"Vim para avisar que estou indo embora", ela me diz.

"Ah. E para onde vai?"

"Phoenix, acho. Depois Las Vegas, talvez."

"O que você vai fazer?"

"O que sempre fiz."

Entendo o que isso quer dizer. Ela vai encontrar um lugar onde ficar, homens para hospedá-la. Vai vender suas joias, arrumar trabalhos ocasionais, conhecer pessoas e se mandar.

"Obrigada pela ajuda no café." Sinto um estranho nó na garganta.

Minha mãe se aproxima de mim. Seu cheiro de lavanda preenche o ar. Uma mistura fresca e limpa, floral e almiscarada. Era o único ponto em comum em todos os lugares em que vivemos. Quartos decadentes de hotel, apartamentos esquálidos, casas de desconhecidos... quando eu sentia o cheiro de lavanda, sabia que ela estava por perto.

E, como não tinha mais ninguém, *precisava* dela por perto.

Alguém entra pela porta. É Dean, que interrompe o passo e apoia a mão no batente para observar a cena.

Estão ambos em meu campo de visão, virados para mim — minha mãe e meu marido. Meu passado e meu presente. A pessoa que me magoou e a que me ajudou a superar a mágoa.

"Boa sorte, Liv", diz minha mãe, e desconfio que ela não sabe que Dean está aqui. "Queria muito que viesse comigo. Queria ajudar você."

"Não preciso da sua ajuda."

Eu me lembro do que ela falou para Maggie Hamilton, e de todos os homens com que se envolveu porque eram a única forma de conseguir o que queria. Seria melhor se tivesse descoberto outra maneira. Ainda torço para que aconteça.

"É como eu disse para aquela garota", minha mãe continua. "Aprendi uma coisinha ou outra sobre homens manipuladores, então toma cuidado com essa ideia de que seu marido é tudo o que você quer."

Vejo a expressão séria no rosto de Dean. Percebo a tensão dominando seu corpo, sua vontade de entrar no quarto, se colocar entre nós, me proteger. Ele dá um passo para dentro, sem tirar os olhos de mim, mas então se interrompe.

Volto os olhos para minha mãe. Uma força surge dentro de mim. Houve um tempo em que precisei dela, quando estava insegura e assustada.

Agora não preciso mais.

"Dean é o meu mundo. Ele me ajudou a recuperar a vida que eu tinha perdido. Você nunca vai conseguir me fazer duvidar dele."

Enquanto olho para ela, percebo por que está tentando interferir na minha relação com meu marido, por que tentou me convencer a abandoná-lo e cair na estrada, por que pensou que eu deixaria para trás tudo o que aconteceu.

Minha mãe não sabe nada sobre amor.

Não é como eu. Nem como Dean.

Levo a mão à barriga de novo. Sei que *outro* tipo de amor está à nossa espera... um amor emocionante e assustador, de uma intensidade sem medida. Um amor que vai nos envolver e nos levar além.

Nem Dean nem eu conhecemos qualquer amor que não seja o que sentimos um pelo outro. Só juntos poderíamos ter criado *isto* — uma ilha de afeto e luz, um refúgio de devoção, um lugar onde nos sentimos sempre seguros e incondicionalmente amados.

Sinto o olhar da minha mãe sobre mim.

"Depositar toda a sua confiança em um homem é burrice, Liv", ela diz. "E eu nunca quis que você fosse covarde."

"Nunca fui covarde", digo. "Foi por isso que me afastei. Você sempre disse que teria uma vida melhor se não fosse por mim. Mas fez suas próprias escolhas. Caiu na estrada sem nunca olhar para trás. E me levou junto."

"Eu precisava", ela se limita a responder. "Seu pai era um traidor, um mentiroso. Minha mãe era uma egocêntrica que se recusava a ajudar a própria filha. Eu não tinha escolha."

"A gente sempre tem escolha. Por isso deixei você, para fazer as minhas. Eu não precisava mais viver daquele jeito."

"E acabou levando uma vida reprimida com Stella antes de precisar largar a faculdade..."

"Não. Acabei casada com um homem que me mostrou o que é ser amada."

"Ah, pelo amor de Deus, Liv. Você não sabe a sorte que teve. Nunca deu valor a nada do que fiz por você."

"Porque você nunca fez nada por mim", retruco. Uma lembrança incômoda ressurge. Eu a afasto. "Não conseguiu nem me proteger dos tarados que mexiam comigo. Dizia que a culpa era minha."

"Eu nunca..."

"Foi isso mesmo." Uma velha e conhecida raiva borbulha no meu peito. Sinto que Dean também se enfurece, mas se controla. Mantenho os olhos cravados na minha mãe.

"Até me acusou de dar em cima do North porque tinha ciúme", lembro. "Você punha a culpa de tudo em mim. Se fosse diferente, talvez pudesse ter outra vida. Uma que realmente quisesses."

Um silêncio pesado se abate sobre o quarto. Minha mãe me encara. Pela primeira vez na vida, vejo cansaço em seus olhos, linhas de expressão em torno de sua boca.

"A covarde foi você", insisto. "Eu não. Decidi começar uma nova vida sozinha."

"Você não começou coisa nenhuma", ela responde com a voz tensa. "Fui eu quem larguei seu pai. Fui eu quem salvei nós duas."

"Você não me salvou. Eu me salvei."

"Você só fugiu."

"Não." Balanço negativamente a cabeça, com a certeza entranhada nos ossos. "Não é uma fuga se a gente está indo a algum lugar."

Sempre consegui correr para a direção certa, independente do que acontecia — para tia Stella, para a faculdade, para Twelve Oaks, para North, para meu futuro, para Dean.

Enquanto olho para minha mãe, me dou conta de que quem vive fugindo é ela, que não tem para onde ou para quem correr.

"Eu aprendi muita coisa", digo, desejando de verdade que um dia minha mãe encontre um caminho e a paz que nunca conseguiu sentir. "Criar raízes não significa se sentir presa, sufocada, nem... *comum*. Só significa que você enfim descobriu onde fica seu lar."

Nos encaramos pelo que parece ser uma eternidade. Reparo em seus olhos, que têm o mesmo formato dos meus, e em seus cabelos, compridos e lisos como os meus também. Penso na fotografia que North tirou de nós, quando Crystal e eu estávamos sorridentes em torno da fogueira.

"Boa sorte", digo por fim.

Ela faz um aceno com a cabeça, sem tirar os olhos de mim, então recua na direção da porta. "Devo dizer que fiquei impressionada por ter entrado na frente daquele cara ontem. Talvez você não tenha perdido a coragem no fim das contas."

"Talvez eu tenha herdado isso de você, em certo sentido", admito.

Um leve sorriso surge no rosto dela antes de se virar para a porta. Minha mãe hesita por um instante quando dá de cara com Dean. Eles trocam olhares, e a hostilidade se instala no ar. Meu marido se move para deixá-la passar.

Minha mãe se afasta de mim, passando por ele com a cabeça erguida e as costas retas. O som de seus saltos se afastando pelo corredor me deixa sem fôlego. Afundo na beirada da cama.

Uma imensa sensação de alívio e liberdade me invade, como se eu fosse uma planta seca que acaba de ser regada. Por muito tempo, pisei em ovos sobre o terreno instável e perigoso do meu passado, confusa com os caminhos tortuosos que tomei, à sombra de rainhas opressoras, macacos voadores e bruxas malvadas.

Não sabia se tinha escapado de verdade, incerta sobre ser ou não forte o suficiente para derrotar sozinha meus fantasmas. Agora sei como voltar para casa, sei que sempre tive o poder dos sapatinhos de rubi e sempre conheci o caminho para fora da toca do coelho. Sempre soube para onde deveria estar *voltada*.

Dean se ajoelha aos meus pés. Ele estende os braços e roça minhas mangas com os dedos.

"Você é uma heroína", ele diz.

Vejo em seus olhos uma porção de emoções que não consigo nem começar a definir, mas acima de tudo está o amor, ao mesmo tempo feroz e terno, que sempre foi como um farol para mim. Uma luz brilhante na escuridão, presente, constante. Eternamente.

Ele pega algo no bolso da calça, segura minha mão e põe uma corrente de prata sobre a palma. Meu coração dispara quando vejo o pingente de metal. *A sorte favorece quem tem coragem.*

"Eu... quase esqueci que você estava com isso", murmuro.

"Cuidei direitinho pra você." Dean põe as mãos nos meus joelhos. "Como me pediu."

Fecho os dedos em torno do colar, sentindo o peso do pingente na mão. Dean fica de pé e me ajuda a levantar.

"Vem, linda. Vamos pra casa."

27

DEAN

12 DE JUNHO

"Você fez alguma tatuagem de cadeia?" Kelsey vem andando pelo caminho que dá acesso à Butterfly House, com uma expressão que combina divertimento e preocupação.

Levanto a manga e mostro o arranhão no antebraço, da briga com Hamilton.

"É uma adaga", digo.

"Que beleza, machão." Ela põe a bolsa no chão e se senta ao meu lado na varanda. "Cadê a Liv?"

"Já vem." Tiro um pedaço de barbante do bolso e começo a fazer uma fileira de triângulos.

"Então... um bebê...", Kelsey diz.

Meu coração dispara. "Como é que você sabe?"

"Sou esperta, esqueceu? Descobri sozinha."

Continuo brincando com o barbante. "Ela teve um aborto em janeiro."

"Eu sei. Triste." Kelsey hesita. "Isso deixa a coisa mais assustadora, não?"

Pois é. Tem muita coisa no mundo que me mete medo.

"Você está bem?", ela pergunta. "Com o lance do emprego e tudo mais..."

"Consigo sobreviver sem o emprego, Kelsey." Solto o barbante e enfio no bolso. "Vou arrumar outro um dia. Mas pedi demissão justamente para encerrar o assunto antes que machucasse a Liv."

"Relaxa, Dean. O médico falou que está tudo bem."

"Não foi só isso que eu quis dizer."

"Eu sei."

Agora todo mundo sabe o que aconteceu, Edward Hamilton pode prestar queixa contra mim e a inauguração do café foi um fiasco...

Não poderia ter sido pior.

Allie, Brent, Marianne e todos no café disseram que não era culpa minha e estavam se esforçando para levantar o negócio, mas me sinto totalmente responsável pelo que aconteceu.

Fiz questão de cobrir os prejuízos e os custos operacionais até o café voltar a atrair clientela, mas a má impressão causada pelo escândalo ainda não foi revertida.

E, mais uma vez, não sei como remediar a situação.

Kelsey e eu levantamos os olhos ao ouvir o som de um carro parando. A satisfação se espalha pelas minhas veias ao ver Liv de saia de bolinhas e uma camisa branca, com o rabo de cavalo balançando.

Vou até o carro e abro a porta do passageiro para ajudar Florence Wickham a descer.

"Ah, obrigada, Dean." Ela olha para a Butterfly House e solta um suspiro. "Gostaria de ter mais apoio da comunidade para revitalizar este lugar. Agradeço demais sua ajuda, mesmo com tudo pelo que está passando."

Tento esconder meu desgosto. A notícia sobre a inauguração desastrosa do Café das Maravilhas se espalhou pela cidade, e só me resta torcer para que a publicidade negativa não arruíne o negócio.

"Que briga horrível em que você se meteu", Florence diz, balançando a cabeça.

"Eu... hã, eu não fiz nada de errado", digo, sentindo uma necessidade urgente de garantir àquela senhora que sou uma pessoa respeitável.

Florence pisca algumas vezes, surpresa. "Claro, um homem como você sempre faz tudo *direito*. Não é mesmo, Olivia?"

Liv assente. Um clima de divertimento que não entendo muito bem se instala.

"Você é um cidadão modelo." Florence estende a mão para dar um tapinha no meu braço.

Ela ergue a sobrancelha e sobe um pouco a mão para dar um apertão no meu bíceps.

"Minha nossa", diz, então limpa a garganta, e me aperta com mais força enquanto andamos na direção da casa. "Como eu estava dizendo para Olivia no caminho, minha neta é superintendente de ensino no distrito de Rainwood, e ficou animadíssima com a ideia do café. Ela está disposta a ajudar a reverter a situação."

"Toda ajuda é bem-vinda, pode acreditar", Liv diz.

Ela apresenta Kelsey a Florence, e entramos na casa para eu mostrar os progressos. Estou saindo para a varanda depois de passar por todos os cômodos quando meu celular toca.

"Professor West? É Ben Stafford."

Meu coração se aperta. "Sim."

"Queria avisar que você vai receber uma intimação do conselho diretor da universidade amanhã", ele diz. "Diante dos acontecimentos recentes, o conselho se sentiu na obrigação de investigar e determinar se alguma regra foi descumprida."

"Entendo."

"Você ainda é membro do corpo docente até seu pedido de demissão ser efetivado", continua Stafford. "Portanto, pode ser responsabilizado por seus atos e sujeito a procedimentos disciplinares."

"Quais são as consequências possíveis?"

"As sanções vão desde uma advertência formal até suspensão ou demissão."

Não estou preocupado em ser demitido ou com a suspensão, já que estou cumprindo aviso prévio. Não gosto da ideia de ter uma advertência formal no meu prontuário, mas posso conviver com isso se for necessário.

Solto o ar com força. "Certo. É só uma formalidade, não?"

"Hã, bom... não", responde Stafford.

"Como assim?"

"Vai haver uma audiência pública. O relatório da investigação vai ficar aberto nos autos. E qualquer um pode assistir à sessão."

Sua leve ênfase na expressão "qualquer um" é suficiente para eu entender do que se trata. "Qualquer um" significa que Maggie e Edward Hamilton vão estar presentes. E "audiência" significa que Liv vai ser chamada a testemunhar. E "investigar" significa que essa história ridícula vai vir a público de qualquer forma.

"Então minha reputação vai para o espaço", comento.

Merda. Posso esquecer as sondagens de museus e de outras universidades que venho recebendo.

"Preciso levar um advogado?", pergunto.

"Não aconselho", Stafford responde. "Eles tendem a ver uma representação legal como admissão de culpa, ou no mínimo uma tentativa de obstruir as investigações."

"Então tenho que ficar lá levando porrada?"

"Você vai ter a chance de se defender", Stafford me garante, apesar de seu tom de voz não indicar que eu vá conseguir muita coisa com isso.

16 de junho

O conselho diretor da King's se reúne no salão principal do prédio mais antigo do campus, uma construção nos moldes da arquitetura italiana de basílicas.

Liv e eu entramos no salão. A mesa comprida de madeira polida fica na posição norte do cômodo, cercada por nove cadeiras revestidas em couro. Há outra mesa com um microfone em frente, diante das cadeiras da plateia.

Nos sentamos em um banco atrás da mesa com o microfone. Como viemos cedo, ninguém chegou. Liv segura minha mão.

Houve um tempo em que eu não ia querer a presença dela aqui. Sempre tentei mantê-la à distância de tudo o que era desagradável. Lidaria com aquilo sozinho, resolveria a situação por ela.

Agora não consigo me imaginar *sem* Liv aqui.

Olho para ela. Está me observando com uma expressão séria, mas com afeto nos olhos. Usa um terninho cinza, com os cabelos presos e brincos de pérola. O anel de camafeu que comprei no antiquário está em seu dedo, além da aliança de casamento. De repente sinto um arrependimento por não ter pedido minha esposa em casamento do jeito que ela merecia.

A porta se abre com um clique, interrompendo meus pensamentos. Pessoas começam a entrar. Liv aperta minha mão.

Está tudo bem. Ela está bem. O bebê está bem. Sabendo disso, sou capaz de encarar qualquer coisa.

As vozes e os ruídos preenchem o ar enquanto as pessoas se sentam. Pensei que Frances Hunter já fosse estar aqui a esta altura. Quanto mais espectadores aparecem, mais tensos meus ombros ficam.

Minha esperança de que não aparecesse muita gente desmorona. Doce ilusão. Meia hora antes do início da audiência, o salão está lotado. Meu estômago se revira quando penso que tantas pessoas vão ouvir a acusação de assédio sexual contra mim.

O zumbido das vozes e o farfalhar de papéis se elevam atrás de mim. Não vejo sinal de Edward Hamilton, mas Maggie entra pela porta lateral, com a cara fechada e os lábios comprimidos em determinação.

Quando estão todos acomodados, os nove membros do conselho diretor entram, muito sisudos e concentrados. Eu me viro à procura de Frances, e a quantidade de pessoas presentes me deixa apreensivo. Vejo Kelsey na primeira fileira, acenando em incentivo.

Depois que os membros do conselho se sentam, o reitor Radcliffe dá início à audiência e começa a explicar minha convocação.

"Como membro do corpo docente, professor West", ele diz, "deve seguir um código de conduta. O senhor foi acusado de um comportamento eticamente questionável que será investigado aqui. Pode fazer um discurso prévio de defesa, se desejar."

Solto a mão de Liv e vou ao microfone. Pego um papel dobrado no bolso e abro.

"Meu nome é Dean West, professor de estudos medievais, ph.D. *summa cum laude* na Universidade Harvard. Dediquei..." Minha garganta se fecha. Faço uma pausa e engulo em seco. "Dediquei toda a minha vida adulta ao conhecimento e à educação. Sou um defensor da liberdade acadêmica e exijo de mim mesmo e dos meus alunos a seriedade mais elevada. Em nenhum momento violei o processo educacional nem a confiança e a autoridade dedicadas a mim como membro do corpo docente desta instituição. Tem sido uma honra representar a Universidade King's e trabalhar com os alunos excepcionais de seu corpo discente. Gostaria de..."

"Com licença, professor West."

Todos viramos. Frances Hunter se aproxima do centro do salão pela entrada principal. Com seu terninho verde-escuro e seus cabelos grisalhos, parece uma general marchando para o campo de batalha. Ela para ao meu lado, me empurrando com o ombro para assumir o microfone.

"Reitor Radcliffe, peço desculpas pela interrupção", ela diz, "mas sou obrigada a informar que uma das testemunhas não vai poder comparecer."

Radcliffe olha para ela por cima dos óculos. "Quem, professora Hunter?"

"Edward Hamilton, pai da srta. Hamilton."

"Quê?" Maggie se levanta da cadeira, empalidecendo. "Como assim? O que aconteceu?"

Frances lança um olhar contundente a ela, então volta sua atenção para o reitor.

"Recebemos a informação de que o sr. Hamilton já voltou a Chicago", a professora continua, "após a descoberta de que a vida acadêmica da srta. Hamilton na King's foi seriamente comprometida quando era orientanda do professor Jeffrey Butler."

Maggie respira fundo. A plateia se agita. Radcliffe franze a testa.

"A que está se referindo exatamente, professora Hunter?", ele questiona.

"A srta. Hamilton teve um caso com o professor Hunter." Frances parece quase triunfante. "Considerando que ele era seu orientador, foi uma violação do regulamento da universidade por ambas as partes."

"Não é verdade!" Maggie grita, apontando o dedo para mim. "O professor West me impediu de terminar minha tese porque queria..."

"Eu queria que você se esforçasse", interrompo.

"Com licença, senhor reitor."

Todos nos viramos, e a plateia se agita mais uma vez quando um dos espectadores se levanta. Ben Stafford caminha pelos presentes para chegar ao microfone diante de Frances.

"Ben Stafford, do departamento de assuntos jurídicos", ele se apresenta. "Posso afirmar categoricamente que qualquer alegação da srta. Hamilton envolvendo o professor West, de acordo com o que pude apurar, é absolutamente infundada."

"Sabemos disso, sr. Stafford", Radcliffe responde. "Nosso objetivo aqui é..."

"Entendo que a audiência se proponha a investigar mais a fundo o caso", interrompe Stafford, "mas, diante do envolvimento da srta. Hamilton com Jeffrey Butler, gostaria de sugerir ao conselho que rejeite a acusação e encerre a investigação do caso em caráter final e permanente."

Atrás de mim, ouço Liv respirar fundo. Em meio às minhas defesas em alerta, uma faísca de esperança se acende.

"Gostaria de sugerir também", acrescenta Frances, lançando outro olhar hostil para Maggie, "que deixemos de rebaixar o prestígio da Universidade King's permitindo que a srta. Hamilton estude aqui. Caso não tome a iniciativa de se desvincular da universidade por iniciativa própria, recomendo com veemência sua expulsão."

Maggie dá um passo para trás, olhando para Frances e para os membros do conselho, sentindo-se acuada como um animal em fuga. Radcliffe e os outros trocam olhares.

"Além disso", Frances acrescenta, "tenho certeza de que os corpos docente e discente do departamento de história corroborarão com as informações sobre a conduta da srta. Hamilton."

Maggie fica branca como uma folha de papel. "Meu pai doou rios de dinheiro para esta universidade, então se vocês pensam que..."

"Minha opinião", Frances continua secamente, "é de que você é uma menina mimada e mentirosa que jamais deveria ter sido admitida na Universidade King's."

Um silêncio atordoado recai sobre o salão. Os membros do conselho se remexem nos assentos e tapam os microfones para conversar entre si.

Maggie está vermelha de raiva e vergonha.

"Vou processar vocês", ela esbraveja, me encarando com os olhos arregalados. "Todos vocês. Ninguém aqui me protegeu quando um professor tentou me chantagear para me levar para a cama!"

"Foi isso o que Jeffrey Butler fez?", Frances questiona, desviando a atenção de mim. "Que interessante, existem evidências em vídeos que sugerem outra coisa."

A plateia se agita com suspiros e murmúrios horrorizados.

Maggie recua e pega sua bolsa. "Isso é mentira."

"Em caso de processo judicial, vamos ter que solicitar ao jurídico que investigue a fundo o caso", Frances retruca. "É isso que você quer? Você não tem mais como se esconder atrás do seu pai. Na verdade, não tem mais como se esconder de qualquer modo."

Maggie recua, com a bolsa agarrada junto ao peito como se fosse um escudo. Então, com um estranho brilho de medo, seu olhar percorre os presentes e se fixa na pessoa sentada atrás de mim.

Dou um passo à frente por instinto e me coloco entre Maggie e Liv, para protegê-la do veneno que possa ser lançado contra ela. Então paro e me viro para minha mulher.

Ela está olhando para Maggie com a expressão calma, embora seus olhos revelem uma mistura de raiva e pena. É o mesmo olhar que dirigiu à mãe.

A tensão domina o ar. Maggie vira as costas e sai correndo do salão, batendo a porta atrás de si. Os sussurros dos presentes se elevam.

Estou sem fôlego. Liv me olha e aponta com o queixo para os membros do conselho e para Frances. Eu me viro para eles e tento retomar o foco.

"Muito bem", diz Radcliffe, com um tom de voz mais alto e um tanto irritado. "Vamos tratar da questão da srta. Hamilton em uma ocasião futura, já que claramente há questões a serem esclarecidas. Nosso assunto aqui é a conduta do professor West. O senhor foi detido pouco tempo atrás, certo?"

"Sim, senhor."

"Por perturbação do sossego e agressão?"

"Sim, senhor."

"Com licença, senhor reitor." Kelsey se levanta e assume o microfone. "Kelsey March, professora associada do departamento de ciências atmosféricas."

Radcliffe solta um suspiro. "Sim, professora March?"

"Eu estava presente no momento do incidente, senhor reitor", Kelsey conta. "Foi na inauguração do café da sra. Olivia West, e devo dizer que o evento estava indo às mil maravilhas até o ataque de Edward Hamilton ao professor West arruinar a diversão de todos."

"O professor West é que foi atacado?", outro membro do conselho questiona.

"Com violência." Kelsey assente. "Há muitas testemunhas. Com ofensas verbais e depois com agressão física. Foi uma surpresa o professor West não ter saído ferido."

"Isso é verdade, professor West?", Radcliffe me pergunta.

"Hã... houve xingamentos e agressões físicas, sim, senhor."

"E Edward Hamilton começou a briga", Kelsey acrescenta. "Todo mundo viu."

Olho para ela, surpreso. Apesar da raiva que me dominou naquele dia, me lembro nitidamente de ter atacado primeiro, voando em cima de Hamilton e jogando-o no chão.

Então recordo que ele meteu o dedo no meu peito. Não sei se isso pode ser definido como *ataque*, mas me sinto imensamente grato a Kelsey.

"O fato", Radcliffe continua, olhando feio para todos nós e franzindo as sobrancelhas grossas, "é que o professor West teve dificuldades com Maggie Hamilton desde que foi admitido na King's, o que culminou com um incidente público de violência e..."

Há um ruído repentino nos fundos do salão quando a porta se abre. Algumas pessoas entram. Todos viramos para ver o motivo da comoção.

Fico sem reação quando pelo menos vinte alunos meus se enfileiram no salão com as mochilas nos ombros, então caminham pelo corredor central para se posicionar diante do conselho. Estão em tantos que acabo sendo deslocado para perto da porta lateral.

"Com licença, reitor Radcliffe." Jessica abre caminho até o início da fila para chegar ao microfone.

O reitor revira os olhos. "Pois não?"

"Meu nome é Jessica Burke. Sou uma orientanda do professor West. Somos todos alunos dele, da graduação e da pós." Ela aponta para seus companheiros, que acenam para os membros do conselho. "Posso ter a palavra?", Jessica pede.

"Aparentemente já tem", Radcliffe responde, contrariado.

"Obrigada." Jessica limpa a garganta e abre uma folha. "Estamos aqui para declarar nosso apoio integral ao professor Dean West. Como estudantes admitidos na Universidade King's por nosso desempenho acadêmico, podemos afirmar sem sombra de dúvidas que é um estudioso, mentor, orientador e professor excepcional. Ele eleva nossos padrões, guia nossas pesquisas e acredita em nossa capacidade de atuação e inovação como cidadãos do mundo."

Alguns alunos olham para mim. Minha garganta está tão comprimida que até dói.

"O professor West é culpado de algum crime?" Jessica pergunta, dirigindo o olhar para os membros do conselho. "A resposta é sim."

A plateia se agita, surpresa.

"Ele é culpado de chantagem quando insiste para que seus alunos se esforcem ao máximo para receber uma boa nota. É culpado de usar informações privilegiadas quando põe seus alunos em contato com colegas seus neste país e na Europa para que possam aprimorar suas pesquisas e abrir perspectivas de carreira. É culpado de plágio quando cede cópias de seus artigos e fornece citações para ajudar os estudantes em suas pesquisas. É culpado de fraude quando exige que os alunos conheçam todas as facetas de um evento histórico, mas só cobra oficialmente uma parte desse conhecimento. E todos os alunos do professor West concordam que ele é mais do que culpado de tentar matar todo mundo de tédio quando começa a falar sobre o contexto econômico dos mosteiros cistercienses", Jessica acrescenta.

Os risos se espalham pela plateia. Olho para Liv, que está enxugando as lágrimas com um lenço.

"Mas, até onde nós sabemos, todos os professores deveriam ser culpados desses crimes", Jessica complementa. "O professor West é um acadêmico na verdadeira acepção da palavra, um mentor compreensivo e inovador que todos admiramos e respeitamos além de qualquer medida. E se qualquer um... *qualquer um mesmo*... duvidar que ele é uma presença indispensável para esta universidade e esta comunidade... esse seria o verdadeiro crime."

Jessica se afasta do microfone. O grupo de alunos começa a aplaudir, e o som estridente se torna reverberante quando o restante da plateia se levanta para se juntar a eles.

Eu me apoio em uma cadeira. A sala começa a girar.

"Ordem!", Radcliffe grita, batendo com o punho fechado na mesa. "Ordem, por favor!"

A plateia se acalma e as pessoas voltam a se sentar, intimidadas pelo olhar hostil de Radcliffe.

"Obrigado, srta. Burke", o reitor se limita a dizer. "Agora vou consultar meus pares antes de comunicar nossa decisão."

Depois que ele anuncia um breve recesso, vou até meus alunos e ofereço meus agradecimentos, que nunca vão conseguir expressar toda a minha gratidão. Aperto a mão de Stafford e dou um abraço em Kelsey. Os membros do conselho voltam meia hora depois, então Radcliffe pede que todos se sentem.

Eu me acomodo ao lado de Liv, que já se recompôs de ter chorado até ficar com os olhos vermelhos e a cara inchada, e agora está com um sorriso de orelha a orelha.

"Esta audiência foi convocada para investigar o suposto comportamento inapropriado do professor Dean West", Radcliffe diz, olhando feio para mim. "Para proteger nosso corpo docente e nossos estudantes, é fundamental levar muito a sério as acusações de má conduta e conduzir todas as investigações necessárias."

O recinto fica em silêncio.

"Porém", Radcliffe continua, "o sr. Stafford, do departamento de assuntos jurídicos, um homem dedicado ao seu dever e com quase quinze anos de serviços prestados à King's, já dedicou um bom tempo à investigação do assunto. Diante do ocorrido com a srta. Hamilton, o conselho diretor está disposto a aceitar a recomendação dele e encerrar o caso contra o professor West em caráter final e permanente."

A tensão nos meus ombros se desfaz. Aplausos começam a ecoar pelo salão. Radcliffe bate com a mão na mesa.

"Silêncio, por favor", ele pede. "Ainda não terminei. O professor West precisa responder sobre sua detenção, fazendo uma retratação pública que isente a Universidade King's de qualquer envolvimento no caso."

Ele me encara. Faço que sim com a cabeça.

"Além disso", Radcliffe continua, "diante do testemunho tão enfático dos alunos e considerando que os membros do conselho receberam com pesar sua carta de demissão, gostaríamos de pedir ao professor West que reconsidere sua decisão de deixar a King's e se mantenha em seu cargo de professor de estudos medievais do departamento de história."

Fico incrédulo. Aplausos irrompem na plateia. Radcliffe ergue a mão outra vez, pedindo silêncio.

"Desde que haja o entendimento", ele acrescenta, ainda me encarando, "de que o senhor deverá se reportar ao conselho diretor uma vez por mês no próximo ano para ter sua conduta avaliada."

Kelsey empurra o microfone para mim. Eu me levanto e me aproximo da mesa.

"Entendido, senhor reitor", respondo, com a voz rouca.

"O senhor tem dois dias para reverter o pedido de demissão", Radcliffe informa. "Esta audiência está oficialmente encerrada. Agradeço a todos pela presença e pela... atenção, por assim dizer."

Os ruídos se elevam quando a plateia se levanta e começa a conversar. Um paredão de pessoas se ergue entre mim e Liv. Passo a hora seguinte agradecendo e recebendo os parabéns.

"Acabamos de descobrir tudo sobre Jeffrey Butler e Maggie, com algumas evidências em vídeo bem desagradáveis", Frances murmura para mim. "O pai dela não vai prestar queixa por lesão corporal porque está cagando de medo da repercussão negativa, com o perdão da má palavra."

"Então acabou?"

"Acabou." Ela aperta meu braço. "Seja bem-vindo de volta, Dean."

"Obrigado, Frances. Por tudo."

Quando o salão está quase vazio, finalmente reencontro minha esposa. Ela está sentada, e seu sorriso é radiante como o nascer do sol.

"Eu sabia", ela diz e vem me abraçar. "Eu sabia que não poderia terminar de outro jeito."

Só quando a envolvo nos braços consigo voltar a respirar fundo.

"Você está bem?", pergunto, pondo a mão em sua barriga.

"Estou animadíssima. Eufórica. Orgulhosa de você e de mim mesma, que estava certa."

Fico observando seus olhos castanhos, seus cílios grossos, a curvatura dos ossos de sua face e o formato de sua boca. Todos esses detalhes que para mim são preciosos como o ar. Nosso histórico juntos passa diante dos meus olhos em um flash, e a verdade vem à tona.

"Durante todos esses anos, eu estava errado", digo.

"Sobre o quê?"

"Não sinto medo quando estou com você. Nunca senti. Na verdade, estar ao seu lado me dá uma coragem que nunca soube que tinha. Você me mostrou o que posso ser."

"Não. Eu só sei o que você é."

Baixo a cabeça para beijá-la, sentindo alguma coisa se ajustar dentro de mim outra vez, um assentamento de placas tectônicas, estrelas e planetas orbitando em harmonia com milhares de sensações. Gratidão, esperança, felicidade, rendição, paz.

E uma sensação clara de liberdade, como se as amarras que me prendiam ao chão tivessem sido rompidas. Me sinto mais leve.

Envolvo Liv nos braços, ciente de que nos anos que vêm pela frente vou ter que *deixar* as coisas acontecerem de uma maneira que nunca imaginei. E, de alguma forma, não vou ter problemas com isso, porque sempre vou ter minha esposa para me conectar ao meu coração.

28

OLIVIA

25 DE JUNHO

Depois que meu cavaleiro gentil venceu a batalha por sua carreira, também ganhou aquela contra o medo de me deixar sozinha. Apesar de grunhir como um urso o tempo todo, Dean entrou em um avião para Altopascio para terminar seu trabalho de consultoria antes do início do congresso que tinha organizado.

Como antes, trocamos e-mails várias vezes por dia. Minha gravidez está correndo dentro da normalidade, mas passo a maior parte do tempo assegurando a Dean que está tudo bem.

E está mesmo.

Frances Hunter contou que Maggie Hamilton se desvinculou da universidade e saiu da cidade, ao que parece sem comunicar o pai. Depois que a notícia do caso dela e o vídeo se espalharam, Edward Hamilton retirou a oferta de apoio para a construção da faculdade de direito e cortou todos os laços com a King's. Apesar da perda de um doador importante, o conselho diretor e o corpo docente estão aliviados por terem conseguido evitar um escândalo.

Rita Johnson ajudou a mudar a imagem do caso junto ao público com um editorial sobre o que aconteceu no Café das Maravilhas, no qual condenava a atitude agressiva de Edward Hamilton no dia da inauguração em um evento destinado a famílias.

Allie e eu continuamos trabalhando em ideias para movimentar o café, e planejamos um monte de eventos diferentes para os próximos meses — teatros de marionetes, refeições grátis para as crianças, aulas de culinária, cursos de bricolagem, chás da tarde, festas a fantasia. Margery, a neta de Florence Wickham, aparece no café certa manhã, toda animada.

"Passei todas as informações para as presidentes de todas as associações de pais e mestres do distrito, e para várias outras", ela nos conta. "Acreditem em mim, quando tiverem todos os pais ao seu lado, o sucesso vai chegar como uma avalanche. A época não poderia ser melhor, com as férias de verão logo aí."

Nossos amigos oferecem todo o apoio, trazendo familiares, filhos e netos. Marianne me diz que já temos eventos agendados até setembro.

Todas as manhãs, quando vou andando para o Café das Maravilhas, onde vou encontrar meus amigos, onde sinto o cheiro de croissants e suflês, onde ouço o som das conversas, entendo por que Dorothy e Alice fizeram tanta questão de ir embora de Oz e do País das Maravilhas para voltar para casa.

Dez dias antes da volta de Dean, Kelsey me leva ao aeroporto.

"Tem certeza de que não quer que eu vá com você?", ela pergunta ao estacionar.

"Tenho, mas obrigada." Eu me inclino sobre o assento para abraçá-la. "Preciso fazer isso sozinha."

"Certo. Não se esquece de me ligar quando chegar."

Entro no terminal e faço o check-in. Tentando ignorar o nervosismo, passo pelos procedimentos de segurança e embarco.

O voo felizmente é tranquilo, e sinto apenas um pouco de enjoo, que passa logo depois do pouso no aeroporto de San Jose. Mando um e-mail para Kelsey e Dean avisando que cheguei em segurança, então pego minha bagagem e entro na fila para alugar um carro.

Depois de consultar o mapa, pego a 280 e sigo as placas até a 17, que me leva a uma estrada sinuosa pelas montanhas de Santa Cruz.

Chego à Pacific Coast Highway, onde o oceano se mostra em uma superfície azul e verde com espuma branca. A brisa fria e salgada invade o carro. É início de tarde, e a neblina está se dissipando sob o calor do sol.

Quando chego a Twelve Oaks, sou invadida por mais emoções do que estou preparada para lidar — nervosismo, empolgação, medo. Paro no portão e sigo andando pelo caminho de terra. Um jovem se aproxima de mim.

"Eu morava aqui", explico depois de me apresentar. "Vim procurar North."

"Ele está na feira hoje. Quer esperar?"

Meu coração dispara com a certeza de que North não abandonou a comuna.

"Não, obrigada. Eu vou até lá."

Volto para o centro de Santa Cruz e estaciono perto da Pacific Avenue. Os pedestres enchem a calçada. A feira é um mar de gente e barracas brancas, com vozes se elevando e o som de uma bandinha sendo carregado pelo vento.

Vou me esgueirando no meio da multidão, lendo os letreiros das barracas. Quando encontro a da Twelve Oaks, paro a alguns passos de distância. Meu coração está disparado.

North está mostrando uma caixa de tomates a um cliente. Parece o mesmo — com mais fios brancos na barba e um pouco mais gordo, mas sou capaz de jurar que veste a mesma calça jeans e a mesma camiseta de dez anos atrás. E ainda tem a trancinha na barba, amarrada com uma fita vermelha.

Espero o movimento diminuir para me aproximar.

"Os morangos são amostra grátis", diz, apontando para as tigelas na bancada.

"Oi, North."

Ele me encara e pisca algumas vezes. Por um momento, temo que não se lembre de mim. Mas em seguida seu sorriso familiar aparece sob a barba.

"Vem cá, Liv", diz.

Contorno a bancada e meus olhos se enchem de lágrimas quando sinto seu abraço caloroso e terno. Depois ele me segura pelos ombros e fica me olhando enquanto balança a cabeça.

"Que coisa. Pensei que eu tivesse falado para você nunca mais voltar."

"Falou mesmo. Mas aprendi que às vezes não tem problema contrariar as pessoas."

Ele dá uma risadinha. "É verdade. Só um minuto."

North chama os caras que estão descarregando as caixas da picape e pede para cuidarem da barraca. Compramos dois cafés gelados e encontramos um lugar para sentar longe da agitação.

"Ando pensando muito em você", conto. "Queria mandar um e-mail ou uma carta, mas aí lembrei do que falou."

"Fico contente que tenha seguido em frente." North segura a trancinha na barba. "Agora me conta tudo."

Falo para ele sobre o que fiz depois de sair de Twelve Oaks há dez anos. A faculdade comunitária, os empregos no varejo, a transferência para a Universidade de Wisconsin. Biblioteconomia, literatura, Jitter Beans, Mirror Lake, Museu Histórico. O Café das Maravilhas.

"Quando eu estava na Universidade de Wisconsin, conheci um professor de história medieval", digo. "Hoje ele é meu marido."

"É um bom sujeito?"

"O melhor." Minha garganta se fecha de emoção. "Ele sabe de verdade como me amar."

"Que bom."

"Como estão as coisas por aqui?"

North me conta sobre o comércio de sementes, as mudanças na comuna, as pessoas que chegaram e partiram, os móveis e as redes que estão fabricando agora.

Quando terminamos a conversa, o sol está começando a se pôr, e vários feirantes já desmontam as barracas.

"Quer ir comigo?", North pergunta.

Parte de mim quer. Adoraria passar alguns dias em Twelve Oaks, curtindo o ar salgado, passeando pelos canteiros, jantando com o pessoal e encerrando a noite na fogueira.

Mas faço que não com a cabeça. "Fiz reserva em um hotel a algumas quadras da praia."

"O que te trouxe à cidade?"

"Você."

"Veio até aqui só pra me ver?"

"Você fez muito por mim, North. Mais do que eu saberia dizer."

Ele balança negativamente a cabeça, desviando os olhos por um instante antes de dar um tapinha no meu ombro. "Não fiz nada, Liv. Quem fez foi você."

"Eu só queria contar como foram as coisas..." Sinto um nó na garganta. "Saiu tudo melhor do que eu imaginava."

"Fico muito feliz de saber disso."

Jogamos os copos no lixo reciclável e voltamos para a barraca. Ajudo a guardar o que sobrou dos legumes, dos caldos e das loções, enquanto North e outros desmontam a barraca.

Quando a picape está carregada, vou até ele, enfio a mão no bolso e mostro a corrente que me deu.

"Se lembra disso?"

Ele pega a peça e faz que sim com a cabeça. "Faz tempo."

"Me ajudou demais. O lembrete. Mas demorei um bom tempo para entender que era verdade."

"O que importa é que entendeu", ele diz, me entregando a corrente de volta. "Certas pessoas nunca aprendem. Eu sempre soube que você era uma boa aluna."

Ele abre a porta da picape e aponta para o banco do passageiro. "Tem certeza?"

"Tenho. Obrigada, North. Por tudo."

"Que bom ver você de novo, Liv. Sabe onde me encontrar."

"Sempre."

Dou um passo atrás e aceno em despedida. Meu coração se enche de gratidão por esse homem rústico e honesto que me apontou o caminho que me levou diretamente ao que estou vivendo agora.

"Quando você volta para casa?", North pergunta.

"Na sexta."

"Já?"

"É." Abro um sorriso para ele. "Tenho uma vida para viver."

Depois da minha breve passagem pela Califórnia, volto ao aeroporto. Desta vez, para buscar meu marido, que está voltando da Itália. Dean me disse por e-mail que tomaria um táxi no aeroporto, mas de jeito nenhum eu aguentaria esperar mais duas horas até que ele voltasse para casa.

De vez.

Sem data para ir embora.

De vez *mesmo*.

O voo está previsto para chegar às seis da tarde, mas chego ao aeroporto uma hora antes. Encontro uma cadeira vazia perto da área de desembarque e me sento. Quando o avião chega, fico empolgadíssima.

Depois de uma espera que me parece interminável, os passageiros cansados começam a sair com as bagagens de mão. Fico de pé e começo a procurar. Alguns minutos depois, minha pele se arrepia.

Meu lindo marido de cabelos escuros, que seria capaz de se destacar até em um grupo de deuses gregos, atravessa as portas abertas. Está maravilhoso com sua calça jeans desbotada, sua camisa de rúgbi e a barba por fazer. Seus cabelos estão um pouco mais compridos, se enrolando perto das orelhas, e sou atingida por uma lembrança visceral da primeira vez que o vi, da atração intensa e acalorada que senti.

Volto a experimentar uma sensação se espalhando pelo meu sangue, mas desta vez — de uma forma ainda mais poderosa — meu coração se enche de alegria e amor. Dean não me vê e toma o caminho da escada, então dá uma olhada para trás antes de subir.

Seus olhos passam direto por mim, e ele toma o caminho da esteira de bagagens.

Então interrompe o passo. Ele se vira e me encontra.

Pela primeira vez, não saio correndo para seus braços, apesar da vontade quase irresistível de fazer isso. Só abro um sorriso e me aproximo, estendendo as mãos.

"Bem-vindo de volta, amor da minha vida."

Ele me encara, atordoado, e segura minhas mãos com força.

"Liv."

"Oi."

"O que está fazendo aqui?"

"Vim levar você para casa."

Ele continua me olhando. Então limpa a garganta. "Você... hã, cortou o cabelo."

"Cortei." Eu me viro para mostrar a parte de trás do meu corte moderno, que chega até pouco abaixo das orelhas em ondas suaves. "Bom, quem cortou foi o cabeleireiro da Kelsey, na verdade. Gostou?"

"Está parecendo a Betty dos Flintstones."

Abro um sorriso e viro de novo para ele, que parece meio perplexo, o que é uma gracinha.

"Vai crescer de novo, professor." Faço um carinho em seu peito. "Prometo."

"Você está linda." Dean enfim sai do estupor e solta minhas mãos. Ele estende o braço e enrola uma mecha de cabelos em torno do dedo, dando um puxãozinho de leve. "Enquanto eu puder fazer isso, vou gostar."

Meu marido me pega pela cintura e me afasta dos outros. Nos escondemos atrás de um cartaz de propaganda, então Dean baixa a cabeça até a minha. Ele me segura pelos cabelos e posiciona minha cabeça no ângulo exato para colar os lábios aos meus.

É um beijo delicioso, que me enche de prazer. Passo a mão em seu peito, sentindo o calor de seu corpo sob a camisa. A proximidade dele me arrepia dos pés à cabeça. Nossos lábios se encaixam naturalmente, e a sensação de familiaridade nos envolve.

Dean levanta a cabeça e seus olhos carinhosos se voltam para minha barriga.

"Como você está?"

Enlaço seu pescoço e esfrego o rosto no seu. "Nunca estive melhor."

Depois de mais alguns beijos furtivos, vamos pegar a mala de Dean na esteira e voltamos para casa, ambos ansiosos para estar de volta à nossa ilha particular.

Passamos os dias seguintes retomando a rotina e conversando. Alguns dias depois de voltar, Dean sai do escritório uma tarde, parecendo estupefato.

"Acabei de falar com Frances Hunter", ele me conta. "Ela falou que recomendou ao conselho diretor que eu fosse promovido a titular o quanto antes."

"Ai, Dean." A felicidade e o orgulho me invadem. "Que maravilha."

"Ela contou que o reitor recebeu um telefonema de um doador interessado em financiar a construção da faculdade de direito da King's."

"Não... Edward Hamilton de novo, não."

"Não." Dean balança negativamente a cabeça. "O ministro Richard West, da corte estadual da Califórnia. Frances queria saber se era meu parente."

Isso lembra a nós dois que certos laços familiares são inquebráveis.

E assim as coisas começam a se encaixar. Nas semanas seguintes, Dean dá palestras, preside a defesa da tese de doutorado de Jessica Burke, orienta a pesquisa dos alunos e volta a se sentir confiante e no controle da situação como... bom, como os reis poderosos das lendas. Ele conversa com Nancy, a corretora de imóveis, e pede para ela ficar de olho em boas propriedades à venda.

E, como meu marido é um pesquisador extraordinário, estuda em detalhes minuciosos tudo sobre a paternidade. Quando começa a compilar uma lista do que precisamos para o bebê, seu vocabulário se transforma numa mistura curiosa de termos medievais e de maternidade: "cisterciense", "macacão", "ameia", "chupeta", "scriptorium", "trocador".

O congresso é um sucesso retumbante, e gera mais uma onda de propostas de universidades e instituições, que querem tirar Dean da King's. Em uma das noites, ele sai para jantar com Helen, sua ex-mulher, porque seu primeiro casamento é uma página virada.

O verão chega, trazendo uma agitação intensa e bem-vinda. Os veleiros se espalham pelo lago como lírios em um canteiro, e os turistas e os locais lotam os restaurantes e os cafés, inclusive o nosso. Minha gravidez felizmente normal prossegue sem incidentes. Quando chego ao segundo trimestre, minha libido volta com toda a força, e Dean e eu retomamos o prazer de uma vida sexual cheia de luxúria.

Adoro ser amada pelo meu marido. Seus beijos são como uma camada de chantili sobre torta de maçã quente, acompanhada de cerejas maduras e chocolate amargo com um toque de pimenta. Nunca imaginei que minha reação a Dean pudesse ser mais acalorada, mas agora basta um toque de seus lábios para me deixar borbulhando de desejo. Nós nos procuramos todas as noites, ambos satisfeitos com nossos desejos eróticos e por podermos viver nossa intimidade.

Uma noite, eu o encontro estirado na cama só de cueca e óculos, com a testa franzida de concentração enquanto corrige os trabalhos dos alunos do seu curso de verão. Só de ver meu professor bonitão, meu fogo se acende. Depois de alguns minutos admirando seus cabelos desalinhados e seu peito musculoso, subo na cama ao seu lado. Ele deixa os papéis de lado e me abre um sorriso, com os olhos vivos de desejo.

Assim que os olhos de Dean encontram os meus, uma sensação quente e deliciosa surge dentro de mim. Ele segura meu rosto entre as mãos, aprofundando o beijo, traçando o contorno dos meus lábios. Comprimo as coxas uma contra a outra para aliviar a tensão na parte inferior do corpo. Abro a boca e me entrego à sua língua. Um gemido escapa da minha garganta quando acaricio os músculos de seu peito.

Apesar de Dean estar pegando bem leve comigo ultimamente, seu apetite por mim está mais atiçado do que nunca. Ele abre os botões da minha camisa e a tira com os olhos cheios de tesão e de ternura. Meu coração acelera quando tiro o sutiã e jogo de lado, desesperada pelo seu toque.

Estou com curvas mais arredondadas pelo corpo todo, com os quadris mais largos, a barriga maior, os seios mais inchados e sensíveis. Dean acaricia minhas novas curvas com um grunhido de prazer e me puxa para junto de si.

Nossas bocas se juntam de novo, em um beijo quente e profundo. Caímos sobre os travesseiros e eu o envolvo nos braços, beijando-o no pescoço, sentindo suas mãos deslizando pelo meu corpo. Arrancamos as roupas que restam e Dean se posiciona entre minhas pernas, enfiando o pau devagar, com as mãos apoiadas nos meus joelhos afastados. Entramos no ritmo, no nosso ritmo, juntos com a pele suada, os músculos flexionados e as mãos inquietas.

Me agarro às cobertas enquanto Dean acaricia meu clitóris, murmurando palavras de prazer com sua voz grave, e o êxtase me domina. Meu corpo ainda está trêmulo quando ele leva as mãos aos meus quadris e se enfia bem fundo dentro de mim para um orgasmo poderoso.

Com um grunhido, ele rola para o lado e me puxa para perto, agitando os cabelos sobre minhas têmporas com sua respiração pesada. Eu me aninho junto a ele, sentindo meu corpo voltar ao normal.

Quando a névoa do desejo se dissipa, me lembro da preocupação que me incomodou por horas enquanto eu pesquisava problemas relacionados à gravidez. Me apoio sobre o cotovelo e olho para Dean, que está deitado de olhos fechados, todo suado, desalinhado e contente.

"Ei, Dean."

"Ei, Liv."

"Está preocupado em ter um bebê?"

Ele abre os olhos. "Está falando do parto?"

"Não, estou falando de..." Começo a puxar um canto do lençol. "Enfim, no ano passado você falou que não queria que nada mudasse entre nós. Mas com um bebê isso vai acontecer, claro. E, sabe como é, com nossa vida sexual também..."

Dean se vira para me olhar. Para minha surpresa, está com um sorriso no rosto.

"Liv, você me faz sentir um tesão de que nenhuma outra mulher é capaz", ele diz. "E sempre vai ser assim. Lógico que as coisas vão mudar, mas a gente se arranja. A gente sempre dá um jeito, né?"

Pois é.

"Certo. Eu estava... sabe como é. Pensando."

Ele continua me encarando. "Não está achando que vou pressionar para rolar alguma coisa antes que você esteja pronta, né?"

"Não, claro que não. Mas e se demorar semanas e semanas?"

"A gente espera semanas e semanas." Ele dá de ombros. "Liv, adoro transar com você, mas não sou um tarado sem noção."

"Ah, não?"

Ele estende a mão para torcer a ponta do meu nariz. "As coisas vão ser assim, sra. West. Depois que a criança nascer, vamos esperar o quanto for necessário para voltar a transar. Até meses, se for o caso. Até *os dois* estarem prontos. Depois vamos nos adaptando dia a dia. Se alguma coisa estiver incomodando, você vai me dizer. Vamos contratar uma babá duas vezes por mês para poder sair juntos. Vamos trancar a porta a chave para não ser pegos no flagra. Vai ter muitos beijos", ele continua. "Vou olhar para você cheio de desejo quando passar por mim, e tentar dar umas apalpadas toda hora. Isso não significa que vai ser obrigada a transar comigo, mas se quiser eu vou botar pra quebrar. E, quando a criança for para a faculdade, estaremos liberados para voltar a ficar pelados e aprontar em todos os cômodos da casa. A qualquer hora do dia."

Como estou sem palavras, simplesmente me aninho junto a ele, toda derretida. Dean me abraça com seu jeito protetor, envolvendo nós dois com a sensação de que tudo o que temos vai continuar existindo sempre.

"Até amanhã, Liv."

Allie e eu nos despedimos com um aceno quando saímos do Café das Maravilhas em um sábado de julho. O sol está começando a se pôr, e a Avalon Street está cheia de gente sentada às mesas nas calçadas, caminhando pelas trilhas do lago e olhando as vitrines das lojas. Vou andando para casa, curtindo o calor e a brisa que vem do lago.

Quando subo a escada do apartamento, paro ao ver um bilhete colado na porta, com uma borboleta desenhada e os dizeres "Butterfly House".

Um calor me invade. Apesar de saber que Dean não está me atraindo para um encontro sexual — ele é cuidadoso demais com a gravidez para se arriscar fora do quarto —, vou correndo tomar um banho e me trocar. O que quer que meu marido tenha planejado, não vou aparecer toda desarrumada depois de um dia de trabalho.

Sigo de carro pela Monarch Lane, me perguntando se Dean também terá tido a mesma ideia em que venho pensando há algumas semanas. Paro na entrada para carros e desço. Respiro fundo ao ver a casa enorme e dilapidada. Apesar de ainda estar coberta com tábuas e cercada por mato, neste momento tem o aspecto de um sonho.

Pequenas luzes brancas piscam como vaga-lumes em várias árvores ao redor da construção. Vasos com plantas e flores ladeiam o caminho até a varanda, que está enfeitada com uma cascata de luzes piscando. Com o pôr do sol conferindo um brilho avermelhado ao céu e o lago e a paisagem da cidade sob as montanhas, parece uma imagem saída de um lindo conto de fadas clássico.

Só que esse conto de fadas é só nosso.

Um arrepio percorre minha espinha quando vejo certo príncipe encantado de pé na varanda. Meu coração acelera quando Dean se aproxima com um sorriso no rosto. Está vestindo calça social preta, camisa azul-marinho, uma gravata listrada azul e cinza, e irradia aquele ar de professor sensual e brilhante que me incendeia.

Ele para na minha frente, com afeto estampado no olhar. Um entendimento se instala no ar entre nós.

"Oi", murmuro, me sentindo inundada de contentamento e surpresa. "Que lindo."

"Você também." Dean me dá um beijo na boca e estende o braço para mim.

Eu me seguro em seu braço e vamos andando pelo caminho de pedras quebradas até a varanda.

"Você consertou os degraus", comento, parando para olhar os reparos que ele fez. "E a balaustrada. Ficou ótimo."

"É só um reparo temporário", explica Dean. "Vão precisar trocar tudo no fim."

Ergo os olhos para o alto da varanda, para a torre onde Dean tirou fotos de mim e as coisas esquentaram loucamente. Estremeço de leve ao lembrar.

"O que você fez com as fotos?", pergunto.

"Imprimi aquelas em que você aparecia de roupa", ele diz. "Tenho algumas na minha carteira e no escritório. As outras apaguei."

"Sério? Por quê?"

"Não preciso daquelas imagens impressas." Ele me puxa para mais perto, e seus olhos se acendem quando seu indicador toca a têmpora. "Tenho todas imagens guardadas em um lugar onde só eu posso ver."

Uma onda de prazer aquece meu coração quando me inclino na direção do meu marido como uma flor se curvando sob o vento.

"Acho que tivemos a mesma ideia sobre esta casa", murmuro.

"E que ideia é essa?" Ele põe a mão na parte inferior das minhas costas.

"A de que você deveria comprar."

"Comprar?"

Eu me afasto para encará-lo, e de repente percebo que Dean não tem ideia do que estou falando.

"Não foi para isso que me chamou para vir para cá?", pergunto. "Não conversou com Florence Wickham?"

"Não falo com Florence desde a semana passada." Seu rosto assume uma expressão ligeiramente confusa. "Por quê?"

"Ela me contou que as incorporadoras estão começando a fazer questionamentos sobre a propriedade de novo", explico. "Como descobriram que a Sociedade Histórica não tem dinheiro para a restauração, sabem que é só chegar e levar. Obviamente, vão demolir a casa e construir outra coisa."

"Seria uma tristeza."

"É por isso que eu estava pensando..." Respiro fundo e ponho a mão na barriga. "O que acha de nós comprarmos a casa?"

"Nós?", Dean pergunta. "Eu e você?"

Abro um sorriso. "Até onde sei, quando digo *nós*, me refiro a nós dois."

"Por que quer comprar a casa?"

"Pensei que a gente podia fazer uma reforma e vir morar aqui." Olho para o imóvel, com as luzes piscando ao redor. "A localização é incrível, e com bastante cuidado e atenção, pode ficar lindo de novo. Sei que vai dar um trabalhão e custar uma fortuna, mas salvar e restaurar uma casa antiga... parece algo que combina com a gente."

Sei do fundo do meu coração que Dean e eu faríamos a casa recuperar a antiga glória.

"Você é a pessoa ideal para garantir que os detalhes históricos sejam levados em conta e para preservar a integridade da construção original", continuo. "E adoraria saber mais sobre os móveis e as decorações. Podemos ficar no apartamento com o bebê por um ano ou dois até terminarmos tudo aqui."

Dean ainda está em silêncio, percorrendo com os olhos a fachada. Quase dá para ver seu cérebro avaliando a situação.

"A gente só precisa elaborar um plano", digo a ele. "De preferência *um plano do professor Dean West*."

Ele se vira para mim com um sorriso que enruga o canto de seus olhos, e meu coração dispara de felicidade.

"É uma ótima ideia, Liv", ele diz. "Eu adoraria restaurar esta casa e morar aqui com você."

Enlaço seu pescoço e fico na ponta dos pés para beijá-lo. "Quando vi seu bilhete, pensei que estivesse pensando a mesma coisa."

"Agora pensei." Ele esfrega o nariz contra o meu. "Mas na verdade chamei você até aqui por outra razão. Lembra que dia é hoje?"

"É dia... ai, meu Deus." Levo as mãos ao rosto, e o choque aplaca um pouco minha satisfação. "Não posso ter esquecido nosso aniversário."

"Acho que esqueceu, sim."

"Ai, Dean. Desculpa."

"Não precisa se desculpar." Ele puxa de leve uma mecha dos meus cabelos. "Tem um monte de coisas acontecendo, e eu meio que estava torcendo para você esquecer. Queria fazer uma surpresa."

Ele me pega pelo braço e subimos para a varanda, onde as luzes brancas caem como uma cortina de estrelas. O sol é como um halo dourado e vermelho atrás das montanhas, e as luzes da cidade se acendem ao entardecer.

Dean segura minha mão, e seus olhos escuros se fixam em mim com uma intensidade que faz com que eu me esqueça do restante do mundo. Meu coração palpita de ansiedade.

"Liv, eu acho..." Dean faz uma pausa e limpa a garganta. "Acho que você já sabe tudo o que precisa saber. Que eu me apaixonei assim que vi você. Que nada no mundo teria sido capaz de me impedir de conversar com você naquele dia, que eu precisei me esforçar para não te tocar quando ficamos frente a frente na calçada. Que você é a mulher mais linda que eu já vi. Que sempre vai ser. Que eu entrei no Jitter Beans naquela manhã na esperança de te ver de novo. Que eu pesquisei o regulamento da universidade antes de chamar você para sair, e que passei horas elaborando aquela coisa dos números dos livros da biblioteca. Que você é a mulher mais meiga e sensual da história."

Meu corpo se sente envolvido por seu amor, e abro um sorriso em meio às lágrimas que enchem meus olhos.

"Que sempre vou lutar por você", continua Dean. "Que sempre vou cuidar da sua proteção e te dar o que quiser. Que foi você quem me ensinou o significado da coragem. Que você faz meu coração disparar todas as vezes, e que me deixa louco com essa mania de pôr as caixas de cereal em ordem alfabética."

Dou risada, principalmente por saber que ele se esforça para me agradar mantendo tudo em ordem.

"E que você sempre vai ser minha bela", Dean complementa, com sua voz grave me envolvendo como raios de sol.

Procuro um lenço de papel na bolsa para enxugar os olhos. Sei de tudo isso. Desde o dia em que nos conhecemos, esse conhecimento brotou como uma sementinha no meu coração e desabrochou ao longo dos anos em milhares de flores.

"Mas tem coisas que você não sabe." Dean estende a outra mão para limpar uma lágrima do meu rosto. "Não sabe que nunca tive nem coragem de imaginar que uma mulher como você existia no mundo, muito menos que pudesse me amar ou ser amada por mim. Que realizou um milhão de desejos secretos que eu nem sabia que tinha. Que comecei a acreditar em coisas impossíveis depois de te conhecer, tipo escorregar pelo arco-íris ou contar o infinito. Por que não, se existe uma Liv no mundo? As estrelas brilham mais forte, as cores do mundo ficaram mais vivas, tudo parece mais claro, mais alegre, *melhor*. Só por causa de você."

"É melhor parar, professor." Esfrego os olhos de novo e solto sua mão para poder espalmar a minha sobre seu peito. "Estou grávida e posso acabar tendo um colapso por excesso de emoção."

Dean sorri e, para minha surpresa, se apoia sobre um dos joelhos diante de mim. Enxugo as lágrimas de novo.

"Olivia West", ele diz. "Minha melhor amiga, minha mulher, minha garota, minha chave para tudo que existe de bom, minha bela. Quer casar comigo?"

"Se eu quero..." Engulo em seco, com um nó na garganta. "Você... você está pedindo minha mão?"

"Estou."

"Foi por isso que me chamou para vir aqui?"

"Foi."

"Mas..."

"Nunca pedi a sua mão", Dean responde.

Pisco algumas vezes. "Quê?"

"Quando a gente estava lá no antiquário..." Dean fica de pé e põe as mãos nos meus ombros. "Eu comprei o anel de camafeu, mas não pedi sua mão."

"Ah, não?"

Ele faz que não com a cabeça.

Eu me lembro daquele dia no balcão da loja, quando Dean puxou a carteira e disse que ainda não tinha me comprado uma aliança de noivado. Me lembro de ter ficado um pouco confusa com sua descrença quando falei que adoraria ser sua mulher, mas estava tão empolgada e cheia de amor que nem percebi que ele não fizera o pedido de fato.

"Bom", digo por fim, "ainda bem que sei ler nas entrelinhas, né?"

"Ainda bem", Dean concorda, com os olhos cheios de divertimento. "Mas você merece um pedido de verdade, então estou fazendo agora. Quer casar comigo?"

Percebo que ainda não respondi. "Ah!" Seguro as mãos de Dean, e uma felicidade e uma euforia imensas me dominam. "Claro, amor da minha vida. Vou me casar com você de novo e de novo, até o fim dos tempos. Sim. *Sim*."

Um sorriso surge no rosto de Dean quando ele me puxa para junto de si em um de seus abraços apertados que põe nosso mundo no lugar e junta as batidas do nosso coração.

"Me dá um beijo, bela", ele murmura.

Dean me pega pela nuca quando aproximo os lábios dos seus. Enxugo as lágrimas quando ele me estende uma caixinha com um anel de prata com duas chaves e nossos nomes gravados.

Dean põe a aliança no meu dedo junto com a de casamento. Olho para ele e fico admirada com a imensidão do nosso amor e o poder que ele tem de fazer desaparecer nossos medos.

"É incrível, né?", comento. "A gente se encontrou e decolou em uma espiral de amor. A força que temos juntos, isso em que nos transformamos por causa desse amor. O quanto mudamos..."

Dean está me olhando como se eu estivesse respondendo a todas as perguntas do mundo.

"Algumas coisas não mudam nunca, Liv", ele diz. "Vamos dormir e acordar juntos. Vou fazer o café e encher o saco por causa do seu roupão. Vamos adorar passar o tempo juntos, discutindo, dando as mãos e beijando muito. E prometo que, aconteça o que for, sempre vamos ser *nós*."

Sorrio para ele. Sei disso do fundo da minha alma. Como leite e biscoitos, lápis e papel, a lua e as estrelas, por favor e obrigado, cinema e pipoca... Dean e eu estamos sempre juntos.

Levantamos a mão esquerda ao mesmo tempo e juntamos as palmas. Nossas alianças fazem um clique de leve quando entrelaçamos os dedos.

"Você e eu, professor."

"Você e eu, linda."

Ele me pega nos braços, firmes e quentes como a luz do sol. Apoio o rosto em seu peito, preenchida pela sensação deliciosa de ter um homem em cujo coração sempre vou estar. Um homem que entende todos os meus pontos fortes e meus defeitos, que me aquece de dentro para fora, que sabe silenciar o ruído do mundo para que só haja nós dois.

Meu marido e eu sempre vamos ser duas pessoas vivendo uma vida de perfeição imperfeita. Vamos estar sempre aqui, no lugar que é de Liv e Dean, onde os problemas são resolvidos e as fechaduras trancadas são abertas. Um lugar de amor, persistência, ternura, paixão, aceitação e perdão infinitos. Um lugar onde desejos são realizados, sonhos viram verdade, e as histórias têm final feliz — não por destino ou por mágica, mas porque nos amamos tão intensamente e tanto.

Epílogo

Corações vermelhos e em tons de cor-de-rosa, adesivos de cupcakes e bonecos de neve sorridentes decoram as vitrines das lojas da Avalon Street. Nossas cortinas emolduram a vista das montanhas cobertas de neve e dos patinadores deslizando sobre a superfície coberta de gelo do lago. Crianças andam com os pais pela rua, parando para brincar com a neve acumulada no meio-fio. Universitários circulam de mochila no ombro e com um café nas mãos.

Dean sai de seu escritório, deliciosamente desalinhado, com uma calça jeans desbotada, um moletom da King's, os cabelos despenteados e a barba por fazer que sempre acho tão sensual.

Seus olhos brilham de afeto quando se aproxima de mim. Ele beija minha testa e sua mão pousa suavemente sobre o bebê de cinco dias de vida que dorme nos meus braços.

"Quer colocar Nicholas no moisés?", Dean murmura.

Como preciso ir ao banheiro, faço que sim com a cabeça e lhe entrego o bebê, aninhado como um passarinho em um ninho de algodão. Dean o pega e posiciona o pacotinho de cobertores junto ao peito.

Meu coração se enche de ternura quando olho para os dois, meu marido e nosso filho, ambos com cabelos e olhos escuros, já começando a entender que são os melhores amigos no mundo. Uma expressão agora familiar de deslumbramento surge no rosto de Dean quando olha para Nicholas. Ele vai ao escritório, onde está o moisés, bem ao lado da mesa.

Depois de usar o banheiro, vou para a cozinha preparar um chá.

"Vai sentar." Dean aparece atrás de mim e me dá um tapinha de leve na bunda. "Eu faço."

Volto para a poltrona do lado da janela e Dean logo aparece com o chá e um prato com os popularíssimos biscoitos com as palavras "lar", "coração" e "coragem" do Café das Maravilhas, que coloca em uma mesinha ao meu lado.

"Precisa de mais alguma coisa?", ele pergunta.

Estendo a mão. "Só de você."

"Sou todo seu." Ele apoia a mão no encosto da poltrona e se inclina para me dar um beijo. Eu o prolongo, sentindo um calor gostoso se espalhar por todo o meu corpo.

"Trouxe uma coisa para você hoje." Dean se afasta de mim fazendo carinho no meu rosto.

Ele vai para o quarto e volta com uma caixa branca enorme, amarrada com uma fita vermelha. Põe a caixa no meu colo e se senta sobre a mesinha de centro à minha frente.

Abro a caixa e tiro o papel de presente vermelho de dentro. Passo a mão pelo tecido grosso. Dean abre a peça na minha frente, e meu coração vai parar na boca.

"Uma colcha de retalhos?", pergunto. "Você me comprou uma colcha nova?"

"As irmãs Wickham estão conspirando a respeito há meses", ele me conta. "Ruth, a irmã da Florence, borda. Quando eu falei o que queria, começou a trabalhar imediatamente. Terminou hoje de manhã. Ela falou que é para deixar de herança."

Não consigo tirar os olhos da colcha. Cada quadrado é lindamente bordado com imagens e palavras relacionadas à minha vida.

O letreiro do Café das Maravilhas, o logo da Universidade de Wisconsin, números de classificação de catálogos de biblioteca, um livro com o título *Uma árvore cresce no Brooklyn*, Alice, a estrada de tijolos amarelos, um balão de ar quente, o letreiro do Jitter Beans, um lírio da paz, uma torta de maçã, a torre Eiffel, um emblema de uma velha jaqueta dos San Francisco Giants de Dean, um bebê de touquinha azul, sapatinhos de rubi, uma silhueta em um camafeu, a Butterfly House, um cavaleiro em sua montaria. E, nas bordas, doze quadrados com doze carvalhos bordados.

"Ai, Dean."

"Legal, né?" Ele parece satisfeito.

"Eu te amo demais."

"E eu te amo, Liv." Ele passa a mão pelos meus cabelos, prendendo uma mecha atrás da orelha. "Mais do que tudo. Mais do que a vida."

O rosto dele se transforma em um borrão, então limpo os olhos e o vejo me observando com um sentimento de uma profundidade que não consigo nem começar a descrever. Sei disso porque sinto a mesma coisa, um milhão de cores transbordando do meu coração.

Faço um gesto para Dean se sentar na poltrona comigo. Ele se acomoda, me colocando no colo. Apoio o rosto em seu peito e sinto seu calor. Meu marido me abraça, me cercando com sua força e sua devoção sempre presentes, capazes de nos fazer atravessar qualquer coisa.

Felicidade. É nisso que todas as cores se transformam. Estou muito feliz.

As incertezas podem ser incontáveis como as conchas espalhadas em uma praia, mas as certezas são límpidas como vidro e infinitamente mais poderosas. Agora enfim consigo sentir que Dean e eu chegamos à terra firme, depois de uma longa travessia oceânica.

Após explorar terras distantes, combater ameaças desconhecidas, aprender a navegar em águas turbulentas e sobreviver a tempestades, ambos chegamos em casa em segurança, exaustos mas empolgados.

Ajeito a cabeça no peito do meu marido, me aninho nos seus braços, e ele estende a colcha sobre minhas pernas enquanto observamos o movimento da Avalon Street pela janela.

Estamos aqui de novo. Sempre estivemos, em nosso mundinho particular, um espaço só nosso. Nunca saímos.

Passo a mão pela colcha, sabendo que um dia nosso filho vai conhecer a história da minha vida, as pessoas e os lugares que me fizeram o que sou hoje.

Um dia vou contar a ele sobre minha mãe e meu pai. Vou dizer que a avó que nunca conheci me ajudou sem saber a encontrar meu caminho. Vou falar sobre as pessoas gentis que moravam em uma comuna na Califórnia, sobre o menino que me ensinou a andar de bicicleta, sobre as praias e o Grand Canyon ao amanhecer. Vou explicar que as pessoas às vezes não são legais, mas na maior parte do tempo são, então é melhor dar a todos a chance de mostrar quem são.

Vou contar sobre o dia em que seu pai me salvou na universidade, sobre o dia em que Allie quase me matou de susto com uma fantasia de macieira, sobre quando conquistei Kelsey com um abraço e um crepe. Vou contar sobre a tia que me acolheu quando precisei de ajuda e sobre o homem chamado Northern Star, que me fez lembrar que a vida exige coragem.

Vou explicar ao nosso filho que tipo de pessoa é seu pai — um homem de inteligência e talento, sem dúvida, mas acima de tudo de muita gentileza, lealdade, força e integridade. Um homem capaz de aniquilar monstros pela mulher que ama e apoiá-la quando precisa matá-los sozinha. Um homem que não desiste, que acredita em cavalheirismo e códigos de honra. Um homem que sabe amar e ser amado.

Aprendi muitas lições importantes na minha jornada até onde estou. Confiar nos instintos, buscar o que traz alegria, fazer planos, trabalhar com afinco, abrir mão das coisas. Não se atrasar. Não esquecer que a sorte favorece quem tem coragem. *Viver*. Quando é preciso fugir, é melhor tentar correr para algum lugar. Estudar para as provas. Rir com desenhos engraçados. Se organizar. Cada tombo é uma oportunidade de se levantar. Sempre levar uma caneta extra. Acreditar que é capaz de tudo. Encontrar a chave.

E a mais valiosa das lições que aprendi vai viver eternamente no meu coração, bem ao lado de onde está meu marido: amar quem consegue provar que felizes para sempre é apenas o começo.

Agradecimentos

Comecei a escrever a história de Liv e Dean sozinha, e me sinto honrada e humildemente grata ao pensar no número de pessoas que, além de se juntar a mim nessa jornada, também me incentivaram e torceram por mim até a linha de chegada.

Esta trilogia não seria o que é sem os conhecimentos editoriais de Kelly Harms, da Word Bird, que me ajudou a aprimorar minhas habilidades narrativas. Agradeço a Jessa Slade, da Red Circle Ink, e a Deborah Nemeth pelas críticas constantes e pertinentes. Martha Trachtenberg, você tem minha eterna gratidão pela edição de texto meticulosa dos três livros.

Victoria Colotta, da VMC Art & Design, elevou os livros a objetos de arte, com seus lindos projetos gráficos e capas originais. Obrigada, Victoria, por seu talento, sua paciência, sua perseverança, sua colaboração e por nunca me tratar como uma louca neurótica (apesar de ambas sabermos que sou).

Minhas amigas mais próximas e parceiras de críticas são meus trunfos mais valiosos. Rachel Berens-VanHeest e Melody Marshall, mil agradecimentos por todas as sugestões e a ajuda com o enredo, isso sem falar nos tão necessários elogios. Bobbi Dumas, adoro poder sempre contar com sua capacidade de enxergar a trama e seu entusiasmo inesgotável. Nossas reuniões mensais são uma das minhas maiores alegrias.

Muitíssimo obrigada a Michelle Eck, Karen Seager-Everett e Rosette Doyle, da Literati Author Services, pelas turnês de lançamento e pela divulgação das capas. Vocês levaram Liv e Dean para muito além do arco-íris com seu profissionalismo e sua experiência em marketing, e me considero excepcionalmente sortuda por poder contar com seus serviços.

Jen Berg e Baba, tenho uma imensa dívida de gratidão com vocês: com Jen por adorar Liv e Dean desde o início e por ser uma leitora tão atenta e uma apoiadora tão leal, e com Baba pelo incentivo incansável, pela gentileza no trato e por me dizer exatamente o que precisava ser corrigido. Agradeço muito a vocês pelo bom humor, pela sinceridade e pela amizade.

Yesi Cavazos, Maria D., Patti, Michelle Eck e Debbie Kagan, sua opinião é importantíssima para mim, e nem sei como agradecer tanto por seu amor por Liv e Dean como pela ajuda para me manter fiel à essência dos dois. Muito obrigada pela atenção e pelas ideias, que moldaram a história de maneiras que eu jamais conseguiria trabalhando sozinha. Mal posso esperar para encontrar vocês e dar um abraço em cada uma.

Obrigada a minha companheira de longa data Sylvie Ouellette, a Soraya Naomi por sua capacidade de oferecer soluções incríveis e a Cathy Yardley por me ajudar a me manter firme na rota durante a jornada de Liv e Dean.

Tenho uma dívida de gratidão com todos os blogueiros e leitores que gostaram da história de Liv e Dean e me ajudaram a compartilhá-la com o mundo.

Sou especialmente grata a Gitte e Jenny, do TotallyBooked Blog, ao Aestas Book Blog, a Michelle e Karen do Literati Literature Lovers, a Bridget do My Secret Romance, ao Vilma's Book Blog, a Becs do Sinfully Sexy Book Reviews, a Milasy e Lisa do The Rock Stars of Romance, ao Jessy's Book Club, a Trisha do Devoured Words, a Sheri do Reading DelightZ, a Sandy do The Reading Café, a Cindy do Book Enthusiast e a Tammy do Reviews by Tammy and Kim.

Um agradecimento muito especial a todos os que participaram das turnês e da divulgação das capas. Sou muito grata pelo apoio.

Um agradecimento gigantesco com confetes e abraços para minha amada família por suportar o fato de eu passar quase o tempo todo no computador, mesmo quando tudo ao meu redor estava desmoronando.

Todos vocês me fortaleceram com a confiança e a coragem de que eu precisava para dar a Liv e Dean a história que mereciam. Muito obrigada.

TIPOGRAFIA Adriane por Marconi Lima
DIAGRAMAÇÃO Osmane Garcia Filho
PAPEL Pólen Soft, Suzano Papel e Celulose
IMPRESSÃO Gráfica Bartira, setembro de 2018

A marca FSC® é a garantia de que a madeira utilizada na fabricação do papel deste livro provém de florestas que foram gerenciadas de maneira ambientalmente correta, socialmente justa e economicamente viável, além de outras fontes de origem controlada.